suhrkamp taschenbuch 4841

Leichtfüßig und wortgewaltig spaziert die Büchner-Preisträgerin Sibylle Lewitscharoff mit uns durch Hölle und Himmel. Die Hauptrollen in ihrem Roman spielen die größte Komödie der Weltliteratur, das Seelenheil von 34 Dante-Gelehrten und ein anrührender Erzähler, so sehr um Bodenhaftung bemüht, daß ihm ein Wort wie »Wunder« nicht leicht über die Lippen kommt.

Der Ort ist prachtvoll, die Stimmung aufgeräumt: Renommierte Dante-Gelehrte aus aller Herren Länder tagen im altehrwürdigen Saal der Malteser auf dem römischen Aventin, mit Blick auf den Petersdom. Im Mittelpunkt steht die *Göttliche Komödie*, Dantes realismusgetränkter Einblick in die Welt nach dem Tod. Einer der eifrig Debattierenden ist Gottlieb Elsheimer, Frankfurter Romanist und nach eigener Einschätzung eher ein Kandidat fürs Fegefeuer als fürs Paradies. Bei aller Leidenschaft für den Forschungsgegenstand scheint ihm das zunehmend ausgelassene Verhalten der Kollegen seltsamer und seltsamer. Als die Kirchenglocken das Pfingstfest einläuten, bahnt sich ein Ereignis unbegreiflicher Art an …

Sibylle Lewitscharoff, geboren 1954 in Stuttgart, lebt in Berlin. Für ihr Werk wurde sie u. a. mit dem Ingeborg-Bachmann-Preis, dem Preis der Leipziger Buchmesse und dem Kleist-Preis sowie zuletzt 2013 mit dem Georg-Büchner-Preis ausgezeichnet. Sibylle Lewitscharoff ist Mitglied der Deutschen Akademie für Sprache und Dichtung sowie der Berliner Akademie der Künste. 2013/14 verbrachte sie ein Jahr als Stipendiatin in der Villa Massimo in Rom, danach war sie Fellow am Wissenschaftskolleg zu Berlin.

Sibylle Lewitscharoff

Das Pfingstwunder

Roman

Suhrkamp

Umschlagabbildung: Friedrich Meckseper, Collage Pfingstwunder, 1984,
unter Verwendung eines Details aus einem Gemälde von El Greco,

Erste Auflage 2018
suhrkamp taschenbuch 4841

Umschlag: Göllner, Michels
Druck: CPI – Ebner & Spiegel, Ulm
Printed in Germany
ISBN 978-3-518-46841-8

Das Pfingstwunder

Gewidmet
Marinus Stark,
dem tapferen Jenseitsberater

I

Nein. In meinen Kindertagen ja, seither nein. Dieses Nein will betont sein, denn es bedeutet etwas, es bedeutet sogar viel. In meinen Kindertagen war ich fromm, faltete die Händchen beim Zubettgehen, wie meine Mutter es von mir wollte, und hängte die Kleider ordentlich über die Stuhllehne, weil Jesus nachts kam und schaute, ob alles in schöner Ordnung am rechten Platz lag. Dann, in der Pubertät, setzte der große Kritikschub ein, und mit der Frömmigkeit war's mit einem Mal vorbei.

Ist es etwa gerecht, daß an so vielen Orten der Welt die Menschen auf übelste Weise verrecken, daß sie verhungern, vergast, erschossen, erschlagen, aufgeschlitzt oder gefoltert werden bis zum Wahnsinn, daß sie ohne ärztliche Hilfe den schlimmsten Krankheiten ausgeliefert sind? Und Gott schaut einfach zu? Von Seinem Eingreifen ist jedenfalls nichts bekannt. Und eine mehr als vage Hoffnung auf ein Paradies, in dem alle Schmerzen abgetan sind und die gereinigten Seelen sich des ewigen Lebens erfreuen – kann ein erwachsener Mensch, der seine Tassen im Schrank hat, das wirklich ernst nehmen? Einen derart verzweifelt naiven Trostwunsch?

Meine Kinderseele war immer gerecht gewesen, und das Gerechtigkeitsgefühl, der Zorn über die katastrophalen Zustände in den armen Ländern der Welt, hat mich nie verlassen. Allerdings ist in meinem späteren Erwachsenenleben der Zorn einer schlappen Mutlosigkeit gewichen. Der Schnarchsack da oben senkt auch bloß die Lider. Nein, ich ändere die Welt nicht, wie ich in einer grandiosen Aufwallung der Selbstüberschätzung geglaubt hatte. Als edlen, uneigennützigen Kommunisten sah ich mich, als einen Superhelden der Armen und Geschlagenen, der ihnen durchaus nicht nur mit Geld und guten Worten zur Seite stand, sondern mit der Kalaschnikow im Arm, die ihre Peiniger Mores lehrte. Überflüssig zu erwähnen, daß ich von meinen häuslichen Brot- und Fleischmessern abgesehen nie Waffen in der Hand hatte, und mit diesen Messern habe ich bloß friedliche Brotscheiben abgeschnitten und Fettstücke vom Steak getrennt, sonst nichts. Friedlich nach außen, im Inneren sieht's kriegerisch aus, selbstzerfleischend. Obwohl ich inzwischen zweiundsechzig Jahre alt bin und eigentlich ziemlich abgebrüht sein müßte. Was vor wenigen Tagen in Rom geschah, hat jedoch alles über den Haufen geworfen. Ich kenne mich selbst nicht mehr. Als hätte eine fremde Person meine Körperhülle gekapert und in ihr Platz genommen.

In meinen tumultreichen Pubertätsjahren, schwankend zwischen Hochgefühlen, die weit über das hinauszielten, was meinen Fähigkeiten zuzutrauen war – siehe Kalaschnikow –, und einem morosen Kleinmut, der mich tagelang als pickelbesäten düsteren Burschen durch die Gegend schleichen ließ, wußte ich natürlich nicht, wie es um mich stand, was meine Person im Innersten zusammenhielt und was davon nach außen hin vielleicht wirken mochte. Ich wußte rein gar nichts über mich, nur daß ich in meinen Tagträumen der tapfere Retter war und ziemlich groß geraten bin, wovon schon meine Schuhe Zeugnis ablegen, denn ich trage Größe 46. Einmal hat man mir gesagt, meine Augen seien kornblumenblau.

Heute lagert die Kalaschnikow in einer Spinnwebkammer mottenzerfressener Träume, und das Wissen über mich selbst ist wieder auf einige ziemlich unerhebliche Fakten zusammengeschrumpft. *No sports* lautet meine einzige Devise, frei nach Churchill, den ich verehre. Jetzt ist alles anders. Was davor geschah, wer ich davor gewesen sein mag, hat keine Bedeutung mehr. Der bisherige Gang meines Lebens erscheint mir so fade und unbedeutend, als hätte ich nie wirklich existiert.

Natürlich kenne ich meinen Namen, weiß, daß ich den Beruf eines Universitätsprofessors ausübe, der es als Dante-Gelehrter zu einigem Ansehen gebracht hat, allerdings innerhalb einer sehr überschaubaren Gemeinde. Ich weiß auch, wo ich wohne, und ich kann mich erinnern, daß ich sechs Jahre verheiratet gewesen bin, Jahre, auf die ich mit gemischten Gefühlen zurückblicke. Aufgewachsen in Stuttgart-Sillenbuch, ansässig in Frankfurt, verheiratet von 1982 bis 1988, geschieden, keine Kinder, so der Status, wie er in meinen staatsbürgerlichen Urkunden ausgewiesen ist. Gottlieb heiße ich, ein Name, der mir immer etwas peinlich war. In meiner Generation gibt es ihn selten. Auf der Schulbank wäre ich lieber als Max oder Hans oder Peter gehockt. Gottlieb hieß mein Großvater väterlicherseits, der im Krieg in Rußland verschollen ist. Ich sollte als mein eigener Großvater wieder aufleben, was mir schon als Kind unheimlich vorkam, weil auf diesem Großvater ein seltsamer Schatten lag.

All das ist jetzt unwichtig, das Unterste hat sich zuoberst gekehrt. Vorher – Nachher, das verbindet sich nicht mehr. Vorher führte ich das Leben eines Professors, der sich einbilden durfte, seine Studenten würden ihn verehren und erheblich jüngere Frauen sich für ihn interessieren. Vorher war mein Denken geprägt von einem modernen zeitgenössischen Realismus, *down to earth*, mit allenfalls im Schlaf winzigen Traumaufflügen in eine andere Sphäre.

Jetzt nicht mehr. Der Kongreß hat alles verändert. Bis in die Haarwurzeln hinein fühle ich mich als ein anderer, mir fremd gewordener Mensch. Vorher war ich nicht ganz so dünn, wie ich es inzwischen bin. Jetzt schlottern Hemd und

Hose um meinen knochigen Leib. Wäre ich ein armer Landarbeiter, müßte ich mir die Hose mit einem Strick um den nicht vorhandenen Bauch binden. Noch etwas: ursprünglich waren meine Haare schwarz, ich habe das kräftige Haar der Mutter geerbt. Inzwischen ist mindestens die Hälfte davon grau, mag sein, daß der noch immer recht stattliche Schopf mit einer gewissen Plötzlichkeit ergraute – als eine der vielen Folgen des Vorkommnisses, auf das ich nach und nach zu sprechen kommen werde.

Vorkommnis, das Wort nimmt sich sonderbar aus, besonders in seiner genitivischen Form, aber ich wähle diesen nüchternen, aus dem bürokratischen Vokabelreservoir entlehnten Begriff mit Absicht. Doch wozu? Zu wem um Gottes willen spreche ich hier? Zu einem Leser? Lächerlich! Warum sollte ich irgend jemanden in diese Geschichte einweihen? Wozu sollte ich ihn ohne Vorbereitung, die ihn darauf einstimmen könnte, was geschah und wie es geschah, mit dem einzig passenden Begriff *Wunder* konfrontieren und ihn damit lesend über die Kante schubsen oder vielmehr vor die Alternative stellen, das Buch entweder sofort zuzuschlagen oder meinen Aufzeichnungen mit allzu treuen Hundeaugen Satz für Satz zu folgen?

Buch, Buch, Buch – wie albern! Ohnehin habe ich gar nicht die Kraft, alles in eine sinnvolle Ordnung zu bringen. Ich glühe inwendig und bin zugleich völlig ausgelaugt, eine schlechte Voraussetzung, um etwas Gescheites zu Papier zu bringen.

Wunder, das paßt auch nicht zu meiner Haltung in politischen und religiösen Angelegenheiten. Aus der Kirche bin ich zwar nicht ausgetreten, trotz meiner Abkehr von Gott und Jesus in der Pubertät – vielleicht aus Bequemlichkeit, vielleicht weil ich das soziale Engagement meiner Kirche gutheiße.

Aber in meinem Erwachsenenleben habe ich nur zweimal einen Gottesdienst besucht, anläßlich einer Taufe, das andere Mal, als Bekannte von mir kirchlich heirateten. Dann noch drei kirchliche Beerdigungen. Das war's. Ein Verächter der Bibel bin ich allerdings nicht. Im Gegenteil. In einer wissenschaftlich distanzierten Weise halte ich große Stücke auf das Buch der Bücher, was von einem Dante-Kenner auch nicht anders zu erwarten ist.

Wunder in seinem radikal emphatischen Sinn nehme ich ungern in den Mund. Es ist mir zu groß. Wenn ich Wunder sage, komme ich mir verloren vor. Ich bin zu ängstlich, zu sehr um Bodenhaftung bemüht, als daß mir so ein epiphanisches Entfaltungs- oder, abschätzig gesagt: Blähwort mir nichts, dir nichts über die Lippen käme. Vielleicht fühle ich mich nicht würdig genug, es überhaupt in den Mund zu nehmen. Vielleicht hat es für mich einen albern prunkenden Beigeschmack, wer weiß.

Vorkommnis also. Ein Vorkommnis übrigens, das – nimmt man die Tage hinzu, bevor es sich in seiner Blüte zeigte – ziemlich unspektakulär begann, jedenfalls nicht mit einem Paukenschlag oder einer sonstigen Bemerklichkeit, über die sich einer von uns hätte den Kopf zerbrechen müssen. Bemerklich war höchstens die Tatsache, daß sich alles in Rom zutrug und nicht in Florenz oder Ravenna, wo es aus gutem Grund auch hätte beginnen können.

Rom, natürlich Rom. Die Hauptstadt des christlichen Weltreichs. Das glanzvolle Rom. Das verkommene Rom. Das in den Augen Dantes durch unwürdige Päpste herabgesunkene Rom, das die Einheit Italiens verhinderte. Dennoch sind die Herrschaftswelten von Papst und Kaiser hier verbunden, damit ist Rom die vom Irdischen ins Jenseitige weisende Stadt, sei sie nun verderbt oder erstrahlend im Glanz. Und nicht zuletzt ist es das mythische Rom des Vergil. Haben sich die Strebungen unseres Unbewußten vielleicht nach Rom gesehnt, damit geschehen konnte, was geschah? Damit wir in Hörweite der Glocken des Petersdoms tagten, die zu uns herüber- und zugleich hinauftönten in höhere Sphären?

Unsere Geschichte, meine Geschichte, meine Not, sie beginnt in Rom, oder vielmehr – man möge mir die etwas aufgebockte, in andere Sphären zielende Wortwahl verzeihen – sie begab sich zu Rom, nicht irgendwann, nicht irgendwie, sondern zu Pfingsten im Jahre 2013. Präziser gesagt: in dem Moment, da die Glocken des Petersdoms einsetzten, um das Pfingstfest einzuläuten. Was auf dem Aventin geschah, ist so irrsinnig, daß es mein Hirn bewimmelt. Ich denke pausenlos daran, wofern ich nicht wie ein Scheintoter ins Bett falle und für einige Zeit alles vergesse. Wozu ich das aufschreibe? Keine Ahnung. Ich sollte es in mir begraben, kann es aber nicht.

Es begann also mit Glockengeläut. Ziemlich laut, als würden wir während unseres Kongresses alle geweckt, oder besser gesagt: erweckt. Vielleicht ist das Getön nur in der Erinnerung so laut. In der Erinnerung schallen die Glocken bis zu mir nach Frankfurt herüber. Aber ich greife vor, eine alte Unart von mir, die ich nicht ablegen kann. In Florenz oder Ravenna hätten wir eigentlich tagen sollen, da Dante in diesen Städten gelebt hat, in Florenz wurde er geboren, in Ravenna lebte er eine Zeitlang nach seiner Vertreibung. In der Vorbereitung des Kongresses zur Divina Commedia wurde durchaus heftig darüber debattiert, welchen Ort wir wählen sollten. Ich gehörte zu den fünf Teilnehmern, die das Ganze organisierten, und ich entschied mich für Rom. Die Abstimmung fiel drei zu zwei aus, drei Stimmen für Rom, zwei für Ravenna.

Nicht von ungefähr, denn die Divina Commedia widmet sich auch der Frage nach der Beschaffenheit des himmlischen Jerusalem, und da Rom immerhin der wichtigste Ort der katholischen Christenheit ist, der elektrisierende Strahlen über die ganze Erde sendet, ohne daß es ihm je gelungen wäre, Jerusalem seiner Bedeutung zu berauben, der es aber doch vermochte, sich usurpatorisch als hochmögender Gegenort zu Jerusalem festzusetzen, votierten wir drei Rom-Anhänger eben für Rom.

In Italien zu tagen und nicht etwa doch in Jerusalem bot sich natürlich an, weil die Commedia nun mal auf italienisch geschrieben ist, ja, dieses ungeheure Buch so etwas wie das Gründungsdokument der italienischen Sprache als verschrifteter Hochsprache überhaupt darstellt. Trotzdem bleibt Jerusalem das Kraft- und Organisationszentrum des Ganzen, ein wesentlicher Konstruktionspunkt. Der Einstieg zur Hölle liegt in der Nähe von Florenz, in schräg führenden Schleifen und Kehren geht es hinab bis zum untersten Punkt des Höllenkraters, der exakt unter Jerusalem liegt, und von da aus klettern die Pilger wieder empor zur anderen Seite der Erde, zur südlichen Hemisphäre, wo aus dem dortigen Weltmeer der Läuterungsberg in imposanter Größe aufragt. Die Wirkstätte Jesu, der Tiefpunkt der Hölle und das Purgatorium, sie befinden sich auf einer Achse des Heils. Rom hat damit im Grunde wenig zu schaffen.

Mit den Kollegen, die an der Vorbereitung beteiligt waren, kam ich gut aus. Luigi Bevilacqua und mich verbindet eine langjährige Freundschaft. Wir könnten Brüder sein. Luigi, der kleine Agile, Gottlieb, der große Tolpatschige. Eva Melzer ist eine alte Bekannte von mir (so leichthin hätte ich das vor kurzem noch formuliert), ja, mehr als das, wir waren sogar mal fast zwei Jahre zusammen, von ihrer witzig vorgeschobenen Unterlippe, ihrem zarten Körper, den tiefdunklen Augen war ich damals regelrecht vexiert, aber das ist lange, wirklich sehr lange her, und nichts Verstimmendes oder Heikles, keinerlei unschöne Reste, die einen unbeschwerten Umgang zwischen uns stören könnten, sind davon zurückgeblieben. Keine Herzensbredouillen, wie Thomas Mann gesagt hätte. *Those were the days, my friend*, der Spruch fiel öfter zwischen uns und erweckte jedesmal Heiterkeit, vielleicht auch so etwas wie zarte Melancholie. Eva hat damals eine gewisse Verfeinerung der Liebe bei mir bewirkt, sie hat leider nicht lange vorgehalten, denn als ich meine spätere Frau kennenlernte, fiel ich in die alten Muster zurück.

Nun ja, jetzt kann es diesen leichten, beschwingten Umgang zwischen Eva und mir ohnehin nicht mehr geben. Ich vermisse sie, sehr sogar. Meine Eva ist gescheit. Mit ihr würde ich nur zu gern darüber sprechen, was geschehen ist. Vor allem würde ich gern wissen, wie es ihr jetzt geht, wo immer sie auch sein mag. Vielleicht fliegt sie in substanzloser Schönheit dahin, in einer Sphäre, in die ich ihr nicht folgen kann. Auf jeden Fall hat sie in meiner erinnernden Seele einen teils starken, dann wieder sich verwischenden Abdruck hinterlassen, und ich frage mich: wie kann etwas, das seiner eigentlichen Substanz verlustig ging, so übermächtig sein?

Wahrscheinlich wird sie von dort aus keine Verbindung mehr zu mir aufnehmen können. Daß Verbindungen zwischen einer anderen Welt und der realen, die uns umgibt, existieren, darauf wurde ich mit Gewalt gestoßen, aber die Gewißheit darüber ist inzwischen wackelig geworden. Ob ich in einen psychischen Extremzustand geraten bin, der mich Dinge hat hören und sehen lassen, die es nie und nimmer geben kann? Bin ich ein Schizo, der sein Kopfgetreibe ernster nimmt als Heidegger sein nichtendes Nichts? Vielleicht komme ich langsam dahin, daß ich mir einbilde, mein Nervenanhang sei unnatürlich gereizt, weil höhere Mächte sich daran zu schaffen machen. Da wäre ich nicht der erste. Dem Senatspräsidenten Daniel Paul Schreber wurde es zur Qual, in seine Nerven hineinhorchen zu müssen, um herauszufinden, wer sich in sie eingeschlichen hatte.

Trotz des geistigen Aufschwunggeschäfts, das ich als Dante-Kenner betreibe, war ich immer ein knochenharter Realist. Mit vorrückendem Alter hat sich etwas verschoben. Das Fakten!-Fakten!-Fakten!-Geschrei kommt mir inzwischen dümmer vor als die religiöse Haltung der Menschen, die an ein Leben nach dem Tod glauben. Vielleicht war es mit dem Realismus nie so weit her, wie ich dachte, und eine Abteilung meines Hirns grübelte immer schon im geheimen darüber nach, was es sonst noch geben könnte.

Doch so langsam gewinnt die Realität ihre zwingende Massivität wieder zurück. Aber wo um Gottes willen sind dann die sechsunddreißig Menschen geblieben, dreiunddreißig Wissenschaftler und drei Leute vom Personal, die sich vor meinen Augen aufgemacht haben in Richtung – wasweißich?

Dante kann man übrigens auch als einen Realisten bezeichnen. Zu seiner Zeit hat man ihn wohl so gesehen, heute ist das nicht mehr der Fall. Trotzdem. Der Mann verschafft uns einen realismusgetränkten Einblick in die Welt nach dem Tod, da ist kein Zögern und kein Mutmaßen im Spiel. Mit allen fünf Sinnen werden Steine, Pflanzen, Tiere, Lichterscheinungen, Menschen, mythologische Figuren, zusammengesetzte Wesen als habhaft vorhanden oder als immaterielle Substanz aufgerufen, die das Auge erkennt. Es handelt sich um einen göttlich durchblendeten Realismus, in dem alles in einem neuen Licht erscheint, sei's verzerrt oder schönheitstrunken.

Der Glaube schraubt sich in die Poesie hinein und reißt sie zu sich empor – in schwindelerregende Höhe, Gott und dem Ihn umfliegenden Kranz der Engel entgegen, ein Anblick, den das Auge kaum aushält, zumindest nicht das Auge, das noch in einem lebendigen Menschen wohnt. Zum Zeitpunkt, da Dante seine Reise durch die drei Reiche der Totenwelt antritt, ist er keineswegs in einen Scheinkörper verwandelt. Nimmt man seine Commedia wörtlich, geht der Dichter als diesseitiger Mensch aus einer übermächtigen Erfahrung hervor, fällt zurück auf die Erde, denkt und fühlt und regt dort wieder Arme und Beine, wie es jemand tut, der noch nicht im Sarg liegt.

II

Ums Verschwinden geht es in meinen Notizen, jedoch nicht um ein vorübergehendes. Keiner von denen, die sich davongemacht haben, ist mit allerhand erstaunlichen Erfahrungen im Gepäck zurückgekehrt. Obendrein soll hier von einem sonderbaren Stimmengeschnatter die Rede sein, das in einem geordneten Bericht schwer unterzubringen ist, obwohl sein Nachhall in Versatzstücken ohrwurmhaft durch mein Gedächtnis zieht.

All das sperrt sich gegen die Logik. Daß unsere Dantisti, darunter einige Freunde von mir, bis heute nicht wiederaufgetaucht sind, ist Realität, sogar eine polizeilich erwiesene. Es gab kein Busunglück, bei dem sie in einen Abgrund hätten gestürzt sein können, und gewiß haben sie in Rom kein Flugzeug bestiegen, um an einen exotischen Ort zu gelangen, das alles wurde gründlich recherchiert. Sechsunddreißig Menschen sollten mitten in Rom Opfer einer Entführung geworden sein? Mehr als unwahrscheinlich, zumal von Lösegeldforderungen nichts bekannt geworden ist. Natürlich weiß ich es besser, weiß, wer wann wie sich aufgemacht hat und in welcher Reihenfolge. Weiß, in welchem Zustand sich die ganze Bande urplötzlich befand, wie verzückt, erweckt, pneumatisch gehoben sie alle herumsprangen und auf die Tische stiegen – nur an den genauen Wortlaut dessen, was da aus vielen Mündern quoll, kann ich mich nur noch teilweise erinnern.

Mit Dante kopfunterst kopfoberst hinein ins Ungeheuerliche. Das ist passiert. Und ich grübele natürlich nicht nur über das Geschehen nach, sondern frage mich, warum die Commedia als Sprungbrett für all das diente. Ist in ihr vorgezeichnet, was mit uns geschehen sollte? Muß man sie ganz anders lesen, als Dante-Kenner es für gewöhnlich tun? Komme ich womöglich selbst in diesem außerordentlichen Gedichtreigen vor und habe es nur noch nicht entdeckt? Vielleicht hilft es doch, wenn ich alles aufschreibe, was ich über den Kongreß noch im Gedächtnis habe, hilft, wenn ich die Commedia auf mögliche Fingerzeige hin durchkämme, die wenigstens ansatzweise so etwas bieten wie eine Erklärung für das Unerklärliche. Das paßt auch zu unserem Kongreß: auf dem Aventin haben wir zumindest anfangs die Commedia Canto für Canto durchgenommen. Ich sollte versuchen, mich genau zu erinnern, was vor dem Tumult geschah. Möglicherweise zeigt sich dann ein Faden, dem ich nur folgen muß, vielleicht wüßte ich dann, weshalb ich diese schwere Bürde trage, die mich zur Verzweiflung treibt.

Aber das geht nun schon wieder drunter und drüber. Noch sind wir bei der Vorbereitung des Kongresses. Daran beteiligt war neben Eva und Luigi auch Bengt Liljedahl aus Schweden, der an der Universität von Padua unterrichtet oder vielmehr unterrichtet hat. Die Fünfte im Bunde war eine italienische Kollegin, die ich vorher nicht kannte, Fiammetta Bartoli aus Rom. Sie hat sich äußerst geschickt um alle ortsbezüglichen Organisationsfragen gekümmert, wofür wir ihr dankbar waren, denn darin waren wir anderen alle Nieten. Natürlich kannte sich Fiammetta in Rom bestens aus. Sie hat es doch tatsächlich fertiggebracht, uns einen der schönsten Versammlungsorte von ganz Italien zu besorgen, und zwar ohne daß uns exorbitante Kosten entstanden wären – wir tagten auf dem Aventin, im großen Saal der Malteser, gleichsam luftig schwebend über der Stadt Rom, mit Blick auf den Petersdom. Fiammetta, diese energische kleine Person, hat das geschafft, weil eine römische Tante von ihr jahrzehntelang großzügig für die Malteser gespendet hat, daher der enge Kontakt und das Wohlwollen des Ordens.

Schwatzschwatz, ich rede hier so betulich vor mich hin, ein bißchen wie ein Provinzreporter, der ins Schwafeln kommt. Dabei hat sich mein inneres Verhältnis zu den Turbulenzen, in die ich geraten bin, in keiner Weise beruhigt. Ich bin nervös, hin und wieder sehr entspannt, fast zwangsentspannt, als wäre ich unter die Fuchtel eines Gurus geraten, der mir Atem- und Meditationsübungen anbefohlen hat, damit ich die Nervosität besser ertragen kann, die mich schubweise befällt. Früher stand ich fest auf beiden Beinen, jetzt wird mein linkes Bein regelmäßig von einem Zittern befallen, was mir sehr unangenehm ist. Ich trachte es zu verbergen, habe das Gefühl, daß sich das Bein verselbständigt, als würde es sich nach dem Ort aufmachen wollen, an dem meine Kollegen inzwischen sind, während das rechte wie eingefroren auf der Stelle verharrt. Sie lassen mich leiden, weil ich unfähig war, angemessen zu reagieren, und geben mir zu verstehen: du bist ein Feigling, warst immer einer und wirst immer einer sein. Ein Feigling, der im entscheidenden Moment versagt hat.

Vorher. Nachher. Noch etwas Komisches. Vorher hatten mich etliche Allergien im Griff. Haselnüsse, Walnüsse, Zitrusfrüchte, Erdbeeren, diverse Pollen. Die Liste ist lang, und sie wurde im Lauf der Jahre immer länger. Inzwischen kann ich essen, was ich will, keinerlei Symptome mehr. Beschwerden wie weggeblasen. Das besagt an sich noch nichts, aber für mich ist es trotzdem ein Beweis. Es zeigt mir, daß sich bei mir auch körperlich etwas verändert hat, und zwar grundlegend.

Jetzt fällt mir die Äthiopierin wieder ein. Eine hochgewachsene, geradezu rasend schöne Frau, die freundlich zwar, aber zugleich mit majestätischem Stolz ihre niederen Kellnerdienste versah. Unberührbar, ein Wesen von einem anderen Stern. Sie war bestimmt der Traum der meisten Männer in unserer Gemeinschaft, aber keiner von ihnen hätte es gewagt, sich ihr zu nähern. Einmal habe ich mit ihr gesprochen, vermutlich lauter Unsinn. Wirr faselte ich daher vor Entzücken.

In einem Moment bildete ich mir sogar ein, ich könne einen Blick in ihr Leben werfen, sah die stockdunkle Wohnung im Erdgeschoß mit der verrotteten Kochnische, in der sie mit zwei anderen Äthiopierinnen hauste, in der Nähe von San Tommaso Apostolo all' Infernetto in Lazio, sah, wie sie sich in dem winzigen Bad mit dem zerbrochenen Spiegel zurechtmachte, um als glanzvolle Erscheinung auf die Straße und aus der Armut zu treten. Erhobenen Hauptes. Es ist mir ein Rätsel, wie sie es schaffte, die lange, ruckelnde Fahrt im vollgepackten Bus zu überstehen, ohne schweißgebadet bei uns auf dem Aventin zu erscheinen. Ihren Namen weiß ich leider nicht, aber sie verfolgt mich regelrecht, ihre weiche, wohlklingende Stimme bekomme ich nicht aus dem Ohr, mit welcher sie verzückt und zugleich erhaben zu sprechen begann. Mühelos setzte sich ihre Stimme über alle hinweg, die da sonst im Raum redeten. Und diese Stimme trug uns in schwindelerregende Höhen empor.

Oder war's nur ein lärmender Braus, der uns fortgerissen hat? Sind meine Ohren übergeschnappt? Waren sie erfüllt von Lauten, die nicht wirklich gesprochen, gesungen, gelallt wurden? Hochgezwirbelte Laute, wohlige Brummlaute, Spitzikatos, helles Gejauchz? Hat einzig und allein mein entzündetes Hirn dies aufgetummelte Zeug evoziert, aber in der Wirklichkeit blieb alles so, wie es im wirklichen Leben eben ist, mal eng, mal fad, mal heiter, mal klug, aber trotz geistiger Probierflüge brav klebend an dem, was man Realität nennt?

Ein Stuhl ist ein Stuhl, ein Tisch ein Tisch, ein Dante-Forscher ein Dante-Forscher, der in keine anderen geistigen Geschäfte verwickelt ist als diejenigen seines Fachs, sei er nun groß, klein, dick, dünn, alt, jung, tumb oder gescheit, Mann oder Frau.

Aber so simpel ist es nicht. Eine Tatsache bleibt. Sie ist ganz und gar real, wie mir von der italienischen und auch der deutschen Polizei bestätigt wurde. Die Verhöre, denen ich unterzogen wurde – oder Gespräche, wie sie es freundlicherweise nannten – in dem muffig engen Büro des Commissariato Castro Pretorio in der Via Toscana, die habe ich mir ganz bestimmt nicht eingebildet. Dochdoch, der Vice Questore Fausto Papetti war freundlich, überaus freundlich sogar. Ein glatzköpfiger Mann mit sanfter Stimme und guten Manieren. Er behandelte mich wie einen Schwachsinnigen, mit dem man äußerst vorsichtig umgehen muß, weil er jederzeit ausflippen könnte.

Sechsunddreißig Personen verschwunden, auf einen Schlag! Die Zeitungen haben ausgiebig davon berichtet, fast in jeden Winkel der Erde wurde die Nachricht getragen. Wir reden hier ja nicht über ein Bürgerkriegsgebiet, in dem die Leute in Massen sterben, gefoltert oder verschleppt werden. Wir sprechen vom zivilen Rom im Jahre 2013, sprechen vom Aventinischen Hügel, einem der annehmlichsten Orte der Welt. Und nicht zuletzt ist hier zumindest an der Oberfläche von etwas eher Fadem die Rede, das man mit Gewaltverbrechen schwerlich in Verbindung bringen kann, nämlich von einem Forschungskongreß.

Ich bin aufgeregt und zugleich schlapp, muß unterbrechen. Ein gewaltiges Schlafbedürfnis sucht mich heim, oft mehrmals am Tag. Das Unerklärliche, das über mich gekommen ist, erschöpft mich so sehr, daß ich kaum mehr imstande bin, meinen Beruf auszuüben. Nur im Schlaf beruhigt sich mein zitterndes Bein. Wer weiß, vielleicht gleite ich im Schlummer zu meinen Kollegen hinüber, die ich jetzt so sehr vermisse, weil ich die Chance meines Lebens verpaßt habe, bei ihnen zu sein und mit ihnen etwas zu erleben, wofür die Worte fehlen. Heimlich, leise, auf den leichten Sohlen des Schlafs gelange ich zu ihnen, ja, ich bin mir sicher, daß im Traum der Kontakt gelingt. Nur ist es leider nicht möglich, etwas davon ins wache Leben zu überführen. Das konnte ich noch nie. Ob ich träume, wovon ich träume, keine Ahnung – die Nachtbeute des Schlafs in den Morgen hinüberzuretten ist mir nicht gegeben. Ich muß gähnen, muß den Bericht an dieser Stelle unterbrechen, um mich ins Bett zu legen, obwohl, das sei ordnungshalber noch vermerkt, meine Reverso 11 Uhr 37 des Vormittags anzeigt. Ich habe sie vor zwei Tagen beim Juwelier Pletzsch in Frankfurt reparieren lassen, jetzt funktioniert sie wieder tadellos.

Der Korrektheit wegen: inzwischen ist es 14 Uhr 57, übrigens ein Freitag. Eigentlich müßte ich heute bei den Romanisten zwei Seminare abhalten, das eine hätte schon vor einer halben Stunde beginnen müssen, nein, nicht über Dante, sondern über Guido Cavalcanti, einen Zeitgenossen Dantes, das andere um 17 Uhr über Baldassare Castiglione und dessen Entourage. Aber ich bin krank geschrieben, heute gehe ich sicher nicht aus dem Haus. Mir ist noch ziemlich schleierhaft, wie ich vor meine Studenten treten soll, als wäre nichts geschehen. Vom Verschwinden der Italianisten in Rom haben sie bestimmt erfahren. Sie sind zwar zu höflich und zu schüchtern, um sich direkt danach zu erkundigen, aber ihren Blicken würde ich entnehmen, daß sie sich fragen, ob ihr Professor übergeschnappt ist und die Tage gezählt sind, bis man ihn in die Psychiatrie einweist.

Ich war immer ein Umstandskrämer, meine Aufsätze sind zu lang geraten, mit allen Schriften Dantes und mit anderen italienischen Autoren zu dessen Zeit habe ich mich ausgiebig befaßt. Mein großes Dantebuch, das die bisherigen deutschen Übersetzungen der Commedia durchkämmt und dabei ihre hundert Gesänge Revue passieren läßt, ist zu lang, das sehe ich jetzt. Damals war ich natürlich mächtig stolz darauf, ein Buch von achthundertneunundsiebzig Seiten auf die Fachwelt loszulassen. Immerhin, eintausendvierhundertdreizehn Exemplare davon wurden verkauft. Ich hatte den Ehrgeiz gehabt, etwas zu leisten, das Vladimir Nabokov mit seinen Kommentaren zu den Übersetzungen von Puschkins *Eugen Onegin* vollbracht hat. Über tausenddreihundert Seiten! Wunderbar, einfach wunderbar!

Obwohl ich Nabokovs unerbittliche Strenge nicht gelten lasse. Gleich im Vorwort macht er klar, daß er freiere Übersetzungen nicht duldet. Er erlaubt nur die strikt wörtliche Methode. Das sehe ich anders. Die Beibehaltung der Reime, die Nabokov einfach über Bord wirft, weil Übersetzungen, die dem Reimzwang folgen, nach seiner Auffassung notgedrungen zu Verfälschungen führen, stellt aus meiner Sicht kein allzu großes Problem dar. Einen Versuch, sie in Reimen wiederzugeben, würde ich bei der Commedia nicht verdammen. Nach meinem Dafürhalten sind die Übersetzungen, die Nabokov als einzige lobt, zu pedantisch.

Um mal salopp im Jargon meiner Studenten zu sprechen: auf den Sound kommt es an! Und was den Sound angeht, da haben die gereimten Fassungen eine andere Zwingkraft. Rudolf Borchardts exzentrische Übersetzung in einem erfundenen Altdeutsch, welche einige meiner deutschen Kollegen verabscheuen, finde ich wiederum gut. Liest man sie, ohne die Worte laut nachzuformen, wirkt sie bizarr. Im Schwung einer archaisierenden Fremdheit rollen die Verse dahin. Borchardt wollte die allzu bequeme Eingemeindung der Commedia verhindern, zweifellos eine Haltung des Hochmuts, die sich nur an eine exquisite Schar von Wissenden wendet: *Was lag mir an Lesern, die etwa zu mir gegriffen hätten, weil sie kein Italienisch konnten?* Aber beim mündlichen Vortrag kommt ihre rhythmische und lautliche Schönheit zur Geltung, und darin ist sie all den anderen fünfzig Übersetzungen und Nachdichtungen überlegen.

Nun, das sind Details, die wohl kaum interessieren dürften. Bei unserem Kongreß wurde so etwas unter uns Deutschen natürlich diskutiert. Tempi passati. Jetzt sitze ich allein in Frankfurt, alles dreht sich in meinem Kopf, ein neues Dantebuch werde ich so bald nicht mehr schreiben.

Bisher war mein Leben eine in der Abfolge der Jahre stimmig gefaßte Konstruktion meiner selbst, die ich für wahr hielt. Darin tappte ein Gottlieb Elsheimer herum, der sich wichtig nahm und sich für einen großen Verführer hielt, einen Verführer der Frauen und des Geistes. Habe ich schon erzählt, daß ich zu Hause einen gasbetriebenen Kamin habe, der an so manchem Winterabend zu etwas altväterlich vorspielhaften Stimmungszwecken gern in Betrieb genommen wurde? Ach was. Blödsinn! Puschkin, Borchardt, Dante, der Kamin, das geht jetzt wild durcheinander. Ich bin dabei, mich zu verzetteln, obwohl das auch mit Dantes Hölle zu tun hat, wie so ziemlich alles in meinem Erwachsenenleben.

Spurwechsel, rasantes Ausscheren nach links, he ho, ich bin immer ein flotter Autofahrer gewesen, keine Tranfunzel am Steuer, sondern ein triebschüssiger Fahrer voller Energie. Vielleicht hat es einen Crash gegeben, und ich phantasiere mir seitdem einen Quatsch zusammen von irgendwelchem Himmelsgestürme, irgendwelcher Himmelskletterei. Womöglich verwechsle ich den Jakobsleiterjakob mit meinen Kollegen, die mit diesem werten Herrn nicht das geringste zu tun haben, womöglich ist alles bloßer Hirndunst, viel Dunst um nichts, pure Einbildung.

Mich hat's erwischt. Es hat einen Schlag auf den Kopf gegeben, und deshalb geht es in meinem Schädel nicht mehr ganz richtig zu. Seither bringen meine Hirnwellen keine rasanten Fahrten mehr zum Vorschein, sondern blumige Gebilde, Phantasien, erzeugt von einem erlösungssüchtigen Hunger, wo arkadische Landschaften blühen, durch die sich juwelenblitzende Bächlein winden und in deren Höhen schneeglitzernde Berggipfel mit von keinem Menschen je gesehenen Aussichten locken. Oder ich bin in die rätselhafte Gebirgslandschaft von Balthus versetzt, befinde mich am Läuterungsberg, hocke da, habe einen Arm aufs Knie gestützt, den anderen auf einen Stock und schaue streng zum Bild heraus. Unter mir, weit, weit unten, die dunklen Massen der Nadelgehölze. Dichte Massen von Gehölzen, in denen sich auch Dante zu Beginn der Commedia verirrt haben will.

Dabei sind Phasen im Spiel, die sich abwechseln, das blüht und vergeht, blüht und vergeht, ich fühle mich gehoben und sacke wieder in mich zusammen, habe keinerlei Macht darüber, mein Hirn spielt verrückt, aber der Rest an Vernunft, der mir geblieben ist, läßt mich wissen, daß ich keineswegs durchgedreht bin, sondern etwas Außerordentliches erlebt habe, woran ein normaler Sterblicher nur verzweifeln kann.

Davon in nüchternen Worten zu berichten fällt schwer. Wovon zu erzählen ist, vollzieht sich nicht in klassischen Proportionen, es gibt kein logisch untermauertes Schichtprinzip. Kunstreich ineinander verzahnt ist da nichts. Die Worte können nicht in ordentlicher Abfolge aneinandergereiht werden, als ginge es um etwas, das wir bereits halbwegs kennen.

Irrwischhaft steigt's zu Kopfe, frißt sich auf, hebt sich hinweg. Macht sich auf und davon, flieht ins Universum oder hinab zum höllenhaften Glutkern der Erde.

III

Der persische Dichter Fariduddin Attar erzählt die Geschichte vom Mann, der durch den Furz eines Esels von seiner Eitelkeit geheilt wurde. Vor meiner Nase furzte kein Esel, um mich zu befreien. Mich befreite das Vorkommnis. Vorher zählte ich zu den verdruckst oder hinterrücks Eitlen, die sich der offenen Protzerei zwar enthalten, aber nur, um im geheimen desto intensiver in hochgestochener Eigenbedeutsamkeit zu schwelgen. Es war klar, daß ich mich im Kreis der Kollegen für den profundesten, intelligentesten, schreibmächtigsten Gelehrten hielt. Und an der Universität für den glanzvollsten Professor, der die Studenten in seinen Bann zu ziehen wußte. Und jetzt? Ist nichts mehr davon übrig. Salopp gesagt: es ist mir wurscht. Akademische Geplänkel, akademische Ehren, die mir hie und da zuteil wurden, sind bedeutungslos geworden. Hätte ich eine Frau, lebten Kinder an meiner Seite, wüßte ich, weshalb ich existiere, oder könnte mir wenigstens vorgaukeln, daß ich es wüßte.

Nun aber zum Eigentlichen! Die Vorbereitungen für unseren Kongreß verliefen wie üblich, zwei Absagen kurz vor Schluß, eine besorgte Anfrage, ob das Hotel, in dem wir untergebracht waren, auch über ein Schwimmbad verfüge (was wir leider verneinen mußten), ansonsten ging alles seinen üblichen Gang. Etwas kompliziert war nur, daß ein amerikanischer Kollege, der sich ohnehin zur Zeit in Europa aufhielt, seinen kleinen Jack Russell mitbringen wollte, aber nach längerem Hin und Her und der Versicherung, daß der Terrier klein sei und stubenrein und keineswegs belle, war es schließlich möglich, auch ihn noch unterzubringen. Kenny hielt übrigens, was sein Herr versprochen hatte – er kläffte wirklich nicht, jedenfalls nicht im Hotel und auch nicht während der Vorträge. Man konnte ihm höchstens vorwerfen, daß er so manchem Kollegen die Schau stahl, denn der schlaue, blitzwache Kenny war äußerst beliebt, sogar bei unseren Asiaten, die nicht dafür bekannt sind, daß sie Hunde allzusehr lieben.

Ein kleines Malheur ist unserem polnischen Kollegen widerfahren. Ewaryst Roszkiewicz ließ eine Mappe, die auch sein Vortragsmanuskript enthielt, im Taxi liegen, und diese blieb verschwunden. Bei den römischen Taxifahrern ist es vergebliche Liebesmüh, zu erwarten, daß sie vergessene Sachen im Hotel abliefern. Aber Roszkiewicz ist ein beherzter Mann, er machte daraus kein großes Drama und hielt seinen – im übrigen glänzenden – Vortrag dann frei, gewürzt mit frivolen Anspielungen, die sich darauf bezogen, was in dem verschwundenen Manuskript alles gestanden haben mochte oder vielmehr auch nicht, womit er stürmischen Applaus erntete. Ich hatte fast den Verdacht, die Geschichte mit dem abhanden gekommenen Skript sei ein Trick, weil Roszkiewicz uns mit seinen enormen Improvisationsfähigkeiten imponieren wollte. Wie dem auch sei, der Mann ist sympathisch, und sollte es ein Trick gewesen sein, so sei der ihm leichterdings verziehen.

Nun ja, die Mühen des Kongreßgeschehens sind bekannt. Wir legten Wert darauf, daß unsere Kollegen während der drei Tage dablieben und nicht bloß zu ihren Vorträgen anreisten und hernach wieder verschwanden. Eine lebhafte Diskussion, wie wir sie uns erhofften, kommt nur auf, wenn sich alle beteiligen und die Stars nach ihrem Auftritt nicht sofort das Weite suchen. Und – o Wunder – was selten geschieht: alle hielten sich daran, obwohl es uns in einigen Fällen Mühe kostete, die Leute von diesem Prinzip zu überzeugen.

Vielleicht ist es nun angezeigt, eine Liste der Personen aufzustellen, die während des Kongresses anwesend waren. Beginnen wir mit der Äthiopierin. Schlimm, daß ich ausgerechnet ihren Namen nicht weiß, denn sie hatte maßgeblichen Anteil an dem Wunder, das sich später ereignen sollte. Sie bediente und verteilte zu Anfang die Namensschilder und Kongreßunterlagen. Und schon ertappe ich mich dabei, daß ich entgegen meinem festen Entschluß, das Wort zu vermeiden, doch vom Wunder gesprochen habe. Aber sie war (oder ist) eine so unvergleichliche Person, daß mir das emanationskräftige Wort im Zusammenhang mit ihr leicht über die Lippen geht.

Dann gab es einen jungen Italiener mit kleinem Stutzerbärtchen, Giorgio, der dafür sorgte, daß das Mittagessen rechtzeitig geliefert wurde, und sich auch sonst hie und da nützlich machte. Giuseppe Tommasino, der Hausmeister, kümmerte sich um die technischen Anlagen, das Mikrophon, die entrollbare Leinwand für die Power-Point-Präsentationen, die allerdings selten zum Einsatz kamen. Im Grunde brauchte man in dem Saal auch kein Mikrophon, allerdings hatte unser ältester Mitstreiter, Alois Wanner, eine etwas mürbe Stimme, so daß wir für alle Fälle ein Mikrophon zur Hand haben wollten. Zu guter Letzt hatte Giuseppe seinen großen Auftritt, weil eines der Fenster klemmte. Doch davon später.

Kommen wir zu den Kollegen. Unter den Deutschen war natürlich Eva Melzer, sodann Ulf Wirsing, auch Manfred Hardt, Helene Westerkamp und Gerhard Mayr (mich selbst rechne ich nicht mit). Zu den Italienern zählten die schon erwähnten Luigi Bevilacqua und Fiammetta Bartoli, ferner Giancarlo Malcovati, Pierangelo Folasco und Pia Maria Cardone. Es gab zwei Schweizer und vier Österreicher – Meinrad Bitterli und Angelika Keller sowie Alois Wanner, Leopold Krumbholz, Jeannie Falkner und Walter Cejpek. Harriet Cox und Stephen Reardon reisten aus London an, unser Mitorganisator Bengt Liljedahl aus Schweden, Javier Hernández aus Buenos Aires. Eleni Athanassaki unterrichtet in Athen, Iwan Schestow, unser Russe, lebt derzeit in Berlin. Ich müßte natürlich schreiben *lebte* und *unterrichtete*, denn ich habe keine Ahnung, was sie jetzt tun.

Hinzu kamen Daniel Ginsberg aus Jerusalem und Ryunosuke Tanizaki aus Kyoto, außerdem ein Koreaner, dessen Namen ich mir partout nicht merken kann – etwas mit Byung-Chul oder Byung-Chan am Anfang –, wiewohl er ein sympathischer und blitzgescheiter Bursche ist, der erstaunlich perfekt Italienisch, Englisch und sogar ein bißchen Deutsch spricht. Ebenfalls dabei waren zwei Chinesen, Jia Ling Xu und Yong-ling Zhou, sowie zwei Amerikaner – Millie Davenport und George Kennan (der Besitzer von Kenny) –, ein Türke, Alparslan Eroğlu aus Istanbul, dann der vergnügliche Ewaryst Roszkiewicz aus Polen, ferner die französische Zweiergruppe, die ein wenig unter sich blieb: Catherine Pivot und Jean-Jacques Bertrand.

Der schon erwähnte Fariduddin Attar, ein Dichter aus dem zwölften, dreizehnten Jahrhundert, spricht in flammenden Worten von der *Entwerdung* des Ich, er spricht von einem Erdenkloß, der im Meer verschwindet oder, besser gesagt: sich darin auflöst, und dieser aufgelöste Kloß ist dennoch beredt, er spricht eindringlich in stummer Sprache, die dem Kundigen jedoch verständlich ist.

Nun, meine Kollegen haben sich aller Wahrscheinlichkeit nach nicht im Meer aufgelöst, aber der von Attar angeführte Widerspruch zwischen radikaler Stummheit und feinhörigem Verstehen, der wiederum spricht zu mir, denn ich habe sie noch im Ohr, die Stimmen meiner Kollegen, wie diese urplötzlich aus dem Meer der geschwätzigen Verschwiegenheit auftauchten, überglänzt, erfrischt, von einem wunderlichen

Humor durchdrungen, der mein Herz, sogar meinen Magen und die kitzligen Sohlen meiner Füße selbst jetzt noch erheitert, da sie nicht mehr zu vernehmen sind und die Erinnerung an das umstürzlerische Erklingen allmählich unzuverlässig wird. Wenn ich daran denke, wird alles in mir zugleich gemildert und erweicht. Meine Sünden gingen damals anscheinend unter im Abendlicht einer nicht geheuren Bekanntschaft. Aber ich selbst bin aus Scham und Verwirrung nicht vergangen, sondern erhob mich, als alles vorbei war, von meinem Stuhl mit bleischweren Beinen.

Der Kongreß begann unter einem guten Stern. Am Donnerstag morgen war der Himmel blitzeblau, und die Vögel zwitscherten aus Leibeskräften. Auf dem Aventin tagen zu dürfen setzt Glücksgefühle frei. Man befindet sich hier oben woanders. Zu Recht ist das große Tor verschlossen, es gibt von außen nur einen winzigen Einguck ins Paradies, eine walnußgroße Öffnung, an die man das Auge halten kann. Eine einzigartige Anlage öffnet sich hinter dem Tor, ein verwunschener Zaubergarten mit Orangen- und Zitronenbäumchen, umwogt von mächtigen Palmen, in denen lauter bunte Vögel hocken. Bei seinem Anblick stellt sich sofort eine gehobene Stimmung ein.

Auf dem höchsten Punkt steht eine kleine, von Piranesi entworfene Kirche, daneben das Hauptgebäude des einst mächtigen Ordens. Im dritten Stock befindet sich der schönste Saal, den ich je gesehen habe. Es gibt zwei langgestreckte Fensterfronten, von der einen Seite aus blickt man auf den Vatikan hinunter, gegenüber zeigen sich die anderen Hügel der Stadt Rom. Und zu Füßen liegt der Paradiesgarten.

Die vielen Maler, die Maria mit Kind in einen behüteten Hortus conclusus gesetzt haben, hätten kein schöneres Modell in den Blick nehmen können. Weiße Lilien blühen hier, es duftet. Das Gerank von Büschen und Bäumchen, die den Weg zieren, ist in Form gehalten. Wahrlich, dieser kleine umgrenzte Raum befindet sich in einer Sphäre der Schönheit und des Friedens, nach der sich die Menschen von jeher sehnen. Erhaben fühlt man sich hier, über der Stadt schwebend, und die hochmögende Schwebform des Ortes wirkt auf die Seele ein. Kaum hatte ich das Tor zum Garten durchschritten, fühlte ich mich glücklich und gelöst wie nie zuvor. Wir alle dankten Fiammetta dafür, daß sie es uns ermöglicht hatte, hier zu tagen.

Normalerweise gibt es die Stars, die Wichtigtuer und die Randfiguren, welche ein eher trostloses Dasein fristen. Letzteren hört man vielleicht höflich, aber doch ziemlich gelangweilt zu. Wenn die Teilnehmer allerdings aus verschiedenen Ländern mit verschiedenen Sprachregionen stammen und alle sich bemühen, Italienisch oder Englisch, in seltenen Fällen auch Deutsch zu sprechen, dann ist das etwas Besonderes. Besonders deshalb, weil die Hierarchien, die sich sehr schnell unter Leuten aus ein und derselben Gegend ausprägen, hier nicht so durchgreifend zum Tragen kommen. Der schönheitsgetränkte Ort, an dem wir uns trafen, half. Und natürlich hielt das festumrissene Thema, Dantes Divina Commedia, den Laden zusammen.

Ein umwerfend guter Text, der das Sprungbrett zu hochfliegenden Spekulationen ebenso bietet wie ein komplexes Flechtwerk, aus dem die abgründige Detailversessenheit einer philologischen Analyse allerhand freilegen und herausfiltern kann. Zahlenordnungen spielen dabei eine wichtige Rolle. Nimmt man die Einleitung hinzu und rechnet sie nicht separat, dann wartet die Commedia mit vierunddreißig Gesängen des Inferno auf und betont damit dessen Sonderstellung, dann folgen je dreiunddreißig Gesänge des Läuterungsberges und des Himmels. Oder: 1 + 33 + 33 + 33 = 100. Apropos Sonderstellung. Vermutlich bin ich mit der 34 gemeint, der überzähligen Unglücksnummer.

Auf steinigem Berggelände vertreten drei wilde Tiere dem herumirrenden Dante den Weg – Luchs, Löwe und Wölfin. Und es sind wiederum drei himmlische Frauen, die sich zu einem Rettungsmanöver verbünden, um den zaudernden Florentiner mittels des ausgesandten Vergil zur Jenseitsreise zu bewegen – Maria, die heilige Lucia und die von Dante angebetete Beatrice, die früh verstorbene, hell lodernde Flamme seiner verliebten Jünglingsjahre, die als verklärte Gestalt im Himmel weilt. Ob nun im Himmel oder nicht, jetzt, 2013, vor dreizehn Tagen, sind dreiunddreißig Dantisti verschwunden, obendrein drei Hausangestellte.

Nur ich als vierunddreißigster Wissenschaftler bin übrig. Allein die Höllenzahl markiert mich als Unwürdigen, überdeutlich spricht sie von meiner Ausgeschlossenheit. Ich bin nicht im Meer der Verlorenheit unter- und wieder aufgetaucht, bin nicht zu einer weißen Blume im aventinischen Paradiesgärtlein der Maria geworden, sondern in meinem alten Frankfurt gelandet, in der Beethovenstraße 43, der umgedrehten 34, trauriger denn je.

Gleich in unserer ersten gemeinsamen Stunde war ich mit Eifer bei der Sache. Natürlich widmeten wir uns ausgiebig dem Anfang der Commedia. Daß sich Dante im Wald verirrt, ist nicht dem Umstand geschuldet, daß er auf eine Irrwurzel getreten ist, nein, der Mann hat sich im Dickicht seines eigenen Lebens verloren, etwas über dem jesuanischen Ende des Erdendaseins, mit 35, und er weiß keinen Ausweg mehr. Philalethes, der König Johann von Sachsen, übersetzt hier sehr schön, Dante sei *schlafbefangen* in diesen Wald hineingeraten.

Nun, zum Auftakt unseres Kongresses waren wir weder schläfrig, noch hockten wir gelangweilt auf unseren Stühlen – im Gegenteil: voller Übermut segelten wir durch Canto I der Commedia, unter der Leitung von George Kennan, unserem ersten Referenten.

Die phantasmagorische Eingangslandschaft trägt keinen Namen, ihr haftet etwas Unwirkliches an, etwas traumschwebend Böses. Einsamkeit, gestrüpphafte Unbehaustheit treiben den Wanderer den Hang hinauf und in die Verzweiflung hinein. Wirrnis, wohin er blickt. Und diese Wirrnis steht für das Chaos der politischen Lage, die Dante beunruhigte und deren Opfer er wurde. Das ist nicht Arkadien, keine anmutig hingebreitete Landschaft, der durch das freundlich lächelnde Blau des Himmels ein überglänzter Segen zuteil würde.

Obwohl, wenn Dante den Blick nach oben richtet, in die Helligkeit zur ersten Morgenstunde, es doch Hoffnung zu geben scheint, denn die Kuppe des Berges erstrahlt im Licht. Es ist der Karfreitagmorgen des Jahres 1300, ein Schattentag. Das Unwirkliche dominiert die Bewegungen Dantes, sie gehorchen einem seelischen Zwang und haben mit einer flotten Wanderung bei wachen Sinnen nichts gemein.

Und wieder zeigt sich eine Parallele zu meiner Situation. Auch ich unterliege einem geheimnisvollen Zwang. Das Unwirkliche hat mich aus der Bahn geworfen, jetzt tappe ich in meiner Wohnung herum wie in einem finsteren Wald. Und wie bei Dante scheint alles auf der Kippe zu stehen.

Alsbald rückt die Bedrohung in Gestalt dreier wilder Bestien an den verirrten Wanderer heran, auch ihr Heranrücken geschieht eher wie im Traum: der spitzohrige Luchs, Löwe und Wölfin. Luchs und Löwe sind bereits gefährlich, die abgemagerte Wölfin ist schlimmer. Zunächst sind das einfach nur wilde Tiere, und man kann es auch dabei bewenden lassen. Aber Wollust, Stolz und Habgier sind mit im Spiel, wobei der Luchs die Stadt Florenz repräsentiert, der Löwe Frankreich, und das schlimmste Viech, die Wölfin, sie steht für den Vatikan, dessen habgieriger Hunger nach Gütern niemals gestillt werden kann.

Von der Wölfin wird Dante zurückgetrieben in die Dunkelheit des Waldgestrüpps, zurück zu den flechtenbepelzten Baumstämmen. Der mitreißende Freiherr von Falkenhausen übersetzt hier in flotten Reimen, Dante sei von ihr wieder hinabgedrängt worden, ins Dunkel, *wo die Sonne schweiget.* Borchardt wiederum sieht Dante hinabgestoßen in jene Tiefe, *da sonne schweigt im schwaden,* will heißen: hinab in die schwadendurchzogene Morgenstimmung des Waldes. Reihum trugen die Kollegen so manche Übersetzung einer berühmten Stelle in ihrer Landessprache vor, wobei einige Versionen der fremden Klänge wegen Heiterkeit erzeugten, ohne daß derjenige, dem die Verse gerade von den Lippen gegangen waren, unser Gelächter übel aufgenommen hätte.

Kurzum, wir waren bestens gelaunt und beschwingt bei der Sache, die kleinen Anfangsschwierigkeiten, eine Mixtur aus Vorsicht und überspannten Erwartungen, die oft zu Verkrampfungen führt, waren gar nicht erst aufgetreten. Das lag auch an George Kennan und seinem schlauen Jack Russel. Kenny lief mit George munter nach vorn, legte sich dann brav hin, sah zu seinem Herrn auf und stellte ein Öhrchen empor, was den ersten Heiterkeitserfolg erntete. Danach konnte nichts mehr schiefgehen. Und George ist wahrlich kein Kind von Traurigkeit, er hat diese lässige Art, sein stupendes Wissen derart charmant und locker zu verpacken, daß niemand sich von einem ehrgeizigen Gehabe belästigt fühlt. Schwungvoll kam unser amerikanischer Entertainer auf das In-Erscheinung-Treten Vergils zu sprechen, der sich dem unglücklichen

Dante nahe dem Eingang zur Hölle präsentiert, als ausharrender Schweiger.

Vergils Schweigen hält natürlich nicht allzulange an. Aber an der Stelle legte George eine winzige Kunstpause ein, als müsse er nun selbst um Worte ringen. Dann würdigte er die Qualität des antiken Dichters und das Ansehen, welches er zu Dantes Zeit genoß. George verglich den Eingang in die Unterwelt bei Dante, Wald und wilde Tiere, mit der Darstellung in Vergils *Aeneis* und betonte den Schattenleib Vergils im Gegensatz zu Dantes blutdurchströmter Körperlichkeit. Was Vergil an manifester Leiblichkeit eingebüßt hat, gleicht seine in Dantes Verse gekleidete Vernunft locker aus.

IV

Niemals hätte Dante ohne einen Seelenführer den Gang in die Unterwelt wagen können. Beide Körper, der festgefügte wie der schattenhaft inkonsistente, sind ungefähr gleich groß. Vielleicht ließ sich George ein bißchen zu weitschweifig über die drei Laster aus, die wegversperrend in Gestalt der Bestien aufgerufen werden – *superbia*, *avaritia* und *concupiscentia carnis* –, aber er tat es, um den Einfluß der drei helfenden Mächte zu betonen, die dem Irrfahrer Dante in Canto II zur Seite stehen und ihm aus dem Tal der Sünde heraushelfen – *potentia*, *clementia* und *diligentia*. Kenny legte sich an dieser Stelle wie erschöpft zur Seite und ließ einen befriedigten Seufzer hören, was wiederum Gelächter hervorrief. Ich kann jedem Redner nur empfehlen, seinen Vortrag von einem schauspielbegabten Tier kommentieren zu lassen.

Mit Kenny würde ich übrigens liebend gern tauschen. Er ist nämlich mit von der Partie, wo immer sich diese Partie jetzt befinden mag. Was mich wurmt, obwohl ich Kenny mochte und ihm ohne weiteres eine andere, beschwingtere Seinsweise gönne. Aber es trifft mich doch. Ein kleiner, zugegeben witziger Hund ist der Gnade teilhaftig geworden, ich bin es nicht. Auch wenn *Gnade* nicht unbedingt zu meinem häufig aufgerufenen Wortschatz zählt, fällt mir hierfür kein anderer Begriff ein. Denn um eine Art Gnade handelt es sich sehr wohl, eine Auszeichnung unbegreiflicher Art, die allen Geschöpfen, die sich im großen Saal der Malteser versammelt hatten, zuteil wurde. Nur mir, dem Unglücksraben mit der Nummer 34, nicht.

Es fällt mir schwer, auf den Boden der Tatsachen zurückzukehren und einen einigermaßen geordneten Kongreßbericht zu liefern. George stellte den Bezug zwischen Canto I des Inferno und dem ersten Canto des Purgatorio her. Auch in letzterem erleben wir die Morgendämmerung, und wiederum zeigt sich der Umriß eines Berges. Der erste und der spätere Gipfel, um beide wölkt ein zartes Versprechen und füllt das Herz des Wanderers mit frohlockender Sehnsucht. Der Anfang der Commedia nimmt vorweg, was sich späterhin erfüllen wird. Licht ist oben und flößt dem Wanderer Vertrauen ein. Der Höllenschlund wird von Dunkelheit beherrscht. Die Anfangslandschaft flößt Angst ein, sie verschwimmt, nachdem Dante die ersten Widrigkeiten überwunden hat und Vergil begegnet. Im Prolog irren wir mit Dante auf der Bühne unseres eigenen Lebens herum, aber der spirituelle Motor kommt bereits in Fahrt, indem ein Mensch aus Fleisch und Blut ins spiralige Gehäus des seelenkreiselnden Abgrunds gezogen wird. Wobei die Eindrücke geradezu schmerzhaft real bleiben; da gibt es kein Zurückweichen ins Ungefähre, Verwaschene. Das Geschaute verschwindet und kehrt zurück wie in einem musikalischen Vorspiel, das später wiederaufgenommen wird, aber nicht in einer Abfolge von Tönen, sondern mit körperversammelter Dringlichkeit. Auch ich irre nun auf der schäbigen Bühne meines Lebens herum. Aber nicht mit Dante in einem Wald, sondern mit kleinen Schritten in meiner dunklen Frankfurter Wohnung, in der ich vollends verrückt werde, weil ich sie seit Tagen nicht mehr verlassen habe, zur Unzeit schlafe, zur Unzeit wach bin, mich benehme wie ein von Gott und den Menschen verlassener Mann, der mit Hilfe von Dante versucht, im Jenseits herumzustochern, um etwas zu finden, womit er sich sein Schicksal erklären kann.

Natürlich hatte Dante als Jenseitsfahrer Vorbilder. Die vergleichbaren Reisen des Aeneas und des Paulus dienten habhaften Zielen, indem sie einen wichtigen Beitrag zur Stärkung Roms und der gesamten Christenheit leisteten. Die Gründe liegen offen, die Zwecke ihrer Reisen sind leicht zu verstehen. Bei Dantes Unternehmung bleibt das zunächst verschwommen. Wer die Erlaubnis zur Reise gegeben hat, ist zwar klar, weniger klar ist das Warum. Man könnte von einem persönlich erteilten Privileg sprechen, einer privaten diplomatischen Mission, die die Vereinigung mit der geliebten Frau zum Ziel hat und schließlich eine viel umfänglichere Dimension erfährt. Und doch handelt Dante von Anfang an in göttlichem Auftrag, der ihm zugleich Immunität verleiht. Wie ein Diplomat reist er unter besonderem Schutz, ungehindert passiert er Schranken, erklimmt schwierige Bergpässe, durchquert Flüsse, durchschreitet Tore, die zunächst nicht immer geöffnet sind und ein Abbild mittelalterlicher Grenzlinien darstellen. Mit einem quasi magischen Paßwort versehen, das die Reise höhererseits beglaubigt, gelingt das Fortkommen.

Nur zu gern wäre auch ich mit einem magischen Paßwort versehen. Ich würde etwas Erhabeneres murmeln als Abrakadabra, würde im Sausewind zurückversetzt auf den Aventin, und der Kongreß finge noch mal von vorn an. Allerdings wäre ich dieses Mal besser gewappnet und würde nicht hocken bleiben. Diesmal wäre ich mittendrin, würde herumspringen, mit den Armen fuchteln, würde die Sprachwogen auf mich einströmen lassen und selbst Worte in die Lautwellen rufen, würde jauchzen, deklamieren, singen und dazu herumhüpfen wie ein ergriffenes Kind, das ich leider nie gewesen bin.

Unsere Diskussion wurde lebhaft. Canto II ging rascher über die Bühne als Canto I, beim Eingang in die Hölle hielten wir uns wiederum etwas länger auf. Apropos Schein- oder Schattenleib versus bluterfüllter Leib. Hier machten wir natürlich einen Ausflug ins Purgatorio, Canto XXV, der die Differenz zwischen beiden, der Schattenleib gleichsam ein seelisch vertieftes Kondensat des körperlichen Ursprungsleibes, erläutert. Wobei die Luft als Hülle Gestalt annimmt und die Seele diesen Luftumrissen eine Art Stempel aufprägt oder sie inwendig durchglüht. Gedächtnis, Wille und Verstand gehen geschärfter daraus hervor, als sie es in der fleischbezogenen Körperlichkeit gewesen sind. Auch werden die Leibesqualen von den eigentlich Entleibten stärker gefühlt, als würde man sie ihren sterblichen Fleischkörpern zufügen. Nun ja, Borchardt übersetzt hier, *Anderleiblich* gehe es dabei zu, was man noch gut versteht –

> Verkocht, versinkets dàhin – das ich lasse,
> durch zucht, zu nennen dir: darauf es thauet
> auf Anderleiblich blut in lebigem vasse …

– aber spätestens bei *in lebigem vasse* wird die Übersetzung doch etwas sonderbar. Beim Vorkommnis ging es ebenfalls anderleiblich zu, das will ich nicht leugnen – überglänzt, überhaucht, körperlich leicht geworden und zugleich sinnentrunken, bis in die inneren Fasern von etwas Neuartigem durchrauscht, was man als Substanzwandel bezeichnen könnte, erschienen mir meine luftig gehobenen Kollegen. Ich blieb Leib, sie waren bereits in hohem Grade Seele. Wer ist schon darauf vorbereitet, daß sein Leib anderes mit ihm plant, als es der Gedanke will. Wie zur Strafe fühlte sich mein Körper an, als wäre er mit Blei gefüllt. Und das hat sich seit dem Vorkommnis nicht mehr geändert. Warum mich urplötzlich diese Schwere niederdrückte? Warum nur? Als hätte eine höhere Macht sie meinen Gliedmaßen anbefohlen, weil ich schuldig bin. Vielleicht schuldiger als alle anderen, die im Saal waren. Meine Gedanken flatterten nämlich bereits ebenfalls nach oben, auch wenn mich der Enthusiasmus noch nicht so am Wickel hatte wie meine Kollegen.

Schon bei unserem ersten Frühstück am Donnerstag morgen im Hotel ging's lustig zu. George und Eva saßen an meinem Tisch, Kenny hockte aufmerksam an der Seite von George, in sehnsüchtiger Erwartung kleiner Bissen, die sein Herr ihm reichte. Millie Davenport und Daniel Ginsberg setzten sich zu uns, etwas später folgte der noch ziemlich verschlafene Stephen Reardon. George in einer solchen Runde zu haben ist immer vergnüglich. Er spricht mit allen, besitzt ein großes Talent, für gute Stimmung zu sorgen. Er und Daniel, der zunächst etwas vorsichtig war, weil er nur wenige von uns kannte, fingen an, sich die Bälle zuzuwerfen. Der muntere George zog den älteren Daniel mit sich, alsbald vereinigten sie sich zu einem hochseriösen Oberkellnerduett, schleppten alles mögliche vom Frühstücksbuffet an unseren Tisch, sorgten für Kaffee, Tee, Omelette, während Kenny wie ein Flitzebote zwischen ihnen hin und her sprang. Salz fehlt! rief Millie, und die beiden stürmten los, rauften sich zum Spaß darum, wer das Salzfäßchen vor Millies Rührei stellen durfte. Heiter, kindisch und auf charmante Weise aufgekratzt war unsere kleine Runde. Wir rüttelten an Stephen herum, damit er endlich wach werde, und der spielte das Theäterchen des Halbschlafenden mit Vergnügen, schloß immer wieder die langbewimperten Augen, hinter denen es sich offenbar gut dösen ließ. Er öffnete den Mund und tat so, als müsse er gleich losschnarchen, wenn wir uns nicht um ihn kümmerten. Auch Eva war noch ziemlich schläfrig. Sie ist morgens nicht gleich auf Zack, trödelt versonnen herum, was ich immer an ihr mochte, obwohl ich der entgegengesetzte Typus bin. Ich springe aus dem Bett und bin wach, als hätte ein Alarm mich aufgeschreckt.

Millie kannte alle und stellte die Verbindung zwischen uns her. Sie ist eine ältere Dame, die eine Zeitlang an derselben

Universität wie George unterrichtet hat. Die beiden kamen als Kollegen offenbar gut miteinander aus. Es ist leicht, Millie zu mögen. Sie hat etwas herzhaft Zupackendes, das mir immer gefallen hat. Millie und Daniel wiederum sind beide Mitte Siebzig, seit Jahrzehnten miteinander bekannt. Sie sind gut beschäftigt in ihrem Ruhestand, als gerngesehene Gäste nehmen sie an Kongressen teil, weil sie ein immenses historisches Wissen besitzen und exzellente Vorträge halten. Um Daniels Kopf windet sich ein Kranz aus feinen Härchen. Millie riß gleich Witze darüber: seit sie sich das letzte Mal gesehen hätten, seien einige dieser Härchen wie Pusteblumen davongeflogen, was – und da ging George dazwischen und hob zu einer großen Eloge an: was Daniels Charakterkopf mit den buschigen Augenbrauen betone und ihn noch interessanter erscheinen lasse, als er eh schon sei.

Da war nichts Steifes, da waren keine höflichen Tiraden im Spiel, mit denen sich Tagungsteilnehmer einander normalerweise vorsichtig nähern. Wir benahmen uns wie eine alt gewordene Bande Halbstarker, die sich bestens kennen, einander zwicken und boxen, um in Schwung zu kommen. Wie bei gesetzten Akademikern ging es bei uns definitiv nicht zu. Es war merkwürdig, eine derart angespitzte Schulklassenatmosphäre hatte ich auf Kongressen noch nie erlebt, schon gar nicht beim ersten gemeinsamen Frühstück. Alles war anders als sonst. Und ich schwadronierte in dem Gewoge fröhlich mit, fühlte mich frei und heiter, kicherte wie ein Mädchen, verschluckte mich am Kaffee, weil ich derart lachen mußte. George begann mir auf den Rücken zu klopfen, und Eva behauptete, sie kenne das, Klein Bübchen müsse sein Bäuerchen machen, *after the burp his stomach needs to be gently massaged*, worauf sich George anbot, mir sogleich das Bäuchlein zu kneten.

Canto nach Canto werde ich jetzt nicht in allen Einzelheiten durchpauken, aber einige der kuriosesten Vorstellungen kommen mir doch in den Sinn. Da wäre zum Beispiel Meinrad Bitterli. Der Mann ist nicht offensiv witzig, aber hinterrücks! Vordergründig ein staubtrockener Geselle mit schütterem Blondhaar und einem dünnen Sparmund, nicht allzu gesprächig, nicht alt, nicht jung, der jedoch zu großer Form auflaufen kann. Bitterli hat das Talent zum Kalauer. Die Leute merken nicht sofort, daß er verdeckt operiert, um seine Pointen unterzubringen. Alles an ihm ist zunächst unauffällig. Wer genauer hinsieht, merkt, daß der Mann erstklassige Anzüge trägt, die ihm ein Schneider auf den mageren Körper geschnitten haben muß, paßgenau, so daß sich unter den herabhängenden Schultern keine Falten bilden. Nach Schweizer Art ist er zunächst ausnehmend höflich und hält sich zurück. Aber er versteht sich auf die Kunst, einen mißliebigen Kollegen radikal zu demontieren, ohne daß ein einziges Wort fiele, dem man die Angriffslust sofort anmerken würde. Wenn er etwas nicht leiden kann, zieht er die Augenbrauen hoch, spielt wie in einer Pantomime den überaus Erstaunten, als wäre ihm soeben eine kostbare Weisheit geschenkt worden, aber nur, um die Augenbrauen wieder herabfallen zu lassen und mit einem furztrockenen Satz auf dem Boden der Wirklichkeit aufzuschlagen.

Ich mochte Bitterli immer gern, bin aber erst während der römischen Tage näher mit ihm bekannt geworden. Meine Studenten würden ihn einen schrägen Kerl nennen. Wohl wahr, schräg ist er, aber auf eine amüsante Weise. Er behandelte das oft zitierte Meisterstück der Commedia, den fünften Gesang der Hölle, in dem die unglücklich Liebenden Paolo und Francesca heranwehen und Francesca berichtet, was ihnen widerfahren ist, während Paolo kummervoll und tränenreich schweigt.

Wieder entfuhr Kenny ein tiefer Seufzer, und er neigte sich erschlafft zur Seite, als Bitterli vom wie betäubt niederfallenden Dante sprach, der das Leid der Liebenden nicht länger ertragen kann. Bitterli hob dazu den Zeigefinger und fiel ins Schwyzerdütsch: *du willsch mir doch nüt d' Schouw stähle!* Unser Kommentarhund hatte längst seinen Stammplatz vorn neben dem Pult eingenommen, gleichgültig, ob nun sein Herrchen sprach oder ein anderer Referent. Dann drückte Bitterli eine Taste seines Computers und warf einen Youtube-Film auf die entrollte Leinwand, in dem ein genialer Vittorio Gassman sich von seiner Begeisterung über die Commedia fortreißen läßt und den fünften Gesang rezitiert. Zweifellos, Gassman ist ein erstklassiger Schauspieler, ein gutaussehender Mann und Kenner der Commedia obendrein. Das heißt natürlich, er war es, denn er ist schon eine Weile tot. Wenn es aber meinen Kollegen vergönnt war, über das Sprungbrett der Commedia in eine höhere Welt zu entfahren, dann wäre es nur billig, wenn Gassman dasselbe Glück hat genießen dürfen.

Bitterli beschrieb mit einer dramatischen Energie, die man den Schweizern für gewöhnlich nicht zutraut, wie die Liebenden in Canto V in einem dunklen Wirbelsturm herumgeweht werden und wie sich aus dem turbulenten Gewehe und Gelärme der umhergetriebenen Schwarmgeister ein einzelnes Schicksal löst und sich zu erkennen gibt, ein anderes Schicksal als das der Wollüstigen, das bei Dante kein Mitgefühl hervorruft, vielmehr ein zartes, zu Herzen gehendes. Obwohl eine unselige Lust im Spiel ist, daher der Sturm. Der Canto erschien mir neu, als wäre ich ein Dante-Novize. Durch Bitterli war ich verlockt worden, mich viel intensiver in die Liebesgeschichte hineinzudenken als gewöhnlich, fast, als würde meine eigene Seele im Gebraus herumgeweht werden.

Offenbar ging es einigen Kollegen auch so. Pia Maria Cardone, die aus Venedig stammt und mir im letzten Jahr freundlicherweise ihre Wohnung für einige Tage überlassen hat, mischte sich ein, aber nicht kleinlich, nicht im Sinne der Besserwisserei, sondern um ein wenig zu ergänzen, welche Bearbeitung diese verzweifelte Liebesgeschichte später noch erfahren hat. Leider gehörte sie zu denen, die ihren eigenen Vortrag, der einem Canto des Paradiso gewidmet war, nicht mehr halten konnten, weil der Tumult jedes planvolle Vorgehen bereits außer Kraft gesetzt hatte. Auch Gerhard Mayr, ein jüngerer und recht heiter wirkender katholischer Theologe, meldete sich einige Male zu Wort. Ihm bin ich während des Kongresses zum ersten Mal begegnet, ein Mann mit schütterem Haar und eulenhafter Brille, blitzgescheit. Er kam später ebenfalls nicht mehr zum Zug. Wie Thomas von Aquin Dante beeinflußt hat, wäre das Thema seines Vortrags gewesen. Ich bedauere, daß er uns darüber nichts mehr erzählen konnte, denn dieser Aspekt, der besonders im Paradiso zum Tragen kommt, ist von einiger Bedeutung.

Doch bleiben wir bei Canto V. Meine Vorstellungskraft war entzündet, ich nahm teil am Geschehen der Commedia, war mit Haut und Haar dabei, als der antike Wächter Minos, halb Drache, halb Mensch, mit den Schweifschlägen seines geringelten Riesenschwanzes die Höllenbewohner nach unten in die verschiedenen ihnen gemäßen Abteilungen der Hölle beförderte. Nicht nur Paolo und Francesca sind hier gefangen, auch andere berühmte Liebende treibt's durch die schwere klangerfüllte Luft – Dido, Kleopatra und Helena, ebenso Paris und Tristan werden unablässig gequält und herumgewirbelt.

Die Commedia verwandelte sich von einem auf Distanz gehaltenen Gegenstand der Forschung in ein Wirkwesen der wahren Poesie: sie hielt uns in ihrem Bann, verzauberte uns, obwohl wir uns nach außen hin benahmen, wie es für Italianisten während einer Tagung üblich ist. Aber in unserem Inneren ging es anders zu, da war ein Aufruhr der Herzen und Hirne im Spiel, ein Ideengewimmel, das sich sonst nur bei der Einnahme von bewußtseinserweiternden Drogen einstellt.

Und die Durchdringung dieses alten Textes wurde zu einer höchstpersönlichen Angelegenheit, geradeso, als wären in ihm wichtige Fingerzeige für unser eigenes Leben verborgen. Was nicht bedeutet, daß wir der Forschung gänzlich ade gesagt hätten, aber sie nahm so etwas wie eine anrührende Naivität mit ins Gepäck, als würde das Denken nicht allein dem Hirn überlassen, sondern vom Herzen aus befeuert. Bei allem, was in der Poesie anklang, vibrierten wir mit. Dantes Dichtung durchflutete unsere Körper, wie es keiner der Anwesenden je zuvor erlebt hatte.

V

Bitterli kam auf die Vogelvergleiche zu sprechen, die Dante aufruft, und wir flogen in Gedanken mit, wurden wie die Unglücklichen in einem Starenschwarm hin und her, auf und nieder geweht. Das ging vermutlich nicht nur mir so. Und wir hörten die langgezogenen Klagerufe. Bitterli kam bei der Beschreibung dieser Rufe so in Fahrt, daß wir dachten, er würde gleich zu einem umherziehenden Kranich werden und mit den Armen wedeln, um die Bewegungen der Vogelschwingen nachzuahmen, aber nein, unser Mann blieb vorläufig noch am Boden, vielleicht nur, weil wirkliche Kraniche nicht im Sturm fliegen; die darin herumgetriebenen Seelen werden allerdings mit ihnen verglichen.

Auch Bitterli war von Dantes an der Kette laufenden Dreierreimen derart inspiriert oder vielmehr aufgekratzt, als befände er sich mitten in der Szene. Ungewöhnlich für einen Wissenschaftler, besonders für einen wie Bitterli, der immer aus dem Trockenen heraus operiert, sich nie in den Überschwang hineinsteigert. Als er von der Kranichszene sprach, kam er mir wie ein Irrwisch vor, den etwas Unerklärliches am Wickel hat. Kenny schien das auch zu spüren, denn er hob immer wieder verwundert den Kopf, als lerne er Bitterli plötzlich als einen völlig anderen kennen. Damit Francesca mit dem Pilger Dante reden kann, hält der Braus für einen Augenblick inne. Nicht schreiend und klagend fliegen die Liebenden heran, sondern sanft wie die Tauben. Auch unser Bitterli beruhigte sich wieder. Dantes Macht ist groß. Er zwingt sogar einen Schweizer, mit Leib und flatternder Stimme Bewegungen zu folgen, die vor mehr als siebenhundert Jahren niedergeschrieben worden sind.

Paolo und Francesca hatten mit Feuereifer gemeinsam in einem Buch gelesen, einem altfranzösischen Roman, der von Lancelot und Ginevra handelt. Der dort erzählte Kuß wurde ihnen zum Verhängnis. Sie erzitterten, und davon entzückt, gingen sie mit fiebernden Bäckchen dazu über, dem Roman zu folgen und Ehebruch zu begehen. Dabei wurden sie von Francescas Mann, Gianciotto Malatesta, erwischt, einem häßlichen Grobian.

Dante kann sich mit Andeutungen begnügen, die Geschichte war zu seiner Zeit bekannt, ja, sie war geradezu das Modell einer unglücklichen Liebe und wurde weidlich ausgeschmückt. Der düpierte Ehemann ermordete die beiden. Aber warum befindet sich eine so noble Gestalt wie Francesca da Rimini überhaupt in der Hölle? Ein Herz, in dem die Liebe zart erblühte, weil wahre Liebe überhaupt nur in einem noblen Herzen aufblühen kann? Gilt hier nicht auch das jesuanische Gleichnis von der Ehebrecherin, worin Jesus eine aufgebrachte Menge, die eine Frau steinigen will, davon abhält, indem er den Blick senkt und mit dem Finger etwas in den Sand oder auf den Boden schreibt, worauf er sagt: *wer sich frei von Sünde weiß, der hebe den ersten Stein?* Schon damals hätte uns auffallen können, daß wir bereit waren, die Commedia wörtlich zu nehmen und uns über die moralischen Konsequenzen der Lektüre den Kopf zu zerbrechen.

Bitterli brachte an dieser Stelle einen Kommentar des schwedischen Gelehrten Olof Lagercrantz ins Spiel, der eine zu Dantes Zeit in Umlauf befindliche Überlieferung der Geschichte dazu aufruft. Demnach warf sich Francesca dem Dolch entgegen, der für Paolo bestimmt war. Sie hatte sich also in der letzten Sekunde ihres Lebens nicht für die Reue entschieden, sondern für ihren Geliebten. Und dafür landete die beherzte Frau in der Hölle und wird für alle Zeit in einem

Sturm herumgetrieben, dem Sturm der Lust, der weder Ruhe noch Besinnung kennt, sondern erfüllt ist von klagendem Geschrei.

Wie an vielen anderen Stellen auch übernimmt Dante nun die Rolle des fragenden Richters, allerdings vor seinem plötzlichen Ohnmachtsanfall. Er verlangt aber nicht herrscherlich eine Auskunft, sondern bittet höflich darum, hier mit den Worten Georg van Poppels:

> Sobald der Wind uns zugejagt die Schemen,
> Sprach ich: »Will's euch ein andrer nicht verwehren,
> Gequälte Seelen, kommt, laßt euch vernehmen!«

Und Francesca spricht. Sie spricht leidvoll und schön und rührt damit an das Herz des Lesers, will selbst im grausigen Gestürm von ihrem Liebsten nicht lassen. Offenbar war die Hölle zu Zeiten Dantes finsterer verfaßt, als wir es heute einsehen können. Auch August Wilhelm Schlegel hat sich sehr für Francesca erwärmt, er sieht in ihr eine zarte Seele der Liebe, die zu einem wildbewegten und zugleich öden Schattenleben verdammt ist, weil sie nicht danach strebt, ihre Liebe zu entschuldigen und zu bereuen.

Meine Kollegen sind vermutlich nicht in die Hölle gefahren, obwohl sich gewiß einige unter ihnen befanden, die Ehebruch begangen hatten; wahrscheinlich waren sie aus weniger verständlichen Gründen als die arme Francesca in Versuchung geraten. Begierde versus selbstlose Liebe, um diesen Kontrast, der uns heute in solcher Schärfe nicht mehr einleuchten will, um den geht es hier. Angetrieben vom Sturmsegel des Eros, ist die Liebe von Paolo und Francesca einem weltlichen Kataklysmus unterworfen, und damit steht sie in deutlichem Gegensatz zur Liebe, die Dante für seine angebetete Beatrice hegt – noch eindeutiger umgekehrt: sie für ihn.

Spekulationen der wildesten Art kamen auf, wir gerieten auf fragwürdiges Gebiet. Da wurde von unserem Russen behauptet, zwischen Gott und Mensch bestehe eine geheime Bekanntschaft, die sich für gewöhnlich erschöpfe oder verberge, aber schlagartig sichtbar sein könne, wenn wir gewahr würden, daß wir Sünder seien. Iwan Schestow wurde bei diesen Worten geradezu persönlich, als hätte er selbst soeben Ehebruch begangen, bekäme den Vorgeschmack der Hölle zu spüren und würde deshalb an der von Dante vorgetragenen Weltordnung irre, die er plötzlich für verbindlich zu halten schien. Etwas Wildes und zugleich Verzweifeltes hatte ihn überkommen. Auch unserem deutschen Kollegen Wirsing sprang ein ungewöhnliches Wort von den Lippen, das mir damals schon seltsam vorkam – er sprach vom *Schausaal* der Seele, in den Gott hineinblicke, und verwendete dies auch im Deutschen ungewöhnliche Wort mitten in seinen auf italienisch vorgetragenen Bemerkungen.

Natürlich stellte sich in unseren Diskussionen immer wieder die Frage nach der Übersetzung. Russen, Amerikaner, Chinesen, Franzosen und alle anderen auch haben hier jeweils mit sehr verschiedenen Problemen zu kämpfen. Wir Deutschsprachige haben als einzige eine so ungeheure Vielzahl an Übersetzungen zur Verfügung, daß wir wählerisch sein können. Über fünfzig Komplettübersetzungen und noch etliche dazu in Teilen! Das Ende von Canto V bekamen wir in verschiedenen Sprachen und Varianten zu hören. Die entsprechenden Möglichkeiten der Interpretation wurden diskutiert. Wenn Dante ohnmächtig niederfällt, weil er das Leid der Liebenden nicht länger ertragen kann, so geschieht dies wohl auch, damit er nicht zum Ankläger Gottes wird, der Paolo und Francesca so unbarmherzige Qualen auferlegt hat. Francesca bleibt im Herzen des Lesers eine edle Gestalt, die Mitleid hervorruft, nicht den Wunsch nach Bestrafung. Aber nach Auffassung der Theologen zu Dantes Zeit – etwa bei Hugo von St. Viktor – versammeln sich die schnell fließenden Begierden unten, im Keller der Seele, und schäumen darin auf. Sie lenken davon ab, was wirklich im Leben zählt. Georg van Poppel übersetzt das Ende mit:

So sprach der eine Geist, der andre faßte
    Sich kaum vor Weinen; Mitleid schlug die Glieder
    In Bann mir, daß, wie sterbend, ich erblaßte.
Und wie ein toter Körper sank ich nieder.

Stärker formuliert an dieser Stelle Stefan George, gewissermaßen mit mehr Schlagkraft:

Als so der eine geist gesprochen · fasste
    Den andren solches schluchzen dass vor weiche
    Mir die besinnung schwand und ich erblasste.
Und ich fiel hin als fiele eine leiche.

Nun, diese Feinheiten waren unseren ausländischen Kollegen nicht ganz zu vermitteln, aber es war immerhin erstaunlich, wie sehr sie sich mühten, die Unterschiede unserer Übersetzungen zu verstehen. Ich bin kein Theologe, dennoch mißfällt mir, daß sich dieses geistabenteuernde Fach in einen öden Winkel verkrochen hat und seiner Wirkmacht beraubt wurde.

Bei Dante geht es ab dem Erdmittelpunkt in Richtung südliche Hemisphäre, auf den Flügeln der Theologie. Zu seiner Zeit betrachtete man die gesamte Welt mitsamt den darauf siedelnden Geschöpfen, den Bergen, den Flüssen, den Meeren, als Gottes unmittelbares Schöpfungswerk. Gott sprach, und *es* wurde. Auch die von den Menschen in Gang gesetzte Geschichte liegt ausgebreitet da wie ein von Gott geschriebenes Buch. Wobei die Bibel selbst natürlich ebenfalls den Anspruch erhebt, nicht nur vom Werk eines beliebigen Gottes zu künden, also reines Menschenmachwerk zu sein. Vielmehr will sie unter Seinem direkten Einfluß geschrieben sein, wenn auch nicht ganz so direkt wie der Koran, bei welchem Gottes Hand imaginiert werden kann, die in berauschend schöner Schrift einen klangvollen Buchstaben neben den anderen setzt.

Nur zu gern würde ich meine Aufzeichnungen mit einer Schriftzier zu Papier bringen, die der Würde des Themas angemessen ist. Leider gelingt mir das nicht. Meine Handschrift stolpert schräglings nach rechts weg, als müsse ein konfuses Wettrennen gewonnen werden. Schön ist sie nicht. Und in meinem Kopf toben die Fragen, auf die ich keine Antworten finde. Edmond Jabès hat behauptet, manchmal sei in der Frage schon das Aufblitzen der Antwort enthalten. Leider ist das bei mir nicht der Fall. Ich frage. Eine Antwort bleibt aus.

Dante hingegen fackelte nicht lange. Er zielte hoch. Seine Commedia ist geschrieben, wie ein gelehriger Schüler schreibt, der es seinem Meister nachtun will, wer weiß, ihn vielleicht eines Tages gar zu übertreffen gedenkt. Die absolute meisterliche Schreib- und Denkinstanz war für ihn Gott. Dante geizte nicht mit seinen Ansprüchen. Heute würde man einen Dichter für verrückt erklären, der sich in den Kopf gesetzt hätte, ebenbürtig mit Gott zu verfahren, und dies auch noch zum Anspruch ummünzte, sein Werk trage hell lodernd das Gütesiegel Gottes. Zumindest reichlich überspannt käme er uns vor. Selbst Rilke, der sich gewiß als Genie begriff, ging nicht so weit, daß er seine *Duineser Elegien* für eine im exakten Wortsinn göttliche Dichtung hielt. Und warum versah unser Meister sein großes Werk mit dem Titel *Comedia* und nicht mit irgendeinem anderen? Weil in der Komödie Wahrheiten versteckt sind, die bei oberflächlicher Betrachtung als Lügen daherkommen, und nicht, weil es darin lustig zugeht. Auch ist in der Komödie die Volkssprache zugelassen, was Dante ebenfalls zupaß kam. Die Tragödie endet furchtbar, die Komödie heiter, ein weiterer Grund, weshalb Dante sein Opus magnum so genannt haben dürfte.

Olof Lagercrantz hat die bekannten Arten noch einmal beschrieben, auf die man zu Dantes Zeit die Bibel las. Zunächst wörtlich, also buchstäblich wahr. Die Schriftzeichen gleichsam mit dem Finger abtastend, die Worte vor sich hin murmelnd wie ein Schüler. Aber dahinter öffneten sich weitere Felder der Bedeutung. Neben dem geradeaus Erzählten gibt es die Lehre davon, was dieses Erzählte sagen will – in einem tieferen, verborgenen Sinn, den es zu ergrübeln gilt. Und dabei kommt die allegorische Deutung ins Spiel, denn in den mitgeteilten Fakten sind Wahrheiten versteckt. Zu diesen Wahrheiten kann sich der Einsichtsvolle hintasten, vorsichtig natürlich, gleichsam auf verschüttelter Fläche spazierend, immer in Gefahr, darauf auszurutschen. Die dritte Ebene ist die moralische und unterweist den Menschen, wie er leben muß. Die vierte Ebene hält Lagercrantz für die merkwürdigste. Sie wird die anagogische genannt und gibt Unterricht über zukünftige Geschehnisse, über das Schicksal und die himmlischen Dinge, allerdings in beschränktem Umfang.

Was die zukünftigen Geschehnisse anlangt, hätten wir gewappnet sein können, wenn wir nur Kenny genau beobachtet und daraus unsere Schlüsse gezogen hätten. Ich bin inzwischen überzeugt davon: dieser Schlaumeier von einem Hund verstand jedes von uns gesprochene Wort. Allein das Spiel seiner Ohren, die geschärfte Aufmerksamkeit und dann wieder die Erschlaffung, die an ihm zu beobachten war, als wäre das alles urplötzlich zuviel für ihn, hätten uns auffallen können.

Aber ich nahm's wie die anderen auch für die Aufführung eines kleinen theaterbegabten Hundes, der es genoß, wenn unsere Blicke auf ihm ruhten.

Ich mochte George, ich mochte Kenny. Als Kind hatte ich mir sehnlich einen Hund gewünscht, den ich mit ins Bett nehmen und dem ich meine Geheimnisse anvertrauen könnte. Ein Hund, der mich verstand und liebte, nur mich. Der mit mir spielte, mit mir herumrannte und mich in den Augen meiner Schulkameraden zu einem wichtigen Kind machte. Abwechselnd ein großer, der mich verteidigte, und ein kleiner, den ich unter der Bettdecke versteckte. Groß oder klein, meine sauberkeitsfixierte Mutter ließ das nicht zu. Ich blieb ohne Hund, ohne Vater und ohne Freunde. Ein einsamer Bub, der sich in die Bücher vergrub und sich wie in einen Kokon in eine Phantasiewelt einspann mit einem erfundenen Freund und einem erfundenen Hund, die mit ihm sprachen, ihn beschützten und seine Geheimnisse beherbergten.

Die Stimmen von Kinderfreund und Kinderhund hatte ich ein bißchen im Ohr, als sich die Luft um uns her mit anderen Stimmen füllte, zumindest in unserer Einbildung hörten wir das Gewimmer der Hölle aus Canto XIII. Diesmal führte Eleni Athanassaki in den Canto ein. Eine kompakte Frau, vor der man Angst kriegen kann, denn sie kommt äußerst entschieden zur Sache. Auch ihre große, schwarzgefaßte Brille trägt dazu bei, daß man sich vor ihr in acht nimmt. Ein kleines silbernes Kreuz hängt an einem schmalen Kettchen über dem stolzen Busen. Ihre grauschwarzen Haare sind zu einem strengen Knoten gebunden. Ich kannte sie vorher nicht, hatte mir allerdings von Eva sagen lassen, sie sei eine Dante-Granate, dulde keinen Widerspruch.

Eleni ging ruppig zu Werke, sie sprach Italienisch, aber geradeso, als müßten Salven aus einem Schnellfeuergewehr auf uns abgeschossen werden. An der Stelle, da der ahnungslose Dante einen Zweig von einem Strauch abbricht, worauf am abgebrochenen Ende Blut herausquillt und eine gequälte Stimme sich zu hören gibt, zuckten und flogen die Ohren um Kennys Kopf, als müsse er sie erst von Elenis Geknatter freischütteln, um das zarte Blutstimmchen von Pier della Vigna zu vernehmen, dem einstigen Kanzler des Stauferkönigs Friedrich II. von Sizilien.

Dante und Vergil sind im Wald der Selbstmörder gelandet, dem bizarren Totenwald der Hölle, umkreischt von dickbäuchigen Harpyien, mythologischen Vogelgestalten, die auf den Bäumen hocken; dazu ein Geschwirr von Klagen, das von überall her ertönt, ohne daß die dazu gehörenden Körper auszumachen wären. Elenis rauhe Stimme paßte gut zu den schrillen Harpyien, die sie uns in ihrem von Knacksalven durchsetzten Italienisch zu Gehör brachte. Natürlich zitierte sie keine deutschen Übersetzungen, aber mir kam Rudolf Borchardt in den Sinn, weil bei ihm die schaurigen Gestalten so wirkungsvoll ins gereimte Bild gepackt sind:

> Flapp hans die federn, fiedrig prall an wänsten,
> krallfüsse, und häls und häupte weibgestalt;
> sie leieren klagen auf den baumgespensten.

Daß die Baumgespenste *leieren* und nicht einfach leiern, ist klasse! Das Wehklagen, das von allen Seiten auf Dante einströmt, ohne daß sich ihm die stimmlichen Quellen sofort erschließen, bekam durch Elenis Vortrag einen angemessen schaurigen Klang. Worte strudeln aus dem abgebrochenen Zweig hervor. Mein Sitznachbar Wirsing flüsterte mir zu: das spratzelt, wie wenn man Eier in der Pfanne brät, und lachte dazu wie ein aufmüpfiger Schüler. Strudeln, Braten, Spratzeln – die beredten Blutstropfen des gewesenen Kanzlers Pier della Vigna melden sich jedenfalls vorwurfsvoll zu Wort, als Dante den Zweig knickt, worin der Selbstmörder steckt. Dante hat dem sowieso schon zur Genüge gepeinigten Mann – oder dem, was von ihm übrig ist – ein Leid angetan, allerdings unwissentlich und von Vergil dazu aufgefordert. Dieser scheint davon auszugehen, daß Dante einer Erklärung ohne den Beweis der Erfahrung, den die eigenen Finger liefern, keinen Glauben schenken würde. Vor allem würde er Vergils *Aeneis* allein keinen Glauben schenken, in welcher das Blutwunder in der Geschichte des ermordeten Polydoros vorgezeichnet ist. Nichtsdestotrotz erscheint das Abknicken des Zweiges brutal.

VI

Wenn auch nicht eigenmächtig, so überschreitet Dante hier seinen Auftrag, geradeso, als wolle er ein Geständnis unter der Folter erzwingen. Stefan George übersetzte nur einen Teil des Höllengesangs, diesen allerdings gekonnt:

> Nun strecke ich die hand hervor und kramme
> Ein ästchen ab von einer grossen hecke.
> Da schrie der strunk: Was machst du mir die schramme?

Und von großer Kraft, höchst anschaulich ist im Fortgang die Übersetzung von Georg van Poppel:

> Und wie ein grünes Scheit beim Flammenknattern
> Des obern Endes unten im Geschwitze
> Zu zischen pflegt von Dünsten, die entflattern,
> Quoll Wort und Blut zugleich aus diesem Ritze.
> Ich stutzte wie ein furchtergriffnes Wesen
> Und mir entglitt die abgebrochne Spitze.

Nur ein Beckmesser wird mit dem Zeigefinger darauf weisen, daß Dünste schwerlich entflattern können, denn das liest sich wunderbar. Flammenknatterer van Poppel, chapeau! Die Worte des in den Zweig Gebannten spritzen heraus, werden unter Qualen ausgespuckt; die Verbindung zwischen Körper und Seele ist gekappt. Dennoch haftet diesen Worten etwas Ehrenhaftes an. Pier della Vigna ringt darum, seine Glaubwürdigkeit wiederherzustellen, und Dante wird vom Mitgefühl übermannt. Aber genau das soll verhindert werden, und dazu dient Vergils Anspielung auf die Geschichte des Polydoros.

Trotz der Salven, die sie auf uns losließ, stellte Eleni eindrucksvoll den Zusammenhang zu einer Stelle aus Vergils *Aeneis* III her, die vom Tod dieses Polydoros, des jüngsten Sohnes des unglücklichen Königs Priamos, handelt, der aus einem Busch zu Aeneas spricht. Natürlich war uns allen die Verweisstelle bekannt, aber Eleni legte die unterirdischen sprachlichen Bezüge mit großem Geschick frei, so daß wir heftig applaudierten.

Der junge Mann war vom verräterischen König Polymestor ermordet worden, zu dem ihn der fürsorgliche Vater Priamos, das Verhängnis, das Troja bald beschieden sein würde, vorausahnend, mit einem Goldschatz geschickt hatte. Wie Dante bricht Aeneas Zweige vom Myrtestrauch ab, schwarzes Blut quillt aus den Enden, und es ertönt die jammervolle Stimme des ermordeten Polydoros, dessen Grab sich unter dem Strauch befindet. Aber Polydoros schreit auch auf, damit Aeneas seine Hände nicht beschmutzt, damit er Abstand hält. Und hier zeigt sich eine Parallele: Dante soll durch allzu großzügig verschenktes Mitleid nicht seinen Geist beschmutzen. Es geht ja auch um eine Erziehung Dantes, der sich nach und nach dem strafrechtlichen Walten Gottes beugen muß. Eine juridische Erziehung, die sich dem ersten Augenschein, dem aufwallenden Gefühl nicht ausliefern darf.

Nun, meine juridische Erziehung ist offensichtlich nicht sehr weit gediehen, ich fühle Mitleid mit dem in einen schaurigen Kerker geworfenen Pier della Vigna, obwohl er eine längst entschwundene Gestalt aus grauer Vorzeit ist, deren Verdienste und Schwächen heute nicht mehr treffsicher eingeschätzt werden können. Trotzdem fragt man sich: warum wird der Mann so hart bestraft? Soll das etwa gerecht sein? In der Auffassung Dantes wurde hier gewaltsam das heilige Band zerschnitten, das den Menschen mit Gott verbindet. Der Körper gewinnt die Vorherrschaft über die Seele und macht allem ein Ende, zerreißt das Gewebe aus Körper und Geist. Deshalb erfährt dieser eigenmächtige Körper eine ganz besondere Strafe: er wird in eine Hybridform gebannt, in ein sprechendes, fühlendes Gestrüpp. Die Harpyien, ihrerseits aus mädchenhaften Gesichtern und plumpen Vogelkörpern zusammengesetzt, beißen in die Äste und Zweige hinein. Ironischerweise bewirken ihre Bisse, daß die Gequälten sprechen können. Die Harpyien bringen einerseits Pein, andererseits sorgen sie dafür, daß sich der Schmerz der Gepeinigten in Worten Luft verschaffen kann.

Als Eleni geendet hatte, entfuhr unserem Kenny ein langer Seufzer, als wäre sein einfühlsames Hundeherz vom Schicksal des jungen Polydoros und des einst mächtigen Kanzlers hart getroffen. Wenn ich daran denke, ist mir auch nach Seufzen zumute. Aber nicht wegen fremder Schicksale, sondern angesichts meines eigenen. Einsam bin ich wie nie zuvor. Kein Zurückfinden mehr in den gewohnten Tag. Alles um mich herum ist blaß. Meine Wohnung kommt mir wie ausgebleicht vor. Mich selbst mag ich nicht mehr im Spiegel sehen. Als hätte die Welt, die ich kenne, ihre Kraft verloren. Und meine Kraftlosigkeit wäre nur ein Resultat der allgemeinen Kraftlosigkeit.

Dabei fing alles so gut an! Hochtourig, aufgekratzt, bestens gelaunt waren wir. Am ersten Abend streunten wir zu sechst als beschwingte Kongreßfreibeuter durch die Innenstadt, und nicht einmal die lästigen Touristenströme konnten uns die Stimmung verhageln. Wir aßen in einem soliden Restaurant, spezialisiert auf Meeresfrüchte, leerten fünf ziemlich gute Flaschen Rotwein. Eva war mit von der Partie, die eher zurückhaltende Angelika Keller, die in unserer kleinen Runde aber rasch auftaute, der behäbige Wirsing, dem immerzu Hautflocken auf die Anzugjacke rieselten, und unser lustiger Roszkiewicz, auch Meinrad Bitterli, der sich zu unserer Überraschung als schauspielernde Stimmungskanone entpuppte – sobald er zwei Gläser Roten intus hatte, konnte er die salvenschüssige Eleni hervorragend imitieren.

Hinterher torkelten wir zwar nicht in unser nahe gelegenes Hotel, sondern gingen einigermaßen aufrecht, wurden auf dem Weg aber von herrlich idiotischen Lachanfällen heimgesucht – Bitterli hob immer wieder die Hand und rief mit der rauhen Stimme Elenis in die enge Via dei Pettinari: *Or, acorri, acorri, morte!* –, Lachanfällen, die man einem Nüchternen nicht erklären kann, erst recht nicht, warum dem Wunsch, der Tod möge endlich kommen, derartige Heiterkeitsausbrüche folgten. Von hoch oben, aus dem vierten Stock eines dunklen Hauses, wurde geantwortet. Eine wütende Alte schlug mit den Fäusten aufs Fensterbrett und ließ einen Strom Flüche auf uns herabgehen. Es war unheimlich, für einen Moment verstummten wir. Aber Bitterli war so in Fahrt, daß er zu der Alten etwas hinaufrief, was, weiß ich nicht mehr, worauf ein neuer Schwall Flüche und ein weiteres Fensterbrettgepolter antworteten. Belfernd wünschte uns die Alte den Tod, so viel war klar. Wir lustig betrunkenen Schwadroneure hielten inne, dann nahmen wir es locker, kicherten und kickten den Tod wie eine zerschrammte Blechbüchse abwechselnd mit den Fußspitzen vor uns her, wobei sich Bitterli auch noch als begnadeter Ballfex erwies.

Ich vermisse die Leute, nicht nur das Grüppchen, das am ersten Abend zusammen ausging, auch die anderen, sogar den schmerbäuchigen Hausmeister mit dem römischen Imponierkopf, dem Kaiserkopf, obwohl wir nie ein Wort miteinander gewechselt haben. Ich vermisse sie allesamt, vermisse den dicken Wirsing, vermisse den heiteren Roszkiewicz und würde für mein Leben gern mit Bitterli herumalbern, geradeso, als wären wir die beste Freundestruppe in der bösen weiten Welt gewesen, die ein großes Abenteuer zusammengeschweißt hatte. Und Eva, verdammt noch mal, warum hast du mich so allein zurückgelassen?

Schande über mein Haupt. Ich bin kopflos oder vielmehr: kopfdick, kopfschwer. Opfer der Apokolokyntosis. Ein herrlich albernes Wort! *Apokolo*, das kollert kakophonierend den Berg hinunter und wird bei *kyntosis* wieder strenger gefaßt, die Buchstaben versammeln sich in der zweiten Hälfte zu einer Lüpfung, werden hochtrabend ins Ernste emporgewuchtet. Ein Kinderwort, um die Stolpersilben an den Fingern abzuzählen. Ebbe bebbe bembio bio bio buff. Labialscherze meiner kindlichen Heimat auf B. Seneca hat für seine Satire ein griechisches Rachenecholot mit großem A und o-o-o in Betrieb genommen. Damit gemeint war die Verkürbissung des Kaisers Claudius im Jenseits. Gut möglich, daß bei mir die Verkürbissung auch schon in vollem Gange ist, vielleicht bin ich der einzige, der es nicht mitkriegt. Alle anderen sehen, was los ist. Wiewohl kein Kaiser, sondern bloß ein Dante-Kenner, hat Gottlieb Elsheimer neuerdings einen Kürbiskopf. Er tut gut daran, nicht in den Spiegel zu schauen, *den* Anblick sollte er sich jedenfalls ersparen.

Buff. Ob Kürbiskopf sich töten soll, wie Pier della Vigna es getan hat, der einst mächtige sizilianische Kanzler, der so plötzlich in Ungnade gefallen war? Der als Geblendeter im Kerker dahinsiechte, nachdem er – wenn man den Worten der Commedia Glauben schenken will – als Unschuldiger einer Palastintrige zum Opfer gefallen war, und sich dann aus Verzweiflung umbrachte?

Ich bin weder unschuldig noch besonders schuldig, aber auch ich bin verzweifelt. Mein Kerker besteht aus dem drangvollen Wissen, daß ich Zeuge eines Wunders bin, aber nicht davon erzählen kann, weil niemand mir glauben wird. Wunder, jawohl, Wunder! Ab jetzt will ich nie mehr von einem Vorkommnis sprechen, das Wort ist dafür viel zu neutral. Und neutral ist hier gar nichts. Was geschah, ist extrem. Kein Vergleich in Sicht. Obwohl ich nur zu gern mit einem vernünftigen Menschen darüber reden würde, scheint es unmöglich, ungeschützt davon zu berichten. Ich habe einfach nicht den Mut, mich der Lächerlichkeit preiszugeben, will nicht Gefahr laufen, daß man mich in die Psychiatrie steckt. Und die paar Spinner, die mir vielleicht Glauben schenken und einen neuen Religionsverkünder in mir sehen würden, die sind gewiß nicht der Beistand, den ich mir so sehnlich wünsche. Ich eigne mich nicht als religiöses Unikum im härenen Gewand, das den dürren Zeigefinger gen Himmel hebt und auf die Leute einpoltert. Herrgottzack! Ich bin Wissenschaftler, bin es durch und durch. Man mag es fade nennen, womöglich ist es fade. Aber so bin ich nun mal und kann nicht aus meiner Haut. Obwohl ich auf dem Aventin in ein anderes Fahrwasser geraten bin, das mit wissenschaftlicher Sorgfalt und wissenschaftlicher Vorsicht nichts mehr zu tun hatte. Zeitweilig kam ich mir vor wie ein Erich von Däniken, der auf der Commedia herumhopst. Um so hilfloser bin ich jetzt, da mir die Sicherheit abhanden gekommen ist, mich als Spezialist auf verläßlichem Terrain zu bewegen. Jetzt bitte ich nur noch um eins: Eva, meine geliebte, gescheite Eva, bitte komm doch, komm zurückgeflogen aus dem Universum, leg deine kühle Hand mit den zarten Fingern auf meine Stirn, und hilf mir aus der Not!

Niemand kommt. Keine Frau mit tränenschimmernden Augen. Eva ist nicht meine Beatrice, kein sorgender Geist mit einem Beisatz von Süßem und Liebesholdem, wie Benedetto Croce sie beschrieben hat. Im Ausguß stehen dreckige

Tassen und Teller. Staubpartikel fliegen auf und wirbeln durch die Gegend, sobald ich das Fenster öffne und die Sonne in die Küche scheint. Im Kühlschrank befinden sich etwas Butter, eine Tube Tomatenmark, Erbeermarmelade, Senf und ein schrumpfierter Käse. Eine dieser scheußlichen Plastikwasserflaschen habe ich geleert und ins Eck geworfen. Da liegt sie nun. Ich sollte mich betrinken mit was Richtigem, aber nicht mal ein gescheiter Wein ist im Haus, nur so ein komischer Pfirsichlikör, von dem ich schon drei Gläslein intus habe, die mir allmählich auf den Magen schlagen und das Gemüt verzuckern.

An den Schreibtisch? Zurück zur Metallspinne, mit der ich meine Kopfhaut anrege, den zwei auf Kante geschichteten Bücherstapeln, den Papieren, den kleinen schwarzen Moleskine-Notizbüchern, dem Karteikartenkasten, dem Laptop, Tacker, Locher, den ordentlich aufgereihten Bleistiften? Dem auf altmodisch getrimmten Nachbau eines Bleistiftspitzers aus Bakelit, rötlichgrünschwarz gefleckt? Ich soll wieder zu arbeiten anfangen, als wäre nichts geschehen, wie es sich für jemanden wie mich gehört, meinetwegen mit Nasebohren und Füße-auf-den-Tisch-Legen, weil mir ja eh niemand zusieht?

Jesusmariaundjosef! Allein der Anblick dieses Tisches, im Grunde ein schickes Modell, das ich mir vor Jahren vom Schreiner habe anfertigen lassen, bereitet mir Übelkeit. Friede dem Staub, der sich auf ihm sammelt. Mein jetziges Gekritzel bringe ich nur am Küchentisch zuwege. Scheinreligiöse Küchenphilosophie für schlichte Küchengemüter in einer verwahrlosten, von allen guten Geistern verlassenen Küche. Das paßt.

Als ich aus Rom zurückkehrte, kam mir meine Wohnung seltsam vor. Das Namensschild an der Tür studierte ich, als würde da ein anderer wohnen; die Räume, die Möbel, der

Krimskrams, sogar das Bett, in dem ich jahrelang geschlafen hatte – alles fremd. Irgendwie bekannt und zugleich fremd. Geradeso, als hätte da jemand gewohnt, den ich nur flüchtig kenne.

Wenn mich überhaupt noch etwas interessiert, so interessiert mich inzwischen das Fragen mehr als das Wissen. Früher war es umgekehrt. Und wie ein Kind glaube ich wieder an das Schmuckgebilde Kosmos, in etwa so wie Anaximander es formuliert hat. Blinkende, blitzende Edelsteine an den Nachthimmel geheftet. Bei den Griechen ist der Kosmos natürlich nicht Gottes Werk im biblischen Sinne, aber in ihm west eine als göttlich empfundene Ordnung und Harmonie. Vergessen wir nicht die nur von den feinsten Menschenohren, von extraterrestrisch begnadeten Lauschern wahrgenommene Sphärenmusik der Pythagoreer. Auch die Griechen kannten bereits eine ethische Schichtung des Himmels, je höher hinauf, desto erhabener, desto vollendeter, was wiederum der Vorstellung Dantes ziemlich nahekommt.

Pier della Vigna als einem Selbstmörder – wenn auch einem, der aus verständlichen Gründen Hand an sich gelegt hat – ist der Himmel bei Dante verschlossen. Beim jüngeren Cato, der sich ebenfalls selbst tötete, ist das allerdings nicht der Fall. Er weilt als Heide und höchst angesehener Seelenwächter für die anlandenden christlichen Seelen im Purgatorium, das sind gleich zwei Verstöße gegen die strafende Logik, doch davon später. Keine Chance für della Vigna, der Glückseligkeit teilhaftig zu werden und die bezaubernden Sphärenklänge hören zu dürfen. Das Urteil ist hart, nach unserer heutigen Auffassung zu hart. Sollen etwa die Juden, die sich der Verhaftung durch nationalsozialistische Mordgesellen entzogen, indem sie Giftkapseln schluckten oder mit dem Messer eine Schlagader durchtrennten, kein Paradiesglück genießen dürfen? Ist Primo Levi ein Verstoßener, der in ein kratzendes Gestrüpp verbannt ist, weil er dem KZ zwar entkam, aber die späten Alpträume und Verzweiflungsfolgen ihn dazu trieben, sich in den Treppenschacht seines Hauses zu stürzen? Obwohl hie und da angezweifelt wurde, daß es Selbstmord war. Einer anderen Theorie zufolge wurde Levi wegen der Medikamente, die er einnahm, vom Schwindel ergriffen und fiel über die niedrige Brüstung, als er sich hinunterbeugte, um nach der Concierge zu sehen. Man weiß es einfach nicht genau. Ich weiß es erst recht nicht.

Sollte es Selbstmord gewesen sein, wird man einem Verdammungsurteil à la Dante nur schwer folgen können. Ich kann es jedenfalls nicht, obwohl ich die Selbstmörder, die sich aus windelweichen Motiven umbringen, nicht leiden kann. Aber – buff. Jetzt bin ich selbst in gefährlicher Verfassung, in der gottweißwas passieren kann. Erdverdrossen bin ich, frankfurtverdrossen, universitätsverdrossen. Ein ausgewrungener Lappen, zu nichts mehr gut. Selbst Rom mitsamt der Kuppel des Petersdoms könnte mir jetzt nicht weiterhelfen. Womöglich bekäme ich in Rom meine Einsamkeit noch stärker zu spüren. Manchmal blättere ich eher lustlos im Dante herum, aber der anagogische, der erhebende Sinn der Commedia teilt sich nicht mehr mit. Ich habe keinen Anteil mehr am Wunder, das sich von den Seiten dieses wunderbaren Buchs löste. Mir ist nicht nach Jubel zumute. Die Heilsgeschichte des Abendländers, wie es so schön heißt? Der an einer Erhebung teilhat und Zug um Zug der Verklärung entgegentrudelt? Hat mich kurz gepackt, dann ausgespien und vergessen. Vom Schweizer Galaxienforscher Bruno Binggeli stammt der Satz, es gebe einen Stachel, der den Menschen nicht in seiner Lebensnische ruhen lasse. Schön gesagt. Auch ich wurde gestochen oder, besser gesagt: elektrisiert, geistig gepeitscht, von etwas Unnennbarem durchrauscht. Wer weiß, vielleicht wurde im geheimen ein radikales Manöver durchgeführt – Wegwitschen, Wegzaubern sämtlicher alter Körperzellen von unsichtbarer Hand, Hinwitschen lauter neuer Körperzellen von unsichtbarer Hand.

Danach ein Ende mit Schrecken. Rückkehr zum alten Körper mit fast all seinen Malaisen. Erhebung nur für eine gewisse Zeit, aber keine, die mich wirklich befreit hätte. Mit dem traurigen Effekt, daß ich mich schwerer fühle als je zuvor, schwerer, schlapper, unbeholfener, sogar dümmer, obwohl ich inzwischen keine Kopfverletzung erlitten und kein Gramm zugenommen habe. Über meinen Kopf ist der Schatten des Todes hinweggeglitten, womöglich hängt er noch über mir, wer weiß.

VII

Vielleicht bin ich aber schlicht und ergreifend verrückt, in etwa wie der Senatspräsident Daniel Paul Schreber im neunzehnten Jahrhundert. Bin nur *flüchtig hingemacht*, ein flüchtig hingemachtes Männlein mit von hoher Warte aus bewimmeltem Nervenanhang oder Nervengeschlepp, womöglich in die eigentümliche Farbe *möhrenrot* getaucht wie die niederen Teufel bei Schreber, wobei allerdings einzuschränken wäre, daß mein Möhrenrot derzeit nicht sichtbar ist in den hiesigen Spiegeln der Welt. Vielleicht führe ich sogar die letzten Reste der Schreberschen Grundsprache im Munde, ein altertümliches, kraftvolles Deutsch mit großem Reichtum an Euphemismen, allerdings nicht zu verwechseln mit dem von provenzalischen und alemannischen Sprengseln durchsetzten Altdeutsch, das Rudolf Borchardt für seine Dante-Zwecke ersonnen hat.

Würde ich an auserwählte Völker glauben (was ich nicht tue), dann würden die alten Juden, die alten Perser, die Graeco-Romanen und schließlich die Deutschen in meinem geistigen Stammbaum kulminieren, ganz wie Schreber es von sich behauptet hat. Mit beiden Beinen stehe ich in der sublunaren Sphäre der Vergänglichkeit, im faden, vergänglichen Frankfurt, mit einem dürren Arm wedele ich hinauf in die supralunare Sphäre der Beständigkeit, natürlich vergebens. Das Gewedel ist zu schwach. Da tut sich nichts. Und was um Gottes willen sollte da oben beständig sein, wo doch die galaktischen Sternhaufen voneinander fortstreben, ja, manche Forscher geradezu von einer Galaxienflucht sprechen. Und wohin fliehen dann bitte sehr die Botschaften, die von den verzweifelten, trostbedürftigen Menschen hinaufgesandt werden, wenn Gott, wenn die himmlischen Scharen und das Paradies nicht auszumachen sind, in keiner Galaxie, und sei diese noch so schwindelerregend weit entfernt von der Erde? Im Garten der Malteser schien das Paradies nah. In Frankfurt ist es fern.

Wo die Hölle ist, das ist nicht schwer zu verstehen. Sie ist beweglich. Hat mehrere Ableger. Derzeit hat sie in Syrien, im Irak, in Gaza, in Libyen, in der Ostukraine und etlichen afrikanischen Ländern ihren Rachen geöffnet und frißt sich mit Riesengeschwindigkeit durch verheerte Landstriche und Städte. Nur – plausibel im Sinne eines Ortes, eingerichtet als göttlicher Strafort, der vernünftigen Strafzwecken dient, sind diese Höllen gewiß nicht. Und nun? Was bleibt? Kraftlosigkeit, flaues Magengefühl, Kopfschwere. Meine Strafe fügt sich exakt dem Prinzip des *Contrapasso* – die physischen Strafen der Hölle sind in eine Beziehung zum Vergehen gebracht. Mein Grundübel ist die Lauheit, die Unentschlossenheit. Nicht wirklich zum Guten tendierend, aber auch nicht zum Bösen. Die Strafe führt entsprechend Schwächliches im Gepäck. Ich treibe mich demnach in den leichteren Abteilungen der Hölle herum oder, besser: trudele herum. Jetzt schon. Nicht erst nach dem Tod. Obwohl ich manchmal nicht mehr recht weiß, ob ich noch am Leben bin. Vielleicht ja. Vielleicht nein. Anwesend abwesend. Vielleicht bilde ich mir lediglich ein, noch nicht tot zu sein. Und andere Menschen erleben mich nur scheinbar, geben mir scheinbar zu verstehen, ich weilte unter ihnen.

Vielleicht bin ich aber auch ein Kandidat fürs Purgatorium, sagen wir: untere Abteilung, wo man ziemlich schuften muß, um sein Sündengepäck loszuwerden, etwa da, wo die Seelenherde der windelweichen Charaktere auf unbekanntem Weg einhertaumelt und sich vor der aufragenden Felsmasse des Drohberges staut, Leute, nicht jesuanischer Fisch, nicht durch und durch gottloses Fleisch, die erst auf dem Sterbebett Reue gezeigt haben. Demnach wäre ich verwandt mit meiner Lieblingsfigur Belacqua, dem faulen florentinischen Geigenbauer, der Samuel Beckett so fasziniert hat, weil er kaum den Kopf hebt, nur dahockt und wartet und wartet. Oben mögen die Gedanken noch ein bißchen rennen, aber der Körper regt sich kaum. Eigentlich ist Belacqua der Mustermann eines der Lähmung verfallenen Atheisten, der alle Sinnangebote ausschlägt und sich in die schäbigen Grenzen seines Körpers zurückzieht.

Dann wieder zeigt sich mir ein anderes Bild: zaghaft und verängstigt sehe ich mich schon meinen Läuterungspflichten nachkommen, ganz wie ein Schaf inmitten seiner Herde, das aus seiner Hürde tritt, wieder stille steht, den Kopf zu Boden senkt, einfältig, stumm sich an die anderen drückt, nicht weiß, was wird, nicht mal ein schüchtern' Mähhh läßt's über seine Zunge kommen, und so auch mir, dem ew'gen Schwätzerlein, hätt's mit 'nem Mal die Sprach' verschlagen.

Sprechen, schwätzen, deklamieren – bevor es zum Schluß richtig losging, wurde geplappert, was das Zeug hielt. Auch unsere gute Eleni kam dabei in Schwung, die Griechin mit dem rauhen Salvenschuß in der Stimme. Annehmliche Figur, vielleicht ein wenig korpulent. Auf dem Fensterbrett stehend, klammerte sie sich an ihre Tasche, eine Art schwarzer Lederbox mit gebogenem Bambusbügel. Ich glaube, sonst nahm keiner von den Fliegern eine Tasche mit. Auch die Männer ließen ihre geliebten Aktentaschen und Laptops liegen, wo sie waren. Im übrigen war das für die römische Polizei ein deutlicher Hinweis, daß sich die Leute nicht auf einen normalen Ausflug begeben haben konnten, der zufällig im Aufnimmerwiedersehen endete. An das, was ich ihnen hätte sagen können, hätten sie natürlich niemals geglaubt. Was ich ihnen nicht verdenken kann. Würde man mir so ein haarsträubendes Zeug erzählen, würde ich auch keine Sekunde daran glauben. Erst recht nicht, daß der Älteste von uns, Alois Wanner, den Anfang gemacht haben soll. Immerhin ist der Mann fünfundachtzig. Ausgerechnet unser Alois mit dem himmelaufwärts und kellerabwärts zielenden Wiener Dialekt, mit seinem schmucken, akkurat gefalteten Tüchlein in der Brusttasche und der tadellos sitzenden Weste – ! Natürlich ohne Aktentasche.

Beim Verhör in der Dienststelle mußte ich mich damit herausreden, daß ich für kurze Zeit auf die Straße gegangen sei, um zu telefonieren. Als ich den Saal wieder betreten hätte, seien keine Menschen mehr dagewesen. Man hat meine Aussage bezweifelt, aus gutem Grund. Ich bin einfach nicht geübt darin, jemandem Lügen aufzutischen. Schon gar nicht einem imposanten Vice Questore, der mich zwar höflich, aber dennoch hartnäckig einer scharfen Musterung unterzieht. Als ich mich von ihm verabschiedete, fiel der Stuhl, auf dem ich wie angenagelt gesessen hatte, beim Aufstehen fast um.

Apropos Nägel. Daß ich mich an meine Träume nicht erinnern kann, stimmt nicht ganz. Heute morgen konnte ich mich zumindest auf ein kleines Traumstück besinnen. Mit genagelten Sohlen bin ich durch die Hölle gelaufen, wobei Vergil, der ungefähr so aussah wie mein Vater, mein solides Schuhwerk lobte. Ich sei gut gerüstet für den Gang, behauptete er. Wenigstens bilde ich mir ein, daß er so etwas behauptet hat.

Von der Frage, ob mich meine Erinnerung trügt, komme ich nicht los. Vielleicht sind die schützenden Wälle, innerhalb deren die innerste Seelenform für gewöhnlich behaust ist, niedergebrochen. Das hochgemute Verlangen, das uns alle gepackt hatte, bis in die innersten Körperfasern hinein, mich auch, meine Gliedmaßen aber nicht, ich sehe das Geschehen, das sich als Zwingbefehl: hinauf, nur hinauf, immer weiter hinauf! äußerte, noch in Zeitlupe: scharf, klar breitet sich vor mir der Saal aus, ich sehe das Öffnen der Fenster, das der Hausmeister mit Hilfe von Bitterli besorgt hat, ich sehe das teils flotte, teils unbehülfliche Erklettern der Fensterbrüstungen, höre das enthusiastische Geschnatter, die entfesselte Süße, das helle Gejauchz – sich mehr und mehr in Singsang transformierend, reimverschlungen emporgesungen – und wandere dann mit vom Gesicht gelösten Augen im Saal herum und sehe mich allein an einem der beiden langen Tische sitzen. Ein Kloß. Ein Sack. Ein Zweifler. Ein Grübler. Einer, der immer strategisch vorgegangen ist, der, um die Fragwürdigkeit des Irdischen zu bannen, peinlichst Ordnung hält. Angst- und Ordnungshase Elsheimer, festgeleimt an seinen Stuhl durch die Bindekraft des Realen. Halthalthalt.

Was, wenn das Ganze ein Täuschungsmanöver war und ich der einzige bin, dessen Verstand noch halbwegs intakt geblieben ist? Ausgeheckt von oben, für eine Schar stolzer Gelehrter, deren Hirne entzündet wurden, deren Armen und Beinen angehext wurde, nicht mehr wie üblich zu gehorchen, sondern sich zu heben, sich zu beflügeln, um sie zu einer himmlischen Scheinauffahrt zu verleiten, wozu man einen entsprechend lockenden Wind gesandt hat, aber nur, um ihn nach kurzem Flug erschlaffen zu lassen und die ganze Bande in den Höllenschlund zu stürzen?

Der Gedanke ist abwegig, und er beruhigt mich wenig, da das Hinauf in den Himmel oder umgekehrt das Hinab in die Hölle auf höheren Befehl erfolgt sein muß, der sich um die Logik des menschlichen Betonrealismus nicht schert. Sicher scheint mir nur, die Leiber der Entflohenen sind für uns nicht mehr zu greifen. Versuchte man, sie zu fassen, flössen sie wahrscheinlich wie in der Commedia zwischen unseren Fingern hindurch, aber nur, um sich zu unserer Verspottung in einiger Entfernung wieder zurechtzukomponieren. Der Theologe Hans Urs von Balthasar bringt hierfür die Ansicht von Thomas von Aquin ins Spiel: die verklärten Menschenleiber zögen naturhaft nach den oberen Sphären (also in leichter Verfassung), wo sich die dem aristotelischen Gesetz des Werdens und Vergehens entzogenen Himmelskörper und die Engel befänden; die Leiber der Verdammten, schwer und trüb, sänken dementsprechend nach unten zur Abraumstelle des Kosmos, der Hölle.

Dante war ein strenger Mann, aber kein trockener. Im Gegenteil, er besaß trotz der Strenge, von der auch die überlieferten Portraits künden, mögen sie nun geschönt sein oder nicht, ein leidenschaftliches, geradezu glühendes Temperament. Kurioserweise war der Mann gleichzeitig ausgestattet mit einem beamtenhaften Ordnungssinn. Ein poetisch begabter Ordnungshalter, wahrlich eine seltene Figur! Auf ihn trifft der Spruch zu, nur ein Poet, der die Wahrheit kennt, könne eine wahre Lüge erzählen. Erich Auerbach schrieb über ihn, er habe sich stets in die Tiefe hineinbewegt, sich in hartnäckiger, oft schmerzhafter Konzentration immer intensiver in das Motiv hineingebohrt, mit dem er gerade befaßt war. Aber es ist auch die Gegenbewegung vorhanden. Im Paradiso ist der seelenerhebende Treibschub enorm, sogar Dantes wirklicher Leib, der sich noch nicht in eine Pseudogestalt verwandelt hat, wird davon gepackt. Ein irdischer Leib wird von einer Flugbewegung ergriffen, die es ihm erlaubt, der Schar der Seligen entgegenzufliegen beziehungsweise zu ihnen emporgerissen zu werden, ohne daß ein stürmischer Gewaltakt des Wetters im Spiel wäre.

Meine Kollegen sind nicht in irgendein Höllenloch hineingekrabbelt und darin verschüttet worden, ein wundersamer Auftrieb hat sie emporgerafft, aber nicht einfach so, sondern erst nachdem Sprechen und Hören schon in den Flugmodus übergegangen waren. Sturm oder Gewitter waren dabei nicht im Spiel. Im Gegenteil, am ruhigen, noch hellen römischen Abendhimmel, den hoch oben die Flugzeuge durchkreuzten, waren schon die ersten Sterne zu vermuten. Keinesfalls trugen sich unsere in die Höhe treibenden Manöver wie in der Commedia zu, langsam, in poetischen Schleifen, weil die erklärende, vermittelnde Poesie ihre retardierenden Momente benötigt. Dante wollte ja das in perfekter Ordnung und Ruhe dargebrachte Schauspiel des christlichen Kosmos in sein großes Gedicht lehrhaft hineinziehen. Die Vergehen der Sünder und die Auffahrt der Geläuterten wollte er zur Sprache bringen, wenn auch knapp, aber doch mit einer gewissen Verweildauer in Gesprächen oder bei der Beschreibung von Aktionen. Obwohl es die Tage zuvor schon einige Anzeichen gab, geschah alles rasch, plötzlich. Ohne Vorwarnung, ohne Erklärung. Inbrünstig. Wobei weder ein Vergil noch eine Beatrice uns zur Seite stand, um das Wunder zu erklären.

Es kommt mir so vor, als habe man mich foppen wollen. Als wolle man mir vorgaukeln, die Lektüre Dantes könne wörtlich genommen werden, nicht nur als ein poetisches Abenteuer, das zwar die Sinne erregen und verführen kann, den Glauben aber nicht, schon gar nicht den des heutigen Lesers; den der früheren Leser wahrscheinlich ebensowenig. Leider bin ich kein Dante und kann, was geschah, nicht entsprechend poetisch verkleiden. Dann hätte ich leichtes Spiel, müßte meiner Erinnerung nicht die Wahrheit der Realität zusprechen, könnte, was mich erschüttert hat, in ein reimumklammernd fortlaufendes Terzinengewebe hüllen, das von der

Schwere der Chronistenpflicht nicht zu Boden gedrückt wird. Von Wort zu Wort mich befestigend, würde ich meine Ideen ins reine bringen und mich dabei selbst erwecken, um dann in ein endgültiges Schweigen abzusinken. Hochstimmung oder Abgrund des Wissens um die letzten Dinge, mir ist weder das eine noch das andere gegeben. Ich schwinde oder zerbrösele mit dem Altern der Zeit. Schwinde aber leider nicht als anmutiges Luftbündel.

Leicht und luftig, als hätte eine rosige Fieberröte sie überhaucht, erschienen mir die Körper der Kollegen, sogar die der korpulenten, auch die der älteren. Kaum zu glauben, daß dies im Zuge eines Vortrags geschah, der rein nichts mit ätherisch Körperhaftem zu tun hatte, will man dem Rauch aus Schornsteinen nichts Überirdisches andichten. Ein Vortrag, in doppelter Hinsicht aus dem Rahmen fallend. Er warf uns in die Hölle zurück, obwohl wir gerade am Ende des Purgatorio angekommen waren. Ein düsterer Vortrag, der auf die Stimmung schlug. Luigi hielt ihn, mein Freund, im zivilen Umgang verbindlich, im Vortrag von bohrender Schärfe. Er erinnerte an Primo Levi und einige andere Italiener, die in deutschen Konzentrations- oder Gefangenenlagern saßen und ihr Entsetzen mit demjenigen der Insassen von Dantes Hölle verglichen. Ein naheliegender und zugleich unlogischer Vergleich. Naheliegend, weil keiner vor Dante und auch keiner nach ihm die auferlegten körperlichen Qualen so drastisch beschrieben hat. Unlogisch, weil die Strafen der Commedia einem ausgeklügelten Gerechtigkeitssystem gehorchen, bei dem jede Verfehlung mit einer entsprechenden körperlichen Züchtigung geahndet wird, die zwar keine toten Körper erfahren, sondern aus toten Leibern emanierende Seelen, die die Qualen verdient haben und sie trotz Scheinkörperhaftigkeit äußerst schmerzhaft spüren. Die Strafen mögen nach unserer heutigen Auffassung nicht mehr zutreffend erscheinen, logisch an den damaligen Sündenkatalog angepaßt sind sie aber in hohem Grade.

In den Konzentrationslagern der Deutschen gehorchte nichts einer verständlichen Gerechtigkeit. Nicht einer Gerechtigkeit zu Dantes Zeiten, erst recht nicht einer heutigen. Schuldige wie Unschuldige wurden gleichermaßen gequält, keiner hatte dieses Schicksal verdient. Sie wurden dem Hunger preisgegeben, totgeprügelt, erschossen, vergast. Kinder, Junge, Alte, Frauen, Männer, Reiche, Arme, Gebildete, Ungebildete. Ohne Unterschied. In weit überwiegender Zahl Juden, millionenfach zu Qualen verdammt, die unser Vorstellungsvermögen übersteigen. Trotzdem drängte sich so manchem Italiener, der drei Jahre seiner Gymnasialzeit mit der Lektüre Dantes zugebracht hatte, der Inferno-Vergleich auf. Sie lasen ihre Commedia oder erinnerten sich ihrer rein straf- und qualorientiert, aber nicht logisch untermauert im Sinne einer höheren Gerechtigkeit. Ein Fehllesen, ein Fehlerinnern, das ich gut verstehen kann. Die Commedia ist der berühmteste Höllentext. Und mit irgend etwas muß ein Mensch seine Erlebnisse vergleichen, um sie in eine Ordnung zu überführen, und sei diese auch unstimmig. Selbst wenn die Grausamkeiten, denen er ausgesetzt war, so ungeheuerlich sind, daß sie eigentlich nicht verstanden werden können, weil sie sich beharrlich dem Vergleich entziehen. Aber wer erzählt, bedient sich der Sprache. Und Sprache führt, ob man will oder nicht, eine lange metaphorische, bisweilen von der Dichtung inspirierte Verweisfolge im Schlepp. Die Sprache der Überlebenden ist allerdings kalt. Hier kommen mir Sätze von Hannah Arendt in den Sinn, die ich mir mehr oder weniger genau eingeprägt habe: *Je echter die Zeugnisse, desto kommunikationsloser sind sie, desto klagloser berichten sie von einem Leid, das sich der mensch-*

lichen Fassungskraft entzieht. Kalt lassen sie den Leser, stoßen ihn in das gleiche apathische Nicht-Begreifen, in dem sich der Berichterstatter bewegt. Und sie lösen fast niemals jene Leidenschaften des empörten Mitleidens aus, durch die von jeher Menschen für die Gerechtigkeit mobilisiert wurden. Schrumpelmus. Das war das letzte Wort, das Eva zu mir sagte, bevor sie zu jauchzen begann, die Arme hochriß und davonstob. Ja, ich bin gewissermaßen Schrumpelmus. Eva hatte recht. Nicht lebenspendendes, sondern todgeweihtes Verstehen drückt sich in meiner Haltung aus. Und weit und breit kein Gnadeneckchen, in dem ich mich verkriechen könnte, um wieder zu körperlichen und seelischen Kräften zu kommen.

VIII

Warum leitete ausgerechnet ein Vortrag, der mit himmlischen Manövern nicht das geringste zu tun hatte, sondern sich konsequent auf ein irdisches Verbrechen besann, das Ereignis ein? Von der Schärfe seiner Rede wich Luigi keinen Augenblick ab. Er brachte sie unerbittlich zu Ende, obwohl bereits euphorische Stimmen laut wurden. Ich kannte meinen sonst oft recht heiteren Freund kaum wieder. Seine Bewegungen wirkten abgehackt. Ein-, zweimal schlug er mit der Faust aufs Pult. Normalerweise ist Luigi ein verbindlicher Mann, höflich und wohlwollend im Umgang, kein Scharfredner. Das grausame Thema hatte ihn verwandelt und zum Ankläger gemacht. Wir waren zunächst wie gelähmt, niemand tuschelte oder machte Witze. Erst zum Schluß seiner Rede kam eine völlig konträre Stimmung auf.

Luigi verbeugte sich nicht, kein lockeres Sätzchen folgte zur Aufheiterung. Als er sein Skript in der Aktentasche verstaut hatte – wobei nicht das übliche Tischgeklopfe ertönte –, mischte er sich unter die anderen, von denen einige inzwischen aufgesprungen waren und in Zungen redeten. Auch Luigi, dieser kluge Systematiker, wurde plötzlich zu einem anderen Menschen. Bevor sich der Himmel einschaltete, war die Hölle zu uns zurückgekehrt. Unmißverständlich waren wir darauf hingewiesen worden, daß es sie gibt, menschengemacht, auf der Erde. Ob es die Hölle Dantes oder eine danteähnliche Hölle anderswo gibt, in der die Gerechtigkeit regiert, weiß ich nicht. Doch so lau meine religiöse Haltung auch sein mag, ich hoffe inständig, daß die Folterer und Menschenschlächter, daß die Beamten und Dienstherren, die derartige Grausamkeiten anordneten und organisierten, bestraft werden. Schwer. Ohne Möglichkeit der Erlösung. Mit schrecklichem Überdauern in der Zeit. Was das anlangt, bin ich Danteaner durch und durch. Den fetten Göring sehe ich in eine Wurstmaschine gestopft, Goebbels wird die nachwachsende Zunge immerfort herausgeschnitten, an Hitlers Kopf nagt unaufhörlich sein Lieblingsschäferhund. Himmler muß Leichenasche fressen. Die ganze Bande fährt vollgestopft mit ihren Speichelleckern, auch dem gar so einnehmend eloquenten Speer, unablässig im Viehwaggon rundum, am tiefsten Punkt der Hölle, einem Ort, den Luzifer inzwischen geräumt hat.

Süße Racheideen, die meinen Gerechtigkeitszorn beruhigen und mich erschöpfen. Eingeschlummert war ich wieder, diesmal nicht im Bett, sondern neben dem Küchentisch im Sessel, der eigentlich nicht hierhergehört, den ich aber in die Küche geschleppt habe, um darin bequemer schreiben zu können als auf einem harten Stuhl. Inzwischen habe ich fast den Eindruck, daß mir mein Wachsein schadet. Am liebsten schliefe ich für immer. Wissen um des Wissens willen, diese alte Gier wäre dann erloschen, und ich würde zu einem, den das Nachspüren wissend macht, nicht indem er Buch um Buch durchfingert. Vielleicht wüßte ich dann mehr über mich selbst. Käme dem Rätsel näher, weshalb ich so allein geblieben bin. In den römischen Tagen fühlte ich mich befreit, war gesellig wie selten zuvor, fühlte mich sicher im Kreis der Kollegen, die mich zu mögen schienen.

Eigentlich bin ich nicht berühmt dafür, am laufenden Band Witze zu reißen, aber auf dem Aventin gingen sie mir flott über die Lippen, besonders, wenn sich Bitterli in meiner Nähe befand. Bitterli und ich, wir alberten in jeder Pause herum wie die Kälber, Bitterli in seiner gekonnt staubtrockenen Art, die hinterrücks vor Komik nur so vibriert, ich, indem ich ihn anheizte und richtig auf Touren brachte. Bitterli schaffte es spielend, fast jeden unserer Kollegen nachzuahmen, und ich bog mich jedesmal vor Lachen. Wir hätten Freunde sein können.

Jetzt kommt mir der Vater in den Sinn, nein, nicht Gottvater, sondern mein Erzeuger E-E, Erich Elsheimer, den ich aus der Erinnerung nur dürftig, eigentlich nur von wenigen Photos her kenne. Kierkegaard behauptete von seinem Vater, dieser habe ihn in Liebe gewürgt; Botho Strauß behauptet, Kierkegaard zitierend, sein Vater habe ihn ebenfalls in Liebe gewürgt. Mich hat kein Vater gewürgt, schon gar nicht der Arzneimittelvertreter E-E, weder in Liebe noch im Haß. Er fuhr einen Opel Kadett, war immerzu auf Achse im Großraum Süd und verschwand, als ich vier Jahre alt war, sandte zunächst nur noch schwache Echowellen aus, dann überhaupt keine mehr. Mich hat allenfalls die Mutter gewürgt, aber weniger in Liebe als in Sorge. Nachdem ihr Ehemann das Weite gesucht hatte, blieb sie allein und mußte mit dem kümmerlichen Gehalt einer Sekretärin auskommen. Ja, sie war fromm, irgendwie hochfahrend, zugleich verdreht und einsam. Eine mißgünstige Schönheit, scharfzüngig, immer unzufrieden.

In jungen Jahren hatte es sie aus Rumänien nach Stuttgart verschlagen. Ihren Verdruß über das männliche Geschlecht ließ sie an mir aus. Jedenfalls wurde ich nicht wie Rilke *ausgesetzt auf den Bergen des Herzens.* Um mich herum war wenig Zugluft. Ich sollte kein Mann werden, sondern ein handzahmer Mutterkümmerer und Stubenhocker, der sich abends die Schürze an- und die Gummihandschuhe überzieht, um den Abwasch zu erledigen. Als Stärke rechne ich mir an, daß es mir halbwegs gelungen ist, der mütterlichen Kastration zu entkommen. Nach dem Abitur zog ich aus und besuchte sie nur noch selten, weil ich ihre Klageleier nicht mehr ertrug.

Finanziell habe ich sie allerdings großzügig versorgt, nachdem ich meine Professur bekommen hatte. Wenigstens in diesem Punkt war ich ein anständiger Sohn. Wenn ich mich recht besinne, war meine Mutter ziemlich intelligent, immerhin las sie anspruchsvolle Bücher, durchschaute schnell, wenn jemand sie belog. Sie sprach ein korrektes und zugleich recht gewähltes Deutsch, kein Schwäbisch, weil sie erst mit achtzehn Jahren nach Stuttgart gekommen und dort nie heimisch geworden war. Erstaunlicherweise war ihre Frömmigkeit naiver, als es ihrer Gedankenschärfe entsprach. Über ihr Innenleben weiß ich eigentlich wenig. Ich weiß nicht, wie sie in der neuen Welt zurechtkam, in die sie allein, ohne ihre Familie, geraten war. Leider war ich zu stur und abweisend, um etwas davon in Erfahrung bringen zu wollen.

Der Vater blieb erst recht eine Schimäre. Großgewachsen soll er gewesen sein. Blond. Ein Mann mit langem Schatten. Vielleicht habe ich deshalb ein so dubioses Bild von Gottvater. Groß, aber dubios. Jesus steht mir näher. Wie allen Protestanten ist mir Maria fremd. Ich käme jedenfalls nicht auf die Idee, mich hilfesuchend an sie zu wenden, obwohl die berühmtesten Maler versucht haben, uns ihr Antlitz, ihre Haltung, ihr Kleid in bewunderungswürdiger Andacht vors Auge zu rücken. Madonnenbilder sprechen mich an, besonders die von Rogier van der Weyden, aber ebenso verzaubert bin ich von Chardins Erdbeerpyramiden.

Der Vater west nur schemenhaft weiter als Verschwindibus. Nicht so sein Bruder. Ein kleiner, dicklicher, gutmütiger Mann, der weder charakterlich noch äußerlich etwas mit seinem älteren Bruder gemein hatte. Onkel Otto war lieb. Ein kleiner Finanzbeamter, der in Bad Kreuznach wohnte und unverheiratet blieb. Er hatte einen Tick, einen äußerst liebenswerten. Der Onkel züchtete Kanarienvögel. Viele, viele, viele. Seinen

Balkon hatte er mit einem Drahtmaschennetz versehen, im Frühling und Sommer blieben die Vögel draußen in ihrem luftigen Käfig, sobald es kalt wurde, stand ihnen ein Zimmer zur Verfügung, in dessen Mitte ein Zierbäumchen im Kübel gedieh und an dessen Wänden und Decke die kreuz, die quer Äste aufgehängt waren, auf denen sie sitzen und Fasern abrupfen konnten. Ein Zwitscherparadies, das mich als Kind faszinierte.

Die Vögel waren zutraulich, an den Onkel erinnere ich mich nur mit einem Kanari auf dem Kopf. Manchmal saß einer auf der Schulter oder auf der ausgestreckten Hand. Er kannte jeden einzelnen seiner Lieblinge genau, hatte ihnen allen einen Namen gegeben, obwohl es Dutzende waren. Gukki, Anselm, Nicki, Kücks, so ungefähr hießen seine Schützlinge. Es gab jede Menge gelbe, auch ein paar rote und weiße Vögel. Stundenlang konnte der Onkel von den außerordentlichen Begabungen seiner Mitbewohner erzählen. Mit Eifer war er bei der Sache. Wenn er einen seiner Vorträge über das Knorren, Hohlklingeln, Glucken oder über die Wassertour hielt, wurde meine Mutter ganz starr und verzog keine Miene. Sie haßte Vögel. Sie haßte es, daß die Viecher überall herumkackten, obwohl der Onkel den Unrat immer schnell wegputzte. Sie haßte ihn. Ich vermute, er hatte ihr einen Heiratsantrag gemacht, einige Zeit nachdem sich der ältere Bruder verdrückt hatte. Er hatte ihr wohl auch angeboten, sie finanziell zu unterstützen, damit sie für mich nicht ganz allein aufkommen mußte. Meine Mutter wies den gutgemeinten Vorschlag entrüstet zurück. Jedenfalls gab es bald keine Besuche mehr in Bad Kreuznach, obwohl ich es kaum erwarten konnte, Onkel Otto mitsamt Kopfgefieder wiederzusehen. Die Mutter blieb eisern.

Jetzt habe ich mich aufs neue verzettelt und von meinen

Eltern gesprochen, ein Thema, das überhaupt nicht hierhergehört. Beide sind schon seit Jahren tot, und ich habe mich nie danach verzehrt, ihnen im Jenseits wiederzubegegnen. Erstaunlicherweise kommen mir nun, da ich so allein bin, die entrafften Dantisti wie meine Familie vor – Bitterli wäre der gutmütig gewitzte Ersatzvater (obwohl er nur um ein, zwei Jahre älter ist als ich), Luigi mein Freund, der den Finger auf die schwärende deutsche Geschichtswunde legt und mich trotzdem liebt, Roszkiewicz ein lustiger Vetter, der mit den Frauen schäkert, Wirsing der dicke Onkel, der immer den Zeigefinger hebt, und Eva – ja, wer wäre dann Eva? Eva ist nicht Maria, so viel ist sicher. Sie ist überhaupt schwer in einer Kategorie unterzubringen, weil sie leichtfüßig darüber hinwegspaziert, sobald man sie in ein klar definiertes Charakterbild sperren will. Mütterlich kann sie sein, für kindische Späße ist sie leicht zu gewinnen; ernst, hartnäckig und verschwiegen kenne ich sie aber auch.

Müßte ich mich nach einer Mutter umsehen, fiele mir die Wahl schwer. Eleni käme dafür nicht in Frage, ebensowenig die füchsisch parfümierte, wie ein Wildtier umheräugende Harriet, frisch aus London eingeflogen, ein unruhiges Wesen von einem anderen Stern. Vielleicht die Äthiopierin mit ihrer herrlichen Stimme, dazu da, mich sanft in den Schlaf zu wiegen? Mit ihren dunklen Augen würde sie über mich wachen, damit mir nichts geschehe. Beruhigende Worte würde sie murmeln, mir sanft übers Haar fahren, mich an ihrem königlichen Busen bergen. Womöglich ist es günstig, wenn man den Namen des Vaters kennt, den Namen der Mutter aber weniger genau.

Was für ein Stuß! Ich muß betrunken sein, weiß aber nicht wovon. Die Jenseitsverwirrung ist über mich gekommen in Form galoppierender Assoziationen. Alle Mann zurück auf

Anfang, alle Vögel zurück in den Käfig! Das sagt sich so leicht. Im Moment scheint mir alles wieder zu entgleiten. Wo war der Anfang – beim Urknall, als die Erde um die Sonne zu kreisen begann, oder bei Adam und Eva? Als Vater und Mutter sich 1949 beim Silvesterball im Gustav-Siegle-Haus kennenlernten? War's vielleicht der Moment, in dem ich im darauffolgenden Februar gezeugt wurde? Geborenwerden und Sterben seien zusammengehörige, einander beleuchtende und bedingende Vorgänge, so hat es Hans Urs von Balthasar formuliert. Meinen Anfang, mein Ende vermag ich mir allerdings nicht auszumalen. Vielleicht liegt mein eigentlicher Anfang bald vierzig Jahre zurück und leitet sich davon her, daß meine Finger die Göttliche Komödie in der Übersetzung von Hermann Gmelin aufschlugen und ich davon so fasziniert war, daß ich dem kunstgeschichtlichen Studium ade sagte, um mich der Romanistik zu widmen?

Letztes Sonnengeflacker am Frankfurter Abendhimmel, keine blankgeputzte Wetterlage, schnellziehende Wolken über dem glühenden Strahl, der immer wieder hervorblitzt. Unten ist auf der sonst recht ruhigen Straße einiges los. Ein Paar ist sich in die Haare geraten und macht Krawall, die Autotüren haben sie mit Schwung zugeschlagen, jetzt stehen sie auf dem Gehweg und giften sich an. Ich kenne die Leute nicht, es sind keine unmittelbaren Nachbarn von mir. In meinem Haus geht es eher friedlich zu, da wohnen ältere Leute, deren Kinder schon erwachsen und ausgezogen sind. Gerade habe ich eine Zigarette auf dem Balkon geraucht und mich über die Brüstung gebeugt, um mir den Zwist anzuschauen, so langsam scheinen sich die Gemüter zu beruhigen, und ich ziehe mich wieder in die Küche zurück.

Konzentration bitte. Ein Kaffee wäre nützlich. Etwas zu essen auch. Ich sollte mich an die Commedia halten, sollte mich nicht ablenken lassen, sondern streng vorgehen, sollte mir doch, entgegen meiner Absicht, Kapitel für Kapitel vorknöpfen, auch wenn einige übersprungen werden können, ungefähr so, wie wir beim Kongreß verfuhren. Dann müßte ich noch einmal auf die wichtige Zäsur verweisen, den Vortrag von Luigi, der uns in die Hölle zurückkatapultierte, worauf es zu spektakeln begann. Ich darf mich nicht in der Wildnis ungeordneter Erscheinungen verlieren.

Im vierten Kreis der Hölle, im siebten Gesang, werden die Geizigen und die Verschwender gepeinigt. *Schlecht Geben und schlecht Nehmen* wird hier bestraft, wie es Hermann Gmelin treffend übersetzte. Geben im Übermaß, Nehmen im Übermaß, sinnloses Raffen und sinnloses Verschwenden, das sind gegensätzliche und zugleich korrespondierende Laster. Entsprechend sind die Sünder unablässig voneinander abgestoßen und ineinander verkeilt. Hier herrscht drangvolle Enge, steinerne Lasten werden ohne Sinn und Zweck im Halbrund hin- und hergewälzt, die Körper der Geizkragen und die Körper der Verschwender rücken in die entgegengesetzten Richtungen vor, stoßen aber an beiden Enden, nach jeder Umkehr aneinander und beschimpfen sich. Das wird mit den Wogen verglichen, die in der Meerenge zwischen Skylla und Charybdis aufeinanderprallen. Habsüchtige Pfaffen, Kardinäle und Päpste werden dabei hin- und hergetrieben. Die Geizigen toben mit erhobener Faust, von den Verschwendern sind viele verglatzt – ein karikierender Hinweis auf die Tonsur.

Die Kahlheit der Verdammten war später auch von Luigi ausführlich besprochen worden, natürlich nicht bezogen auf die Tonsurierten in der Hölle, sondern mit Blick auf die zwangsgeschorenen Häftlinge in den Konzentrationslagern.

Gmelin und andere Kommentatoren sehen beim Lastenwälzen den Mythos von Sisyphus am Werk, das Bergaufschleppen und Herabrollenlassen des Steins ist bei Dante in die Ebene verlagert, mit zwei Wendepunkten. Auch unser Redner Folasco zog den Mythos heran, um ihn bis ins kleinste Detail auszudeuten. Pierangelo Folasco ist ein spilleriges Männchen, energiegeladen bis in die Wurzeln seiner in Wirbeln emporstehenden Haare, den es hin und wieder dazu treibt, die Faust zu schütteln, als müsse er einer Bande von Verbrechern mit dem Jüngsten Gericht drohen.

Ein Heer von Sündern schuftet in dieser Höllenregion, sie prallen aufeinander, sind allesamt Sklaven ihrer törichten Begierden, zu immerwährender Keilerei verdammt. Hier bekommt keiner der Insassen eine Stimme, um mit Dante zu sprechen. Und Dante ist auch nicht daran interessiert. Ein weiteres Mal ist das Prinzip des *Contrapasso* im Spiel: weil die Menschen im Leben kein Maß kannten, haben sich die Konturen ihrer Gesichter ins Unkenntliche zerlöst, ihre Persönlichkeit wurde vom Laster derart überwuchert, daß sie endlos schuften, dabei aneinandergeraten und sich nur noch ankeifen. Kaum heben sie ihre Köpfe, eine freie Rede ist ihnen nicht mehr möglich. Dante erkennt keinen aus der Schar, in der alle nur mit dem Geschlepp der Lasten beschäftigt sind, vielleicht will er auch keinen kennen, weil ihm Geizkragen und Verschwender zu minderwertig für ein Gespräch erscheinen, sie nichts Erhabenes im Gepäck führen. Apropos Lasten. Hier sind wir beim Materieproblem der Hölle. Sie ist ein körperlich klar konturierter Ort. Das Gestein, das den Boden bildet, ist zweifellos echt und schwer. Wie *echt* sind dann aber die Brocken, die von gewichtslosen Seelen hin- und hergeschleppt werden und trotzdem in versammelter Schwere auf ihnen lasten?

Von Fortuna ist die Rede, die heiteren Gemüts glückauf

glückunter, radauf radunter die Schicksale vorantreibt und damit den göttlichen Heilsplan erfüllt, indem sie das *noli me tangere* gegenüber den irdischen Gütern propagiert. Sie gibt und nimmt, nimmt und gibt, keiner darf sich seines Reichtums sicher sein. Nach dem Tod ist damit erst recht nichts anzufangen. Dante hat die Gestalt der Fortuna aus dem antiken Kontext herausgelöst und sie ins Christliche überführt, wie es Boethius einige Jahrhunderte vor ihm bereits getan hatte. Unantastbare Heiterkeit, diese starke antike Mitgift, ist ihr allerdings geblieben. Dante machte sich hier auch die Auffassung des Thomas von Aquin poetisch zu eigen, der zufolge die Güter, die sie verschenkt, zu guten Taten im christlichen Sinne verwendet werden können, besonders im Sinne des franziskanischen Armutsideals. Oder eben zu schlechten, wenn sie ausschließlich dem Eigennutz dienen.

IX

Man kann sich Fortuna, die radtreibend Heitere mit ihrem Füllhorn, bei ihrem Tun sehr gut singend vorstellen. Wie es Achim Freyer in einer hinreißenden Inszenierung von Ovids *Metamorphosen* vor etlichen Jahrzehnten am Wiener Burgtheater vorgeführt hat. Im Bühnenhintergrund rollte sie ihr Rad, eine bezaubernde weibliche Stimme sang dazu das immerselbe Lied, von dem ich auch nach x-maligem Hören nicht genug kriegen konnte. Fortuna ist seither meine Lieblingsgöttin. Ich wurde damals süchtig nach dem Lied und dem rhythmisierten Bühnenzauber. Wenn ich mich recht erinnere, habe ich die Vorstellung viermal besucht.

> Ihr Auf und Ab gibt nimmer Ruh noch Frieden;
> Notwendigkeit beflügelt sie: gar bald,
> Gar oft folgt wechselnd Los auf Los hienieden.

So übersetzt der Freiherr von Falkenhausen das unaufhörliche Geben und Nehmen der Fortuna, das Auf und Ab von Glück und Unglück, das sie den Lebenden zumißt. Sie selbst bleibt vom Schicksal derer, die sie emporhebt, und derer, die sie niederwalzt, vollkommen unberührt. Darin ist sie eine zutiefst antike, willkürlich agierende Gottheit geblieben, die nur an der Oberfläche christianisiert werden konnte. Nicht immer im irdischen Leben, aber spätestens in der Hölle wird abgerechnet, werden Geiz und Verschwendungssucht bestraft. In der Kürze des diesseitigen Lebens fällt die Entscheidung, ob Qualen oder beseligende Genüsse sich in unendlich langer Zeitspanne nach dem Tod dehnen.

Wäre ich ein neuer Dante, ob ich dann meine Mutter unter den Geizigen finden würde? Ich glaube eher nicht. Sie drehte zwar jeden Pfennig zweimal um, bevor sie ihn herausrückte, aber sie tat es aus Not, weil ihr Mann nicht für sie sorgte und sie später wenig verdiente. Sie war zu stolz, um gerichtlich mehr Geld vom Exehemann einzufordern. Und sie sprach tagelang kein Wort mit mir, als ich ihr fünf Mark aus der Geldbörse gestohlen hatte. Fortunas Rad ist an ihr vorübergerollt, ohne sich um ihr Schicksal zu scheren.

Ausgerechnet Pierangelo Folasco, von dem so mancher Spötter behauptete, er sei ein ausgeschnitzter Geizkragen, was ich allerdings weder bestätigen noch verneinen kann, hielt den Vortrag. Der ausgemergelte, schmallippige Winzling mit vollem Haarschopf und ausdrucksvollen schwarzen Augen, der sich auf den Canto mit einigem Ingrimm stürzte, führte uns die rost- und mottenzerfressenen Güter, die von den Höllenbewohnern angehäuft worden sind, drastisch vor Augen. Folasco hat überhaupt das Talent zum dramatischen Aufruhr, seine Stimme kann sanft klingen oder harsch, zartsinnig fein oder drohend rüpelhaft. Der Umschwung erweckt in seinen Zuhörern gespannte Aufmerksamkeit. Er zitierte uns die Eingangspassage, in der Vergil den Wächterhund Pluto zum Schweigen bringt, worauf der in sich zusammensinkt wie ein vom Mast herabfallendes Segel.

Pluto ist ein aufgeblasenes Geschöpf, ein *maledetto lupo*, und damit ist eine Verbindung zur Wölfin hergestellt, die Dante am Eingang zur Hölle auflauert. Eine wunderbare Verschränkung ist hier im Spiel – die abgezehrte Wölfin gerät zum Sinnbild der Geizigen, die anderen alles abkargen und niemandem etwas gönnen; Pluto als aufgeblasener Balg steht für die an Blähsucht leidenden Verschwender, aus denen allzuschnell der Dampf entweicht. Folascos Hände schwebten bodenwärts, parallel zur abflauenden Rede – Gmelin spricht in seinem Kommentar gekonnt von der *stockenden, zum Prosa-*

rhythmus herabgesunkenen Rede für das Bild des in sich zusammengesackten, am Boden liegenden Ungeheuers –, wobei unser Redner es dem Segel nachtat, aber nur, um sich bei den folgenden Passagen wieder emporzuraffen und zu seiner vollen Länge von geschätzten hundertsiebenundfünfzig Zentimetern aufzuwachsen. Dantes erschlaffender Duktus hat es in sich. Bei ansonsten streng gebauten Versen aus dem Rhythmus zu fallen, um einen extremen Zustand der Kraftlosigkeit nachzubilden, dabei kommen seine Eleganz und dichterische Freiheit voll zum Zuge.

Folasco sollte man übrigens nicht unterschätzen, sei er nun geizig oder bloß auf vernünftige Weise sparsam. Ich bin mit ihm nicht näher in Kontakt gekommen, aber sein Vortrag war ausgezeichnet, überhaupt schienen wir mit den Vorträgen Glück zu haben – keiner war schlecht. Diejenigen, die ausschließlich vom Paradies handelten, bekamen wir allerdings nicht mehr zu Gehör. Auch unser Koreaner hatte dazu etwas vorbereitet, er hatte kaum den Mund aufgemacht, da ließ er seine Papiere mit einer grazilen Geste in hohem Bogen durch die Luft segeln und schloß sich hüpfend und ausgelassen mit den Armen wedelnd dem allgemeinen Tohuwabohu an.

Jetzt bin ich aber wirklich hungrig und werde meinen Saustall mal verlassen und mich aufmachen zur nahe gelegenen Pizzeria. Notizbuch und Stift sind dabei, wer weiß, vielleicht fällt mir dort noch was ein. Giovanni kennt mich. Ich bin Stammgast, er plaudert gern ein bißchen Italienisch mit mir, stellt, ohne daß ich diesen extra anfordern müßte, meinen Wein auf den Tisch. Außerdem bin ich nicht knickerig, was das Trinkgeld angeht. Giovanni und ich, wir haben ungefähr dasselbe Alter, und wir verstehen uns gut. Natürlich hat er von meinem Rom-Abenteuer gehört, wir haben auch schon darüber gesprochen, aber er ist diskret, fragt nur: *E mo …?*

und läßt dazu die Hände auseinanderfahren, um die Schar der Personen anzudeuten, die noch immer vermißt sind. Ich schüttele den Kopf, er seufzt, verdreht ein bißchen die Augen und macht kehrt, um die Bestellung nach hinten zu geben.

Besser, ich beuge mich wieder über meine Notizen und versuche mich zu erinnern, was dann geschah. Mit Dante geht es nun hinab in den fünften Höllenkreis, wo die Zornigen im sumpfigen Wasser des Styx stecken, darin sie sich prügeln und schmähen. Mit ihren Oberkörpern ragen diejenigen heraus, die sich noch wütend zerfleischen und angiften können; im kotigen Sumpf, bedeckt vom Schlamm, gurgeln die Verdrossenen vor sich hin und schicken Blasen an die Oberfläche. Ein aktives und ein passives Zehrsystem werden hier beleuchtet, aktive Wüteriche und träge Depressive, wie wir heute sagen würden, büßen im selben Trübgewässer. Was mir einleuchtet, denn beide seelischen Verfassungen, der sich nach außen beißende, um sich schlagende Zorn wie der im Inneren an sich selbst herumkauende Verdruß, sind zwei Seiten derselben Medaille.

Den nobilitierten Weltschmerz der Neuzeit als Ausweis und Adel der feinsinnigen Seele kannte Dante noch nicht, er kannte nur die verdammungswürdigen Melancholiker, und ich stimme mit ihm darin überein. Ich kann die Depressiven auch nicht verputzen. Sie sind willenlos, Spielball trüber Launen, ersticken an sich selbst und wollen jeden, der mit ihnen in Kontakt kommt, gleich mit ersticken. Sie beneiden und verachten die Tatkräftigen, wenden den Zehrpfennig ihres Kleinmuts um und um.

Seitdem das Übel über mich gekommen ist, verachte ich mich selbst. Die *acedia* galt den Kirchenvätern als Todsünde wider den Heiligen Geist; gegen die geistentzündende, herzerhebende Macht der christlichen Botschaft steht das Kleinmutswesen des an sich selbst zweifelnden Grüblers, der zu nichts anderem mehr imstande ist, als eine fruchtlose, öde Innenschau zu betreiben. Melancholie ist eine schwere Sünde, die andere nebelhafte Unlustsünden nach sich zieht, etwa Mutlosigkeit oder Antriebsarmut, wie wir heute sagen würden. Wer in ihren Sog gerät, erleidet eine sumpfhafte Daseinsverdüsterung. Ein Melancholiker läßt die Menschen in seiner Umgebung mit leiden, hat nur noch sich selbst im Visier und vernachlässigt seine Pflichten. Ich bezeichne solche Menschen gern als Schwermutsleichen, die im Sumpf ihres Inneren herumwaten. Weil ich seit kurzem selbst zu solchem Verhalten neige, hasse ich andere Melancholiker mit besonderer Inbrunst.

Solche Düsterlinge lieben ihre nicht zu Ende geführten, ins Schweigen versinkenden Sätze, scheinbedeutsame Sätze, mit denen sie ihre Umgebung vexieren. Bei Dante werden diese kleinlichen Bröselkandidaten des eigenen Ego mit einer radikalen Jenseitsverdüsterung gestraft. Sie schlucken Schlamm, saufen im Schlamm ab, blubbern noch ein bißchen vor sich hin. Ihre Reden sind im einzelnen nicht mehr zu verstehen. Ihrem dumpfen Sumpfgesang, den *sie sich aus dem Rachen gurgeln,* wie es Hartmut Köhler übersetzt hat, verleiht Vergil deutliche Worte, denn sie selbst können sich nicht mehr verständlich machen.

Ich schlucke zwar noch keinen Schlamm, sondern schneide mundgerechte Stücke von meiner Muschelpizza ab, bin auch bereit, mich mit Giovanni zu unterhalten, wie es sich für einen einigermaßen lebhaften Menschen gehört, aber wer weiß, was mir blüht, wenn ich so weitermache wie bisher. Heruntergekommen bin ich schon. Vorher habe ich immer auf meine Kleidung geachtet. Sakko, Hemd, Krawatte, wenn nötig, Hose, Schuhe, alles sauber, die Socken passend zum

Hemd. Wert auf meine Kleidung zu legen, hat mir die Mutter beigebracht.

An meiner Universität war ich bestimmt der am besten angezogene Professor, mit gut in Form gehaltenen Haaren. Auf meinen Haarschopf bin ich immer stolz gewesen. Jetzt hängt er mir wirr um den Kopf. *Mon dieu*, ich schleiche inzwischen als Karikatur meiner selbst durch die Gegend. Mit Müh und Not gelingt es mir immerhin, mich beim Essen anständig zu benehmen, mit der Gabel nicht in der Luft herumzustechen oder mit dem Gesicht über dem Teller zu hängen und das Zeug in mich reinzuschieben, als wäre mein Mund ein Kellerloch. Aufrecht sitze ich im billigen Nachbau eines Thonet-Stuhls. An der Wand über mir hängt ein Photo vom Colosseum, nicht vom aventinischen Hügelparadies. Tatzenschläge, Schwertschläge, zerbrochene Schilde, Stechen, Aufspießen, Kopfabschlagen, Gejohle von den Rängen anstelle von beschwingtem Luftwandel im Gefild. Ich kann mir dieses Theater der Grausamkeit nur allzugut vorstellen, deshalb habe ich das Colosseum nur ein einziges Mal besucht, zwar den Bau bewundert, trotzdem blieb mir der Ort fremd und unsympathisch.

Seit Tagen fällt mir auf, daß ich mich bis in die letzte Wendung genau an den Wortlaut verschiedener deutscher Übersetzungen erinnern und sogar beim Verzehr einer Pizza die Zitate nebenher in mein Notizbuch kritzeln kann, ohne nachzuschlagen. Das ist tatsächlich ein Erbstück des Vorkommnisses. Seitdem geschah, was geschah, ist mein Commedia-Gedächtnis aufs äußerste geschärft. Auch das grenzt an ein Wunder, weil ich mich nie bemüht habe, die Gesänge auswendig zu lernen. Vorher hätte ich vielleicht die eine oder andere übersetzte Passage frei zitieren können, jetzt habe ich eine schwindelerregende Zahl davon im Kopf. Auf italienisch könnte ich sie komplett aufsagen, ich bin besetzt davon, vieles andere ist dafür aus dem Gedächtnis gelöscht. Man glaubt mir nicht? Man will eine Probe? Hier ist sie:

Das wasser war noch finstrer viel denn russ,
  und wir, geleitet von den wellen greuelich,
  traten zu thal neu strasse in neu verdruss.
Zum pfuhle wird, der Stix geheissen, neuelich,
  der widerliche bach alsbald er schwimmet
  an fusse grauer haldungen abscheuelich.
Und ich, es zu betrachten all bestimmet,
  sah ein verkotet volk in jener lachen,
  nackete allsamt, und anzusehn ergrimmet.

Na, was ist? Das war wieder mal Borchardt – nicht so einfach, sich den zu merken. Natürlich bin ich von geborenen Zweiflern umzingelt, die auch mein Italienisch testen wollen. Bitte sehr, ebenfalls kein Problem:

L'acqua era buia assai più che persa;
  e noi, in compagnia dell'onde bige,
  entrammo giù per una via diversa.
In la palude va c'ha nome Stige
  questo tristo ruscel, quand' è disceso
  al piè delle maligne piagge grige.

Ist doch außerordentlich, oder etwa nicht? Früher war meine Könnerschaft in puncto Auswendigrezitieren eher dürftig. Jetzt ist das Gedächtnis einerseits geschärft wie nie zuvor, andererseits kann ich mich an Namen, Orte, Dinge nicht mehr erinnern, die ich doch wissen müßte. Mein Gedächtnis ist nicht alzheimerisiert, es ist durch und durch dantefiziert. Beispielsweise habe ich jetzt Schwierigkeiten, mich an den ursprünglichen Nachnamen meiner Frau zu erinnern, den sie nach der Scheidung wieder angenommen hat. Sie hieß oder heißt Uta, das kriege ich noch mit Ach und Krach hin.

Die Pizza war gut, ich hatte einen Bärenhunger, habe alles bis auf den letzten Krümel verputzt. Allmählich füllt sich das Lokal. Giovanni hat zu tun. Souverän flitzt er hin und her, erhobenen Hauptes. Er hat den Laden im Griff, ist eine Respektsperson in perfektem Outfit, wie meine Studenten sagen würden, hat nichts Geknicktes, Serviles an sich, wiewohl er nicht der Besitzer des Ladens ist. Wenn er sich nach Arbeitsschluß verwandelt, kommt ein anderer Giovanni zum Vorschein, eine Art Hallodri in Jeans, für die er eigentlich schon zu alt ist. Dabei ist er ein brav schuftender Ehemann mit zwei erwachsenen Söhnen, die beide recht erfolgreich sind. Der ältere hat eine Weinhandlung aufgemacht, der jüngere studiert Physik. Wenn Zeit dafür da ist, erkundige ich mich nach seinen Söhnen, Giovanni spricht gern von ihnen. Sie sind sein ganzer Stolz, wahrscheinlich sehr zu Recht.

Manche Gäste kenne ich vom Sehen, wir begrüßen uns mit einem Kopfnicken. An Gesprächen bin ich allerdings nicht interessiert und mache das deutlich, indem ich mir wieder das Notizbuch vornehme und darin lese. Wobei sich einige scheu nach mir umsehen, ein weiterer Beweis, daß ich inzwischen zu einer bekannten und zugleich suspekten Figur geworden bin, einem Mann, den man beobachtet und über den man sich flüsternd unterhält, möglichst ohne daß es allzu aufdringlich wirkt. Für verrückt werden sie mich wahrscheinlich nicht halten, aber für einen seltsamen Kerl, mit dem man besser vorsichtig umgeht, da er von etwas Unheimlichem umweht ist. Wie ich dieses Getuschel, dieses Angestarrtwerden hasse. Dasselbe Gefühl wie in meiner Pubertät, als ich plötzlich aufschoß und alle meine Schulkameraden überragte. Die lange Latte mit dem hängenden Kopf, die nicht wußte wie den großen Körper in der Schulbank unterbringen. Am besten, der Kopfhänger schaut nicht nach links und nicht nach rechts, sondern konzentriert sich auf sein Notizbuch. Vielleicht sollte er sich jetzt mit dem achten Höllengesang befassen, in dem die Stadt Dis zum ersten Mal auftaucht.

Zwei Flammen sind zu erkennen. Dante sieht aus der Ferne, wie sie auf den Zinnen eines Turms emporzüngeln, es handelt sich um Meldesignale, die aus dem trüben Dunst auftauchen, um der Stadt anzuzeigen, daß sich ihr zwei Personen nähern, woraufhin ein anderes Signal Antwort gibt. Phlegyas, ein weiterer Büttel der Unterwelt, nähert sich in seinem Nachen, geradezu frohlockend, daß er zwei neue Schuldbuben empfangen kann.

Von ihm sagt der Mythos, er sei ein Brandstifter gewesen und habe, weil Apollo seine Tochter entführt hat, dessen Tempel in Delphi angezündet. Herrisch befiehlt ihm Vergil, daß er sie beide zwar über den Styx fahren müsse, aber keineswegs zu Bestrafungszwecken, wie Phlegyas es in böser Vorfreude vermutet hatte. Vergils Macht ist zunächst ungebrochen. Der grollende Ferge muß sich dreinschicken.

Bevor man mich in dem Laden weiter beargwöhnt und ich in einem trüben Gedankenstrudel versinke, verabschiede ich mich lieber und gebe Giovanni einen Wink, den er mit einem Kopfnicken aufnimmt.

Jetzt hocke ich wieder in meinem Sessel in der Küche. Eine Flasche Wein, die mir Giovanni mitgegeben hat, ist entkorkt. Mag sein, daß ich zuviel trinke, aber ohne Alkohol stehe ich das nicht durch. Ich muß aufpassen, daß ich nicht vom Kurs abkomme. Heute ist Vollmond. Doch der Mond scheint nicht nach mir zu rufen.

Widmen wir uns also dem achten Gesang! Er war die Domäne von Jia Ling Xu, einer jugendlich wirkenden Chinesin, die aber vielleicht bedeutend älter war, als sie uns erschien. Jia Ling ist begabt, ihr Italienisch ist hervorragend, weil sie in Florenz studiert hat, sie spricht sogar ein relativ solides Deutsch. Eine muntere Frau, die ohne Scheu auf Kollegen zugeht, die sie noch nicht kennt. Ihr Vortrag heimste großen Applaus ein.

X

Die zierliche Person mit dem pechschwarzen Haar, exakt auf Nackenhöhe geschnitten, zeigte sich firm, was die auf Christus bezogenen Verweisstellen der Commedia betrifft. Wenn das äußere Höllentor der Stadt Dis den Wanderern Widerstand leistet, so handelt es sich um eine Parallele zur Widersetzlichkeit, die Christus bei seinem Abstieg in die Hölle erfuhr. Natürlich ist es dem Heiland gelungen, das Tor aufzusprengen, wie es sich im Fortgang zum neunten Kapitel auch den beiden Wanderern wird öffnen müssen.

Noch ist es aber nicht soweit. Eine weitere ungastliche Gegend tut sich auf. Im Gebiet, das die Nebenarme des Styx durchziehen, geht es stiller zu als während der Höllenwanderschaft zuvor. Hier wird eher geröchelt und gegurgelt als lauthals geschrien und gelärmt. Tumultuarische Winde, die auch für Geräusche sorgen könnten, wehen hier nicht. Erst später, als der Nachen sich Dis nähert, empfängt die Wanderer das Wutgeschrei der Bewohner, die sich auf der Stadtmauer versammelt haben.

Phlegyas, dieses jähzornige Geschöpf der antiken Mythologie, taucht auch in Vergils *Aeneis* auf – als ebenjener wilde Vater, der Rache für die Schändung seiner Tochter nimmt. Nun wird er gezwungen, die Überfahrt zweier Fahrgäste zu übernehmen, die nicht dazu bestimmt sind, Qualen zu erleiden. Seinen Groll über die entgangene Beute, den entgangenen Zornlohn, kann er nur schwer verwinden, aber Widerstand vermag er nicht zu leisten. Im Totgewässer, das der Nachen durchquert, macht sich eine schlammbedeckte Gestalt bemerklich, die Dante offenbar kennt. Filippo Argenti heißt der Übeltäter, von dem wir nicht allzuviel wissen, nur daß er die

Hufe seiner Pferde mit Silber beschlagen haben und ein anmaßender Kerl aus der Familie der Adimari gewesen sein soll, obendrein jähzornig und aufbrausend, darin ein Seelenverwandter des Fährmannes Phlegyas. Argenti ist der Spitzname des Florentiners, der an seinen Tick mit den Silberhufen erinnert.

Dante haßt ihn aus Leibeskräften, so daß er sich wünscht, Adimari-Argenti werde zurück in die Brühe getaucht. Was auch prompt geschieht, durch andere Schlammbewohner, die ihn packen. Benedetto Croce hat über die Phantasmen des Hasses und der Schadenfreude geschrieben – wie reich an Genüssen diese hohnvolle Gerechtigkeit doch sei, wobei ein Lächeln der Befriedigung nicht fehle, eine Art von Heiterkeit über das Werk der Strafe, das die geheiligten Musen dem Dichter zu vollziehen erlaubten. Es stimmt, Dante tritt hier als Strafexperte in Aktion, dessen Wünsche sogleich in Erfüllung gehen, ohne daß er sich die Hände dabei schmutzig machen müßte.

Und er weidet sich genüßlich daran, wie der arrogante Gewaltmensch wieder in die Brühe gedrückt wird, worauf Argenti den Jähzorn gegen sich wendet und sich wütend in sich selbst verbeißt. Das schon erwähnte Materieproblem zeigt sich überdies an der Stelle: der Nachen, den Dante besteigt, sinkt durch das Gewicht der lebenden Fracht tiefer ein, als er es beim schwerelosen Leib Vergils tut. Filippo Argenti wiederum, dessen Körper ebenfalls keine Masse besitzt, greift nach dem Kahn, um ihn zum Kentern zu bringen.

Probleme über Probleme: wenn der Kahn einen Körper tragen kann, der noch Gewicht besitzt, müßte er eigentlich selbst aus gewichtslastender Materie bestehen. Wie kann dann aber für ihn eine Gefahr von einem immateriellen Seelenkörper ausgehen, der ihn zum Kentern bringen will? Natürlich beschäftigt mich das Gewichtsproblem inzwischen mehr als früher. Sind die Leiber meiner Kollegen gewichtslos geworden, als sie sich zu ihrer himmlischen Auffahrt anschickten? Gab es eine Materieverwandlung, weg von der Kompaktheit der Körper, hin zu einer Ausfüllung ihres Inneren mit schwerelosen Seelenpartikeln, während die sichtbaren Konturen zur Wahrung des äußeren Scheins beibehalten wurden? Daß eine geistige Leichtigkeit sie ergriffen hatte, die in der Schwerelosigkeit ihrer körperlichen Verfassung zum Ausdruck kam, und zwar bevor die himmlischen Manöver konkret begannen, das war spürbar, war sichtbar, denn auch die älteren Kollegen bewegten sich plötzlich mit einer Geschmeidigkeit, die ihnen vorher keiner zugetraut hätte.

Noch einmal zu den Blinkflämmchen, den Glühfeuern im nachtdunklen Höllenszenario, die als Signalgeber über den Türmen der Satansstadt Dis aufleuchten. Sie erinnern mich an Industrieschornsteine im Ruhrgebiet und anderswo, aus denen Gas entweicht, das man abfackeln muß, damit es nicht zur Explosion kommt. Zur Nacht sind diese brennenden Schlote besonders eindrucksvoll.

Jia Ling, die ich im weiteren Xu nennen werde (zauberhafte kleine Xu mit deinem scharfrichterlich geschnittenen Haar, du hast mich vexiert), unternahm einige gewitzte Ausflüge ins Reich des Sadismus, dann legte sie dar, wie Vergil seinen Schützling für dessen Verdammungsgelüste lobt, was sogar zu einem Kuß führt, denn Dante wird für seinen Zorn geherzt. Stark ist das Verlangen nach Rache, ein im Grunde unchristlicher Impuls, der hier ungebremst zum Ausdruck kommt und dennoch mit einer Zärtlichkeit belohnt wird, wiewohl Vergil mit dem Missetäter Argenti zu dessen Lebzeiten nichts zu tun hatte. Aber natürlich weiß er Bescheid über dessen Vergehen. Wobei man sich fragen muß, wie eine so intensive Berührung – immerhin geht es um den Kuß eines Toten – sich auf der Haut eines Lebenden anfühlen mag. Xu zog hier zum Vergleich einige kalt aufs Fleisch gehauchte Gespensterküsse aus der chinesischen Literatur heran, die uns sehr amüsierten. Wir waren jedenfalls auch bei diesem Vortrag munter bei der Sache. Und manch einer rieb sich die Wange, als hätte ihn das unerklärliche Kußphänomen gerade berührt. Als Xu von den kalten Küssen sprach, war ich versucht, meiner linken Hand einen Kuß aufzuhauchen, was aber unterblieb, weil ich mich rechtzeitig daran erinnerte, daß diese spinnerte Geste vielleicht beobachtet werden könnte. Ein Gespensterkuß von meiner geliebten Eva käme mir jetzt sehr gelegen – aber da tut sich nichts.

Dis ist die gut befestigte Höllenstadt, umgeben von Festungsgräben, gespeist aus den träge fließenden, fast stehenden Wässern des Styx. Darin gleicht sie so mancher mittelalterlichen Stadt oder Burg, die zur Abwehr der Feinde ebenfalls von Gräben umzogen war, gefüllt mit Brackwasser. Nur sind ihre Mauern ringsum bewehrt mit Eisen. Die Fahrt im Nachen des Phlegyas führt denn auch einmal um die Anlage herum. Natürlich werden die Ankömmlinge ausgespäht; auf den Zinnen sammelt man die Kräfte zur Verteidigung. Der Widerstand soll kräftig ausfallen, obenauf johlt und schreit und höhnt die Besatzungsmacht. Ein Riesenheer von Leuten steht bereit. Der Zugang zur Stadt ist blockiert. So einfach will sich die Hölle ihre Geheimnisse nicht entlocken lassen. Dante breitet den Widerstand über zwei Canti aus, einige Kommentatoren sagen, dies sei nur ein retardierendes Moment, um den *suspense* zu schüren.

Justin Steinberg, ein hervorragender Dante-Interpret, schreibt an dieser Stelle davon, daß es beim Widerstand der Höllenbewohner um die Verletzung eines im Mittelalter hochbedeutsamen Rechtsgutes geht: die Zusicherung des freien Geleits. Sie ist hier nicht mehr gültig. Und da flackert im Hintergrund eine zu Dantes Zeit akute Gefahr – dem Herrscher über das Heilige Römische Reich gebrach es an Macht, die Wegerechte durchzusetzen, überhaupt, das Rechtswesen einigermaßen störungsfrei funktionieren zu lassen. Der weltliche Herrscher zeigt sich offenkundig schwach. Seine Aufgabe ist es, das freie und sichere Reisen für Fremde, Diplomaten und umherziehende Schüler zu gewährleisten. Wie mächtig oder eben schwach er ist, erweist sich darin, ob er das Wegerecht garantieren und durchsetzen kann. Wenn seine Macht porös wird, so ist die gesamte Geltung seiner Gesetze in Frage gestellt, und das übergeordnete System der Herrschaft wird einer Vielzahl auseinanderstrebender Einzelinteressen zum Fraß vorgeworfen – ein durchaus typischer Zustand um 1300.

Gebricht es Gott womöglich auch an Macht, wenn Er in der Hölle nicht einmal das freie Reisen gewährleisten kann? Für zwei Menschen, die ebenfalls in einer Art diplomatischer Mission unterwegs sind? Steinberg spricht hier von einem *rex inutilis*, der zwar regiert, aber nicht herrscht. Die teuflisch lärmenden Banden auf den Zinnen der Stadt Dis verhöhnen nicht nur Dante und Vergil, sie verhöhnen die Macht Gottes. In der Hölle gelten geschlossene Verträge und mündliche Absprachen nicht. Zwar ist es Dante erlaubt, mit dem einen oder anderen Sünder eine Vereinbarung zu treffen – etwa im Sinne eines Versprechens, Dante werde an der Oberwelt ein gutes Wort für ihn einlegen oder etwas ausrichten, wenn dieser sich freimütig äußere. Ob er das auch tun wird, kann jedoch von keiner Instanz garantiert werden.

Dante teilt mit den Höllenbewohnern keine positiven Rechtsgüter, denen er sich verpflichtet fühlen müßte. Die Hölle ist unter anderem auch deshalb eine Hölle, weil sich hier niemand an Übereinkünfte halten muß. Daß keiner der Sünder ihnen entkommt, dafür sorgen die Büttel der Unterwelt. Es ist so ziemlich das einzige, auf das man sich verlassen kann. Das sadistische Strafrecht der Peiniger herrscht hier, die sich weder bestechen noch durch milde Worte erweichen lassen. Allein Dante fällt das außerordentliche Privileg zu, unbehelligt durchs Jenseits wandern zu dürfen, was schon vorausweist auf gewisse Suspendierungen des gewöhnlichen Rechts, die besonders im Purgatorium und im Paradies anzutreffen sind. Ein Pakt gilt aber auch hier: der von sämtlichen rechtstheoretischen Formulierungen befreite Pakt zwischen Autor und Leser. Und wie uns Dante-Liebhabern bewußt ist: auf den kommt es an!

Im übrigen will das Verborgenheitswissen der Strafakte gehütet sein, damit die noch lebenden Sünder dereinst kalt erwischt werden, sie sich nicht allzu schlau, die Konsequenzen ihres Tuns ermessend, auf Umgehungsmanöver vorbereiten können. Insofern ist Dantes Bericht auch ein fragwürdiges Unterfangen. Er macht unmißverständlich klar, daß es einst zur großen Abrechnung kommen wird, in deren Gefolge schwere Strafen zu erleiden sein werden.

Das mag der Abschreckung dienen, kann aber auch dazu führen, daß Gutherzigkeit eher simuliert denn reinen Herzens, ohne Schielen nach später einzuheimsenden Gewinsten, ausgeübt wird. Deshalb der kräftige Widerstand der zinnenbewehrten Stadt Dis. Hier gelangen die Wanderer an den Rand des inneren Kerns der Hölle, in dem die Ketzer und Leugner des Evangeliums gestraft werden. Vergil, der sich von seinem antiken Bildungshorizont her in Sachen Ketzerei naturgemäß weniger gut auskennt und keine Zauberformel zur Öffnung des Tores zur Hand hat, ist dabei auf Hilfe von oben, auf das Eingreifen der himmlischen Mächte angewiesen. Es ist das erste Mal, daß der führende Kopf des Unternehmens versagt. Zwar hat er angesichts klassischer Monstren wie des Minotaurus oder der Zentauren keine Schwierigkeiten, deren Widerstand zu überwinden, bei den christlichen Spießgesellen allerdings schon. Vergil ist als heidnischer Spiritus rector ihnen gegenüber nicht mehr Quell der Stärke und des Wissens. Und Dante, der auffangsame Novize in Sachen Jenseitswanderung, könnte vor dem Tor der Stadt Dis aus eigener Kraft sowieso nicht das geringste ausrichten.

Unsere Chinesin kam nun intensiv auf die Angst Dantes zu sprechen, der sich für immer verloren wähnt, weil sein Seelenführer ihm eröffnet, er müsse ihn für eine kurze Weile allein zurücklassen, um das Toröffnungsgeschäft qua Verhandlung mit den aufgescheuchten Scharen in Gang zu bringen. Mit Vergil läßt sich die immer wieder aufflammende Angst Dantes dämpfen, ohne Vergil fühlt er sich verlassen wie ein elternloses Kind, zumal von oben auch gedroht wird, Vergil solle sich von Dante trennen und ihn auf dem bereits begangenen Weg zurückschicken. Weil ihn die Einsamkeit überkriecht, wendet sich Dante direkt an sein Publikum, etwa in der Art von: denk dir nur, Leser …

Die Ansprache dient der Selbstberuhigung. Vergil wird ihn verlassen. Der Leser ist vielleicht noch da. Auch an dieser Stelle führte Xu exzellente Beispiele aus der chinesischen Gespensterliteratur über das Wesen der Angst an, die kalten Finger aus der anderen Welt, die das warme Herz stocken machen, die sich kalttastend um den Hals legen. Kalttastend, haha! Kalttastend langt jetzt wer nach mir.

Zur Ordnung! Zur Sache! Hier will ja schließlich was be-be-be-bewältigt werden. Schritt für Schritt, la-a-n-g-sa-a-m.

Hören kann Angsthase Dante nicht, wie Vergil mit den

Stadtbewohnern verhandelt, er hat Eigenbraus im Ohr, aber er sieht noch, wie die Scharen auf den Zinnen in ein heftiges Getümmel geraten, sieht, wie das Höllentor vor Vergils Nase zugeworfen wird, ebenjenes Bedeutungshubertor zur inneren Hölle, das einst durch Christus aufgezwungen worden war – na ja, wer's glaubt, wird selig, ich glaub's halt einfach mal, zeige *good will*, bin brav. Erbitterlich, Quatsch, erbittert kehrt Vergil zu Dante zurück. Dennoch werden da irgendwie ermunternde Worte für den angstschwitzenden Kompagnon gefunden: kommt Zeit, kommt Rat, von oben, ein starker Kerl von oben kommt. So ungefähr.

Jetzt bin ich schon beim achten Glas, habe einen sitzen und bilde mir ein, alles locker nehmen zu können. Claroclaro, bin versucht, dem gedemütigten Vergil zuzurufen, das verflixte Tor kriegen wir auf, wäre ja gelacht. Wenn's sein muß, leg' ich kurz selber Hand an.

Unser neuer Mann am Kapitelruder stellt sich schon mal in Positur, kramt in seinen Unterlagen und wirft unter seinem dichten schwarzen Haarvorhang einen scheuen Blick in die Runde. Netter Kerl, bißchen schüchtern und verhemmt, aber nett, wirklich nett. Und wohlproportioniert. Ganz gut in Form. Eva hätte gesagt: handlich. Tanizaki, Ryuno...?

Na, so ungefähr. Zickizacki-Rynos Italienisch ist gut, aber die Aussprache ein bissel gewöhnungsbedürftig. Macht nix – mit acht Gläsern in der Krone versteht man sich auch so, da darf so ein Japanerlein ruhig in Stößen schwatzen. Na los doch, her mit dem neunten Gesang! Beginnt mit Rotgesicht versus Bleichgesicht. Rot vor unterdrückter Wut und erlittener Schmach soll der Vergilius gewesen sein, bleich sein Schützling. Dann wiederum, warum ist die Banane krumm, sind beide bleich.

Jetzt fliegt was ran, genannt Einbildung, genannt Stuß, vulgo Blödsinn, Quatsch, Hirnlabskaus – Tanizakilein soll angesichts der plötzlichen Herrenbleiche von den weißgeschminkten japanischen Damengesichtern der Heian-Zeit geschwatzt haben, was eigentlich nicht sein kann, weil nicht sein kann, was nicht sein darf, das wissen schon die Hühner, pickpickpick, manchmal aber wiederum schon sein können darf, zumindest im Suff, zumindest beim suffbildhaft verkommenen Elsheimer, der sich an so 'n Japanerinnen-Bildchen klammert wie ein Affe an 'nen Affenbrotbaum, auf dem die Schwiegermama sitzt, weil – weil – weil es sich, das Elsheimerlein natürlich, wer sonst, ich mich sicherlich, michsich dersich, also claroclaro eben mich, wer sonst – daß – daß – daß sich also – daß sich *himself* das höllenerfahrene Himheimerlein bumsfallera, sakermentsakra, nur immer her damit, damit sich da was andres tut als Nasebohren – mit so 'ner niedlichen Japanerin gern befassen würde, und zwar stante pede in seinem zerwühlten, von allen guten Geistern verlassenen Bett ——————

—————————————————— und ja, ja, ja —

endlich ist der Wunsch raus, da, wo er hingehört, im — im Schlafzimmerlein vom Elsheimerlein fliegt er herum ———

——————————————————————————

———————————— aber, aber, gleich regt sich da wieder so ein blöder Zweifel: was macht man mit der aufgetürmten Frisur, zerdrückt die sich von allein im Bett, oder muß man da nachhelfen? muß man da etwa *Frisurhilfe* leisten?

——————————————————————————

——————————————————————————

——————————————————————————

——————————————————————————

——————————————————————————

——————————————————————————

——————————————————————————

XI

——— also bitte sehr, jetzt nimmst du aber die Schwierigkeiten allzu schwer, viele Probleme lösen sich ja irgendwie von selbst, also her, immer mal her mit der Japanerin, damit sich der Jenseitskrempel verdünnisiert, damit das Dantegetümmel – aus die Maus – aus dem System gekriegt wird – aber bittebitte, eine Bitte wird man ja wohl als reichlich mitgenommener Mann noch anbringen dürfen, auch wenn bloß das Universum mithört und sonst niemand: kleine Japanerin, sei willkommen, kleines Haarmonster, worauf wartest du, wir werden uns schon irgendwie vertragen und irgendwie zügig zur Sache kommen, aber bittebitte laß die geschwärzten Zähne daheim, selbst wenn du sie mit einem büschelig geschnittenen Zahnstocher eigens für mich gefärbt hast; komm aber bitte auch nicht ohne Zähne, sonst krieg ich Schüttelfrost, Ladehemmung sowieso ——————— komm mit niedlichen weißen, schneeschmelzhaften Zähnen, mit denen du mich auch ein kleines bißchen beißen darfst, weiß, hörst du: *weiß!* das mußt du mir versprechen, sonst krieg ich's mit der Angst, wo nix geht, da geht nix, und ich lande wieder in der Hölle, aus der ich grademang grad vor fünf Minuten rausgekrabbelt bin – Fleischgeheimnis, jawollo, kühle Schatten und Schauder auf dem Fleischgeheimnis, wie Hansi-Ursi von Balthasari mal behauptet hat, der – der ——— Uff! Das langt. Ab ins Bett, mit oder ohne Japanerin, Hauptsache Bett. Es heißt, da würde geschnarcht. Mir doch egal. Schnarchsack Elsheimer kann in seinem Domizil schnarchen, bis der Putz von der Wand fällt. Schnarchsack Elsheimer muß auch nicht aus den Kleidern raus. Genügt vollauf, wenn er ins Bett fällt, wie der Herrgott geruht hat, ihn die Nacht verbringen zu las-

sen. Das Zähneputzen überlassen wir mal der Japanerin. Die Gebisse der Alten kommen jetzt ins Kukident-Glasl, meins bleibt, wo's ist. Tschüüüs! ————————————————
——————————————————————————
——————————————————————————
——————————————————————————
——————————————————————————
——————————————————————————
——————————————————————————
——————————————————————————
——————————————————————————
——————————————————————————
——————————————————————————
——————————————————————————
——————————————————————————
——————————————————Mei o mei, der Kopf! Zwei Uhr siebenunddreißig sagt die Leuchtanzeige des Weckers, irgendwas treibt da rum in der nachtdunklen Frankfurtluft, Lichtgeglitzer da draußen, da flirrt was, da huscht was, gittert sich was zurecht aus goldenen Punkten, vielleicht nur hinter meinen Lidern, irgendwas treibt zum offenen Fenster herein, wahrscheinlich eine verirrte Mainmücke auf der Suche nach einem Tropfen Elsheimerblut, soll sie haben, muß auch von was leben. Vielleicht weicht Kopfpochen durch kleinen Aderlaß. Dunkel ist's zwar, aber nicht ganz, der Frankfurter Brodem ist ja nicht so zähe, wie's van Poppel von der Einhüllung der Höllenstadt Dis behauptet hat – also Licht an, Notizbuch ist schon aufgeschlagen, Stift schon gezückt, das Zeugs liegt ja wie immer neben mir auf dem Nachttisch, da kann der Schädel klopfen, wie er will, das Schädelknackerbuchstabengeflacker will aufgezeichnet sein, Dante hält mich immer noch besetzt, da komm' ich einfach nicht raus, da kann ich

den Wein flaschenweise in mich reinschütten, Dante war ja ein Mann der habhaften Visionen, der hat sich mit Krimskrams gar nicht erst abgegeben. Wenn ich mich recht erinnere, sicher bin ich mir da allerdings nicht, nannte T. S. Eliot Dantes Art zu träumen eine disziplinierte, poetische Art des Träumens, also eine kontrollettiartige, und seine Träume sollen von oben gekommen sein, nicht von unten, was Besseres also, was Triftigeres als das, was heute so herumgeträumt wird. Tomcat, der alte Katzenknarzer mit dem brüchigen Stimmlein, glaubte, was heutige Träumer träumen, komme eindeutig von unten, vulgo aus der Sexetage. Ist bei mir nicht der Fall, weil ich überhaupt nix träume. Ich bin ein deutscher Geistesriese, der sich in Dante reinbohrt, träum' nix, aber bin! Bin eingelegt in Olio Dante wie 'ne Sardelle, diese Japaner, Engländer, Chinesen, Amerikaner, diese oberflächlichen Stußverzapfer, was wollen die mit Dante, ich bin's doch verdammt noch mal, ich, ein später deutscher Geistesriese wie weiland Spengler, wie weiland der George-Schorsch, wie – wie – wie – der Hitlerfuzzi Nadler ————————

———— So, jetzt langt's, müßte mal ins Bad, den Schulterfittich recken, wie Ezra Pound von den Schnepfen sagt, noch so ein in der Commedia geselchter Danteaner, deshalb natürlich auch Canti und so. Eliot wiederum hat behauptet, Dantes Gedicht sei so riesig, daß man nur hoffen könne, am Ende seines Lebens zu ihm herangewachsen zu sein. Na, demzufolge bin ich bloß ein vierunddreißig Zentimeter hoher Danteaner, Eliot fühlte sich vielleicht als ein eins dreiunddreißig hoher Danteaner. Da lag die Meßlatte bei Pound schon etwas höher, *crazy* Fascho Pound, Mundwinkel quer in jungen Jahren, Bartspitzen seitlich, doch nach 45: Mundwinkel abfallend, Bartspitzen abgefressen, Blick wirr, obwohl er nicht wirklich verrückt war, eher verschroben, der Mann hätte übrigens auch einen Kenny gebrauchen können – jedesmal wenn sein Herrchen der Fascho-Impuls packte, hätte der den Kopf schief gestellt, die Stirn gerunzelt und ganz leise geknurrt, natürlich nicht bei Canto CXX, dem nachgetragenen Windentschuldigungscanto, aber halthalthalt, ein Wiedergutmachungscanto ist das nicht, dazu war Pound zu sonderlingshaft verknarzt –

I have tried to write Paradise
Do not move
  Let the wind speak
  that is paradise.
Let the Gods forgive what I
  have made
Let those I love try to forgive
  what I have made.

– dem Dichter ging's dabei wohl weniger ums Gemachthaben und Falschgedachthaben als ums Schwätzen. Jaja, schwatzt und pfeift nur, ihr beide, Pound und Wind! Bei mir schwatzt's jetzt auch gehörig, da rauscht's auch gleich, ich muß mal ————————————————
——————————————————————

——————————————— taps, taps, taps auf nackten Sohlen zurück, bin wieder da. Hemd aus. Hose aus. Kopf dröhnt. Oben raus. Unten raus. Bettfallara. Licht aus. ——
——————————————————————
——————————————————————
——————————————————————
——————————————————————
——————————————————————
——————————————————————

—— Schädelweh, schlimmes Schädelweh, das muß ein verflucht schlechter Wein gewesen sein, oder ich bin so angegriffen, daß ich auch ein besseres Gesöff nicht mehr vertrage. Wie ein Invalide bin ich aus dem Bett gekrochen, ein wacklig daherschwappender Stinkepfuhl. Schwer, doppelt so schwer wie sonst. Jetzt haben wir – elf dreiundvierzig. Ich sollte mich waschen, brauch' einen Kaffee, zwei, drei Tassen am besten. Mal sehen, ob's hilft.

Das Geschreibsel von letzter Nacht ist natürlich Stuß. Allenfalls ein Dokument meiner prekären und idiotischen Verfassung. Normalerweise bin ich selbst im Zustand der Volltrunkenheit etwas klüger. Zurück zu unserem Japaner. Ryunosuke Tanizaki hat sich erstklassig gehalten. Der Mann hat ein ausgewogenes, gleichbleibend freundliches Talent. Als Vortragender ist er allerdings kein Süßholzraspler, hinterrücks zu einiger Schärfe fähig. Von bleichgeschminkten Damengesichtern der Heian-Zeit hat er bestimmt nicht gefaselt. Das geht allein auf mein Konto. Aber die Frösche hatten es ihm angetan. Wer weiß, vielleicht haben die Japaner ein inniges Verhältnis zu Fröschen. Liest man die zauberhafte Geschichte *Frosch rettet Tokyo* von Haruki Murakami, weiß man, der Japaner steht mit dem Frosch auf du und du, bewirtet ihn gar höflich mit Tee. In unserem Fall hatten wir es allerdings nicht mit leibhaftigen Fröschen zu tun, sondern mit aufgescheuchten Seelen, die in alle Richtungen schießen, um froschgleich, wie Dante es beschreibt, im Wasser unterzutauchen oder sich in der schaumigen Lache zu bergen, sobald der große Feind näher tritt und die Scharen vor sich herscheucht. Mit zuckenden Händen und fortstrebenden Fingern ahmte Ryunosuke die Flucht der Seelen nach, wodurch er große Aufmerksamkeit erregte, auch bei Kenny, der sich auf die Vorderpfoten stellte und ihn erwartungsvoll anblickte, als würde der Mann ihm sogleich eins dieser Fröschlein ins Maul jagen.

Der Feind der fliehenden Seelen ist niemand anderer denn ein vom Himmel gesandter Engel, ein hochmögender Machtgesell, kein Zuckerengelchen. Er kommt, um das Höllentor aufzuschließen – für ihn ein Kinderspiel, er braucht es nur mit einem Stäbchen oder Zweig anzutupfen, schon muß es sich öffnen. Die Stadtbewohner sind Sprücheklopfer, die sich zwar vor Dante und Vergil dicketun, aber vor dem riesenhaften Engel verkrümeln sie sich kleinlaut. Er, der trockenen Fußes durch die Abwässer des Styx schreitet und den rauchgeschwängerten Dunst vor seinen Augen verwedelt, ist ein Schweiger, der, von seinen raumgreifenden Schritten abgesehen, mit minimalen Bewegungen auskommt – Benedetto Croce spricht davon, er habe es kaum nötig, die schwere Luft von sich zu scheuchen.

Kein einziges Wort wendet der Engel an Dante oder Vergil, nur eine verächtliche Kurzrede schickt er zu den Stadtbewohnern hinauf. Nach Erledigung der Aufgabe dreht er sich um und begibt sich großen Schrittes wieder hinweg, vermutlich mit anderen Eilaufträgen versehen. Das Nahen des Engels verrät sich durch Windgebraus, ein astabreißender Wind kommt auf, aus heißkaltem Gemisch aufgepeitscht, treibt er Staubwolken vor sich her. Hermann Gmelin übersetzt hier treffend, der Wind habe *aus Wärmewiderstreiten sich erhoben.* Natürlich haut Borchardt auch in Sachen Gestürm wieder ordentlich auf die Pauke:

Nicht anders denn ein sturmeswind, der stüme
durch die verschiedenheiten vieler hitzen,

der haut in wald und splittert das geblüme
Von ästen, schlägt zu boden, fegt die spitzen …

Vergil scheint schon einmal die Stadt Dis betreten zu haben, um einen Gesellen zumindest für eine gewisse Zeit herauszuholen. Näheres wird dazu nicht gesagt, Dante fragt nicht nach, allerdings läßt die Erwähnung einer solchen Episode vermuten, auch Vergil verfüge zuweilen über zauberische Kräfte höllenbesieglicher Art; das Thema wird allerdings nicht weiter verfolgt.

Die Erscheinung der drei rachesinnenden Furien Megära, Alekto und Tisiphone auf dem Stadtturm, umlodert vom Feuerglanz, ließ Ryunosuke wirkmächtig entstehen, geradeso, als müsse er uns eine kleine Szene aus dem Nō-Theater vor die Augen bringen. Seine Stimme rutschte in ein drohendes Dunkel. Er berief sich auf einen Kommentar von Dantes Sohn Pietro Alighieri, der hier eine dreigestaffelte Schlechtigkeit inthronisiert sah: Böses denken, böszüngig schwätzen, böse handeln – also eine dreifache Beschmutzung, die Beschmutzung von Geist, Sprache und Händen. Ryunosuke tippte sich dabei an den Kopf, schien sich mit der Linken die eigenen Worte aus dem Mund zu ziehen und entfaltete dann die Hände wie einen Fächer, die Fingerspitzen ein wenig zu Krallen gekrümmt. Wir lachten, aber die handgreifliche Bosheitsdrohung hatte uns doch getroffen. Der hochgradig aufmerksame Kenny fing sogar an, ein klein wenig zu knurren.

Es stimmt, daß unser Referent schüchtern begann, als müsse er sich für seine Unzuständigkeit in dieser erzchristlichen Materie ein bißchen entschuldigen; dann wurde er beherzter und stieß die Sätze mit Vehemenz voran. Sein Vortrag steigerte sich zu einem Furioso mit handfuchtelndem Crescendo. Dazwischen strich er sich die oben langen, unten kurz geschnittenen Haare, deren obere Strähnen ihm immer wieder vor die Augen fielen, energisch zurück. Ach Ryunosuke, auch dich vermisse ich, mitsamt deinem Gefuchtel. Du hättest auf großer Bühne auftreten können, und das Publikum hätte dir als einem fernöstlichen Dante-Wundermann ergeben gelauscht.

Der Engelsbote ist schon davongeschritten, Dante und Vergil treten nun, ohne einem Widerstand zu begegnen, in die verfluchte Stadt ein. Sie sehen auf ein Gräbermeer in welligem Gelände, umlodert von aus den Grüften schießenden Flammen. Alle Sargdeckel stehen offen, eine echte Schauerszene wie aus einem Vampirfilm bietet sich den erschrockenen Augen dar. Obwohl nicht eigens davon die Rede ist, darf man sich das Stöhnen der Gepeinigten, das aus den Särgen dringt, und das Geknister der Flammen dazu vorstellen.

Hier brennen die Ketzer in ihren Feuergräbern unablässig weiter, man kann von einer Diesseits-Jenseits-Dopplung sprechen, denn die meisten von ihnen wurden schon zu Lebzeiten auf Scheiterhaufen verbrannt. Die Ketzer liegen geordnet in Gruppen beisammen, je nach Art und Schwere ihrer Ketzerei, gemeint sind vor allem die Katharer. Die schlimmsten werden am stärksten von den Flammen gequält. Alle sind für immer in ihre heißen Gräber verbannt als Strafe dafür, daß sie sich nicht an das Maß und die Regeln gehalten haben, die damals vom Vatikan und seinen Sendboten als einzig zulässige Art, das Christentum zu praktizieren, festgeschrieben worden waren.

Ryunosuke handelte von den Vorbildern des Gräberfeldes, von den über der Erde zu besichtigenden Sargreihen in freistehenden Truhen des Friedhofs Alyscamps von Arles. Man kann die Nekropole heute noch besichtigen, teilweise sind die Deckel aufgebrochen und beiseite gelehnt – Flammen schießen aus den Sarkophagen allerdings nicht empor. Von alters her wird gemunkelt, die schweren Steintruhen sollen von selbst aus dem Boden gebrochen sein, um als Gräber für die Kreuzfahrer zu dienen. Dante kann sich auf diese Sage allerdings nicht berufen, denn in seinen Särgen brennen Gottesleugner, keine Kreuzfahrer.

Wie sehr sehne ich mich nach einem heiteren Auffahrtswind, der mich von meiner Niedergedrücktheit, von meinem Kopfschmerz erlöst! Und da kommt mir eine längere Passage von Saint-Pol-Roux in den Sinn, die ich nur ungenau in Erinnerung habe: *ein Traum habe ihn in jugendlichem Ungestüm hinweggetragen – über das böse Plateau der Jahrhunderte, um die Schädel zu zerschmettern, die Masken zu spalten, die Hoden zu zermalmen, die Idole umzustürzen. Dann befahl ihm der Traum, die alles erweckende Glocke zu läuten, die eisernen Fußfesseln zu lösen, eine menschliche Gestalt in jedes Gestrüpp aus Stoppeln und Haaren zu schneiden, die im Käfig der Zähne gefangene rote Lerche zu befreien, damit hoch über der prächtigen Katastrophe der wie Kröten platt gedrückten Tyrannen die Märtyrer, die bisher wie Lasttiere schnauften, lächeln.* Immerzu lächeln, lächeln, lächeln. So ungefähr.

Abgesehen davon, daß wir alle keine Märtyrer waren und man uns nicht aus einem Gestrüpp von Stoppeln und Haaren herausschneiden mußte, wurden die Zungen der Dantisti doch auf irrsinnige Weise befreit. Sie wurden zwar nicht zu Adlern, flügelten nicht der Sonne entgegen, sondern dem Mond und den Sternen, denn die Phantome der herannahenden Nacht waren über uns gekommen, eine bestürzende Nacht, in der die Stimmgabel Gottes in winzigen Bruchstücken in unsere Kehlen praktiziert wurde, in der ein glückseliges Gelalle anhob, glückselige Wörterstürze sich in Kaskaden ergossen, Wörter wie Schaumflocken durch die Gegend geblasen wurden, hochmögendes Silbenschwingen aufflog, köstlicher Silbensalat durcheinandergewirbelt wurde, ein beschwingtes Herumgehopse aufkam, wanddurchdringendes Blickgeschieße sich Bahn brach, Leichtigkeit, Loslösung von der verdammten Erdenschwere uns emportrug – nur mich nicht.

XII

Die Erwählten in der Bibel fragen: warum ich? Sie wissen haargenau, welche Last sie tragen müssen, was für Leiden ihnen bevorstehen, weil sie dazu ausersehen sind, halsstarrige Menschen auf den rechten Weg zu bringen. Ich aber muß mich fragen: warum verdammt noch mal ich *nicht*? Meine verzückten Kollegen vermittelten keineswegs den Eindruck, daß ihnen Leiden bevorstünden, daß sie schwere Aufgaben zu bewältigen hätten. Im Gegenteil, sie waren von einer hochgemuten Stimmung ergriffen, keinem bedrohlichen hysterischen Massenaufruhr; wie leuchtende Wortfackeln sprangen sie herum, kletterten auf die Fensterbrüstungen – *up, up and away* – *up* ins danteske Wörternirwana der nimmerendenden Glückseligkeit. Wäre ein Elefant dabeigewesen, hätte der womöglich Elefantenhymnen gesungen, irgend so was rachendunkel Rüsselprustendes, ich sehe schon, wie er sich mit vier dicht aneinandergesetzten Zirkusfüßen aufs Fensterbrett stellt, und dann auch er – trotz Elefantenschwere – *up, up and away!*

Natürlich vermisse ich das alles. Aber selbst jetzt, da mich die Trauer um die entgangene Chance meines Lebens packt, vielleicht die Chance auf einen erlösten Tod, vielleicht die Gnade, restlos im *Wunder* aufzugehen als flirrender, schwatzender, von beglückendem Atem durchwehter Seelenfunke, als empfindsamer Luftwickel, als geistbewehrter Nebelkern – jetzt geht's mir wieder besser. Und der Skeptiker in mir fragt: kann man endlos singen, endlos faseln, endlos Seele sein, seiend, freiseiend, nichtseiend in unendlichen Glücksgewittern?

Eine Florfliege hängt am Zipfel des Tischtuchs, die einzige Fliegenart, die ich liebe, wegen ihrer Zartheit, ihrer durchsichtigen Flügel mit den grünen Äderchen. Eigentlich ist sie dämmerungs- und nachtaktiv, fliegt nicht um zwölf Uhr mittags herum, vielleicht hat sie sich verirrt und ruht sich jetzt aus. Ihre überäugigen Sehbulben glänzen aus der Kopfmaske heraus. Wenn Dante-Forscher, Hunde und Elefanten erlöst werden, sollten auch Florfliegen erlöst werden. Ich würde sie gern pfingstlich sprechen hören mit aus winzigen Lungensäckchen herausgepreßten Luftklängen, hauchzart in ihrer grünschillernden Eleganz, mit leichtem Flügelvibrato von Grasschäften singend und von schmackhaften Blattläusen, die sie als Larven verzehrt haben.

Naturgeräusche! Naturgeräusche! Gerade habe ich mir zwei Spiegeleier gebraten. Brutzeln, Zischen, Sterbehülle aufgeschlagen, flach gebreitet die gelben Augen, die ins Ungefähre glotzen, während von andernorts her ohrenfein auf meinen Knochen gesungen wird. Florfliege hängt noch immer am Tischtuch. Eier schmecken. Schädelweh wird schwächer. Weiter im Text.

Ich habe genug zu essen, lebe kommod, bin nicht krank, mein bißchen Kopfweh verfliegt. Vorgestern habe ich im Fernsehen einen syrischen Jungen gesehen mit aufgerissenen Augen, das blanke Entsetzen im Blick. Verletzt, verdreckt, mit fast nichts am ausgehungerten Leib. Rhetorisch weniger fein als Hiob, bin ich versucht, die Faust gen Himmel zu rekken: warum läßt Du das zu, Du verdammtes Arschloch da oben?

Selber Arschloch. Ich könnte, sollte, müßte etwas tun. Rhetorik ist hier fehl am Platz. Meine Wohnung ist groß genug. Eins von den fünf Zimmern könnte ich lässig abgeben. Ich könnte einen Flüchtling beherbergen, mein hohes Salär mit ihm teilen, den Schrecken, den er erlebt hat, die Qualen, die ihm und seiner Familie zugefügt wurden, nein, die könnte ich nicht ungeschehen machen, aber ich könnte wenigstens *einen* Menschen trösten, ihm Mut zusprechen, damit er wieder zu Kräften kommt. Und ich käme dabei auch zu Kräften, wäre aufs neue im Leben verankert, wäre nicht mehr das unnütze Stück Scheiße, das ich bin, das faselt und rätselt und sich am Kopf kratzt und alles besser weiß und doch gar nichts weiß und allmählich in der faulen Brühe des Selbstmitleids versinkt. Ich wäre wieder ein Mensch. Würde handeln aus Mitleid, aber voller Tatkraft. Würde der Not mit meinen bescheidenen Mitteln Paroli bieten und der Welt zumindest an meinem Frankfurter Zufluchtsort das Gute abringen.

Der Menschheit kann ich nicht helfen, überspannt wie ich damals war, dachte ich in meinen von Selbstsucht geprägten Jugendjahren, ich könnte. Heute weiß ich: es bedeutet viel, sogar enorm viel, wenigstens einem einzigen Menschen zu helfen. Ein strahlender Held sein zu wollen ist nicht mehr als ödes Traumgetue, Futter fürs Ego. Ein Mensch, der Hilfe benötigt, kann dem, der ihm hilft, viel zurückgeben. Vom Egoismus erlöst, von sich selbst befreit zu sein ist das Beste, was einem widerfahren kann. Aber das gelingt niemals in der Einsamkeit, sondern nur in der Zuneigung zu einem anderen.

Klingt gut, wirklich gut, schön und gut, bravobravo, hab' ich toll hingekriegt, klingt wie mein persönliches Wagalaweia des Gutmenschentums. Doch halt. Was mache ich, wenn der Flüchtling, der vor meiner Tür steht, ein schwieriger Flüchtling ist, einer, der kein Wort einer Sprache spricht, die ich verstehe? Was, wenn wir anfangen, uns mißtrauisch zu umschleichen, und die Höflichkeit es verbietet, ihn wieder hinauszukomplimentieren? Wenn ich in meinem Gutseinwollen erlahme und sich alles nur als Farce herausstellt?

Weiterweiterweiter! Die Hölle Dantes ruft. Zehnter Gesang. Verwirrspiele. Der ehemalige Ghibellinenchef Farinata degli Uberti, ein kraftvoller, befehlsgewohnter Verächter der Hölle, ganz und gar kein Schwächling, erhebt sich mit mächtigem Oberkörper aus seinem Flammengrab. Er tritt Dante gegenüber recht herrisch auf, will dessen Namen wissen, zieht die Augenbraue hoch, als er ihn vom erstaunlich gefügigen Dante erfährt. Stefan George ruht sich auf diesem mimischen Detail geradezu aus:

> Und als ich stand an seines sarges grunde
> Da wandt er sich zu mir mit lässiger schaue
> Fast unwirsch: Gib von deinen ahnherrn kunde!
> Als willig zu gehorchen aufs genaue
> Ich ohne hehle alles ihm beschrieben ·
> Da zog er in die höhe seine braue …

Für Dante ist Farinata ein früherer Kopf der feindlichen Partei, ein Ketzer überdies, denn neunzehn Jahre nach seinem Tod, erst 1283, wurde er mitsamt der Familie als solcher verurteilt. Trotzdem steht Dante ihm Rede und Antwort, ohne erkennbaren Widerwillen. Hermann Gmelin stellt in seinem Kommentar hier zwei ebenbürtige Gegner einander gegenüber: stolz sind sie beide, haßerfüllt auch, weil ihre politischen Leidenschaften stark sind, trotzdem lassen sie einander Gerechtigkeit widerfahren, weil die gemeinsame Vaterstadt sie eint.

Die Toten sehen voraus, was künftige Zeiten bringen werden, und sie kennen die Vergangenheit, aber die Gegenwart bleibt ihnen verschlossen. Deshalb ist es folgerichtig, daß Cavalcante de Cavalcanti sich, vom Gespräch der beiden angelockt, neben Farinata auf den Knien aus dem Grab erhebt, um von Dante etwas über den Verbleib seines berühmten Dichtersohnes zu erfahren.

Farinata, der kriegerische Gewaltmensch, ragt aufrecht aus

seinem Flammengrab, von Cavalcante schaut nur der Kopf heraus. Beide Figuren arbeiten sich wie festgehakt an einem allerdings jeweils anderen Gedankenkomplex ab. In Farinata rumort das Wissen um die politischen Tumulte, an denen er mitgewirkt hat, der Vater verzehrt sich in Sehnsucht und Ungewißheit über das Schicksal seines Sohnes Guido. Dieser Cavalcanti war ein berühmter Dichter der Zeit, für den jüngeren Dante eine bedeutende Figur. Zwischen dem aufstrebenden und dem längst bekannten Dichter entspann sich 1283 eine Freundschaft.

Am Vortragspult stand jetzt Manfred Hardt. Er charakterisierte Guido als scheu, aristokratisch und ungemein schwierig. Der soziale Unterschied zwischen den beiden Dichtern wird nicht leicht zu überwinden gewesen sein, da Guido Cavalcanti aus einer ungleich bedeutenderen Familie stammte als Dante Alighieri. Ein vielversprechender junger und ein erfolgsverwöhnter älterer Dichter, der eine aufstrebend und von eiserner Willenskraft, der andere reich und bereits berühmt. Ihr Verhältnis trübte sich denn auch rasch ein.

Im zehnten Gesang werden von allen Seiten höfliche Worte gewechselt, keine Sätze, die der Grimm diktiert wie in Canto VIII. Aber Dante begeht einen Fehler, der ihn sogleich reut. Cavalcante, der auf den Knien in seinem Grab hockt, fragt, ob Guido noch lebe, und Dante antwortet unklar, so daß der Vater glaubt, sein Sohn sei bereits gestorben. Daraufhin sinkt Cavalcante aufseufzend in sein Grab zurück. Zu diesem Zeitpunkt, also um 1300, ist Guido allerdings noch am Leben, er stirbt erst wenige Monate später.

Unser Redner, ein kräftiger Mann mit sehr beweglichen Händen, stellte das Kapitel zunächst mit gebotener Nüchternheit vor. Hardt spricht ein fabelhaftes Italienisch, es bereitet ihm offenkundig Vergnügen, in dieser Sprache lässig hin und her zu spazieren, seine Aussprache ist perfekt. Die blauen Augen strahlten, er strich sich bisweilen durch die blonden Haare, kam mehr und mehr in Fahrt, es stellte sich ein veritabler Sprachrausch ein, allerdings noch nicht der zungenlösende Irrsinn, der uns später überkommen sollte. Manfred sprach plötzlich schneller als in seiner sonst eher ruhigen Art. Bei einem kompakten Mann von archaischer Gestalt, der normalerweise alles im Griff hat, nimmt sich das kurios aus. Es war, als stünden Farinata und Cavalcante, mit denen er doch schon seit Jahrzehnten vertraut sein mußte, wie neu vor ihm.

Ich bedaure inzwischen, daß wir bei unseren Begegnungen eine gewisse Zurückhaltung wahrten. Beim Sie sind wir immer geblieben. Vielleicht ging die Reserviertheit von meiner Seite aus, da ich insgeheim sein Können bewunderte und mich deshalb in respektvoller Entfernung hielt. Ein wenig Neid mag hineingespielt haben. Vielleicht kratzt es mich, daß ich nicht der einzige Strahlemann der deutschen Dante-Forschung bin. Dabei war mir der Kollege sympathisch. Jetzt ist er mir näher als je zuvor, deshalb erlaube ich mir, ihn Manfred zu nennen. Sein Vortrag geriet übrigens exzellent. Als ich den Beifall auf den Tisch klopfte, war der Neid verflogen. Ich applaudierte Manfred reinen Herzens. Sein Buch über die Zahlensymbolik in der Commedia ist inzwischen ein Standardwerk – eine Vielzahl von Summen und Zahlenkombinationen ist in der Commedia verborgen und zeugt von der Beschäftigung mit einer in die Numerologie eingeschleusten Offenbarungsspekulation.

Dantes bedeutendes Frühwerk, die *Vita Nuova*, war Guido Cavalcanti gewidmet. Einige Jahre nach der Entfremdung zwischen den beiden, am 24. Juni 1300, stimmte Dante als Mitglied des Priorats von Florenz für die Vertreibung des ehemaligen Gefährten aus der Stadt. Über die genauen Vorgänge dieser Entscheidung weiß man zuwenig, um Dante des Verrats am Freund zu zeihen.

Auch Manfred drückte sich hier vorsichtig aus. Er zeichnete einen Dante, der in den langen Jahren des Exils immer wieder über die eigene Schuld grübelt. Schuld, die nach Erlösung verlangt. Nicht umsonst erscheint der Dichter am Anfang der Commedia als ein Verlorener. Ein schlechtes Gewissen plagt ihn auch im zehnten Gesang, da er Guidos Vater eine mißverständliche Auskunft erteilt.

Dante hatte noch nicht begriffen, daß der Blick der Toten auf die unmittelbare Gegenwart getrübt ist und es um die Aussicht auf weitere Einsichten bei den Verdammten schlecht steht. Am Ende der Zeiten, da sich das Tor zur Zukunft schließen wird, ist über sie verhängt, daß sie mit ihren nutzlos gewordenen Erinnerungen allein zurückbleiben.

Die Erkenntnis der Verdammten ist deshalb dürftig. Sie kreist hauptsächlich um das eigene Schicksal, und zwar in verbohrter Weise. Was das angeht, kenne ich mich aus. Auch meine Gedanken kreisen um mich, immerzu um mich, obwohl ich erlebt habe, wie euphorisch Menschen werden können, und zwar in gutem Sinne, wenn sie aus sich heraustreten und einer durchlässigen Gemeinschaftsbindung teilhaftig werden. Zu einer selbstvergessenen Bindung, der nichts Böses anhaftet, war ich offenkundig nicht fähig.

Wir wurden von Manfred daran erinnert, wie Dante, seine unglückliche Einmischung in die politischen Wirrnisse der Zeit vor Augen, das Mahngedicht schreibt. Der Dichter hebt den riesengroßen Zeigefinger nicht nur zur Selbstvergewisserung, sondern um die in pausenlose Querelen und Schlächtereien verstrickten Zeitgenossen zu warnen. Man halte sich vor Augen: blutige, nimmerendende Konflikte, bei denen Tausende starben oder verstümmelt wurden. Natürlich dient Canto X nicht nur der Erinnerung an die Metzeleien. Freigeisterei und Ketzerei bestimmen ja den Ort, an den die Toten gebannt sind. Krieger werden nicht deshalb bestraft, weil sie Krieger waren. Nach seinem Ableben wird wohl auch Dantes dogmenskeptischer Freund Guido in diese Sektion verbannt werden, nicht weil er ein Mann des Krieges gewesen wäre, sondern weil er in seinem freiheitlichen Intellektualismus eine Grenze überschritten hat.

Manfred ließ sich zu einer gewitzten Bemerkung hinreißen, daß der Sohn wohl bald neben den Vater in einem Feuersarg zu liegen käme, nähme man die Commedia für buchstäblich wahr, wie schlichte Gemüter es beim Zitieren aus der Bibel tun. Seine Bibel sei zwar die Commedia, aber er halte es doch mehr mit dem anagogischen, will heißen, dem endzeitlich luftigen Sinn des Textes.

Und wieder war es Kenny, der bei diesen Worten mit einem viermalig hin- und herzuckenden Ohrenspiel auf sich aufmerksam machte, als wolle er die vier Auslegungsarten der Bibel überprüfen. Nach wie vor hatte das begnadete Kommentarhündchen seinen festen Platz vorne neben dem Rednerpult inne, wo es auch von Manfred gebührend gewürdigt wurde. Ja, unser kompakter Redner ging sogar so weit, daß er sich ein wenig niederbeugte, um Kenny zu fragen, welche Auslegungsart für ihn die plausibelste sei, ein Knochen zum Hineinbeißen, einer, um ihn theologisch zu befragen, einer als moralische Aufforderung zum Handeln oder doch lieber ein Knochen im endzeitlichen Erwartungssinn, also der himmlischste aller möglichen Knochen. Heiterkeitswogen durchliefen den Raum. Der arme Kenny schien über all dem Gekicher allerdings ein wenig verwirrt, vermutlich stand er vor einem Entscheidungsdilemma, das über seine Kräfte ging.

Das Gespräch mit Farinata wird nach dem Zurücksinken Cavalcantes wiederaufgenommen, unerschütterlich steht der Krieger immer noch aufrecht im Grab. Und seine mindere Schuld wird hier betont. Farinata rühmt sich als der einzige, der sich dagegen gesträubt haben will, Florenz nach siegreicher Schlacht dem Erdboden gleichzumachen. Im Zuge seiner Worte, daß den Verdammten der Blick in die Zukunft einst verschlossen sein wird, überkommt den Kriegshelden die Melancholie. Auch das zeichnet ihn aus. Farinata ist kein kläffender, verbissener Eiferer, sondern ein im umfassenden Sinn großer Mann. Für den Leser und auch für Dante selbst ein überlegener Sünder, der die Würde zu wahren weiß. Auf eine letzte Frage Dantes, wer sonst noch in den Flammengräbern zu finden sei, antwortet Farinata, weiter hinten liege Friedrich II., der Staufer, auch er ein Freigeist und obendrein ein Bündnispartner der Dante so verhaßten Ghibellinen. Für Dante ist der tote Kaiser jedoch ebenfalls ein bedeutender Mann, jedenfalls kein schmieriger Unhold. Canto X endet mit dem Versprechen Vergils, Dante werde alsbald durch die sanfte Strahlkraft Beatrices über die Reise seines Lebens aufgeklärt werden.

Eine ziemlich lebhafte Diskussion kam auf, an der sich Yong-ling Zhou zum ersten Mal beteiligte. Der geheimnisvoll wirkende Mann stammt aus Schanghai und gilt als einer der größten Romanisten des Fernen Ostens. Sein Italienisch klingt ein wenig sonderbar, aber er spricht überaus korrekt. Ihn interessierte die Beschaffenheit der Gräber. Manfred war erfreut, als sich der vornehme ältere Herr zu Wort meldete, die beiden schienen sich zu kennen. Das große Thema von Yong-ling Zhou ist der Vergleich zwischen europäischen und asiatischen Jenseitsvorstellungen im dreizehnten und vierzehnten Jahrhundert. Auf seinen Vortrag war ich besonders neugierig. Weil er ebenfalls für den letzten Tag des Kongresses eingeplant gewesen war, fiel er leider aus.

Zum Ende seiner schönen Rede hob Manfred die wie zu einer Schale geöffnete rechte Hand, geradeso, als werde die Weisheit Beatrices alsbald auch in ihn fließen. Ein durch und durch sympathischer Mann, der genau wie ich gegen die Großmannssucht vergangener deutscher Tage aufbegehrte, die Dante allein für uns zu reklamieren suchte, geradeso, als wäre der Dichter nur aus Versehen in Florenz geboren worden statt in Heidelberg, Frankfurt, Weimar oder auf einem deutschen Gipfel in schwindelerregender Höhe – als ein erhabener Mensch, zeitenthoben, geheimnishaft, lorbeerumkränzt, umrauscht von deutschem Sprachwesen und deutschem Tiefgang, die sich auf wundersame Weise im Italienischen des frühen vierzehnten Jahrhunderts materialisiert haben.

XIII

Von soviel Blödsinn wird mir schwindlig. Ich muß pausieren. Vielleicht ein Tee? Vielleicht was Labbriges, das mich bei Stimmung hält und mich nicht weiter angreift? Zunächst mal stopfe ich eine halbe Tafel Schokolade in mich rein. Für mich ein ungewöhnlicher Fraß, ich weiß nicht mehr, wer sie als Mitbringsel ins Haus geschleppt hat. Muß Monate hersein.

Jetzt kommt mir eine Person in den Sinn, die sich als extreme Verwandlungskünstlerin, als erotisierter weiblicher Irrwisch entpuppte – Harriet Cox! Unserer Engländerin bin ich während des Kongresses zum ersten Mal begegnet. Zunächst erschien sie mir nicht weiter hervorstechend. Irgendwie grau gekleidet, nicht groß nicht klein nicht dick nicht dünn, blaß. Nur ihre schräggestellten grünlichen Augen waren auffallend, aber auch diese nahm ich zunächst kaum zur Kenntnis.

Das änderte sich rasch. Harriet hielt den ersten Vortrag am Freitag morgen. Eine Verwandlung war in ihr vorgegangen. Offensichtlich hatte sie sich in Rom mit anderen Kleidern versorgt, flammend roten, flammend gelben, flammend grünen. Vorher hielt sie ihren Körper bedeckt, jetzt waren Arme und Beine nackt. Nur ihre unscheinbare Haarfarbe und die halb lange halb kurze Frisur blieben dieselben. Höchstens zehn Sätze habe ich mit ihr gewechselt, weil sie mir unheimlich war. Um den nackten linken Arm, einen ausgesprochen dürren Arm, wand sich ein Tattoo, ein ziemlich scheußliches Ding, das ein aufgeschlagenes Buch darstellen sollte und grotesk gebogen war, als würde die Bindung gleich den Geist aufgeben.

Noch schlimmer war das Zeugs an ihrem Bein. Ziemlich

rot. Waschlappengroß. Als hätte sie da eine rechteckige Fleischwunde. Mich kann man mit Tattoos jagen. Einmal hatte ich eine Frau in der Kneipe angesprochen und sie anschließend zu mir nach Hause mitgenommen. Kaum hatte sie sich ausgezogen, waren da zwei Riesentätowierungen am Bauch und am Hintern sichtbar. Vorne zwei Krokodile, die sich wechselseitig in die Schwänze bissen, hinten ein Eisvogel. Jesusmariaundjosef! Ich verzog mich ins Badezimmer und grübelte krampfhaft über eine Ausrede nach, wie ich sie rasch wieder loswerden könnte, behauptete dann, mir sei urplötzlich schlecht geworden, und bat sie, zu gehen. Sie zog sich denn auch brav wieder an, verabschiedete sich von mir an der Tür mit einem komischen Blick, während ich sie überhöflich hinauskomplimentierte.

Harriet, die bisher eher als unnahbar und verschlossen gegolten hatte, war kaum wiederzuerkennen. Wie ein aufgeregter Papagei sprang sie flügelschlagend umher, schwatzte, als ginge es ihr an den Kragen. Bösere Zungen behaupteten, sie springe wie vom Affen gebissen durch die Gegend. Aber das war noch nicht alles. Harriet zog eine Parfümfahne hinter sich her, von der einem schier schwindlig werden konnte. Mir jedenfalls, da ich ein Feind allzu massiv aufgetragener Düfte bin. Der Schwede, Mitorganisator unserer Veranstaltung, hatte diese Verwandlung bewirkt. Bengt Liljedahl schien auch das schwere Parfüm nicht weiter zu stören, im Gegenteil, der sonst so besonnene Mann mit den kindlichen Patschhändchen wurde munter, schien aus seiner gutmütigen Schwedenlethargie gerissen und in einen anderen Zustand versetzt, zunächst noch nicht in einen heilsgeweckt bramarbasierenden, sondern in einen erotisch angespitzten.

Eva flüsterte mir am zweiten Morgen ins Ohr, Harriet und Bengt hätten sich am Abend zuvor ewig lange an der Hotelbar vergnügt, deshalb sei die Frau außer Rand und Band und Bengt aus seinem honorigen Gleichmut erwacht. So etwas kommt bei Kongressen häufig vor, das ist keine Sensation. Eva lachte wie ein Backfisch angesichts der kuriosen Kombination und führte sich zum Spaß wie ein neurotisches Energiebündel auf, wedelte mit dem Armen und rollte dazu die Augen – eine Spezialität von Harriet, die Eva gekonnt nachahmte. Unter uns nannten wir sie ab da nur noch Foxi-Coxi. Von ihrer äußeren Verwandlung abgelenkt, weiß ich nicht mehr genau, worüber Foxi-Coxi eigentlich sprach, nur daß sie sich, salopp gesagt, Canto XI zur Brust nahm (eine eher winzige Brust, wie ich vermute, denn unter dem ärmellosen feuerfarbenen Kittel zeichnete sich so gut wie nichts ab).

In einem aufgeregten Schwall geruchsmalerischer Worte sprach sie vom Gestank, der aus dem Abgrund steigt, als hätte das schwere Parfüm ihre Worte durchtränkt; so viel weiß ich noch. Ich kann mich auch gut daran erinnern, daß irgendwann von *spicy riots* die Rede war, warum, keine Ahnung, nur daß Kenny sich bei diesen Worten erhob und sich schüttelte, als säßen Flöhe in seinem Pelz, was Harriet innehalten ließ: *relax now. It's fine.* Worauf Kenny mit dem Geschüttel aufhörte und sich brav wieder hinlegte.

So viel ist klar: Dante und Vergil befinden sich noch am oberen Rand der inneren Hölle. Gmelin spricht davon, daß sich die Wanderer hier von Einzelbegegnungen, von Rede und Widerrede erholen, was einem Kabinettstück scholastischer Lehrdichtung Raum gebe, in dem sich der Dichter gleichsam von der Mühe der Gestaltgebung einmal ausruhe und sich statt dessen dem Genuß scharfgeschliffener Gedankendichtung hingebe.

Ich muß gestehen, daß ich derzeit nicht mehr in der Lage bin, es mit scharfgeschliffener Gedankendichtung aufzunehmen. Auch mein wunderliches Kongreßgedächtnis hat anscheinend einen Knacks bekommen. Harriets hektisches Gefuchtel, das den Vortrag – nein, nicht untermalte, sondern dessen Worte in unsere Hirne wedeln, stechen, kicken wollte, und ihre Redeweise waren meiner Konzentration nicht förderlich.

An einigen Stellen flüsterte sie vor sich hin, als wolle sie zu sich selbst sprechen, dann wiederum kam sie so in Fahrt, als müßten wir von ihrer hellen Stimme und der überscharfen Diktion in Schach gehalten werden. Rätsel über Rätsel. Was war bloß in die kleine Harriet gefahren? Ich grübelte die ganze Zeit darüber nach, was aus einer auf den ersten Blick unscheinbaren Maus wird, wenn das Liebesdrama in sie fährt. Eine schlechte Voraussetzung, mir ihre Worte zu merken.

Kehrt jetzt wieder Normalität ein? Schrumpfe ich mich wieder zurecht, werde ich wieder zu dem, der ich immer gewesen bin? An die verschiedenen Arten von Bosheit, die in Canto XI verhandelt werden, kann ich mich natürlich erinnern, ich habe ja einige Aufsätze dazu geschrieben. Gewaltbosheit als geringfügig mindere Sünde im Vergleich zur Bosheit, die den Betrug im Schlepp führt, da sie Gott weniger beleidigt als der Betrug. Die Schliche sind es, die Gott besonders übelnimmt, übler als den Ausbruch heftiger, auch gewalttätiger Emotionen. Die Varianten der Gewalt sind in der Hölle unterteilt nach der Gewalt gegen den Nächsten, der Gewalt gegen sich selbst, also dem Selbstmord, und der gewalttätigen Auflehnung gegen Gott.

Ich merke mal wieder, wie sehr ich mit allem durcheinandergeraten bin. Vom Selbstmörder Pier della Vigna mit seiner aus dem geknickten Zweig hervorsprudelnden Blutstimme ist ja schon vorher die Rede gewesen. Mein Vorgehen ist chaotisch. Ich habe keinen Plan, greife vor, rudere zurück, springe wie in der Echternacher Springprozession drei Schritte vor und zwei zurück, springe seitwärts, springe wieder in die Reihe, um mich vom Erzählstrom treiben zu lassen. Es hängt mir zum Hals raus! Was die aufgekratzte Harriet alles gesagt oder nicht gesagt haben soll, ist allerdings definitiv weg. Pause.

Ich weiß nicht wieso – jetzt kommt mir meine Mutter in den Sinn. Mit Harriet hatte sie nicht das geringste gemein. Sie war eine Ordnungs- und Sauberkeitsfanatikerin. Nicht das kleinste Stäubchen duldete sie auf den Möbeln. Immer lag alles exakt am selben Platz. Die *Stuttgarter Zeitung* auf dem niedrigen Couchtisch neben dem Fernsehsessel, die Porzellanfiguren zuoberst des Sekretärs, der meistens verschlossen blieb. Das gute Stück stammte aus der Mitte des neunzehnten Jahrhunderts. Aus Österreich. Mutter hütete das antike Schreibmöbel in Ermangelung eines Blumengärtchens als ihren höchstpersönlichen Hortus conclusus – hölzerne Intarsien gaukelten tatsächlich so etwas wie ein Blumengerank vor. Obenauf das in die Höhe steigende Porzellanpferd, die Marketenderin mit ihrem Obstkörbchen, die fünf Jagdhunde beim Gehetz auf einen imaginären Hirsch.

Habe ich schon erwähnt, daß sie extrem gut aussah? Beileibe keine hingebungsvolle Sohnesphantasie ist das. Die Photos beweisen es. Eine schwarzhaarige Schlanke, ziemlich groß für ihre Generation, mit perfekt geschnittenem Gesicht, in dem die dunklen Augen wie Kohlen glühen. Ohne weiteres hätte sie als Model für die französische Haute Couture arbeiten können. Sie sprach übrigens ziemlich gut Französisch. Deutsch sowieso, wenn auch mit einem leicht angerauhten Akzent. Warum um Gottes willen ist diese Frau, der die Männer auf der Straße hinterherschauten, die überall auffiel und erhobenen Kopfes einherschritt, nach ihrem dreiunddreißigsten Jahr, dem Jahr der Trennung von Erich Elsheimer, ohne Mann geblieben? Allein mit ihrem Sohn, der damals noch sehr klein war? Angestellt als Sekretärin in der Liederhalle mit schmalem Verdienst, von dem sie sich keine extravaganten Kleider kaufen konnte. Ich weiß nicht, wie sie es fertigbrachte, dennoch ziemlich elegant auszusehen. Verschlamptes, abgetragenes Zeugs habe ich nie an ihr gesehen, nicht einmal zu Hause. Sie stammte aus einer kleinen rumänischen Protestantenenklave in der Nähe von Temeswar. Als Älteste von fünf Kindern hatte man sie streng religiös erzogen. Der Armut wollte sie um jeden Preis entkommen, nichts von ihrer Herkunft sollte man ihr noch anmerken.

Musikalisch war sie, sogar sehr. Deshalb arbeitete sie gern im Büro der Liederhalle, zuständig für die Reiseorganisation der Musiker. Auch für mich hatte sie ehrgeizige musikalische Pläne. Geigenunterricht ab fünf. Das zündete nicht richtig. Mißvergnügt, aber brav trottete ich zum Unterricht eines älteren Fräuleins, das zwei Häuser von uns entfernt im Gosheimer Weg in Sillenbuch wohnte. Als ich acht wurde und noch längst nicht so hoch aufgeschossen war wie mit vierzehn, meldete mich meine Mutter beim Chor der Stiftskirche an. Und das funktionierte. Ich wurde ein Hymnus-Knäblein, hatte eine schöne helle Stimme, konnte Noten lesen, war stolz auf meine schwarze Auftrittskluft mit dem weißen Kragen.

Erhebende Erinnerungen habe ich an die Matthäuspassion, die ich bestimmt fünf- oder sechsmal gesungen habe – *mache dich, mein Herze, rein, / ich will Jesum selbst begraben. / Denn er soll nunmehr in mir / für und für / seine süße Ruhe haben. / Welt, geh aus, laß Jesum ein.* Wenn Peter Schreier die Passage singt, bin ich woanders. Leider konnte aus mir kein Peter Schreier werden. Nach dem Stimmbruch war's aus. Meine Stimme wackelte, sie hatte ihre helle Reinheit verloren. Danach Gesangskünste ade. Die Matthäuspassion paßte auch nicht mehr ins politische Konzept. Jetzt hieß die Devise: mit Lenin und Trotzki siegen!

Gesiegt habe ich weder mit Trotzki noch mit sonstwem. Ich laufe hin und her oder sitze tatenlos herum, bin ein Unglücksvogel mit hängendem Kopf, in dem die Ameisen herumrennen. Einige Jahre ist es mir gelungen, mich über meinen Zustand hinwegzutäuschen. Das funktioniert nicht mehr. In etwa fühle ich mich wie mein persischer Liebling Fariduddin Attar, als der sich fragte, was er tun solle. Verwirrung habe ihn schon lange umgeben, nun habe sich die Liebe noch damit verbündet. In meinem Fall wäre das die späte Erkenntnis, was die Liebe zu Eva mir hätte bedeuten können, wenn ich nur, wenn ich nur – ja, was? Nicht so ein eitler Fatzke gewesen wäre? Ein so unschlüssiger Wackelkandidat?

Auch was Attar im folgenden sagt, trifft auf mich zu. In Ratlosigkeit und hoffnungsloser Sehnsucht sei er gefangen, eifersüchtig auf der Ameise Flügel. Sein Wissen sei das Unwissen selbst, all sein Unwissen Ratlosigkeit, all seine Ratlosigkeit Erstarrung, all seine Erstarrung Gestorbensein. Zu welchen Leuten er gehöre, wisse er nicht, noch, wo er sei, noch, wer er sei. Als Unschlüssiger stehe er zwischen Religion und Welt. Weder erreiche ihn ein erfüllender Duft der Religion, noch komme seine Welt auch nur für einen Augenblick in Ordnung.

Ich kann ihm das nachfühlen. Mich erreicht auch nichts mehr. Ich spreite mich nicht verschönt und vergeistigt über den Himmel hin, fahre nicht aus mir heraus in ein zarteres Gefild, sondern hocke in meiner Frankfurter Wohnhöhle, komme nicht los von mir selbst, bin einsam wie nie zuvor und fürchte mich vor der Nacht, in der ich wieder keinen erholsamen Schlaf finden, sondern mich unruhig hin- und herwälzen werde.

Was Canto XI betrifft, erinnere ich mich schwach daran,

daß Harriet auf das Sündenpotential des Wuchers näher einging, indem sie die damals außerordentlich weitgespannten Zinstransaktionen der Florentiner Banken nachzeichnete. In Florenz wurden die Staatsanleihen und die Geldgeschäfte mit den Päpsten getätigt. In Dantes Augen und den Augen vieler seiner Zeitgenossen war es übel, Zinsen einzustreichen. Ohne vorausahnen zu können, wie sich mit Hilfe des zirkulierenden Geldes ein neues Handelskapital und ein flottierender Warenverkehr herausbilden würden, war ihnen dieses neuartige Finanzgebaren zutiefst unheimlich, seine phantasmagorische Potenz undurchschaubar.

Außerdem kam hier ein neuer Typus des Geschäftetreibenden auf, der auf lange Sicht den streng gegliederten Aufbau des mittelalterlichen Sozialwesens chaotisierte. Nicht nur die Scholastiker türmten Argument auf Argument gegen die Bereicherung durch das Verleihen von Geld. Mit der Vertreibung aus dem Paradies war dem Menschen die Bürde auferlegt, das Brot im Schweiße seines Angesichts zu verdienen, unter der Fuchtel eines mit Sünden behafteten Ordnungsgesetzes der Natur, das der annehmlichen Süße des Paradieses verlustig gegangen war. Die Natur als von Gott geschaffene Einrichtung war zwar nicht an sich böse, aber sie hielt die Zangen bereit, um den Menschen zu quälen, ihm Bescheid zu stoßen, daß das Leben auf der Erde aus einer fortlaufenden Reihe von Prüfungen bestand. Wer sich dem widersetzte, wer sich durch schlaue Transaktionen diesem System entziehen wollte, landete in der Hölle. Wenn ich mich recht erinnere, flackerte hier eine Diskussion auf, ob demzufolge das Paradies eher ein göttliches Kunstgebilde denn ein in Harmonie versammeltes Naturgebilde sei; auf die Details kann ich mich leider nicht mehr besinnen, was schade ist, denn genau diese Diskussion warf ein Licht auf das spätere Vorkommnis.

Eines will ich noch anfügen, was mit dem – Karl Marx hätte gesagt – Klassenaufbau der damaligen Gesellschaft zu tun hat. Wenn buchstäblich gilt, daß der Mensch sich krümmen und schinden muß, um sein Brot zu verdienen, wären sämtliche Adelsfamilien, deren Mitglieder ja nur in den seltensten Fällen arbeiteten, Bewohner der Hölle. Mit geringfügigen Ausnahmen.

Zu überlegen wäre, ob das auch auf mich zutrifft. Ich verdiene mein Geld ganz gewiß nicht im Schweiße meines Angesichts. Derzeit erst recht nicht. Mein jetziges Geschreibsel ist eh nichts wert, und ob ich je wieder unterrichten kann, ist fraglich. Es langt für heute. Ab ins Bett. Obwohl es noch viel zu früh ist, normalerweise gehe ich nicht vor ein Uhr schlafen. Und draußen zirpt eine Grille, ich könnte ihr, auf dem Balkon sitzend, noch eine Weile zuhören. Geht nicht, das Bett will mich haben. Nicht wie sonst unterhalten von einem Amifilm im Fernsehen, sondern von einem abgestandenen *Tatort*. Schlechtes Skript, miserable Schauspieler, grauenhaftes Licht, grauenhafte Kamera. Füße auf dem Tisch. Leere Pappbecher werden geworfen, verfehlen aber den Papierkorb. *Tatort* eben. Eine Blondine, recht ansehnlich zwar, schauspielerisch allerdings eine groteske Niete, als Hauptdarstellerin. Mein Freund Hansi hatte vor einigen Monaten mal verkündet, es wäre vielleicht nicht übel, sie zwei- oder dreimal durchzuziehen, aber wehe, sie mache den Mund auf. Normalerweise bin ich für markige Männersprüche nicht zu haben, aber in dem Fall mußte ich Hansi beipflichten. Ich muß vom Affen gebissen sein, hätte ja einfach um- oder ausschalten können, aber nein, ich mußte diesen Tatortkrücken mitten in der Nacht auch noch eine Dante-Vorlesung halten – was sie von Mimik und Gestik aus der Commedia lernen könnten. Erblassen, zurückweichen, niederfallen, mit den Armen rudern, röcheln, gurgeln, sich in den Zorn verbeißen, eine Lehre von Bosheit, Stolz und Weinerlichkeit, dazu ein Abstecher in Richtung Beleuchtungsmagie bei Dämmerlicht und irrlichterndem Feuerglanz, zu guter Letzt Fragen der Regie, der Dramaturgie und des Drehbuchs. Ich bin bekloppt. Früher hätte ich mich mit solchem Fernsehquatsch nicht lange herumgeärgert, sondern mir gleich einen amerikanischen Krimi gegönnt. Jetzt bade ich im Schwachsinn und hebe dazu den Dante-Zeigefinger, weil ich offenbar alle Trottel dieser Welt belehren muß. Sie belehren muß, was es bedeutet, wenn die Menschen metaphysisch resigniert und sich einem kleinkarierten Schwachsinn ergeben haben. Quatsch! Alles Quatsch. Ein blöder *Tatort* ist sowieso kein Trampolin für metaphysisches Draufrumgehopse.

XIV

Wieder eine grauenhafte Nacht verbracht. Schlaflos in Frankfurt. Beim Hören, beim Schauen, beim Lesen solle man an Gott denken, empfehlen die Sufis, wenn sie sich im Tanze drehen und die Arme emporschleudern (offenbar beherrschen sie auch das drehwurmhafte Lesen in einem kreiselnden immateriellen Buchstabensalat). Schön gesagt. Ich denke allerdings niemals präzise an Gott, weder beim Lesen noch beim Tanzen, sondern allenfalls im Ungefähren, etwa wenn ich den durchscheinenden Zartbau eines Fliegenflügels betrachte. Ein Wunder, wie die Natur das hinkriegt – oder, wer weiß, vielleicht am Ende nicht einfach die Natur, sondern doch Gott, der mit Seinen superfeinen Werkzeugen so ein Flügelchen modelliert hat. Als Kind hätte ich das sofort geglaubt, hätte meine Krimskramsschachtel mit dem Schraubenzieher rausgeholt, um ein bißchen Gott zu spielen.

Canto XII. Hier sind wir in der ersten Abteilung des siebten Höllenkreises angelangt. Alparslan Eroğlu hatte sich den vorgenommen. Nicht umsonst trägt unser Kollege den Namen *der Löwe* – mit einigem Schneid warf er sich ins Kongreßgetümmel. Er beherrschte beides: die ruhig in sich versammelte Rede mit längeren Denkpausen und den Aufruhr. Eroğlu besitzt eine schöne Stimme, die einschmeichelnd wirken kann, aber auch bestimmt. Von Aufruhr und Getümmel konnte vorerst allerdings nicht die Rede sein, wir saßen alle noch brav auf unseren goldlackierten, mit rotem Samt bezogenen Stühlen und benahmen uns wie höfliche Zuhörer. Ursprünglich war Giancarlo Malcovati für das Thema vorgesehen gewesen, er hatte sich jedoch drei Wochen vorher umbesonnen und uns mitgeteilt, er würde sich lieber mit Canto XXV des Paradiso befassen, in welchem Dante auf den Prüfstand kommt, um über die drei theologischen Tugenden Glaube, Liebe, Hoffnung Auskunft zu geben. Das hatte zur Folge, daß wir auch diesen Vortrag nicht mehr zu hören bekamen.

Zurück zu Eroğlu. Er ist eine Ausnahmeerscheinung. Die Türkei ist ja nicht dafür bekannt, daß sie eine Vielzahl von Dante-Forschern großgezogen hätte. Er jedoch ist das feurige, hochmögende Exemplar eines solchen, wiewohl er als Muslim erzogen worden ist und ihm die erzchristliche Dante-Materie zunächst etwas fremd gewesen sein dürfte. Sein Italienisch ist makellos.

Der Minotaurus, der das Wächteramt innehat, halb Tier, halb Mensch, eine Figur der griechischen Mythologie, west in Canto XII als Sinnbild der Gestraften, die sich vom Menschen zum Tier erniedrigt haben, grausame Kerle, die nicht nur zur Zeit Dantes eine Plage waren: Raubritter und bösartige Tyrannen. Das Höllengewässer des Phlegeton ist hier keine trübe Brühe, sondern ein Blutstrom, der alles Blut aufgefangen hat, das je durch Gewalttaten vergossen worden ist. Seit Dantes Zeit dürfte der Strom an Kraft und Breite enorm gewonnen haben, leicht vorstellbar, wie Stalin und Pol Pot darin schwimmen, bestrebt, das Blut der von ihnen Gepeinigten aus ihren Kehlen zu gurgeln. Eroğlu beschrieb mit dramatischem Gestus die Landschaft, in die das Blutgewässer einschneidet. Felsenklüfte erheben sich steil, Schutt und große Brocken von Felsen liegen herum, die es hierher verschlagen hat, als Christus starb, sich die Erde auftat und Massen von Gestein in die Erdspalte hinabstürzten und zerkrachten. Das laute Poltern gibt den Ohren zu verstehen, daß Christus über die Hölle siegt. Die Felsruinen sind der physische Beweis, daß die Hölle zwar Macht hat, aber eine gebrochene.

Obwohl wir auf unseren roten Samtstühlchen saßen, war es geradeso, als stolperten wir im felsigen Geschröff herum, vom distanzierten Benehmen von Philologen, die ihre Häupter hoch, oft allzu hoch über den Texten tragen, mit denen sie sich befassen, war wenig mehr zu spüren. Wir befanden uns mitten in der Szene, bei einigen bewegten sich die Beine so, als wären sie drauf und dran, hinter Dante und Vergil über die Geröllhalde zu klettern. Auch meine Füße hoben und senkten sich im Takt zu Alparslans Rede. Ich malte mir sogar aus, daß ich doppelt so schnell über die Klüfte klettern würde wie mein Sitznachbar Wirsing, der bei einer solchen Anstrengung wohl ziemlich ins Schwitzen käme. Alparslan hingegen war zuzutrauen, daß er als gelenkiger junger Spund nur so drüber hinspringen würde. Er wirkte von Natur aus sportlich, nicht so, als würde er in einem öden verschwitzten Fitneßstudio ständig Hanteln heben. O ja, ich beneidete ihn. Und wie. Er hatte genau die richtige Größe für einen Mann. Nicht zu klein, nicht zu riesig.

Vergil schmäht den Minotaurus, der über diese Abteilung der Hölle herrscht und sofort in rasende, wenngleich wirkungslose Wut verfällt. Philalethes, König Johann von Sachsen, der nach einem Portrait zu urteilen als junger Mann schlank und schön gewesen sein muß und trotz der helleren Haare eine Ähnlichkeit mit unserem Alparslan besaß, übersetzt das zorndampfende Hin und Her des Stiers gekonnt:

Gleich wie der Stier, der sich dem Strick entrissen,
    Nachdem er schon empfing den Stoß des Todes,
    Nicht fähig mehr, zu wandeln, hin und her springt,
So sah ich hier den Minotaurus rasen.

Ein bißchen komisch wirkt an dieser Stelle die Übersetzung von Rudolf Borchardt –

Als solch ein stier, der aus den stricken wackelt,
indem er schon den streich ins mark erfahren,
und gehn versagt, doch hin und wider stackelt:
Am Minotaure sah ich solch gebahren.

Eroğlu stackelte und wackelte jedenfalls nicht durch seinen Vortrag, in eleganten Bögen trug er vor, gebot als geschmeidiger Herrscher über die Szene. Mit der linken Hand fuchtelte er herum, das Gebaren des wildgewordenen Minotaurus nachahmend, während die Rechte sich allmählich senkte, um anzudeuten, wie die beiden Wanderer ihre Schritte abwärts durch den Schutt lenken. Vergil erzählt nebenher, als er zum ersten Mal die Hölle besucht habe, seien die Felsbrocken noch nicht dagewesen – was logisch ist, denn zum damaligen Zeitpunkt war Christus noch nicht am Kreuz gestorben. Ohne die herabgefallene Wand wäre der Weg über das aufeinandergetürmte Gestein nicht so mühsam gewesen. Was aber auch bedeutet, daß es um die alles vorhersehende, alles überwindende Kraft Vergils nicht zum besten bestellt ist.

Die beschwerliche Wanderung der beiden vom Sturz bedrohten Weggefährten brachte uns Alparslan so intensiv vor Augen, als wäre er sein Leben lang auf steilem Schuttgeklüft herumgeklettert. Und mit von der Hand beschirmten Augen schien er wie die Wanderer hinabzublicken auf den Blutstrom, der sich durch das Tal windet und an dessen Ufer Zentauren entlanggaloppieren, um mit Pfeilen auf die Sünder zu schießen, deren Köpfe sich zu weit aus dem siedenden Rotwasser erheben. Hitzige Kerle sind diese Pferdmenschen, drei von ihnen lösen sich aus der Gruppe und legen ihre Pfeile auf die Wanderer an. Nessus ist wild, der einst betrunkene Pholus ein Zornickel, beide sind Vergewaltiger. Chiron, der berühmteste von ihnen, der den Achill erzogen hat, hält sich zunächst zurück, teilt mit dem Pfeil nur seinen Bart, bevor er anfängt zu reden. Nicht schlecht, wie van Poppel bezüglich der Körper der Zentauren von zwei Naturen spricht, die sich *verschwartet* hätten. Auf so ein Wort muß man erst einmal kommen.

Offensichtlich gebietet Chiron über die Herde der Pferdmenschen, denn nachdem ihn Vergil vom Zweck ihrer Wanderschaft unterrichtet hat, weist er Nessus an, die beiden auf ihrem wüsten Weg zu geleiten. Van Poppel, der sich die Worte gern kräftig zurechtlegt, übersetzt hier:

Wir gingen mit dem sicheren Begleiter
　　Am Sude hin, wo rote Blasen schmauchten;
　　Laut scholl Gekreisch gesottner Maledeiter.

Nessus erklärt denn auch, wer die kreischenden Maledeiten sind, die da gesotten werden. Gewalttätige Tyrannen wie Attila werden hier für ihre wild lodernden Leidenschaften bestraft – Dionysius von Syrakus, den wir durch Schillers berühmte Ballade kennen, ist einer davon, Ezzelino da Romano, von dem besondere Greueltaten überliefert sind, ein anderer. Guido di Montfort, der Sohn des Herzogs von Leicester, ist uns wiederum aus einer Oper Verdis bekannt, aus dessen *Sizilianischer Vesper*, wenn auch in ziemlich frei erfundener Weise.

Währenddessen sitzt Dante auf dem Rücken von Nessus, damit der kochende Blutstrom seine Füße nicht verbrüht. Wo der Strom schrumpft und ein Übergang auf die andere Seite möglich wird, gleitet Dante vom Pferderücken herab, und Nessus verabschiedet sich schroff. Hartmut Köhler spricht hier zu Recht von den *spritzenden Reimen Pazzo* und *guazzo*, die die Umkehr des Höllenführers wider Willen beschreiben.

An der Stelle, da in diesem Canto wieder einmal von der

Leiblichkeit Dantes die Rede ist, nahm Eroğlu beide Hände zu Hilfe, als wolle er mit ihnen des Dichters Fußspuren der Fläche des Rednerpultes eindrücken. Da Eroğlu als Neuling der Dante-Forschung gilt, war sein Auftritt mit Skepsis erwartet worden. Nur wenige hatten ihm wohl zugetraut, daß er seine Sache so gut machen, sich mit solcher Leidenschaft auf die Interpretation von Canto XII stürzen würde. Hernach waren alle begeistert, ja, die Damen rissen sich sogar um ihn. *Der Kerle macht was her*, wie die Schwaben sagen würden, er ist als einziger von uns in Jeans erschienen, aber das sei erlaubt, schließlich ist der Mann schlank und erst vierunddreißig, da darf man solche Hosen noch anziehen. Außerdem waren seine Schuhe vom Feinsten. Ich habe einen Blick für Schuhe. Es könnte gut und gern eine Maßanfertigung gewesen sein, braune Oxfords etwa von Scarosso, wer weiß. Gefragt habe ich ihn nicht danach, nur insgeheim bewundert. Hätte ich als junger Mann so gut ausgesehen, hätte ich mit den Frauen wer weiß was angestellt.

Dabei wirkte unser Türke gutmütig, er hatte nichts Harsches oder Arrogantes an sich. Seine Gebärden waren geschmeidig, aber nicht pompös. Er ließ sich Zeit, hetzte nicht durch seinen Vortrag, legte Pausen ein, als müsse er sich für den nächsten Gedanken sammeln.

Das Ende seines Auftritts war witzig. Ohne das schützende Pult stand er nun frei vor uns. Mit einer Stimme von fast mädchenhaftem Schmelz, ein wenig sich zierend und die oxfordbewehrten Füße wie eine Schauspielerin, die das schüchterne Mäuslein spielt, einwärts zueinander krampfend, bat Eroğlu um Verzeihung, da er ursprünglich für Canto XXVIII vorgesehen worden sei, aber die darin enthaltene Passage über Mohammed nicht habe kommentieren wollen und sich deshalb lieber einen anderen vorgenommen habe. Das Aufgeschlitztsein des verehrten Propheten vom Kinn bis zu den Genitalien sei für ihn als Muslim doch ein wenig zuviel, man möge es ihm nachsehen. Der Irrtum, dem Dante aufgesessen sei, indem er Mohammed für einen ursprünglich nestorianischen Christen gehalten habe, helfe da auch nicht weiter. Über eine kleine Hürde der Verstörung hinweg lachten wir. Der Charme des Mannes ist einfach hinreißend, die Sympathie unserer Schar flog ihm nur so zu.

Nicht in seinem Vortrag, aber in der anschließenden Diskussion kam Eroğlu auf islamische Einflüsse zu sprechen, die in der Commedia wirksam geworden sind. Ich kann schlecht einschätzen, wie genau das zutrifft, dafür reichen meine Kenntnisse islamisch geprägter Überlieferungen zu Dantes Zeit nicht aus. Aber es würde sich auf jeden Fall lohnen, dieser Spur genauer nachzugehen. Bekannt sind natürlich die Einflüsse von Avicenna und Averroes, die einem arabisch geprägten Neuplatonismus zu großer Durchschlagskraft verholfen hatten.

Von einigen Kommentatoren war behauptet worden, Dante habe sich von der Jenseitsreise des in Ma'arrat gebürtigen und später eine Zeitlang in Aleppo lebenden Abū l-ʿAlāʾ al-Maʿarrī inspirieren lassen. Das ist allerdings mehr als unwahrscheinlich. Der Mann starb 1058 in seiner Heimatstadt, da war er bereits über achtzig Jahre alt. Er war blind und führte das Leben eines hochangesehenen Gelehrten, zu dem die Wißbegierigen pilgerten. Eroğlu war mit dessen überlieferten Schriften vertraut. Im *Sendschreiben über die Vergebung* zeichnete al-Maʿarrī ein überschwengliches Bild des Paradieses und ein eher knappes von der Hölle.

Mit Dantes Commedia hat es bis auf die Tatsache, daß es sich um eine Jenseitsbeschreibung handelt, nichts zu tun. Jenseitsreisen wurden in vielen Kulturen unternommen, das ist nun wahrlich keine Spezialität der Christen. Entscheidend ist dabei, daß al-Maʿarrīs Schrift Dante schwerlich vor die Augen gekommen sein kann. Im lateinischen Mittelalter blieb sie unbekannt, kursierte nur in wenigen Handschriften im orientalischen Raum. Entscheidend ist aber auch, daß Dante kein einziges Paradies- oder Höllenbild von al-Maʿarrī übernommen hat, und sei es in entlegener Form. Ein hochgradig poetischer Text ist al-Maʿarrīs Phantasie trotzdem – Bäche von Milch und Honig fließen, aus schöner Jungfrauen Mund strömt ein bezaubernder Duft. Sie brauchen sich ihre Zähne auch nicht eigens mit hölzernen Stäbchen zu reinigen, um Speisereste zu entfernen (oder sie schwarz einzufärben, um erotisch zu wirken, wie mein japanischer Nachtmahr). Es wimmelt von Paradieskamelen und feurigen Pferden.

Das alles ist zweifellos berückend, hat aber mit Dantes Vision nichts zu tun. Erst recht nicht, daß der in der Hölle befindliche Satan ein eher gemütlicher Redner ist und höflich um Auskunft bittet. Und die Dichter, die vorwiegend in der Hölle stecken, beklagen die verdorbenen Überlieferungen ihrer Poesie oder stürzen sich in ein poetisches Fachgespräch mit dem reisenden Scheich. Auffällig an al-Maʿarrīs Jenseitsvision ist allerdings, daß in seinem Paradies auch einige Christen anzutreffen sind. Diesbezüglich war er ungleich großzügiger als Dante, der keinem einzigen Muslim den Zugang zum christlichen Paradies erlaubte. Nur dem weisen Sultan Saladin ist wenigstens der Aufenthalt im Limbus vergönnt.

Leider kamen wir nicht mehr dazu, über eine andere Jenseitsvision aus dem arabischen Raum zu diskutieren, bei der es sehr viel wahrscheinlicher ist, daß sie Dante als Anregung gedient hat – dem Buch von der Himmelsreise, *Kitāb al-Miʿrādsch*, verfaßt von einem Anonymus, vervollständigt im achten Jahrhundert. Es behandelt den Aufstieg Mohammeds in den Himmel und zirkulierte zu Dantes Zeit bereits in lateinischer Übersetzung. Am nächsten Tag, dem Pfingstsamstag, wollten wir das Thema noch einmal aufgreifen, aber da ging bereits alles drunter und drüber.

Wer weiß, wüßten wir mehr über die islamischen Einflüsse in der Commedia, vielleicht käme dann Fariduddin Attar, den ich nebenher so gern ins Zitatgepäck nehme, zu neuen Ehren, wiewohl höchst unwahrscheinlich ist, daß Dante von ihm gewußt haben kann, denn der Mann wurde um 1229 getötet, als Dschingis-Khan seine Heimatstadt Nischapur erobert hat. Damals dürfte Attars Dichtung im westlichen Europa noch weitgehend unbekannt gewesen sein. Natürlich sind berühmte Figuren der islamischen Welt in der Commedia vertreten – der schon erwähnte Sultan Saladin ist im Limbus zu finden, auch der Arzt Avicenna und der Philosoph Averroes. Die Schwankmasse zwischen hoch und niedrig, bedeutend und unbedeutend ist Attars Generalthema. Ihm geht es darum, den sich hoch und bedeutend dünkenden Menschen von seinen Kothurnen herabzustoßen und im anscheinend unbedeutenden Wicht die goldenen Körnlein zu finden. Auch ich habe zuweilen groß von mir gedacht, und nun komme ich mir nur noch platt und kümmerlich vor. Ob ich in dieser gedrückten Verfassung den Gnadenschatz werde bergen können, der den Kleinen zusteht, die in der Welt nichts zu bestellen haben, ist allerdings fraglich. Melancholisch vor sich hin bröselnde Kummervögel sind Gott ebenso verhaßt wie die schwer zu bremsenden Lautsprecher ihrer selbst. Überhaupt finde ich wenig an mir, das Gott gefallen könnte. Meine Hilfsbereitschaft hält sich in Grenzen. Sehr oft denke ich nur an mich und niemanden sonst. Hin und wieder bin ich unter Drogen aus mir herausgetreten, mit einer geschärften Wahrnehmung für das, was außerhalb meiner selbst geschieht. Ohne irgend etwas eingenommen zu haben, kam ich mir auf dem Aventin vor wie unter dem Einfluß einer ordentlichen Dosis Cannabis. Ich interessierte mich für die Leute, nahm ihre Ticks, ihr Können, ihre Art zu sprechen, die Körper und Gebärden schärfer wahr, als ich es sonst tue. Sie rückten mir geradezu auf den Leib, und ich fühlte mich dabei wohlwollender mit ihnen verbunden als sonst.

Dante, der gewiß einiges auf sich selbst und sein dichterisches Vermögen hielt, hat die goldene Camouflageregel der Bescheidenheit im Purgatorio, Canto VII, beherzigt. Hier hält er sich mit auftrumpfenden Gesten völlig zurück. Während der Dichter Sordello Vergil als den allergrößten Dichter, als den Stolz der Lateiner preist, ist von Dante überhaupt nicht die Rede.

XV

Aber ich greife schon wieder vor. Nicht ganz zu Unrecht, denn als nächster stellte sich Wirsing ans Pult. Was er vortrug, fiel aus dem Rahmen. Von der Abfolge der Gesänge her und auch sonst. Hopplahopp waren wir im Purgatorium gelandet – und zwar mit Beckett, dem heiligen Samuel, wem sonst.

Ausgerechnet der dicke Wirsing hatte sich den ausgemergelten Knochenmann mit dem scharfen Profil und dem vogelfederartigen Sträubehaar vorgeknöpft, Wirsing, dem ich zunächst konsequent aus dem Weg gegangen war und der einen leisen Unwillen in mir erregt hatte, als er sich neben mich setzte, da seine rosig geblähte Säuglingsgestalt mit den sieben feinen Härchen auf dem Kopf mir unangenehm war. Aber sein Vortrag hatte es in sich. Natürlich wimmelt es in Becketts Werk von Winken Richtung Commedia, sei's in *More pricks than kicks*, im *Murphy*, in *Warten auf Godot* oder dem *Verwaiser*, allerdings sind die Fingerzeige diskret, wie Becketts Charakter eben auch ein äußerst diskreter war.

Worte verwesen nicht, Fleisch ja. (Sagte George Tabori im Nachgang zu Beckett, der das auch schon gesagt hat.) Becketts nobles Magerfleisch dürfte inzwischen verwest sein. Doch seine Worte haben noch nicht dasselbe Schicksal erlitten. Trotz meiner Verehrung für den Knochenmann darf ich diesbezüglich präzisieren: Worte verwesen selten, manche harren jahrhundertelang aus, wofern sie schriftlich aufgezeichnet wurden, andere halten sich nur für eine Saison und verschwinden wieder, als hätte es sie nie gegeben – zum Beispiel das Wort *superaffentittengeil*, das während meiner späten Studentenzeit aufkam und sich nach fünf Jahren schon wieder aus dem Sprachgetümmel entfernte. Jaja, ich weiß, ein völlig unpassendes Wort im Zusammenhang mit Beckett, der an seinen Worten herumschabte, bis davon nicht viel mehr übrigblieb als ihre poröse knöcherne Substanz.

Samuel Becketts *Le dépeupler*, von Elmar Tophoven geschmeidig übersetzt mit *Der Verwaiser*, also ein Behälter, der alle zu Waisen macht, wurde von Wirsing in den Mittelpunkt seiner Betrachtungen gestellt. (Gottlob hat Tophoven hier nicht zu dem scheußlichen Wort *Entvölkerer* gegriffen, eine winzige Bedeutungsverschiebung in der Übersetzung zugunsten eines anziehenden, wenn auch ungewöhnlichen Begriffs kann äußerst reizvoll sein.) Unser Redner ordnete den Verwaiser dem Purgatorium zu, was mir nicht so recht einleuchtete, denn ich würde diesen Behälter von fünfzig Metern Umfang und einer Höhe von etwa sechzehn Metern allenfalls einem höllenhaften Scheinpurgatorium zurechnen, weil sich den darin Gefangenen kein Ausweg erschließt.

An das Loch in der Decke kommen sie nicht heran. Sie finden keinen Weg, in einer gemeinsamen Aktion die im Behälter befindlichen Leitern so zusammenzustellen, daß sie ganz nach oben gelangen können. Der Himmel lockt, aber er kann von den Geschwächten, den Mutlosen, den in sich selbst Verstrickten nicht erreicht werden. In Dantes Purgatorio geht es konträr zu. Da lösen sich die Pilger Station um Station von ihrer Sündenlast und gelangen mehr und mehr ins Leichte, in die Fröhlichkeit der sündenlosen Freiheit.

Natürlich erinnert Becketts Deckenloch an den komplizierten Gang mit Lichtausguck, der Dante und Vergil vom tiefsten Punkt der Hölle an die Oberfläche der anderen Seite der Erde und wieder in die freie Welt führt. Und er birgt ein entferntes Echo vom Ende der Commedia her –

O Gnadenüberschwang, der mir den Mut gab,
Den Blick zu steuern in das Licht gewaltig,
Bis meine Sehkraft äußersten Tribut gab!

Georg van Poppel bringt es wieder einmal auf den lyrischen Punkt. Die Gepeinigten in Dantes Purgatorio agieren nicht wie die Bewohner in Becketts Behälter – sie nehmen ihre Leiden geradezu fröhlich in Kauf, wissend um die Erlösung, wissend um den Aufflug in himmlische Sphären, der nach Abbüßen ihrer Schuld auf sie wartet. Der müde, faule Belacqua, der weit unten, auf dem ersten Abhang des Purgatoriums, kauert, wo es noch wenig hoffende Übersicht gibt, allerdings nicht. Er ist eine Lieblingsfigur Becketts, ein Bursche, der direkt aus Dantes Purgatorio zu ihm übergelaufen ist.

Wobei laufen hier das falsche Wort ist. Belacqua hockt bei Dante einfach nur da, den Kopf zwischen die Knie gehängt. Er ist unfähig, das eigene Erlösungsgeschäft in die Hand zu nehmen, vielleicht wird die Fürbitte eines Menschen, der noch am Leben ist, ihm irgendwann zu einem Aufstieg verhelfen. Ob oder ob nicht, bleibt allerdings nebulös. Beckett verweist auf diesen Belacqua, ohne dessen Namen im *Verwaiser* eigens zu nennen. Aber es ist klar, daß es sich um den florentinischen Geigenbauer mit Schönwassernamen handelt, den Dante persönlich gekannt hat. Ein Feind kann der nicht gewesen sein, denn der Kauernde entlockt dem oft recht strengen Dante ein mildes, nachsichtiges Lächeln.

Sicherheit im Behälter, Unsicherheit, was sich draußen befinden mag. Auf dieses Thema kam Wirsing immer wieder zurück. Angesichts der Unsicherheit des großen Draußen schien er selbst sogar ein wenig ängstlich zu werden (was bei einem Mann von enormer Leibesfülle, der sich mit einem Fleischpanzer gegen die schwer kalkulierbaren Zumutungen des Daseins gewappnet hat, komisch wirkt), jedenfalls gehorchte ihm die ohnehin etwas dünne Stimme nicht immer ganz. Ein Schritt vorwärts ist zugleich ein Schritt zurück, diese von Beckett weidlich ausgekostete Paradoxie hatte ihn am Wikkel, und mit ihr begab er sich auf eine zögerliche Wanderung zwischen der Commedia und dem *Verwaiser*, die allerdings ihre ergreifenden Momente hatte. Den sonst oft überheblich auftretenden Wirsing hatte ein substantielles Entscheidungsdilemma gepackt, das ihn zart und sympathisch wirken ließ. Das beharrlich zielgerichtete Streben von Dantes Jenseitsreise faszinierte ihn, aber er mißtraute ihm zugleich.

Becketts endloses Hin und Her, das in einer tiefen Verzweiflung, in umfassender Erschöpfung erst zur Ruhe kommt, war ihm als modernem Menschen näher, aber man merkte deutlich, daß er mit sich rang, um diese in kleinem Hin- und Widergehen sich verzehrende Akutskepsis der Moderne loszuwerden. Der Dichter als Seher, diese Rolle wird bei Beckett endgültig abgestreift, aber es geschieht mit einem leisen Weh, und das macht die Qualität seiner Texte aus. Bei Dante sind die seherischen Fähigkeiten des Dichters natürlich intakt, indem es ein stetes Hinab und vom tiefsten Punkt aus ein stetes Hinauf gibt. Kein Zurückweichen, allenfalls ein ängstliches Zögern. Mehr und mehr schien Wirsing seine eigene Verzweiflung zu überwinden und auf Dante zu vertrauen – fürwahr, ein komischer Vorgang bei einem Akademiker.

Mit wissenschaftlicher Analyse hatte das nichts mehr gemein. Wirsing erwähnte denn auch allen Ernstes, wenn man in die Commedia eintauche, müsse man von einem bestimmten Punkt an wieder zum kindlichen Leser werden, der ohne Einwände alles staunend in sich aufnehme. In diesem Moment sah er tatsächlich aus wie ein begeistertes Kind mit roten, vom Eifer gefärbten Bäckchen. Kein Mensch nahm ihm diese Naivität übel, im Gegenteil, unsere Köpfe wurden heiß. Sie glühten in Erwartung von etwas, das sich anzukündigen schien. Aber was? Mit dem Verstand konnte es jedenfalls nicht erfaßt werden.

Hinab und dann hinauf. Romano Guardini, der als katholischer Theologe ein exzellenter Dante-Interpret war, spricht davon, daß die beiden Wanderer nicht einfach so in die Hölle hinabsteigen, sondern daß dies ein *Hinabdringen gegen den Widerstand der Tiefe* sei. Zugleich sei es auch ein innerer Vorgang, weniger bei Vergil, der sich mit dem Abstieg leichter tue, als bei Dante, denn das Böse im Herzen Dantes wolle sich nicht durchdringen lassen. Dante war ja selbst durchaus von Leidenschaften beherrscht. In zugespitzter Form wird ihm nun eine Lektion in der radikalen Anschauung des Bösen erteilt. Er sieht sich selbst im Zerrspiegel der mit voller Wucht zum Ausdruck kommenden Laster. Deshalb tut er sich schwer mit dem Weiterklettern, Weiterschreiten. Ist der Tiefpunkt der Hölle erreicht, da, wo Luzifer im Eismeer steckt, gestaltet sich die Wanderung Zug um Zug weniger beschwerlich – das Leichterwerden ist im Purgatorio sehr schön beschrieben, bis es unter Zurücklassung des Weggefährten Vergil, dem der Himmel verwehrt bleibt, zum erlösenden Aufflug kommt, der einem inneren überwältigenden Jubel gleicht, allerdings ohne daß die Vernunft des Reisenden und dessen Neugier dahinter zurückblieben.

Natürlich ist der Abschied von Vergil traurig. Warum darf der edle Mann nicht auch anheben zum gemeinsamen Himmelsflug? Dem Leser leuchtet das nicht ein. Sowenig wie dem dicken Wirsing. Er beendete seinen Vortrag mit der innigen Bitte an Gott, nun auch Vergil Sündenleichtigkeit zu verleihen, die ihm die Auffahrt gestatte. Das war extrem. Man stelle sich einmal vor, ein ausgewiesener Kafka-Kenner, zum Beispiel Reiner Stach, stehe vor einem Publikum und bitte Gott inständig darum, er möge Kafkas Helden K. endlich klaren Aufschluß darüber geben, was es mit dem Geheimnis im Schloß auf sich hat, gegen das K. so verzweifelt anrennt. Gut, der Vergleich hinkt. Vergil hat tatsächlich gelebt, K. nicht. Aber letztlich – mögen sie nun leiblich vorhanden gewesen sein oder als Fiktion umherwandeln – sind diese Figuren Wahrheitssucher, die um ihren Lohn betrogen werden, und dagegen sträubt sich das kindliche Gewissen des Lesers.

Komischerweise fühlten wir alle genauso wie Wirsing. Wir waren zu kleinen Lesern geschrumpft oder erblüht, je nachdem. Kurios, nicht? Daß es höchst sonderbar war, fiel uns nicht auf. Kindliche Gerechtigkeitsgefühle waren in uns geweckt worden; es gehörte bereits zum Wunder, das nach und nach in unseren Herzen Wurzeln schlug. Und Wirsing, der dicke Wirsing, kam mir plötzlich erstaunlich leicht vor, wie ein zierlicher Tänzer ein wenig gelüpft, und mich erfaßte eine Sympathie für den Mann, die ich vorher für ganz und gar unmöglich gehalten hätte.

Suche, nimmerendende Suche, das ist natürlich Becketts Generathema, eine Suche, die zwar dem Sinn, letztendlich der Erlösung zustrebt, diese aber nicht erlangen kann. Sinnsuche mit abgespecktem Ende, Suche, die sich selbst unablässig kommentiert, letztlich auffrißt und dabei gewisse Gegenstände überscharf in den Blick nimmt – so könnte man das nennen.

Beckett war verliebt in die Negation und suchte daraus paar magere Quentchen Sinn zu pressen. Haltepunkte werden erreicht, zarte Flämmchen Sinn werden entzündet, aber sie taugen zu nichts und werden sofort wieder gelöscht. Der Sinn ist schon gestorben, unnütze Worte werden noch geplappert, aber auch sie sterben schleichend in die Stille hinein.

Becketts Verwaiser hätte auch ein Schädel sein können mit zugeknöcherten Augen-, Ohren-, Mund- und Nasenöffnungen und einem kleinen Loch in der Schädeldecke, von einer Trepanation herrührend. Im Verwaiser wird gesucht bis zur Ermattung, dem Endstadium der Entkräfteten, die jede Hoffnung aufgegeben haben und am Boden liegen oder hocken.

Wenn ich mich mit diesen armen Seelen vergleiche, entdecke ich Ähnlichkeiten. Meine Ermattung ist inzwischen auch schon fortgeschritten. Zwar sitze ich nicht in einem Behälter, aber trotz des schönen Wetters verlockt mich nichts, nach draußen zu gehen, etwa in den Zoo, den ich hin und wieder gern besucht habe. Der Anblick von Tieren täte mir gut. Quallen bei ihren pulsierenden Bewegungen, dem Einziehen und Ausdehnen, zu beobachten, was ein bißchen danach aussieht, als wären sie ein einziger Mund und würden etwas schlucken, um danach wieder ihre runde wäßrige Größe einzunehmen – das ist eine meditative Übung, bei der ich in den Zustand der Selbstvergessenheit gerate. Affen interessieren mich wenig, da komme ich ins Grübeln, daß ich selbst mit ihnen verwandt sein könnte. Sie sind mir zu traurig. Auch die Giraffen stehen mir in ihrem kleinen Gehege zu öde herum.

Im Zoo suche ich eher nach Tieren, die mit mir nichts zu tun haben, deren Habitat so hergerichtet ist, daß sie vermutlich wenig vermissen. Apropos Habitat. Mein Lieblingskünstler ist Joseph Cornell, der mich mit seinen traumverlorenen Nistkästen, den stillgestellten Eulen im Gezweig, den kindlichen Himmelsspekulationen, den Mädchen und Schmetterlingen immer fasziniert hat. Er war auch eine lange Latte, einsamer als ich. Cornell war scheu, ein liebenswürdiger Sonderling. Er arbeitete in einer Garage und lebte eingeschneckt in einer Phantasiewelt voller Erd- und Himmelskonstruktionen mit einsamen Wäldern, Landkarten, marmorierten Papieren, alten leuchtenden Farbfilmen, apothekenhaften Fläschchen, Vogeleiern, Papageien, Tänzerinnen und Puppen, die er in handliche Boxen verfrachtete. Astronomische Geräte, Sternkarten, Mondlandschaften zeigen ihn als träumerischen Himmelsbewohner. Cornell schuf das kuriose Panoptikum einer stillgestellten, friedlichen Schönheit, die damals schon aus der Zeit gefallen war. Seine Briefe mit den zauberhaften Collagen sind voller Witz, aber sie wahren zugleich Distanz. Er liebte die Tiere. Schränkte sie in seine Kästen ein als geheimnisvolle Beobachter der weltlichen Turbulenzen, als Zeugen unergründlicher Dramen. Mir ist diese Haltung vertraut, der Anblick von Tieren, die nichts mit mir zu tun haben und deren Gefühle, falls sie solche überhaupt empfinden, nicht erkennbar sind, befreien mich von mir selbst. Leider bin ich kein Künstler. Aber ein Himmelsspekulant bin ich durchaus.

Dante ist ebenfalls ein Suchender, er sucht jedoch nicht nach Tänzerinnen oder Papageien. Auch plagen und faszinieren ihn andere Eigenschaften des Menschen als Beckett. Dante wird nicht vom Auskargen, sondern von der Fülle angezogen. Ein von Leidenschaften beherrschter Grübler ist er, ängstlich zuweilen, dann wieder mutig. In jedem Fall ein Suchender, der dem gloriosen Ende entgegenblüht, einem Ende, das von überwältigendem Sinn erfüllt ist. Damit ist Dantes Wahrheits- und Bildergier gesättigt, in den letzten Zeilen der Commedia bleibt nur noch Raum für die Liebe:

Die hohe Bildkraft mußte hier versagen,
    Doch schon bewegte meinen Wunsch und Willen,
    So wie ein Rad in gleichender Bewegung
Die Liebe, die beweget Sonn' und Sterne.

So übersetzt Hermann Gmelin dieses Ende. Nicht die Unruhe bleibt, sondern die Liebe als zarte Bewegerin des Größten, und man darf getrost hinzudenken: auch des Kleinsten.

Belacqua wird nicht bewegt, er sucht nicht, sondern hockt zusammengekauert in embryonaler Stellung, hockt in lähmender Ungewißheit einfach nur da und wartet, was geschieht. Kein Fünkchen zarter Liebe tanzt in ihm oder erzeugt Unruhe. Damit ist er eine Gegenfigur zu Dante. Dessen wanderlustiger Erkundungstrieb erfährt zwar hin und wieder einen Dämpfer, wodurch es zum Innehalten kommt, aber letztlich kann ihn sein Begleiter Vergil leicht davon überzeugen, die Stockung zu überwinden.

Trotzdem lächelt Dante, wenn er Belacqua erblickt. Es ist fast so, als würde er dabei die eigene sündhafte Verstocktheit belächeln. Auch Beckett scheint inwendig zu lächeln, sobald er auf Belacqua zu sprechen kommt, zweifellos ist dies die geheime Zwillingsfigur seiner selbst. Einfach nichts mehr tun (als ob das so einfach wäre), zur Ruhe kommen, alles fraglos über sich ergehen lassen, in dieser Haltung ist Beckett in seinem schmalen Zimmerchen im Altersheim gestorben, hat die Tage zuvor noch ein bißchen Football im Fernsehen geschaut. Her und hin. Hin und wieder her.

Es wäre nicht das schlechteste, als eine Art Beckett-Belacqua der absoluten Trägheit zu verfallen, fraglos, wunschlos einwilligend in das, was geschieht, darauf wartend, daß jemand kommt und mich aus meiner Selbstverrottung erlöst, am besten eine Frau, am besten meine Eva, aber auch Bitterli wäre willkommen. Er würde die Tür zu meiner Unglücksbude aufstoßen, mich in Null Komma nix aufheitern und ans Tageslicht ziehen. Beckett hat zu Recht erwähnt, daß Hölle und Himmel statisch sind, nur das dazwischenliegende Purgatorium ist voller Energie, die Seelen, die sich darin tummeln, sind erpicht auf den Gestaltwandel, sie lassen sich antreiben vom Versprechen der Erlösung, von der sie wiederum keine allzu klaren Vorstellungen haben. Mit Ausnahme von Belacqua, der unfähig ist, Energie aufzubringen, um der Erlösung zuzustreben. Gerade dieses Herumhocken erweckt zumindest bei Dante Sympathie. Mein Herumhocken erweckt nichts. Keiner da, der einen Blick auf mich werfen würde. Meine Putzfrau ist im Urlaub, sie kommt erst in fünf Tagen wieder. Anrufe beantworte ich nicht, elektronische Nachrichten auch nicht. Meine Wohnung befindet sich nicht in luftiger Höhe, sondern im zweiten Stock. Sie ist nicht allzu hell. Die Spitze des Läuterungsberges ist von hier aus jedenfalls nicht in Sicht. Stelle ich mich auf den Balkon, sehe ich allenfalls Flugzeuge in ziemlicher Höhe. Oben ist sonst nur die Sonne, und paar zarte Wölkchen werden langsam über den Horizont getrieben. Unten ist wenig los. Die Straße ist nicht sonderlich belebt.

XVI

Meine Kollegen sind oben, wo auch immer dieses Oben sein mag. Ich bin eine Art Niederwild, hocke im Frankfurter Stadtgebüsch, habe den Zug in die Höhe versäumt. Den konischen Aufbau des Purgatoriums in nach oben weisenden Rundungen geistig zu erklettern, um dann in die Höhe des Absoluten emporgerissen zu werden, habe ich nicht zugelassen.

Sebastian Neumeister hat von der Zielgerichtetheit der Danteschen Jenseitswanderung gesprochen und diese gegen das sinnlose In-sich-Kreisen moderner Diesseitigkeit gestellt. Etwas erreichen, etwas erlangen, und sei es ein so komisch unfaßbares Gut wie die Glückseligkeit, das befindet sich jenseits meiner Vorstellungskraft. Insofern bin ich ein moderner Beckettianer. Der Mangel läßt mich etwas ersehnen, nicht das Glück. Ich sehne mich nach Eva, sehne mich nach meinen Kollegen und hätte den Kongreß, der mich so bezaubert hat, gut und gern noch ein Jährchen genossen, abendliche Streuner-Ausflüge in die Lokale der Stadt Rom inbegriffen. Wobei mir selbst bei dieser Glücksvorstellung der Gedanke ans Unendliche mißrät. Ein immerwährender Dante-Kongreß, so beschwingt, so geistabenteuernd, so heiter er auch sein mag, ich kann ihn mir nicht bis in alle Ewigkeit zerdehnt vorstellen.

Eva! Wie konnte ich in jungen Jahren nur übersehen, wie außerordentlich diese Frau ist. Klug, witzig, voller Selbstironie, großzügig. Auch jetzt, mit ihren zweiundsechzig Jahren, sieht sie noch gut aus. Sie bewegt sich flink, ist schlank, hat nichts Verdrießliches an sich. Obendrein ist sie gut angezogen. Als sie davonflog, hatte sie eine schmalgestreifte schwarzbraune Bluse an, die ihr sehr gut stand, dazu eine schöne Brosche am Kragen, die sie früher schon getragen hat, ein Erbstück ihrer Mutter. Eva stammt aus reichem Haus, hat aber nie ein Aufhebens davon gemacht. Obwohl sie eine Meisterin darin ist, die kleinkariert verklemmten Theorien der Feministinnen zu verspotten, hat sie als Hochschullehrerin geradezu mütterlich dafür gesorgt, daß ihre begabten Studentinnen gute Jobs bekamen. Darüber, daß sie den schuldbeladenen Evasnamen trägt, hat sie immer königliche Witze gerissen. Neugier dränge den Menschen schließlich aus seinem Bequemlichkeitseckchen, und dazu gehöre eben, daß man scharfe Sächelchen verkoste.

Aber inzwischen ist meine geliebte Eva im Sinne Dantes wahrscheinlich zu einer vorläufigen Gestalt geworden, zu einem zarten Seelengespinst, das sich an der Luft neu erschaffen hat. Daß sie überhaupt noch an ihren alten Freund denkt, ist mehr als unwahrscheinlich.

Vermutlich bin ich inzwischen nicht mehr für sie als ein schwächlicher Erinnerungsfaden. Wer der Seligkeit entgegenfliegt, hat Neues zu schauen, Wirkmächtigeres zu erleben. Vielleicht liegt mein Versagen gerade darin, daß ich unfähig war, die echte Liebe zu erkennen. In meiner Eitelkeit und meinem Karrieredrang war ich verblendet. Vielleicht fürchtete ich insgeheim die Konkurrenz, die da an meiner Seite aufblühte und die hohen Hürden der intellektuellen Selbstdarstellung viel lässiger nahm, als ich es damals konnte. In ihrer selbstsicheren Haltung, was Frauenpein und Frauenschmähung betrifft, ist Eva eine Seelenverwandte unseres Alparslan Eroğlu, der über die Klippe des aufgeschlitzten Propheten Mohammed so charmant hinwegglitt.

Dabei mag geholfen haben, daß sie aus einer einflußreichen Familie stammt und ihre Mutter alles andere als eine ängstliche Frau war, die sich dem Willen ihres Mannes fügte. Auf die wenigen Male, die ich im großzügigen Haus der Melzers in Königstein war, blicke ich mit gemischten Gefühlen zurück. In meiner Erinnerung habe ich mich dort aufgeführt wie ein verdruckster Revoluzzer, der die simpelsten Höflichkeitsformen nicht beherrscht und nach verstocktem Schweigen eine idiotische politische Suada vom Stapel läßt. Es wundert mich immer noch, daß Eva nicht gleich nach meinem ersten Königstein-Besuch das Weite gesucht hat. Sie war zunächst etwas verärgert, ging dann aber belustigt über den Blödsinn hinweg, den ich von mir gegeben hatte, und blieb danach noch zwei Jahre mit mir zusammen.

Wozu die Engstirnigkeit so mancher Befreiungsbewegung führt, weiß man inzwischen zur Genüge. Erstklassige Texte sollen aus dem Kanon verbannt werden, weil sie modernen Auffassungen von der Würde von Mann und Frau und Kind und verschiedenen Völkern nicht entsprechen. Soll ich etwa meinen geliebten Celsus nicht lesen dürfen, weil er schonungslos über die Christen hergefallen ist, die er für eine verrottete Bande schmutziger, übelriechender Dummschwätzer hielt?

Eva, meine Eva – ich kann dir nur wieder und wieder aus großer Ferne zurufen: dein alter Kumpan ist traurig, und er sehnt sich nach dir. Traurig bin ich, aber kein Sonderling. Nur einer, der unversehens auf ein Abstellgleis geraten ist. Zumindest bin ich kein Einzelgänger der gehobenen Sorte, wie ihn Dostojewski in seinen *Brüdern Karamasow* beschrieben hat. Für ihn ist der Sonderling nicht nur eine Ausnahmeerscheinung, die in der Wonne der Abgrenzung, des Für-sich-Alleinseins existiert, im Gegenteil, so einer trägt manchmal kurioserweise das Innerste, das Mark des Ganzen in sich, während die übrigen Menschen seiner Zeit durch einen von irgendwo her blasenden Gesellschaftswind des Marks verlustig gegangen sind. Der jüngste Karamasow-Bruder ist zwar ebenfalls ein sehr besonderer Mensch, aber kein klassischer Sonderling. Der junge Mann geht temporär ins Kloster, weil das Leben dort einen tiefen Eindruck auf ihn macht. Es erscheint ihm als Ideal des Ausdrucks für seine aus dem Dunkel des Bösen zum Licht der Liebe strebende Seele. Im Kloster glaubt er unbedingt an Wunder, obwohl es zunächst danach aussieht, als würde er sich diesen Glauben als eine Art Medizin gegen die Zumutungen verschreiben, die seine Familie ihm unentwegt beschert.

Anders verfährt ein hartgesottener Realist. Laut Dostojewski machen Wunder einen Realisten niemals irre. Wunder führen ihn nicht zum Glauben. Er reagiert entgegengesetzt. Als Ungläubiger wird er immer die Kraft und die Fähigkeit in sich finden, Wunder beiseite zu tun. Wird aber das Wunder vor ihm zur unabweisbaren Tatsache, so wird er eher seinen Sinnen mißtrauen, als daß er die Tatsache zugäbe. Gibt er sie ausnahmsweise doch zu, wird er den unglaublichen Vorgang als einen natürlichen hinstellen, der ihm aus unerfindlichen Gründen bis dato unbekannt war. Schön und gut, mit oder ohne Dostojewski, ich bin Realist oder war es zumindest in jüngeren Jahren. Dante zufolge ist der Realist auf dem Holzweg, denn die Natur ist nicht einfach nur für sich da, in ihr sind göttliche Zeichen verborgen, die es zu lesen gilt. Das kuriose Schwadronieren, der Luftaufschwung meiner Kollegen, das Emporreißen ihrer Körper – alles, was ich beobachtet habe, kann ich nicht mit Realem in Verbindung bringen. Natürlich habe ich inzwischen mit absurden Theorien gespielt, die auf krummen Wegen erklären sollten, welche physikalischen Sonderkräfte für die Turbulenzen sorgten. Schwachsinn! Ein Wunder kann man zwar beleuchten und befragen, aber nicht erfassen.

Babylon oder vielmehr die kuriose Reparatur der babylonischen Sprachverwirrung, sie beschäftigt mich natürlich genauso wie der himmelwärtige Luftsog. Auch hierfür bringt Dostojewski einen klugen Gedanken ins Spiel: wenn der Atheist oder Sozialist sich überzeugt hat, daß es Gott nicht gibt, geht es nicht nur um gesellschaftliche Sozial- oder Klassenfragen im Diesseits allein, es wird praktisch *alles* ins Diesseits gebogen. Dann wird der babylonische Turm zwar wie in der Bibel ausdrücklich ohne Gott gebaut, aber eben nicht zur Erreichung des Himmels von der Erde aus, sondern zur Niederführung des Himmels auf die Erde. Ich würde eher sagen, der Turm dient bei den Gottverlassenen der Herabzwingung des Himmels auf die Erde. Dante hat dazu einen Hinweis gegeben, indem er den Riesen Antäus am tiefsten Punkt der Hölle sich niederbeugen läßt, um Dante und Vergil in seiner großen Handfläche zu bergen und die Wanderer in eine etwas andere Region zu versetzen.

Menschengedacht, menschengemacht ist dann natürlich alles. Und der Freidenker wähnt sich sicher, daß er erprobte Mittel zur sittlichen Auferstehung des Menschen von der Sklaverei zur Freiheit und damit zur moralischen Vervollkommnung gefunden hat. Ohne Gott, versteht sich. Aber nichts könnte törichter sein. Die angebetete Freiheit kann sich unversehens in ein zweischneidiges Schwert verwandeln. Statt zu Demut und freiheitlicher Selbstüberwindung führt sie oft genug zu satanischem Stolz oder depressiver Verstimmung, also zu neuen Ketten. Obwohl ich keine Gottesgewißheit mehr kenne, sehe ich darin einen Verlust, der mich nach all den Turbulenzen zur Verzweiflung bringt, mich zwischen idiotischem Stolz und Niedergeschlagenheit schwanken läßt. Weiter im Text!

Dantes Reise in die Jenseitswelt ist kein herkömmliches

Abenteuer, weder im mittelalterlichen noch im modernen Sinn. Romano Guardini spricht davon, hier sei alles *gesammelt und straff*, doch zugleich das Gegenteil einer Reise in vorwärtsstürmender Manier, vielmehr gehalten in Buchten und Kehren mitsamt immer neu aufbrechenden Eskapaden der Erkundungslust. Man kann nicht einmal behaupten, daß sich Dante besonders gern auf den Weg macht, er muß dazu überredet, ja, fast ein bißchen gezwungen werden. Er wird zum Zeugen von Gottes Gerechtigkeit, was durchaus eine Bürde ist. Es ist eine Sache, die göttliche Gerechtigkeit zu erfassen und darin erzogen zu werden, eine andere, sie symbolhaft darzustellen und in glaubwürdige Poesie zu überführen. Manchmal zeigt sich Dante zwar neugierig, aber er steht nicht im Bann eines ihn aus Not oder rasender Liebe antreibenden Ziels. Der Name seiner geliebten Beatrice, der gleichsam über dem Ganzen flattert, wirkt zwar, aber über weite Strecken der ersten beiden Teile gerät er dem Reisezweck abhanden. Und im ganzen ist die Fahrt zu ernst für eine abenteuernde Geschichte – weil sie dem Willen Gottes entspringt, keiner ritterlich vorwärtsstürmenden Seele, die, ausgestattet mit magischem Schlüssel, Einlaß in die Unterwelt erzwingt, um die Geliebte herauszuschmuggeln.

Bei mir liegt der Fall anders. Keine Macht der Welt, ich schon gar nicht, kann Eva wieder auf den Erdboden zurückzwingen. Die Oberwelt, in der sie sich befinden mag, ist zu unbestimmt. Für sie steht keine Zauberformel zur Verfügung. Der Strahlenkranz um die paradiesische Rosette, die Dante so leuchtend beschrieben hat (falls es sie überhaupt geben sollte), bleibt mir verborgen; auch in einer freundlichen Sommernacht am Frankfurter Himmel vermag ich mir nicht vorzustellen, daß sie existiert. So oder so, mein Talent als Himmelsstürmer ist gleich null.

Auch Dante ist kein Ritter auf kühner Fahrt, wiewohl er viel mehr wagt, als ich es je könnte. Er will seine verstorbene Liebste nicht aus dem Jenseits herausfechten. Er ist schwach. Er zögert. Er weiß nicht recht, wie ihm geschieht. Dante wird von Vergil mehr gezogen und ermuntert und geleitet, als daß er selbst etwas unternähme. Gerade die Hilflosigkeit und Wackeligkeit seines Charakters, der nicht aus sich selbst heraus wagemutig ist, kennzeichnen ihn als Christen, der im Angesicht des Höllenspektakels mit seinen Sünden ringt. Obwohl er zumeist nicht klar erkennt, daß das vorbeiziehende Sündenpanoptikum auf seine eigenen Verfehlungen anspielt – wenn auch in drastischerer Weise, als er sie selbst begangen haben mag. Guardini hält hier die glänzende Formulierung bereit, durch die Hölle, immer tiefer hinab, führe ihn Vergil bis auf *die Sohle der Sünde.* Gleichzeitig wird die Wanderung Schritt für Schritt ermöglicht, auch wenn sie anfangs noch so beschwerlich erscheint, weil der sanfte Wind der Gnade Dante streift, unmerklich zunächst, dann aber immer stärker.

Vielleicht sollte ich einfach niederknien und beten, auf dem schmutzigen Küchenboden oder sonstwo an der Sohle meiner Sünde nagen. Vielleicht würden meine Tränen fließen, vielleicht würde mein Herz Erleichterung erfahren, und ich könnte in meinem Bericht auf getröstete Weise fortfahren, auch wenn ich im Kern nicht verstehe, warum sich alles so und nicht anders zutrug. Aber ich kann nicht, bleibe der Sack mit den langen Beinen, der Sesselfurzer, der mit zittriger Hand in sein Notizbuch kritzelt, während seine triste Wohnung ihn anschweigt und das schöne Sommerleben draußen ungerührt an ihm vorüberzieht.

Im Folgenden will ich wenigstens eines beherzigen: ab jetzt geht's nicht mehr wild durcheinander, kein Cantogehupf vor und zurück. Es dient meiner inneren Sammlung, wenn ich etwas Ordnung ins Chaos bringe und vielleicht einen Wegweiser finde, der mich das Rätsel lösen läßt, weshalb ich im Strudel der sich überbietenden Sensationen übriggeblieben bin.

Ab jetzt gilt es, die Reihenfolge der Commedia einzuhalten, auch wenn einige Stationen übersprungen werden müssen. Canto XV. Er führt die Begegnung mit dem feuerversengten Mentor Dantes, mit Brunetto Latini, herbei, einem Vorläufer der Humanisten, einem Gelehrten und Übersetzer aus Florenz mit großem Einfluß, der als verbannter Guelfe nach Frankreich ins Exil ging. Dante verehrt ihn, er verdankt seinem Lehrer viel.

Da qualmt's über dem eingedämmten Phlegeton, da gibt es Wälle, in der Ferne liegt ein Sandmeer, aus dem Rauch aufsteigt, es herrscht spardunkles Neumondlicht, hin und wieder glimmen wie unterdrückt die Feuerchen. Eine Nachtszene des Verbots und der Leidenschaft. Der Blutstrom dünstet eine Art Nebel aus und bildet ein wenig Schutz gegen den Feuerregen. Ein Schwarm verbrannter Seelen eilt etwas unterhalb von Dante und Vergil in entgegengesetzter Richtung den Damm entlang. Mein Liebling Georg van Poppel, der manchmal etwas zu aufgebockt und tümelnd übersetzt, hält hier wieder einen entzückenden Vers bereit:

Wenn sie bei Neumond nacheinander schielen
    Mit ihrer Wimpern zwinkerndem Geknippe,
    Wie alte Schneider nach dem Öhre zielen.
Wie ich ward angestaunt von solcher Sippe,
    Faßt' einer mich am Saum, der mich erkannte,
    Und »welch ein Wunder!« tönt's von seiner Lippe.

Das Geknippe macht's natürlich. Da wird verstohlen umhergeschaut, verkniffen, nur einer macht sich frei aus dem Rudel der Gehetzten und hebt den Arm Richtung Dante, während der überraschte Dichter aus dem verbrannten Antlitz die Züge seines ehemaligen Lehrers herausliest, einer väterlichen Figur, der er mit Respekt begegnet. Brunetto Latini wiederum erkennt seinen Schüler sofort, erkennt auch, daß dieser noch am Leben ist. Er verläßt die Schar der Getriebenen und geht ein Stück mit Dante zurück, allerdings auf einem tieferen Pfad, nicht auf gleicher Höhe, was Dante Unbehagen bereitet, da es ihm unziemlich vorkommt, den eigenen Mentor zu überragen. Um nicht hochmütig zu erscheinen, senkt Dante den Kopf. Bewegung ist das Gebot dieser Höllenrunde, wer stillsteht, muß hundert Jahre in der Feuerglut schmoren. Das erfährt Dante, sobald er sich mit Latini auf einen Schwatz niederlassen will.

Also heißt die Devise: weitergehen! Das Generalthema der beiden Florentiner sind natürlich wieder ihre verderbte Heimatstadt und die politischen Tumulte, die sich innerhalb der Stadtmauern abspielen. Das Thema brennt dem ins Exil getriebenen Dichter auf den Nägeln. Etliche Figuren aus Florenz, die in der Hölle schmoren, sind von Dante aus Rachsucht dort untergebracht worden. Allerdings nicht Brunetto Latini, der kein Strippenzieher finsterer Mächte war. Eher nebenbei, dem Ende zu, erfährt man, daß der verehrte Lehrer als Homosexueller in diese Abteilung der Hölle geraten ist. Die Strafe selbst gibt einen deutlichen Hinweis auf die Homosexualität, weil sie eine Anspielung auf den Feuerregen von Sodom und Gomorrha enthält. Wie im antiken Griechenland waren zu Dantes Zeit in Florenz homosexuelle Beziehungen zwischen Lehrer und Schüler ziemlich verbreitet.

Catherine Pivot hatte sich den Canto vorgeknöpft. Eine aparte Blondine in sandfarbenem Kostüm mit blitzendem Goldschmuck an den feinen Gelenken. Sie unterrichtet an der Sorbonne (oder tat es), hat schon zwei Bücher und etliche

Aufsätze über Dante verfaßt, besonders über dessen *Convivio* und über *De vulgari eloquentia*. Catherine spricht ein solides Italienisch mit leicht französisch gefärbter Aussprache. Die Flutkanäle und Flutdämme entlang der Brenta und bei Brügge, die Dante durch Kartenskizzen kannte und im fünfzehnten Gesang als Wanderweg in Szene setzte, hatten es ihr angetan. Sie warf einige davon für uns an die entrollte Leinwand und wies wie eine resolute Lehrerin mit einem Stöckchen darauf. Damals waren sie Meisterwerke der Technik gewesen, die das Überfluten der Flüsse einhegten. Heute würde man dazu sagen, Dante habe gewisse Details seiner imposanten Anlage der Hölle recherchiert und Quellen von anderswo her in sein Phantasiegebilde inkorporiert.

XVII

Latini lobt seinen ehemaligen Schüler, dessen Wirken er großen Einfluß, eine feste Verankerung in der Zukunft bescheinigt. Was könnte Dante dankbarer stimmen als solches Lob? Catherine ließ sich feinfühlig über die Lehrer-Schüler-Beziehung aus, die zu Dantes Zeit eine tiefere Bedeutung hatte als heute, weil sie an eine Person gebunden war und nicht an eine Vielzahl von Leuten. Erhöht wird Dante auch durch das günstige Horoskop, das Latini ihm in bezug auf Ehre und Anerkennung stellt, die ihm wohl bald zuteil werden. Natürlich kann Dante das Lob des Meisters nur bescheiden annehmen, geradeso, als wäre er gar nicht gemeint. Aber die Erhöhung, die er sich selbst durch Latini gönnt, indem er sie diesem in den Mund legt, ist darauf berechnet, im Leser fortzuwirken. Der Name Dante wird sich in Zukunft machtvoll kräftigen, Latinis Name hingegen hat schon begonnen in der höllenhaften Versenkung zu verschwinden. Der alte Lehrer paktiert mit Dante – beide sind sich einig darüber, daß ihre Heimatstadt Florenz zutiefst verkommen ist. Und so knattert die Fahne von Dantes künftigem Ruhm über Leid und Bitterkeit und die Schmach hinweg, welche beide Florentiner eint.

Mein alter Studienfreund Rolfi war schwul. Er machte Karriere als Jurist bei der Dresdner Bank in Frankfurt. Nach außen hin gab Rolfi den perfekt gekleideten, diskreten Banker. Haarschnitt, Hemd, Krawatte, Krawattennadel, Socken, Schuhe, Aktentasche – alles war meisterhaft aufeinander abgestimmt. Traf er sich mit seinen Freunden, ging es lockerer zu. Rolfi war ein Camoufleur der vergnüglichsten Sorte. Wer ihn näher kannte, staunte über seinen sardonischen Witz.

Das hauptsächlich von Männern dominierte Milieu, in dem er arbeitete, konnte er treffend karikieren, aus Vorsicht tat er es wohl nur im Beisein seiner alten Kumpane, die mit dem Bankgewerbe nichts zu tun hatten. Rolfi besaß Charme und einen sprühenden Witz, er war großzügig, in Gesellschaft grundsätzlich heiter, das Gegenteil einer trüben Tasse. Seine scharfen Invektiven ummäntelte er trickreich, bis er auf den Punkt kam. Ich liebte ihn sehr, langweilte mich nie mit ihm. In seiner Gegenwart fühlte ich mich viel freier als mit meinen Universitätskollegen. Bei seiner Beerdigung vor sechs Jahren, nachdem der prächtig aussehende, wie ein Muster an Gesundheit wirkende Rolfi urplötzlich an einem Schlaganfall verstorben war, liefen mir die Tränen nur so übers Gesicht. Rolfis Beerdigung, bei der ein protestantischer Pfarrer erstaunlich gut sprach, ist die einzige, bei der ich je geweint habe. Auch mein gewitzter homosexueller Freund hat die Hölle Dantes nicht verdient. Ich stelle ihn mir als unterhaltsamen Gesellen vor, der die Engel aufheitert und den Himmel zum Kichern bringt.

Catherine hielt sich bei Latinis Homosexualität nicht allzulange auf. Es brauchte keinen erhobenen Zeigefinger, um Dante-Kenner im Jahr 2013 darauf hinzuweisen, daß der gelehrte, weltläufige Mann wegen seiner erotischen Neigung nicht in die Hölle gehörte. Zumal wir zwei Schwule in unserer Runde hatten – George Kennan und Walter Cejpek. Ich vermute auch, daß Angelika Keller lesbisch ist. Keiner von den dreien hat sich in das Thema unter Aufklärungsaspekten verbissen, und ihre sexuellen Vorlieben waren ganz offenbar kein Hinderungsgrund, den Aufflug gen Himmel zu starten.

Will man davon ausgehen, daß Gott hinter dem Manöver steckte, wurde da wohl anders verfahren als zu Dantes Zeit.

Unsere Homosexuellen schlugen nicht am Boden auf und wurden mit großer Wahrscheinlichkeit nicht in die Hölle katapultiert. Im Gegenteil, George segelte, singend, juchzend, seinen geliebten Kenny im Arm, voller Enthusiasmus nach oben, die sonst eher bedachtsame, inzwischen von einer feurigen Energie beseelte Angelika hatte die Arme gereckt und schwang sie zum Takt einer imaginären Musik, geradeso, als hielte sie einen Dirigierstab in der Rechten und müßte graziös und zugleich bestimmt in die himmlischen Chöre hineinregieren, Walter nahm Anlauf und schwang sich, den einen Arm aufs Fensterbrett gestützt, in einer erstklassigen turnerischen Drehung zum Fenster hinaus – alle drei wurden, wie die anderen auch, auf der Stelle in den unerklärlichen Lüpfungsstrudel gerissen und meinen Blicken entzogen. Nach Bestrafung sah das definitiv nicht aus.

Catherine wies darauf hin, daß Dante hier eine heimliche Welt in Szene gesetzt hat. Die getriebenen Wanderer, die in kleinen Trupps vorüberziehen, linsen aus engen Augen umher, halten nicht Ausschau mit freien Blicken. Latini fällt heraus, eine größere Freiheit umweht ihn, nichts Verstohlenes haftet ihm an. Er verläßt die Schar in gegenläufiger Richtung. Dann folgt das freudige, aber nicht allzu überschwengliche Wiedererkennen der beiden Männer. Indem sich Dante Latini seinerseits vorsichtig nähert, wahrt er dem verehrten Lehrer gegenüber so etwas wie besonnene Distanz, trotz des in Bescheidenheit geneigten Kopfes. Jedenfalls verhält sich Dante anders als in Canto V, wo ihn das Liebesunglück von Paolo und Francesca ohnmächtig zu Boden fallen läßt. Gottes Strafexempel gegenüber Latini, das ja drastisch ausfällt, scheint Dante nicht eigens aufzuwühlen, eine Flucht ins temporäre Ausknipsen des eigenen Verstandes ist hier offenbar nicht nötig.

Das kann zweierlei bedeuten: entweder hat Dante im weiteren Erkunden der Hölle gelernt, Gottes Strafpraxis besser hinzunehmen, oder er macht kein Aufhebens davon, weil er sich selbst zu Homosexuellen hingezogen fühlt. Wie dem auch sei – Dantes Verhalten gegenüber Latini bleibt respektvoll und zart, die Begegnung geht ihm offenkundig nahe. Er verdankt seinem ehemaligen Mentor viel und schwingt sich keinesfalls zu einer Verurteilung auf. Umgekehrt ist die Annäherung Latinis alles andere als ehrlos, der Mann bewahrt trotz der ihm auferlegten Pein seine Würde. Er denunziert niemanden, verbeißt sich nicht in oder erhebt sich nicht über andere Sünder. Sein Schicksal scheint er klaglos hinzunehmen, schon allein dadurch ist er ein bedeutender Mann, zumal einer der wenigen Florentiner, denen Dante mit Respekt begegnet.

Unter den Homosexuellen, die in Grüppchen vorbeiziehen, sind einige im dreizehnten Jahrhundert bekannte Geistliche und Feldherren, auch ein Jurist. Damals wurde Homosexualität als das *heroische Laster* bezeichnet. Trotzdem bleibt eine Frage: warum zerrt Dante den verehrten Lehrer als Lasterhaften vor die Augen der Öffentlichkeit? Manche Kommentatoren sagen, Latinis Neigung sei damals allgemein bekannt gewesen, so daß Dante dessen Nachruhm mit dieser Bloßstellung nicht habe schaden können. Vergil spielt bei alledem keine größere Rolle, er beobachtet die Szene aus dem Hintergrund, mischt sich nur mit dem etwas lehrerhaften Satz ein, Dante solle sich alles gut merken.

Noch einmal sei darauf beharrt, wie meine Kollegen aus dem Saal davongeflogen sind. Den Anfang machte Alois Wanner, nachdem ihm Bitterli und der Hausmeister aufs Fensterbrett geholfen hatten. Aber gleich hinterher flog der gelenkige Alparslan, der nach Alois voller Enthusiasmus selbst hochstieg. Unser ältester Mann war also der erste, den es himmelwärts zog, unser muslimischer Türke der zweite oder dritte, denn gleichzeitig mit ihm startete die Äthiopierin von einem anderen Fenster aus. Die Homosexuellen und der Muslim, sie wurden für ebenso würdig befunden, den Aufflug zu beginnen, wie die schwach- oder gar nicht mehr gläubigen Christen unter uns, wie unser jüdischer Kollege und die ohnehin Anders- oder Nichtgläubigen aus anderen Teilen der Erde. Keiner von ihnen wurde aussortiert.

Bis auf mich. Das Aussortiertsein kommt mir bekannt vor, ich war es während meiner gesamten Schulzeit. Im Studium wurde es besser, vielleicht weil ich nicht mehr unter der Fuchtel meiner Mutter stand. Nach ein, zwei Semestern bewegte ich mich mitten im Gewühl. Dank Stangenschaltung, damals Spazierstock genannt. Der klemmte manchmal beim Deux Chevaux. Was liebte ich diese Kiste! Viertürig. Unten aufklappbares Fenster, um den Ellenbogen rauszustrecken. Aufgesetzte runde Glotzaugen als Scheinwerferchen. Fuhr maximal siebzig, achtzig. Wenn ein Opel Kadett uns Kiffer auf der leeren Autobahn überholte, gab's wildes Gelächter, und wir fuhren absichtlich ein bißchen Schlangenlinien, holten aus der Zitterkiste das Maximum raus.

Sehr viel später, da war ich bereits Professor, fuhr ich eine nachtblaue Alfa Giulietta, ein schickes Ding, an dem ich sehr hing. Allein die Schaltung war klasse. Um einen Gang reinzuschieben, war ein herzhaftes Manöver fällig. Der Wagen war bretthart, man fühlte die Fahrbahn unter sich durchholpern und -flitzen. Ziemlich reparaturbedürftig war meine Giulietta allerdings, besonders wenn es kalt wurde. Irgendwie konnte sie den deutschen Winter nicht leiden; man mußte mit Engelszungen auf sie einreden, damit sie in der Kälte ansprang. Einmal saß ich verzweifelt im eisigen Auto und machte ihr Vorwürfe, daß ich diese Bockigkeit nicht verdient hätte. Da ist sie, nach einem vermurksten Motorgeröchel, tatsächlich angesprungen.

Zwischen Catherine und mir funkte es plötzlich, als klar wurde, daß wir in unserer Jugend beide Deux Chevaux gefahren waren. Sie ein neueres, schon etwas bequemeres Modell, das sie mit siebzehn vom Vater geschenkt bekommen hatte. Catherine ist ja auch paar Jährchen jünger als ich. Ich mußte meinen erst mit Kellnern in einer Heidelberger Kneipe verdienen. Die kühle Blonde taute rasch auf, als ich darauf zu sprechen kam. Entenabenteurer verstehen einander, obwohl die Kiste in Frankreich natürlich nicht Ente heißt, sondern *deux-pattes*, also Doppelpfote, wie mir Catherine versicherte. Sie hat ihre Doppelpfote gleich bei der ersten Fahrt demoliert, als sie von der Straße abkam und in einem Acker landete. Die Beulen klopfte ihr damaliger Freund wieder aus. Catherine lachte wie eine Vierzehnjährige, als sie davon erzählte.

Meine Doppelpfote hat immerhin sechs Jahre unverletzt überstanden und wurde dann gegen einen soliden Käfer eingetauscht. Tempi passati, wilde Kifferkicherzeiten und glückliches Stangenziehen ade! Mit Catherine lief es fortan gut. Wir winkten uns manchmal aus der Ferne zu und machten kuriose Bewegungen, als müßten wir die Stange zum Schalten raus- und wieder reinkriegen. Ich glaube gar, Eva wurde ein winziges bißchen eifersüchtig, weil es zwischen der Französin und mir etwas gab, was auf prächtiges Einvernehmen schließen ließ und ihr schleierhaft blieb.

Kuriose Bewegungen werden auch im Canto XVI vollführt, in dem eine Dreiergruppe Florentiner Adliger vor den Augen Dantes sich im Kreis bewegt, geradeso, als hätten sie auf ihn gewartet. Wie Ringkämpfer, die einander noch nichts tun, sondern aufs richtige Anpacken warten, umrunden sie einander, wenden ihre Gesichter dabei immerzu in Richtung

Dante, was eine gewisse Komik erzeugt. Georg van Poppel faßt die Bewegung wieder einmal recht geschickt in Verse:

Sie fingen, als wir hielten, an zu klagen
Das alte Lied, um dann in unsrer Nähe
Sich wie ein Rad zu drei herumzujagen.
Wie wenn man nacktgesalbte Ringer sähe,
Die noch mit Schlag und Stoß zu warten pflegen,
Daß Griff und Vorteil jeder erst erspähe,
So kehrten alle mir den Blick entgegen
Beim Kreislauf, daß der Hals sich immer grade
Entgegen ihren Füßen mußt bewegen.

Aus der Masse der Getriebenen, die beim Weiterhasten verstohlen herumäugen, ragt das kreiselnde Trio heraus. Wie Latini sind die Männer gezwungen, sich permanent zu bewegen. Ihre Körper sind rußgeschwärzt und mit grauenerregenden Brandwunden übersät, die das Glosen ihrer Laster anzeigen sollen. Auch hier ist die Konversation wohlwollend, die Edelleute sind gut erzogen und bezichtigen sich nicht gegenseitig. Aber sie sind neugierig, erkennen schnell, daß Dante eigentlich noch nicht ins Totenreich gehört. Gleich eingangs rät Vergil seinem Schützling, er solle den dreien gegenüber eine respektvolle Haltung einnehmen. Die Rede des Wortführers der Florentiner gleitet denn auch im höflichen Wellenschlag dahin, obwohl die kreiselnde Bewegung ihn um und um treibt.

Natürlich sind sie alle begierig, von Dante etwas über die Zustände ihrer Stadt zu erfahren, in der ein neu angekommener Haufe von Glücksrittern inzwischen den Ton angibt. Wieder wäre der Dichter am liebsten zu seinen Heimatgenossen hinabgestiegen, denn er befindet sich noch immer auf einer etwas höheren Ebene, ja, es regt sich in ihm sogar der

Wunsch, sie zu umarmen, denn er fühlt mit ihrem Leid, aber die Furcht vor dem Feuer, das auch hier die Verurteilten quält, hält ihn auf seinem Weg. Wer weiß, vielleicht schreckt er aber auch davor zurück, mit Homosexuellen in eine allzu enge Verbindung gebracht zu werden. Sollte es Dante je wieder vergönnt sein, die Sterne zu sehen, wolle er doch bitte vom Schicksal ihrer Gruppe erzählen, bittet ihn der Fürsprecher noch. Daraufhin fällt das menschliche Rad auseinander, und die Florentiner verschwinden im Nu in der Masse der Umhergetriebenen. Die Rhythmen des Kreiselns und das Sprechen darin, das Zerfallen der Gruppe, ihr Fortgerissenwerden auf Nimmerwiedersehen, so daß man nicht einmal mehr hätte Amen sagen können – all das ist bis in die Bewegungsdetails mit einer poetischen Raffinesse geschildert, vor der man nur den Hut ziehen kann.

Canto XVI schließt dramatisch, mit einem steilen Abhang, dem ohrenbetäubenden Tosen eines Wasserfalls und dem Werfen eines Seils. Aus schwammigem Dunst, erst gar nicht zu erkennen, taucht eine spektakuläre Gestalt auf, bei deren In-Sicht-Kommen alle Register der Überraschung gezogen werden. Die deutschen Übersetzungen sind hier durchgängig entweder prosamatt oder fad oder umgekehrt: überspannt verschwurbelt. Der Freiherr von Falkenhausen faßt es vielleicht noch am besten:

Auftauchen sah ich, sah durchs Nebelgrauen
 Der Lüfte rudern eine Ungestalt,
 Ein Wunder, dem Beherztesten zu schauen!

Im folgenden Canto wird der Drache Geryon, der hier durch die Dickluft des Nebels geschwommen kommt, zur beherrschenden Figur. Ihm widmete sich Mildred Davenport, genannt Millie.

Die gute alte Millie ist meistens gekleidet, als ginge sie auf Wanderschaft – solides Schuhwerk an den Füßen, versteht sich. Sie spricht haspelig, überstürzt, so daß man hin und wieder das Ende des Satzes nicht recht mitbekommt; dazu schüttelt sie das kurz gehaltene graue Haar, als könnten die Gedanken daraus wie alteingesessene Motten fliegen, was passiert, wenn man einen alten Teppich an der Stange ausklopft. Manchmal ruckt sie den Kopf zur Seite oder hebt das Gesicht nach oben, als käme eine unverhoffte Eingebung von ganz woanders her. An ihrer Intelligenz zweifelte niemand. Deshalb nahmen die Kollegen ihr etwas sonderliches Gebaren ohne weiteres in Kauf. Ich sowieso, weil ich mich schon vor etlichen Jahren daran gewöhnt habe.

Millie ist hellwach. Von zündender Geistesschärfe. Obendrein ein guter Kamerad. Fast alle in unserer Runde kannten und schätzten sie. Sie zählt zur Sorte der überaus gebildeten Amerikaner, die so manchen dünkelhaften Europäer, der glaubt, die Dante-Interpretation für sich gepachtet zu haben, Bescheidenheit lehren. Natürlich ist sie eine glänzende Kennerin der Commedia, spricht fließend Italienisch, Deutsch, Französisch in ihrer sonderbaren, etwas verschluckenden Art, in der sie auch in ihrer Muttersprache spricht.

Ich mochte sie immer gern, habe schon viele Abende mit ihr in der Kneipe verbracht. Millie ist trinkfest auf eine herzhafte Weise, will heißen: sie war es. Mag sein, daß sie sich jetzt von Nektar und Ambrosia nährt oder ihre Stärkung einzig und allein aus der heilsschwangeren Luft bezieht, wobei es mir schwerfällt, das zu glauben, denn Millie ist eher ein Boden- denn ein Luftmensch. Sie ist auf dem Land aufgewachsen, in Wisconsin, der Vater war KFZ-Mechaniker, die Mutter Hausfrau. Sechs Kinder waren zu versorgen, Millie war ziemlich eingespannt, mußte sich um ihre jüngeren Geschwister kümmern. Nichts deutete darauf hin, daß sie es eines Tages zu einer glanzvollen Italianistik-Professur in Yale bringen würde. Aber sie hat es geschafft. Mit ihrer Intelligenz natürlich, aber auch mit unverdrossener Munterkeit, der Gabe, anzupacken, falls erforderlich, die sie so sympathisch macht. Ihren Mann Mike habe ich auch mal kennengelernt. Ein Bär von einem Kerl mit wuchtigem Kopf und beeindruckendem Doppelkinn. Beide sind glühende Demokraten, politisch sehr engagiert. Mike gehörte sogar eine Zeitlang zum Beraterstab von Präsident Clinton.

XVIII

Ein ungeöffneter Brief liegt auf meinem Schreibtisch, Post von Mike, mit einem alten Pontiac auf der Briefmarke, der vor einem brennenden Inferno davonfährt. Selbstverständlich will der Mann von mir wissen, was mit seiner Frau geschehen ist, er hat schon verschiedentlich versucht, mich zu erreichen. Ich bin dem Kontakt bisher aus dem Weg gegangen. Was um Gottes willen soll ich ihm erzählen? Im persönlichen Gespräch wäre es vielleicht möglich. Aber telefonisch oder brieflich? Der gute Mike würde womöglich denken, daß ich mich über ihn lustig machen wolle. Vielleicht sollte ich ihn einladen, mich in Frankfurt zu besuchen, damit ich ihm die Sache erklären kann, so gut oder schlecht es eben geht. Natürlich gibt es auch sonst jede Menge Anfragen – meine Mailbox ist davon übergequollen, inzwischen ist der Speicher voll. Aber ich gehe nicht ans Telefon, und den Computer habe ich seit meiner Rückkehr nur zweimal eingeschaltet und gleich wieder aus. Was soll ich den Angehörigen der Davongeflogenen erzählen, was den Journalisten?

Millies Vortrag war erstklassig. Daß eine Frau, die wie ein GutsMuths-Wandervogel gekleidet ist, sich mit derart eindringlichen Worten zur prächtigen Farbskala, der hinreißend schillernden Textur von Geryons schlangenhaftem Leib äußert, hat uns alle verblüfft. Selbst mich, obwohl ich ja wußte, daß meine verehrte Millie für Überraschungen gut ist, wenn auch nicht auf dem Gebiet der Mode. Und um Mode geht es hier durchaus. Geryons Überzug, seine Außenhaut, ist von derartiger Raffinesse, daß experimentierlustige Modeschöpfer heutigentags ein Vermögen dafür gäben, die Rezeptur für diese irisierende, farbirrlichternde Stofflichkeit in die Finger zu bekommen. Vergil wirft Geryon einen Strick zu, den er von Dante bekommen hat. Auch dieses Detail ist vieldeutig. Unter anderem erinnert es an den Strick, mit dem sich die Franziskaner als Mahnzeichen ihrer Keuschheit gürten. Damit soll das Untier handzahm gemacht und in seinen Trieben beschränkt werden.

Prächtig schillert Geryon, er hat ein vertrauenerweckendes Menschengesicht, schlangengleich ist jedoch der langgestreckte Rumpf, ein Täuschungspanzer aus aufgemalten Plättchen mit raffiniertem Knotenmuster. Das schillert, das glänzt, das bereitet dem Auge eine verführerische Labsal. Geryons Buntscheckigkeit ist beredt, sie zeigt, daß dem glamourösen Mythenviech nicht zu trauen ist. Dante erzählt uns, Tataren und Türken, damals für bestrickend luxuriöse Stoffe bekannt, die sich nur sehr reiche Leute leisten konnten, hätten kaum etwas von vergleichbarer Schönheit fabriziert. Dabei sollen sogar die sagenhaften Webkünste der spinnenartigen Arachne übertroffen worden sein. Das farbensprühende Glanzkorsett will betören, wer sich davon nicht täuschen läßt, dem weist es auf Betrug, der erkennt, daß die gesamte Körperlichkeit des Geryon aus Lügen gewirkt ist. Sein Schwanz signalisiert Gefahr. Er hält ihn nach oben gereckt wie ein Skorpion. Der Freiherr von Falkenhausen übersetzt hier zielsicher:

> Ins Leere, schlängelnd, war der Schweif gereckt
> Und steil die giftige Zange, die das Ende,
> Skorpionengleich bewehrt, emporgebleckt.

Mit dem Geryon der griechischen Mythologie hat Dantes Wesen nicht allzuviel gemein, es wirkt chamäleonhaft. Bei den Griechen ist Geryon ein riesenhafter König, hat drei Köpfe und wird von Herkules erschlagen. Bei Dante hat er Pranken, und sein Schlangenhaftes, das in der Commedia betont wird, hat eher mit dem verführerischen Biest im Garten Eden zu tun, ebenso das menschelnde Gesicht. Aber im Gegensatz zur Schlange, die Eva mit dem Apfel ködert und fein daherlispelt, überliefert uns Dante keinen Satz vom mythisch-biblischen Untier. Geryon schweigt und schillert.

Mit seinem Namen im Titel könnte man eine exklusive Modemarke ins Leben rufen. Teure Stoffe vom Feinsten. Ich sehe schon unseren modebewußten Alparslan dort herumspazieren und die Ballen mit den Fingerkuppen prüfen, um etwas herauszusuchen, aus dem er sich eine spektakuläre Weste schneidern lassen will. Dunkelgrün, dunkelrot, schwarz mit eingezogenen Silberfäden, das würde zu ihm passen. Gern würde ich ihn dabei begleiten, und er wäre wiederum ein exzellenter Berater. Ich sehe schon, wie er mir eine Weste zeigt. Eine schmucke Staatsweste zum dunklen Anzug, auf meine magere Form genäht. Bißchen Rosé, bißchen Gelb auf geheimratsdüsterem Grund, damit das junge Frauengemüse auf mich fliegt.

Heilandzack! Muß inzwischen komplett verrückt sein, daß mir solche Ziervogelideen durchs Hirn geistern. Der Aberwitz hat mich am Wickel. Aber ich muß mich bloß in meiner vermüllten Küche umschauen, dann weiß ich wieder, was für ein depressiver Sack ich bin. Schlecht rasiert obendrein. Und keine Frau, die einigermaßen ihre Tassen im Schrank hat, würde sich mir in dem vermufften Zustand, in den ich geraten bin, nähern wollen. Vermutlich rieche ich sogar streng. Seit zwei Tagen habe ich darauf verzichtet, mich zu duschen. Und das im Sommer. Früher duldete ich kein Staubkorn und kein Haar auf meiner Anzugjacke, jetzt ist mir mein Äußeres ziemlich egal. Körperlich und geistig war ich noch nie in einem derart maroden Zustand.

Unsere gute alte Wanderschuhmillie hingegen war in Hochform. Ihren Vortrag hielt sie völlig frei. Ihre Arme waren dabei ständig in Bewegung, um Höhe und Tiefe anzudeuten, die in diesem Canto gewaltig sind. Geryon ist natürlich nicht einfach so bereit, die Wanderer auf seinem Rücken in den Abgrund zu transportieren. Vergil verhandelt mit dem Untier, während Dante andere Sünder beobachtet, die ebenfalls vom Feuer versengt werden und einen Beutel um den Hals tragen, so ungefähr wie ein Bernhardiner das Rettungsfäßchen der Schweizer Bergwacht. Um unwürdige Adlige handelt es sich, die Dante zutiefst verachtet. Ihre Beutel sind jedoch keine Rettungsfäßchen, sie tragen aufgemalte Adelswappen als Kennzeichen, wer welcher Sippe angehört. Hundeartig benehmen sich die hier Gefangenen allerdings schon, wenn auch nicht wie ruhige, gemütsstarke Bernhardiner, eher wie flohgeplagte Straßenköter. Die Leute werden gestraft, weil sie sich dem Zinswucher ergeben haben. Millie beschäftigte sich mit einem interessanten Detail. Dante hängt gerade dieses Laster nicht den Juden an, sondern alteingesessenen Adligen, deren Treiben ihn besonders empört. Natürlich sind ihre Wappen schön – Millie ließ farbige Abbildungen davon unter uns herumgehen. Da gab es einen prächtigen azurblauen Löwen auf gelbem Grund, der Familie der Gianfigliazzi zugehörig, oder eine butterhelle Gans, umhüllt von Blutrot, stellvertretend für die Familie Obriachi. Die Zeitgenossen wußten sofort, wer damit gemeint war. Die Wappen dienten als aufgepflanzte Signale. Dante brauchte die Familiennamen gar nicht erst zu erwähnen.

Ambivalenz des Geldes! Millie kam auf einen besonders schlimmen Wucherer zu sprechen, der damals in Oberitalien allgemein bekannt war, einer aus Padua, aus der Sippe der Scrovegni. Eine blaue Sau auf weißem Grund war sein Zeichen. Kein harmloses, wiewohl ein hübsches Säulein. Ein übler Ruf eilte dem Mann voraus, was seinen Sohn Enrico zu einer Art Wiedergutmachung trieb: er ließ die Cappella degli Scrovegni errichten und gab Giotto den Auftrag, sie auszumalen. Ein Wunderwerk der Architektur und Malerei entstand, mit nachtblauem, sternbesätem Himmelsgewölbe und einzigartigen Fresken, sicher eine der schönsten Kapellen, die jemals gebaut und ausgeziert worden sind. Als ich vor Jahren darin stand, ziemlich allein, nur mit zwei, drei anderen Touristen im Raum, packte mich ein regelrechter Schönheitsschwindel. Eine etwas gedrungene, vollkommen in sich ruhende Maria im Augenblick der Verkündigung, über ihr rechts ein ordentlich aufgehängter Vorhang, sein Ende um eine Säule geschlungen. In Reihen gestaffelte Engelchöre im himmlischen Blau (Giotto war einer der ersten Maler, die den Himmel nicht mehr goldfarben, sondern blau wiedergaben), die Glutströme der Hölle rechts darunter, darin ein fetter grauer Satan, der die Sünder im Maul zermalmt.

Dann wieder ergreifend: der Judaskuß, wobei Jesus vom Gewand des Judas wie in Liebe eingehüllt wird. Beide Männer sind einander innig zugeneigt, die aufdringlichen Häscher um sie herum mit Fackeln, Spießen und Stangen scheinen vergessen. Kurios sind die weinenden Engel, die das Kreuzigungsgeschehen umfliegen (obwohl da nicht richtig herumgeflogen wird, die Engel sind eher wie kleine Medaillen in den Himmel gesetzt), unvergessen auch die eingeschlafenen Grabwächter – hinreißend, wie sie die Auferstehung Jesu schlicht verpennen. Ich war wie berauscht, konnte es kaum fassen, daß Menschenhände figürlich und farblich Gebilde von solch erlesener Schönheit zustande gebracht hatten. Und ja, ich fühlte mich gehoben, schwebte gleichsam an der Decke als schönheitstrunkene Motte, besoffen von der Allmacht Gottes, die in die Hände und Gedanken eines begnadeten

Künstlers gefahren war, um den elenden Menschen Sein allmächtiges Wirken in spektakulärer Form vor Augen zu führen.

Im nachhinein läßt man sich den Wucher gefallen, wenn er solche exquisiten Wunderblüten treibt. Auch darauf kam Millie in ihrer verschmitzten Art zu sprechen. Und ich konnte ihr aus vollem Herzen beipflichten. Der buntscheckige Geryon hatte es ihr angetan – ich vermute, Millie wäre auf dessen Rücken am liebsten selbst ein bißchen durch die Hölle geflogen, wie es denn Vergil mit seinem ängstlichen Schützling Dante alsbald tut. Der zittert schon wieder, hat blau angelaufene Nägel vor lauter Angst, außerdem seinen Gürtel verloren, was ihn als Sünder charakterisiert. Vergil läßt ihn denn auch wie ein Kind vor sich sitzen, umklammert ihn während des Fluges, um das Gezitter zu beruhigen.

Definitiv: Dante ist kein klassischer Heros, keine griechische Kampfmaschine, kein Schlagetot aus den Reihen der Nibelungen – er ist ein ängstliches Christenkind, das bibbert und sich schier in die Hose macht vor Angst. Und das läßt den Mann sympathisch wirken. Gerade weil der wandernde Dante eine in die Tumulte seiner Zeit verstrickte Figur ist, geht er uns nahe. Wir erfahren viel über ihn – was ihn ängstigt, wem er mit Achtung begegnet, woran er verzweifelt. Der Jenseitswanderer Dante ist durch und durch Mensch, kein Heiliger und keine ins Mythische verwobene Gestalt. Er haßt, er verachtet, er empfindet Mitleid, er zeigt Respekt. Zumindest in der Hölle. Da ist seine Sprache näher an der Volkssprache, in der sich – wie seinem Schreiben an Cangrande della Scala zu entnehmen ist – auch die Weiber unterhalten.

Beim Aufstieg in die Höhe, gar beim himmlischen Flugmanöver verliert er mehr und mehr die Gebundenheit an die verstörenden Umtriebe seiner Zeit. Dante wird freier, wird von kleinlichen Gedanken erlöst. Seine Rachsucht raucht in der Hölle, beim Aufstieg Richtung Himmel fällt sie von ihm ab, und die Sprache ist weniger derb, sie partizipiert in edler Form am Höhenschwung. Aus einem streng urteilenden Dante, der die meisten Bestrafungen, die er beobachtet, genießt, wird ein durchlüfteter, gereinigter Mensch, der sich in freisinniger Form dem Wunder der Erlösung hingibt, ohne dabei den Verstand zu verlieren. Obwohl seine Seele noch immer in den Körper geschlossen ist, nimmt er bereits Anteil an einer unzerstörbaren Geistigkeit, die sonst nur den in der Liebe Gottes geborgenen Toten vergönnt ist.

Das ist aber nur die eine Seite. Als Herr über die Schrift ist Dante alles andere als ängstlich. Er durchdringt seinen Stoff mit einer ordnungsliebenden Perfektion, die alles in den Schatten stellt, was wir an Großdichtung kennen. Drei, drei, drei. Drei Teile der Dichtung, verfaßt im Dreierschritt der Terzinen, drei Frauen, die den Wanderer behüten, und zu guter Letzt die Trinität. Romano Guardini betonte zu Recht, der Mann sei ein Weltbaumeister, dem etwas Gesetzgeberisches und Herrscherliches anhafte. Wohl wahr – Papierbau, Papierhölle, Papierflug schwindelerregender Art im strengen Korsett der mittelalterlichen Theologie plus überwältigende Paradiessehnsucht, die an die Höhenflüge der Mystiker erinnert. Streng und hell. Am Boden krauchend und jauchzend. Welcher Dichter hätte sich sonst je getraut, eine derart systematische Jenseitsklassifizierung zu Papier zu bringen und damit als strafender und zugleich erlösender Arm Gottes aufzutreten? Dazu braucht's Mut und eine gehörige Portion Selbstüberhebung, von der dichterischen Potenz ganz zu schweigen.

Apropos Flug. Hermann Gmelin schreibt in seinem Kommentar, Dante habe in den Flugmanövern Geryons das moderne technische Phänomen des Fliegens im voraus skizziert. Vielleicht ist das ein wenig übertrieben, immerhin gab es ja die Vögel, deren Bewegungen und Kapriolen in der Luft man ausgiebig hat studieren können. Aber in einer Hinsicht hat Gmelin gewiß recht: der Menschheitstraum vom Fliegen, mit Hilfe von Gerätschaften oder ermöglicht durch mythische Bestien, ist uralt. Dante konnte sich aus einem großen Reservoir an überlieferten Vorstellungen bedienen. Und bisweilen ist es schön, wenn der Kommentator die große Orgel spielt. Gmelin sieht hier die perfekte Illusion eines Fluges mitsamt Vorbereitung evoziert – Geryon löse sich zunächst wie ein Nachen rückwärts, dann winde er sich wie ein Aal, kreise abwärts wie ein Jagdfalke und schnelle wie ein abgeschossener Pfeil wieder von dannen.

Noch einmal zum Thema Wucher. Was hat Dante daran so erbost, daß er die Leute, die ihn betrieben, in einen so tiefen Höllenkreis verbannte? Zins und Zinseszins zu nehmen war ein neuartiges Geschäftsmodell, an dem sich verwegene Glücksritter beteiligten. Wenn alles gutging, war der Reibach, den sie machten, enorm. Für uns heute unvorstellbare hohe Zinsen, die man allenfalls aus Mafiafilmen kennt, fielen bei solch riskanten Geschäften an.

Eine bis dato unbekannte Art von Reichtum entstand, anscheinend wie aus der Luft gegriffen, jedenfalls nicht durch herkömmliche Formen der Arbeit verdient. Das Geldverleihen wurde von wenig zimperlichen Männern betrieben, Emporkömmlingen, die dem auf Alteingesessenheit pochenden Dante zwangsläufig zuwider sein mußten. Ihre Emsigkeit im Geldzählen schadete besonders den kleinen Adelsleuten, deren Gruppe Dante angehörte. Florenz war eine der ersten Städte, in denen sich die neue Form des Kapitalverkehrs durchsetzte. Das Florenz, das Dante mit glühender Inbrunst liebte, bestand aus einem vorkapitalistischen Idealmodell mit festgefügten sozialen Formationen. Die Stadt, aus der Dante vertrieben wurde, ist jedoch eine andere, ungleich modernere, in der sich neue Formen der Bereicherung durchsetzen und den Warenverkehr beflügeln. Der in seinem Wirtschafts- und Sozialethos in der mittelalterlichen Welt verwurzelte Dante haßte dieses neumodische Treiben und sah seine geliebte Stadt vom Untergang bedroht. Verschärfend kam natürlich hinzu, daß er gezwungen war, das Leben eines mittellosen Flüchtlings zu führen, der auf das Wohlwollen von Gönnern angewiesen war.

Auf den ersten Blick mag die Commedia wie ein reaktionäres Bollwerk erscheinen, mittelalterlicher als das Mittelalter selbst, aber das wird ihr nicht gerecht. Die berückenden Verse schwingen sich in andere Seelenzustände hinein, mehr und mehr ergießt sich die Dichtung in ein freiheitliches Sehnen ohnegleichen.

Natürlich ist die Commedia in etlichen Höllenteilen ein vergeltungsgetriebenes Haßwerk. Glücklicherweise erschöpft sie sich nicht darin, sondern befreit sich davon auf erstaunlich radikale Weise. Letztlich ist es nicht verwunderlich, daß wir, als im Saal der Malteser die sadistischen Kapitel durchgenommen wurden, noch recht platt am Bodensatz von Qual und Mißgunst dahinkrochen und erst ab Mitte des Purgatorio in einen anderen Gemütszustand gerieten.

Heiter gestimmt waren wir zwar bereits während des Höllenspaziergangs – wir nahmen die Qualen ähnlich wie abgebrühte Teenager, die jede Menge Splattervideos ungerührt an sich vorüberziehen lassen –, aber die wunderliche Form der Heiterkeit, von verrücktem Enthusiasmus schwer zu unterscheiden, durchströmte uns erst später. Vielleicht sehe ich den Anfang unseres Kongresses im nachhinein berauschender, als er in Wirklichkeit war, weil das Folgende die Erinnerung verwandelt hat und nun auch den Beginn in ein herzerhebendes Glüherleben taucht.

Trotzdem. Auch wenn ich noch so intensiv in meinem Gedächtnis krame, komme ich auf keinen Kongreß, bei dem das Thema derart schwunghaft angegangen worden wäre. Ich verschwendete auch keinen Gedanken an meinen eigenen Auftritt, es ging mir nicht mehr krampfhaft darum, es besser zu machen als die anderen, wenn ich drankäme.

XIX

Diesmal war alles auf den Kopf gestellt. Ich kam gar nicht erst zum Zuge. Mein Vortrag hätte sich mit dem achtundzwanzigsten Gesang des Paradiso befassen sollen. Aber der Tumult brach schon vorher aus, ich hätte meine Rede bei offenen Fenstern vor lauter leeren roten Samtstühlchen halten müssen. Allzuviel habe ich von den Notizen nicht mehr in Erinnerung. Nachher habe ich sie irgendwo verkramt, vielleicht sind sie im Saal oder später im Hotel liegengeblieben. Sowieso erscheinen sie mir jetzt unerheblich, handelten sie doch von Winken, soviel weiß ich noch, von Gotteswinken, Gottesblinzeln in erlaucht erleuchteter Umgebung, handelten vom neunfachen Kreisen der Engelshierarchien in einem metaphysischen Lichtkarussell, einem schwirrenden Kreisgebilde mit innerem Schnellumlauf und äußeren, etwas langsamer zirkulierenden Reigenformationen, lauter supranaturalen Drehbewegungen, die selbst im Kopf eines nüchternen Forschers, der sich einer wissenschaftlichen Betrachtung befleißigt, Schwindel erregen können. Eine kosmologische Großausgießung des Heiligen Geistes, wenn man so will, die dem inwendigen und nach außen gerichteten Auge leuchtet, als spektakuläres *lumen emanens*, welches göttlich, vergeistigt und infinit ist. Ein Gnadenlicht, das den Weltraum in nichtsterblicher Zeit durcheilt, ausgehend von einem ungeheuer konzentrierten Punkt, einem Dreh- und Angelpunkt, der das Schwungrad des Engels- und Weltgetriebes in Gang hält: von Gott.

Zugleich ist all das flüssig sich um den Punkt Drehende in eine strenge Hierarchie gebunden – die Seraphim, welche über die höchste Einsicht verfügen, sind im innersten Zirkel der Kreisbewegung zu finden. Von innen nach außen, in Richtung auf die äußeren Kreise, nimmt die Erlauchtheit der Engel, ihr selig inkarniertes Wissen ein klein wenig ab und ihre Schicksalsverflochtenheit ein klein wenig zu. Natürlich bleibt das Wissen auch beim entferntesten Engel enorm, weit über den menschlichen Geist erhaben. Schwierige Gedankenübungen sind dabei mit im Spiel, Fragen von groß und klein, etwa dergestalt, wie im kleinsten Nu der Zeit die Ewigkeit genauso zugegen sein kann wie in der größten, über ein Menschenleben hinausreichenden Zeitdimension.

Vor unserer kleinen Versammlung wäre ich mit meinen Ausführungen zu einer Art erklärenden Beatrice geworden, die als Wissende durch den Canto XXVIII des Paradiso führt. Ich hatte mir sogar schon vorgenommen, unseren geschätzten Kenny gesondert zu erwähnen und ihm ein schönes Plätzchen in der kreisenden Versammlung zuzuweisen, etwa im äußeren Reigen der zirkulierenden Engel. Dabei rechnete ich damit, die Lacher auf meiner Seite zu haben, und sah den verwunderten Kenny eines seiner vielsagenden Ohren emporstellen.

Mit erhobenem Finger hatte ich auf ältere Theologen zu sprechen kommen wollen, denen zufolge jedes Lebewesen, also Mensch, Tier, Pflanze, und auch jedes auf der Erde existierende Ding ein Zeichen, einen Wink freisetzt, aus dem man Gottes Absichten herauslesen kann, natürlich nur, wenn man empfänglich für die Botschaft ist. Und die Botschaft hat etwas Durchleuchtetes im Gepäck, das *lumen* als kosmogonisches Formprinzip, als expandierendes Licht der inwendigen Erkenntnis, welche die äußere Erkenntnis in sich schlingt. Die Lebewesen, die Dinge, die Erscheinungen am Himmel machen sich sozusagen durch lichtdurchwirktes Gottgefunkel, durch Gottgelispel und Gotteswarnungen bemerklich.

Meine geleerte Plastikflasche im Eck kündet dann nicht nur davon, daß ich inzwischen zu einem haltlosen Schlamper verkommen bin, der unangetastete Schreibtisch erzählt nicht nur die Unglücksgeschichte eines Professors, der zu normaler Arbeit nicht mehr fähig ist, nein, sie weisen auf einen Menschen, der geistig und körperlich im Trüben versinkt, da er Gottes erleuchtende Botschaft, die mit alle Haarwurzeln elektrisierender Kraft in ihn gefahren ist, letztendlich verschmäht hat.

Canto XIX war für einen speziellen Beitrag gar nicht vorgesehen gewesen. Ich weiß nicht, wie die Diskussion darüber aufkam, weil ich gerade nach draußen gegangen war, um auf die Toilette zu gehen und mir auf dem Rückweg einen Kaffee zu holen, natürlich auch, um ein bißchen mit der Äthiopierin zu schäkern. Sie sprach ein gutes Italienisch, weich und singend, ihr Verhalten war extrem höflich und vornehm. Ihr Körper verströmte Gelassenheit. Sie hatte ein ärmelloses Kleid an, das ihre Figur betonte. Ihre nackten Arme waren schlank, aber nicht steckenhaft. Und das buntgemusterte Kleid, eine Chinoiserie aus Seide mit farbenfrohen Paradiesvögeln, am Hals streng geschlossen und schräg abwärts geknöpft, stand ihr vorzüglich. Ich machte einen Witz darüber, daß es in ihren Augen wahrscheinlich kurios sei, wie sich eine ganze Riege Wissenschaftler aus verschiedenen Ländern mehrere Tage lang über ein einziges Buch beuge.

Sie blickte mich aufmerksam an, hielt für einen Augenblick inne und wies mich zurecht. Freundlich zwar, aber durchaus streng. Was mich am meisten verblüffte: offenbar kannte sie die Commedia. Sie wußte, daß es sich um die größte Dichtung in italienischer Sprache handelt. In der ersten Zeit, als sie Italienisch gelernt habe, sei der Text zu schwierig für sie gewesen, aber nach und nach habe sie begonnen etwas davon zu verstehen. Die Commedia sei so reich, daß man sich Jahre mit ihr beschäftigen könne. Sie habe versucht, den Canto über Paolo und Francesca auswendig zu lernen, sei jedoch nicht sicher, ob sie ihn noch fehlerfrei rezitieren könne. Ich kam mir dumm vor, wie ein Schüler, der auf seine Idiotie hingewiesen wird. Aber dann lächelte sie mich an, hinreißend, schelmisch, aus ihren Augen sprühten die Funken nur so – und versah meinen Kaffee mit zwei Zuckertütchen, die sie bedeutungsvoll zwischen ihren schlanken Fingern zwirbelte und dann zart auf meiner Untertasse niederlegte.

Mir schwirrte der Kopf. Ich blieb länger bei ihr, als ich vorgehabt hatte, schlürfte den eher abscheulichen Espresso, als spielte ich einen superseriösen Vorkoster der Firma Tchibo, der in einem Werbefilm auftritt. Nichts ist peinlicher als ein Mann, der sich vor einer attraktiven Frau wie ein Wichtigtuer benimmt, weil er nicht den Mut hat, mit ihr zu flirten und ihr frei heraus zu sagen, wie sehr sie ihn entzückt. Die Märchenschönheit aus dem Morgenland hatte mich verzaubert. Es dauerte, bis ich mich so weit versammelt hatte, daß ich mich auf das Geschehen im Saal wieder konzentrieren konnte. Da ging es inzwischen tumultreich zu. Eine Diskussion über die Feuerchen, die auf den Sohlen der verderbten, kopfunter in einer Grube steckenden Päpste brennen, war bereits voll im Gang. Allerdings hatten sich die Versammelten von Dante und seinem neunzehnten Gesang gelöst und waren jäh in der Gegenwart gelandet.

Ulf Wirsing hatte sich gerade ziemlich echauffiert, so viel bekam ich noch mit. Offenbar war man auf den Amtsverzicht von Papst Benedikt XVI. zu sprechen gekommen, der noch immer die Gemüter erregte, da er ja nur wenige Wochen zurücklag. Einige hatten wohl darüber gewitzelt, daß der Mann nach seinem Hinscheiden in den päpstlichen Sumpf von Canto XIX zu liegen käme. Das war der Moment für Byung…

Byung-Chul oder so ähnlich, unseren Koreaner, den deutschen Papst glühend zu verteidigen (leider fällt mir immer noch nicht ein, wie der Mann korrekt heißt). Er verhaspelte sich beim Sprechen vor lauter Aufregung. Wirsing war ihm offenkundig beigesprungen, mit der Wucht seiner umfänglichen Person; unser Großmops zitterte vor Erregung, schlug sogar mit der Faust auf den Tisch. Auch Byung-Chul ließ nicht lokker, Benedikts Verteidigung lag ihm offenkundig am Herzen. Selbst Helene Westerkamp, die auf Empfehlung von Eva eingeladen worden war und sich bisher kaum zu Wort gemeldet hatte, sprach sich ziemlich aufgeregt zugunsten des deutschen Papstes aus. Ihren Vortrag, der sich mit Canto XX des Paradiso hätte befassen sollen, konnte sie nicht mehr halten. Da ich auch sonst kaum mit der zarten, blondgelockten Person ins Gespräch kam, blieb sie mir fremd.

Erstaunlicherweise mischte sich sogar Eva, die so wenig katholisch ist wie ich, zugunsten des deutschen Papstes ein, und zwar mit Verve. Sie betonte seine überragende theologische Bedeutung und lobte die feine, zurückhaltende Art, in der er sich ausdrückte. Alle schienen vom Papstfieber ergriffen, obwohl die meisten weder religiös noch katholisch waren. Es wurde hitzig, und in der Hitze wurden starke Meinungen verfeuert, was ein bißchen grotesk wirkt bei Leuten, die ansonsten nicht für ihre religiöse Inbrunst bekannt sind. Offenbar erregte eine herausragende Figur, deren Wirksamkeit weder der Tyrannis noch der neuzeitlichen Demokratie zugerechnet werden kann, die Gemüter mehr als so mancher Politiker, der ins weltliche Geschehen eingreift.

Nur Ryunosuke Tanizaki und Daniel Ginsberg, ich glaube, auch die kleine zarte Xu, Yong-ling Zhou und der sowieso ziemlich schweigsame Javier Hernández hielten sich zurück. George hielt eine leidenschaftliche Philippika gegen Pius XII., der zu den Verbrechen der Nationalsozialisten geschwiegen und sich erst kurz vor Zusammenbruch des Regimes dazu hatte entschließen können, einigen wenigen verfolgten Juden im Vatikan Unterschlupf zu gewähren, wobei die Initiative dazu nicht von ihm ausgegangen war. Ganz zu schweigen von den Rattenlinien, jener Hilfe für deutsche Kriegsverbrecher, deren Organisatoren sich ins Zeug legten, um ihnen die Flucht nach Südamerika zu ermöglichen. Auch daran hatte sich der Vatikan beteiligt. Ich blieb schweigsam. Zum einen, weil ich den Beginn der Diskussion nicht mitbekommen hatte, zum anderen, weil ich mich als Protestant nicht berufen fühle, über katholische Angelegenheiten zu streiten. Auch schwebte mir die Äthiopierin noch immer vor den verzückten Augen und reichte mir mit ihrem schlanken nackten Arm ein Zuckertütchen nach dem anderen, weshalb meine ansonsten durchaus vorhandene Streitlust auf den Nullpunkt gesunken war.

In Canto XIX ist Dante in seinem Element. Er zeigt uns genüßlich, wie die Vertreter Christi bestraft werden, die ihr Amt dazu benutzt haben, sich zu bereichern oder andere Missetaten zu begehen. Dantes Empörung schlägt hier ziemliche Wellen, litt er doch selbst unter Papst Bonifaz VIII. und zählte ihn zu seinen erbitterten Gegnern. Kein Wunder, daß bei ihm etliche Päpste schlecht wegkommen. Daß sie sich allzu menschlich gebärdeten, war ihm ein Dorn im Auge. Bei Verrat am hohen Amt, zu dem sie bestellt worden waren, bei Korruption, Geldgier, den politischen Intrigen, in die sie verwickelt waren, kannte Dante kein Pardon. Weshalb unsere Runde, angelockt von diesem Canto, ausgerechnet auf den zurückgetretenen Papst zu sprechen kam, ist mir allerdings schleierhaft. Er ist gewiß kein Kandidat für diese Abteilung der Hölle, vermutlich überhaupt nicht für die Hölle. Bereichert hat er sich nicht, Mordbuben zu Taten angestiftet gewiß auch nicht. Ob Gott die Selbstentpflichtung vom päpstlichen Amt bestraft? Wohl kaum, zumindest gibt es nach menschlichem Ermessen dafür keinen Grund. Aber das war nicht das Wesentliche. Wir waren taub und blind. Erkannten die geheime Botschaft nicht, die inmitten dieses Canto auf uns wartete.

Die Feuerchen, die an den Sohlen der gestraften Päpste brennen, weisen auf die Verkehrung des Pfingstwunders. Das ursprüngliche Flammenwunder über den Häuptern der Apostel ist zu den Füßen gewandert und gibt die Päpste der Lächerlichkeit preis. Ausersehen, die Botschaft des Evangeliums von höchster Warte aus zu verkünden, haben sie ihren Auftrag auf beschämende Weise verraten.

Einst zeigten die Flämmchen über den Köpfen der Apostel an, daß sie mit Hilfe des Heiligen Geistes ausziehen sollten, um das Evangelium fremden, entlegenen Völkern in deren Sprachen zu predigen. Plötzlich waren sie in die Lage versetzt, in anderen Zungen zu reden. Nicht umsonst spricht man bei diesen Flämmchen davon, daß sie über ihren Köpfen *züngelten*.

Es sind Inspirationsflammen, die auf den Häuptern der Apostel tanzen, ohne sie zu versehren. Bei den Päpsten, die ihr hohes Amt verraten haben, brennen die Flammen an den Sohlen der emporgereckten Füße und prosternieren die heilig-unheiligen Männer in unwürdiger Position. Ihre Feuer brennen nicht geistig, sondern quälen körperlich. Wären wir so hellhörig gewesen, wie Kenny es vielleicht die ganze Zeit über schon war, hätte gerade diese Stelle uns zu denken geben müssen.

Jetzt kommt mir das Heiliggeistloch oder Pfingstloch im Passauer Dom in den Sinn. Im Dachgebälk ist dort eine Orgel als Fernwerk aufgestellt, die über Schallöffnungen nach unten ihre Klänge entläßt. Lüftungs- und Schallöffnungen findet man in einigen Kirchen. Manchmal dienten sie während des Pfingstgottesdienstes dazu, als Symbol für den Heiligen Geist eine weiße Taube freizulassen, die dann im Kirchenraum umherflog; hin und wieder regnete es Blumen aus dem Loch. Oder, ein bißchen brenzliger, man ließ brennendes Werg durch die Öffnung hinabfallen, um die Flammenzungen des Heiligen Geistes zu symbolisieren. Heutzutage wird das allerdings selten oder überhaupt nicht mehr praktiziert. In manchen Kirchen ist das Loch an der Decke rundherum verziert mit den sprachwunderlichen Zungen der in alle Welt ausgesandten Apostel.

Im Saal der Malteser befand sich kein Loch an der Decke, aus dem etwas hätte herabfallen können. In unseren Ausnahmezustand gerieten wir ohne Taube oder brennendes Werg. Das Herannahen von etwas Außerordentlichem hatten wir zu dem Zeitpunkt noch nicht bemerkt. Was uns erwartete, kündigte sich nicht deutlich genug an, allenfalls durch schwächliche Zeichen, obwohl unser ureigenes Wunder, ob nun auf befremdliche Weise vom biblischen entfernt oder nicht, sehr wohl mit dem entrückten Zustand der Pfingstler zu tun hatte. Bald sollte das Tremendum über uns hereinbrechen. Feuerchen züngelten allerdings nicht an uns empor, weder an den Sohlen noch über unseren Köpfen. Aber es rauchte sprachentflammt in unseren Hirnen.

Wir hätten Kenny ins Visier nehmen müssen, dann wäre uns vielleicht aufgefallen, daß etwas Sonderbares im Spiel war. Unser verständiges Hündchen war plötzlich außer Rand und Band. Es zuckte, kratzte sich wie verrückt hinter den Ohren, sprang auf, als würde es unter seinen Pfoten brennen, rannte herum und wollte auch George nicht gehorchen, der Kenny zur Ordnung rief. Das dauerte vielleicht zwei, drei Minuten, dann gab der Hund auf, legte sich wieder an seinen Stammplatz vorn neben das Pult, aber nicht ohne leise zu knurren und sich mit der Pfote über die Schnauze zu fahren, als müsse da etwas verscheucht werden. Wir lachten, verschwendeten aber sonst keine Gedanken darauf.

Auf der Tagesordnung stand nun Odysseus. Canto XXVI ist gewiß einer der berühmtesten Gesänge, er wird ungefähr so häufig zitiert wie der Canto über Paolo und Francesca. Was nicht verwunderlich ist. Odysseus als welterkundender Seefahrer ist eine zutiefst moderne Neugierfigur, gleichsam der Urvater von Kolumbus und all den anderen Entdeckern zur See, die das Antlitz der Erde für uns radikal verändert haben.

Kurioserweise wird er in der Commedia weniger als Seefahrer bestraft, der sich über Grenzen hinausgewagt hat, die dem Menschen vielleicht aus guten Gründen gezogen sind. Obwohl das wiederum nicht so eindeutig ist. Vielleicht besteht sein Frevel doch in einer unerlaubten Grenzüberschreitung. Denn sein Schiff wird heckoberst bugunterst mit Mann und Maus von den Fluten verschlungen, sobald das Ufer des Läuterungsberges in Sicht kommt. Ein Anblick, der einem lebenden Menschen – natürlich mit Ausnahme Dantes – verwehrt bleiben muß. Karlheinz Stierle, den wir ebenfalls zu unserer Tagung eingeladen hatten, der aber leider kurz vorher absagen mußte, schreibt hierzu, das Schiff, Medium der Horizontalität und des Aufbruchs in eine der Erfahrung zugängliche Offenheit der Welt, richte sich in seinem Untergang empor, so daß es zum Zeichen des Triumphs der Vertikalität, des *alto*, werde.

Emporgerichtet hat sich auch die Titanic, bevor sie rauschend in den dunklen Wellen versank, ein Bild, das man wohl nicht so schnell vergißt, wenn man den Film von James

Cameron gesehen hat. Odysseus' Schiff dürfte allerdings erheblich kleiner und deshalb sein Untergang weniger spektakulär gewesen sein. Beide Untergänge sind jedoch mythenbildend, haben sich im Gedächtnis vieler Generationen verankert. Sie rühren an eine schicksalhafte Gefahr, die dem Menschen droht, wenn er die Natur überlisten und Gott Paroli bieten will. Sei es nun die Gewalt der Natur selbst, die sich gegen den Menschen stellt, oder Gott, der über Natur und Mensch gebietet.

Sein Strafschicksal erleidet der wagemutige Seefahrer als Betrüger, der das Trojanische Pferd bauen ließ, um den Griechen durch ein gewaltiges Täuschungsmanöver Zutritt zur umkämpften Stadt zu verschaffen. Lüge und Betrug waren Dante besonders verhaßt, deshalb verbannte er ihn in die Hölle. Doppeldeutig ist hier alles, wie auch Odysseus selbst eine zwiespältige Figur ist. Ein schlachterprobter Haudegen ist er jedenfalls nicht. Sein Kampfgenie nährt sich vom Listenreichtum, sein Wagemut von der Neugier.

XX

Natürlich ist Odysseus ein mythischer Vorfahr des Kolumbus. Sich auf hoher See mit einem Schiff so weit hinauszuwagen, ohne zu wissen, ob man je Land sehen wird, ist schließlich keine Kleinigkeit. Seinem Mut zollt Dante durchaus Respekt. Zu den üblichen Verdächtigen der Malebolge, den schmierigen Halunken, die aus schierer Bosheit und niedrigen Instinkten gehandelt haben, zählt der sagenumwobene Mythenheld keinesfalls.

Walter Cejpek, einer unserer Österreicher, hatte sich mit dem entsprechenden Kapitel befaßt. Der Seefahrer geht gehüllt in eine Flamme um, darin mit eingeschlossen ist sein Kumpan Diomedes. Beide tragen Schuld am Untergang Trojas. Aus der Doppelflamme wird jedoch nur eine Person Antwort geben, Diomedes schweigt. Anders als die meisten Bösewichter in der Hölle scheint Odysseus in seinem kugeligen Flammenkleid nicht sonderlich zu leiden. Bei ihm wirken die Flammen eher wie eine erfinderische Dekoration, die ihn ballhaft umtanzt, nicht wie ein fleischversengendes Martyrium. Vielleicht ist die Lichthülle sogar ein Wahrzeichen seiner Intelligenz.

Walter ist witzig. Als er über die wandelnde Flamme sprach, brachte er seine Finger in eine so spielerisch hüpfende Bewegung, daß wir den feuerverborgenen Odysseus förmlich vor uns einherzüngeln sahen. Das wirkte besonders komisch vor der Rückwand des Saales, wo das Rednerpult stand. Sie ist dekoriert mit ehrwürdigen Herren, den Großmeistern des Malteser-Ordens aus mehreren Jahrhunderten. Die frühen Portraits zeigen sogar Männer in Ritterrüstungen, woran das Alter des Ordens und seine einstmals auch kriegerische Ausrichtung ablesbar sind, die sich nach den stürmischen Gründerzeiten gewandelt hat, um sich Werken der Barmherzigkeit und Fürsorge ohne kriegerische Zutat zu widmen.

Die Herren blicken streng. Ihre Gewänder sind schwarz, einige der Großmeister aus vergangener Zeit sind mit üppigen Halskrausen versehen. Natürlich prangen an Krägen und Brüsten der Malteser ihre emaillierten Wahrzeichen mit den viergliedrigen achtgezackten Sternen. Viele Portraits sind hervorragend. Ich kenne keinen Saal, von dessen Wand aus man von so vielen ernsten Männern unter Blickkontrolle genommen wird. Kein einziger Ritter von Malta schaut schelmisch oder gar frivol drein. Diese Männer sind nicht einfach nur Würdenträger, sie tragen an der schweren Bürde, das Geistliche mit dem Gesellschaftlichen zu versöhnen.

Beim Anblick der uns scharf fixierenden Schar geriet ich ins Träumen. So in Schwarz gehüllt, mit einem wunderbaren Orden an der Brust, wäre aus mir ein viel interessanterer Mensch geworden, jedenfalls nicht der gewöhnliche Dienstwurm an einer faden deutschen Universität, die ihre besseren Tage längst hinter sich hat.

Aber zurück zu unserem Walter. Der gelenkige Bursche sprang unter den strengen Blicken der würdigen Mannschaft hin und her, als würde ihn selbst ein Flämmchen beißen, und ließ, als wäre das die leichteste Übung der Welt, wie nebenbei einen so zündenden Vortrag vom Stapel, daß wir zwischen Gelächter und Staunen hin- und hergerissen wurden. Die Großmeister, die auf seinen Rücken blickten, schienen zu überlegen, ob es statthaft sei, auf derart hupflustige Art über ein so ernstes Thema zu sprechen. In sein Manuskript schaute er nur ein einziges Mal, fand den Passus aber nicht, den er zitieren wollte, und ließ es dabei bewenden.

Bei Odysseus geht es um viel. Letztlich um die Umkrempelung eines aus der Antike stammenden Weltbildes in ein neues, offenes, eroberungssüchtiges und zugleich gefährliches. Einerseits ist der griechische Held ein Betrüger und typischer Schlaumeier, als solcher vielleicht keine sympathische Figur, andererseits sind seine Neugier und sein unerschütterlicher Seefahrermut bewundernswert. Ein Kraftmaxe ist er erst recht nicht.

Karl Vossler schrieb, wie ein ferner Hauch ziehe die frische Meerluft der *Odyssee* durch den Brandgeruch des Inferno. Seine Leidenschaft des Forschens und Entdeckens hatte den schlauen Heros über das Mittelmeer hinaus, an den Säulen des Herkules vorbei, ins Weltmeer gerissen. Und Vossler, einmal so richtig in Schwung geraten, sieht neben der Neugier eine abgründige Bosheit im Herzen des ewigen Betrügers glühen, sieht einen Ränkeschmied von hoher Intelligenz und kühnem Trieb am Werk, der aus seiner feuersprühenden Hülle heraus Vergil Auskunft erteilt.

Nun, wir gingen mit Odysseus nicht so scharf ins Gericht wie der altehrwürdige Vossler. Walter schien mit dem genialen Seefahrer innig vertraut zu sein. Wie ich beim Frühstück am Pfingstsamstag von ihm erfahren habe, war (oder ist) Walter ein passionierter Segler, er zeigte mir das Photo eines elegant geschnittenen Bootes, mit dem er zwar nicht auf dem wilden Meer, aber auf dem Attersee herumfuhr. Er wird das allerdings nicht wie Odysseus in einem *folle volo*, einem aberwitzigen Flug, getan haben. Der Mann mit dem schütteren Haar, die wenigen Strähnen sehr ordentlich auf Scheitellinie gekämmt, wandelte auch nicht sausend und lohend wie Odysseus in Canto XXVI vor uns einher, sondern sprang auf seinen langen, gelenkigen Beinen gleichsam knisternd vor den strengen Maltesern auf und ab. Sein Vortrag war elektrisierend, eine tolle Performance, wie meine Studenten es nennen würden. Langweilig ist der Mann jedenfalls nicht, eher auf amüsante Weise ein bißchen kasprig.

Walter lobte den Stolz des Odysseus, der auch in der Hölle sein Schicksal keineswegs beklagt. Offensichtlich gibt er Vergil gern Auskunft über das Verderben, das ihn in Sichtweite des Läuterungsberges ereilt hat. Steil schießt das Schiff hinab. Dem Rat Vergils folgend, hält sich Dante zurück – Vergil ist für die Konversation mit dem seefahrenden Mythenhelden besser geeignet, jedenfalls besser als ein Christ, dem die Figur von vornherein suspekt sein muß. Wissend unwissend ist Odysseus. Welchem bedeutungsvollen Berg er sich auf seiner Fahrt genähert hat, bleibt ihm verborgen. Was auf Gottes Geheiß geschah und warum, kann er nicht erkennen, er ahnt nur, daß eine höhere Gewalt im Spiel ist. Gott bleibt für ihn eine fremde, nicht näher bezeichnete Macht. Insofern ist der Mann seinem Schicksal blind unterworfen. In der Hölle nützt ihm seine Schläue nichts. Den wissend unwissenden Odysseus führte uns Walter gestisch vor, indem er für einen Augenblick die Augen mit der Hand verdeckte und dann wieder ins Weite, zum Fenster hinaussah, als gelte es, die Luft der Stadt Rom mit dem Schiff zu durchfahren.

Ein mimetischer Furor schien uns alle am Wickel zu haben. Normalerweise gebärden sich Universitätsprofessoren nicht wie Schauspieler, die mit den Gegenständen ihrer Vorträge verschmelzen, die herumfuchteln, hin und her springen, beschwörend die Hände oder den Zeigefinger heben und ihre Stirn in Falten ziehen. Oder umgekehrt, mit einem Pathos zu Werke gehen, als wäre das Ende der Welt nah und Matthäi am letzten, wie die frommen Schwaben es früher nannten. Aber in unserem Fall war es so. Wir genossen es einfach, daß die Vorträge so lebendig ausfielen und wir keine Camouflage betreiben mußten, um hinter vorgehaltener Hand ein bißchen zu dösen oder in der Zeitung zu lesen.

Verrücktheit, ein Unternehmungsgeist, der das Unbekannte in die Welt des Bekannten ziehen will, das grenzüberschreitend Neugierige – oder Vermessene, wenn man will –, das alles charakterisiert Odysseus. Bereits im ersten Gesang des Höllenkapitels wird indirekt an den griechischen Seefahrer erinnert, wenn von einem Übergang die Rede ist, den noch kein Mensch überlebt hat, der sich so weit vorwagte.

Dante ist insofern auch ein Seelenverwandter des Odysseus, obwohl er auf seinem Erkundungsgang immer wieder zaudert und zagt, was Odysseus niemals getan hat, allenfalls hat der sich die Rache an den Freiern seiner Frau Penelope im voraus kalt zurechtgelegt und auf den richtigen Moment gewartet. Die Episode der Heimkehr des Odysseus hat Dante allerdings nicht interessiert. Etwas Wesentliches unterscheidet unseren Dichter auch sonst vom mythischen Helden: er ist mit der göttlichen Lizenz versehen, das unbekannte Reich der Toten zu betreten, wenn auch nicht mit Brief und Siegel, aber durch den von Beatrice ausgesandten Boten Vergil.

Trotz Flammenkleid trägt Odysseus den Kopf immer noch oben. Keine Spur von Zerknirschtheit oder bösem Seelenfraß ist an ihm zu erkennen, schier gar auf heitere Weise selbstbewußt will einem der Mann vorkommen. Jedenfalls scheint er nichts zu bereuen. Karl Vossler denkt, er sei zu geschmeidig und klug, um die schmerzliche Wollust des Trotzes, und wiederum zu hart und unbeugsam, um den Gewissensbiß zu empfinden. In einem greift Vossler allerdings daneben: er nennt Odysseus einen *Allerweltsbetrüger*, und das ist er nun wirklich nicht. Walter sah das ähnlich, seine Sympathie für den genialen Trickser und mutigen Segler war offensichtlich. Die Vorstellung fiel uns nicht schwer, wie unser Walter zusammen mit Odysseus anstelle von Diomed im kugeligen Flammenkleid beziehungsweise im noblen Lichtgewand umherging oder wie sie gemeinsam über den Attersee hinzischten.

Nach langer Fahrt sehen die wettergegerbten Seefahrer endlich Land vor sich, aufgetürmt zu einem hohen Berg:

> Wir jauchzten; rasch verkehrte sichs in Klagen!
> Vom neuen Lande kam ein Wehn und Wallen
> Und hat des Schiffes Schnabel hart geschlagen:
> Dreimal im Wirbel mit den Wassern allen
> Kreist's um sich selbst; dann stieg das Heck, der Bug
> Taucht' in die Flut, wie's droben dem gefallen,
> Bis über uns das Meer zusammenschlug.

So übersetzt der Freiherr von Falkenhausen das Kreiseln und Abtauchen des Schiffes. Wem da oben es gefallen hat, das Schiff hinabzuziehen, bleibt für die Seefahrer unklar. Poseidon kann es nicht gewesen sein, der wäre in den aufgetummelten Wellen erschienen oder hätte von unten zugegriffen, dann wäre Odysseus der Herr des Meeres nicht verborgen geblieben. Wie gesagt, der griechische Heros versteht nichts von der Wirkmächtigkeit des christlichen Gottes, aber das scheint für ihn auch nicht von Bedeutung zu sein. Jedenfalls wird kein Gegrübel daran gewendet, wer genau für die Katastrophe verantwortlich gewesen sein mag.

Daß Odysseus ein Nachfahre der neugierigen Eva aus dem Paradies ist, daran besteht kein Zweifel. Er trachtet nach Erkenntnis, läßt sich von nichts Widrigem abhalten, die Welt auf eigene Faust zu erkunden. Es geht nicht darum, das bereits Erfahrene vertieft in den Blick zu nehmen und daraus so etwas wie Gottes geheime Botschaften an den Menschen herauszulesen. Odysseus wird vom absolut Unbekannten angelockt, vom Neuen der Erfahrung, zugleich reizt ihn ein ungeheures Wagnis: der Ozean galt als unendlich, mit einer Ankunft an einem konkreten Gestade war nicht zu rechnen. Er selbst vergleicht seine Fahrt mit einem *tollen Flug* und ist mit der Anspielung auf die eigene Verwegenheit schon am Rande der Selbstkritik.

Zunächst scheint ja alles gutzugehen. Man kann sich vorstellen, wie die Mannschaft die Segel setzt und sich mit flotten Seemannsliedern auf den Lippen in die Riemen legt. Walter ließ seine Hände von rechts nach links schnellen, um anzudeuten, wie das Boot, angetrieben von den enthusiasmierten Männern, nur so durch die Wellen schnitt, dabei bewegten sich seine Fingerspitzen, als würden sie Schaum erzeugen. Um so größer nach all den Strapazen das Frohlocken der Mannschaft angesichts des aus dem Verschwommenen auftauchenden Läuterungsberges.

Womöglich gewinnt er Kontur bei lächelndem Sonnenaufgang. Aber dieser sehr besondere Berg ist durch normale Schiffahrt nicht zu erreichen. Hier landen mit Ausnahme von Dante nur die Toten an, ihr Nachen getrieben von den ausgebreiteten Flügeln eines Engels, in die der Fahrtwind greift. Doch Odysseus ist kein Engel. Und deshalb, inmitten des anschwellenden Gejauchzes, tragisch, böse, die gewaltige Anstrengung der Männer verhöhnend, geht's auf Spottbefehl von oben kreiselnd hinab auf den Meeresgrund. Die Schlußzeile haut richtig rein. Es schlägt das Meer über ihnen zusammen.

Mich beschäftigt aber nicht das Hinab, sondern das Hinauf. Das Hinab ist für den Menschen gewöhnlich, irgendwann muß er in die Grube oder ins Wasser oder flockt als Asche zu Boden. Mal abgesehen von Tommy Lee Jones, der auf den Mond geflogen ist und dort mit spiegelndem Astronautenhelm an einem Felsbrocken lehnt. Tot. Aber Spieglein Spieglein sagt: da bin ich! In ein Geheimnis entrückt. Vitaler denn je. Jemand verschwindet, sechsunddreißig Leute verschwinden, indem sie sich in die Lüfte erheben. Von selbst. Ob zum Mond oder in ein anderes Gefild, ob während des Fluges in Verwandlung begriffen, von der Last des Körpers befreit oder nicht, keine Ahnung. Ob sich das Sein und das Nichts dabei vereinigten? Vielleicht.

Wie ist der Vorgang zu nehmen, den ich gesehen habe? Mein Bezug zur Welt ist rational, und diese Rationalität ist durch tausenderlei Erfahrungen erhärtet. Aber ich bin nicht nur bei mir, sondern zugleich draußen bei den Dingen, erfahre sie im Gedankenflug, und da sind gewisse traumtänzerische Übungen im Spiel. Gegen mein erhärtetes Wissen, gegen alles, was ich bisher mit den eigenen Augen sehen konnte, geschah etwas, wofür ein neues oder bisher unbekanntes physikalisches Gesetz Pate stand. Ich war außerdem Zeuge einer weiteren Verwandlung. Die Menschen wurden schön. Auch die Unschönen, selbst der dicke Wirsing. Als wäre ein Vermögen in sie gefahren, von dem sie bisher keine Ahnung hatten. Sie waren in den Zustand der vollendeten ureigenen Schönheit geraten. Die Freude am Sein und die Lust am Schein verbündeten sich, spielten in ihre Bewegungen hinein und fuhren in gesungenen Wortschwallen aus ihren Mündern.

Und das Scheinen des Scheins hatte auch mich ergriffen, aber eben nicht stark genug, als daß ich mich zu ihnen hätte gesellen können. Ein Realitätsrest zwang mich, den Stuhl nicht zu verlassen. Ich wahrte Distanz, mit Augen und Ohren war ich dabei, aber nicht mit dem Tastsinn. Ähnlich wie in der Commedia, wo der Tastsinn keine Rolle spielt, nur eine indirekte, etwa wenn der eigentlich nicht antastbare Vergil während des Fluges auf dem Rücken von Geryon den wirklichen Körper Dantes festhält. Tastbar und unantastbar geraten dabei ziemlich durcheinander. Nachdem der Tumult ausgebrochen war, waren die Leute im Saal damit beschäftigt, alles zu befingern. Für kurze Zeit schienen sie wieder in ruhigerer Verfassung zu sein; sie befingerten die Stühle, befingerten die Fensterbänke, befingerten sich gegenseitig, wenn auch nicht zu offenkundig erotischen Zwecken. Einige schauten umher, als würden sie erst jetzt erkennen, wo sie waren. Nachdem Iwan Schestow seine große Deklamation hinter sich hatte, befingerte er den farbenfrohen Schal mit den eingewebten Silberfäden, den Catherine um den Hals trug, geradeso, als wären die Fäden eine Art Geburtshelfer für seine in Kaskaden entlassenen Wortschwalle. Nur ich befingerte niemanden, allenfalls die Tischkante, an der ich mich festhielt, um nicht in den Sog der Begeisterung zu geraten. Elenis Tasche mit dem rund gebogenen Bambusbügel faszinierte wiederum Alois Wanner, der auf einem Stuhl in meiner Nähe saß. Während die sonst so entschlossene Eleni andächtig vor ihm stand und ihn aufmerksam beobachtete, zählte er die Knoten auf dem Bügel mit den Fingern ab, sieben an der Zahl, und murmelte dazu wie ein hingerissenes Kind mit einer Ernsthaftigkeit, als würde dadurch ein Weltwunder erklärt:

Eins und zwei und drei –
Faltigkeit der Hohen Drei, sie sei!
Eins und zwei und drei und vier
die woll'n geheißen werden bei uns hier:
Flamme hoch und Wasser marsch!
Luft bleib frei und Erde harsch.

Und weil ihm das offenbar nicht genügte, wer weiß, vielleicht auch ein wenig läppisch vorkam, fügte er, wieder und wieder die vier letzten Knoten mit den Fingern abtastend, noch ein Gedicht von Goethe hinzu, wobei Eleni mit der Hand über seinen halb kahlen Schädel fuhr:

Heil dem Wasser! Heil dem Feuer!
Heil dem seltnen Abenteuer!
Heil den mildgewognen Lüften!
Heil geheimnisreichen Grüften!
Hochgefeiert seid allhier,
Element' ihr alle vier!

Wiewohl Alois sonst gern mit einem stark wienerisch eingefärbten Dialekt plauderte, was äußerst gewitzt klang (und der schlaue Alois wußte das, er vexierte besonders gern die Deutschen mit seiner Sprachakrobatik), tat er es beim Untersuchen der Tasche nicht. Er sprach überkorrektes Schriftdeutsch.

XXI

Kenny saß dabei aufmerksam vor Alois und ließ die Ohren spielen, als müsse er jedes Wort auf dessen Jenseitstauglichkeit prüfen. Seine dunklen Knopfaugen glänzten. Der Hund schien regelrecht ergriffen von den Abzählreimen, als rechne er sich aus, was sie in höherem Sinne zu bedeuten hätten.

Aber das war nur die erste Hürde, die Sprachruhe vor dem Sturm. So langsam begannen sich bei unserem Alois Hochdeutsch, Wienerisch und andere Sprachen zu vermischen, und alsbald sprach er beseelt, gleichsam im Flug die Wörter aufschnappend. Seine altersbrüchige Stimme, die für gewöhnlich hohl und manchmal auch ein bißchen pfeifend klang, wurde voller, als redete da ein Mann mittleren Alters und nicht ein Fünfundachtzigjähriger mit nur mehr wenigen Sparhärchen auf dem Kopf.

Die Wahrheit ist mitten unter uns getreten. Ich kann's nicht anders sagen. Sie kündigte sich mit kleinen Vorkommnissen an und gewann dann schleunig an Tiefe und Bedeutung. Aber wie diese Wahrheit beschaffen war, was sie womöglich verkündete, wohin sie uns lenkte, ist mit Sätzen nicht zu greifen.

Metaphern sind dafür leider nicht geeignet – sie schweben obenhin und nebenher oder zirkulieren bodenläufig um die Wahrheit herum. Durch das Metapherngestöber schreitet die Wahrheit mit klarem Tritt, sie ist augenöffnend, herzerwekkend, versetzt alles in ein anderes Licht. Sie befindet sich keineswegs unten, legt die Gedanken nicht zum Totenschlaf in den Sarg, gibt sich mit der sanften Leblosigkeit des Wohlfühlens nicht ab.

Aufruhr erzeugt sie, ein inneres Toben und Beben hebt bei

ihrem Erscheinen an. Sie ist wie der Engel, der durch die Sümpfe vor der Stadt Dis schreitet, erschreckend. Sie glüht und ist zugleich eiskalt. Sengend, brennend und vereisend springt sie einem ins Herz.

> Horch! die Fackel lacht, horch! Schmerz-Schalmeien
> Der erwachten Nacht ins Herz all schreien;
> Weh, ohn Opfer gehn die süßen Wunder,
> Gehn die armen Herzen einsam unter!

So dichtete Clemens Brentano in seinem *Lahmen Weber*, im schönsten und traurigsten Gedicht deutscher Sprache, in dem die Wahrheit *mutternackt gelaufen* kommt. Weh o weh, mein armes Herz wird wohl auch bald einsam untergehen, wiewohl noch keine Schmerzschalmeien ertönen. Brentano hatte recht. Es gibt zwei Seiten der Wahrheit, eine hochmögend träumerische und eine todbringende.

Im Saal der Malteser kam sie von oben, riß die Gesichter zu sich empor, brachte erst Stummheit, dann Wörter, Gedanken, Bilder hervor, denen nichts Kleinliches und Dummes und vor allem keine Niedertracht mehr anhaftete. Sie wurde von einem Sehnsuchtswind getragen, den der Flügelschlag eines Engels erzeugte. Sie enthüllte das Verborgene und verbarg es wieder. Sie war von leuchtender Schönheit und legte ein nachtschwarzes Gewand um. Vergangenheit und Zukunft waren darin verwoben. Sie phosphoreszierte und irrlichterte im Dunkel der Nacht, strahlte im hell erleuchteten Saal. Sie kam rasch und stellte die Zeit still, und doch lud sie zum Verweilen ein.

Solche Gedanken schossen mir damals natürlich nicht durchs Hirn, ich war viel zu sehr damit beschäftigt, um mich zu blicken und vom Wortstrudel, der bald von überall her ertönte, etwas aufzuschnappen. Arme und Beine blieben bewegungslos, der Mund zu. In meiner Erinnerung ging es nur im Kopf tumultreich zu, alles andere blieb starr.

In der Küche hocke ich immer noch. Vom starken Assam-Tee war in der Box nur ein kümmerliches Häufchen übrig, hauptsächlich Staub, jetzt mußte ich den Aufguß mit Kamillentee mischen, den ich sonst nur trinke, wenn ich wirklich krank bin.

Krank bin ich nicht. Aber irgendwie verdreht im Kopf. Auch nüchterne Wissenschaftler kann es erwischen. Ein entfernter Kollege an der Frankfurter Universität, ein Geologe, wurde vor einigen Jahren geräuschlos aus dem Amt entfernt, weil er nackt durch die Frankfurter Innenstadt spaziert ist und dann in einem Brunnen badete. Heiter soll er die anrückenden Polizisten als Kohorte Neptuns begrüßt haben.

Im Lauf meiner Tätigkeit als Professor hatte ich mindestens fünfzehn Verrückte vor der Nase, ziemlich anstrengende Studenten, die schwer zu beruhigen und kaltzustellen waren. Wobei ihr Störpotential oft grauslige Blüten trieb. Schlimm war, daß sie auch ihre Kommilitonen gegen sich aufbrachten, mich sowieso. Sie meldeten sich unentwegt zu Wort, plapperten dazwischen, redeten natürlich nur Unsinn, allerdings gar nicht so selten einen scheinintelligenten. Ich hatte meine liebe Not mit ihnen, des öfteren riß mir der Geduldsfaden, und ich wurde gehässig, was mir hinterher manchmal leid tat, weil ich sehr wohl wußte, daß eine schwere Last diese jungen unausgegorenen Menschen zu ihren Windmühlenkämpfen trieb. Realitätstüchtig waren sie jedenfalls nicht.

Und wie steht es damit bei mir? Bin ich nun selbst mit einem religiösen Irrsinn angesteckt worden, um meinem Hochmut einen Dämpfer zu verpassen? Die sechsunddreißig Leute sind jedoch weg. Sechsunddreißig leibenthobene und zugleich beinharte Fakten. Weg sind sie, weg.

Vielleicht sind sie dabei zu Scheinleibern geworden wie in der Commedia, obwohl sie gar nicht gestorben sind. Oder sie wurden allesamt auf einen Schlag abberufen und ohne Zwischenstadium der Grablegung als Auferstandene in die Höhe geführt. Unmöglich möglich. Falls möglich, unbegreiflich. Wer weiß, vielleicht hat die allzu intensive Beschäftigung mit Dantes Text das alles angerichtet, und den Leuten wurde an der römischen Abendluft ein leichter, winddurchpfiffener Körper erschaffen, eine vorläufige Gestalt, wie Dante sie beschrieben hat. Bei den toten Leibern in der Commedia geht es um Entwirklichung, um einen eher skizzierten als entwesten Leib, der das Kondensat der Seele, ihre immerwährende Geistigkeit zum Ausdruck bringt und im Bösen wie im Guten zur Vollendung führt.

Scheinleiber her oder hin. Verschwunden wohin auch immer. Verhört wurde ich von der italienischen Polizei, das weiß ich genau. Ich habe sogar noch in Erinnerung, wie der Vice Questore roch – nach einem starken, die Männlichkeit betonenden Rasierwasser. Wer mit vollem Segel sein Wahnsystem ausbaut, für den sind solche Tatsachen allerdings spielend umzubiegen, bienenfleißig werden sie in eine übergeordnete Idee eingearbeitet. Die zirkuliert dann im Verschwindibushimmel der extrem sonderbaren, von allen Fakten gereinigten Systeme und wird mit Ersatzgewißheiten vollgepfropft, bis diese wiederum ihre Strahlkraft verlieren und sich auflösen zugunsten neuer, nicht weniger kompakter Ideengebäude. Vielleicht war in meinem Fall aber eine ausgefuchste Trickserei im Spiel, nur um mich hereinzulegen.

Jawohl, Spiel! Man hat mir Zeitungen vor die Nase gehalten, um mich glauben zu machen, die Tagungsteilnehmer seien wirklich allesamt weg, dabei wurden diese Zeitungen eigens für mich in einer winzigen Sonderauflage gedruckt.

Und meine Kollegen befinden sich irgendwo, natürlich auf der Erde, wo sonst, und lachen sich ins Fäustchen, angeführt von Eva, die sich den Schwindel ausgedacht hat, um sich an mir zu rächen. Die Leute vom Personal hat man einfach geschmiert, auch meine angebetete Äthiopierin, vielleicht ganz besonders die, und hat ihr eingeschärft, daß sie mir tief in die Augen blicken soll, oder, noch wahrscheinlicher, man hat von vornherein eine Schauspielerin dafür engagiert, bei der man sicher sein konnte, daß sie einem Mann den Kopf verdreht. Die spaziert jetzt in Rom herum wie gehabt. Ansonsten hat man einfach die Seite mit den vermischten Nachrichten ausgetauscht, das übrige der Zeitung belassen, wie's der Tagesaktualität entsprach.

Quatsch. Alles Quatsch. Ein Schlückchen heißen Tees scheucht mich in die Gewißheit des Erlebten zurück. Meine Kollegen haben keinen Grund, einen derartigen Aufwand zu betreiben, um mich reinzulegen. Und Eva hätte erst recht keine Veranlassung dazu gehabt. Wir hatten uns in früher Zeit auseinandergelebt und uns fast gleichzeitig in andere Personen verliebt. Unsere Zuneigung füreinander ist geblieben. Keiner kann behaupten, der andere hätte ihn böswillig verlassen.

Oder ist doch alles von hinten bis vorne ausgedacht, aber nur von mir selbst, nicht von irgendwem sonst? Weil ich die Langeweile nicht mehr ertragen konnte, in der ich für gewöhnlich dahinsieche, nur notdürftig überdeckt von einer professoralen Emsigkeit, die mich mehr und mehr anödet. Vielleicht wollte ich der deprimierenden Vorstellung entkommen, vor ein zufälliges, planloses Nichts gerückt zu sein, ohne Kinder, ohne eine Frau an meiner Seite, kurzzeitig aufgezwickt durch die eine oder andere Liebschaft, die mich erst in Euphorie versetzte und dann nur so lange anhielt wie das

Leben einer Eintagsfliege. Joseph von Eichendorff mutmaßte sehr treffend, nicht nur ein einzelner, sondern eine ganze Nation könne selbst bei größtem Gewerbefleiß von einer inneren Leere, dieser eigentlichen Heckmutter aller Laster, befallen werden.

Dennoch. Es war, wie's war. Kurzzeitig bin ich in ein einziges Auge, ein einziges Ohr verwandelt worden, ein Auge, das zu den Sternen blickte, ein Ohr, für das jedes gesprochene, gesummte, gelallte Wort, sei es nun im herkömmlichen Sinn verständlich oder nicht, sich zu einer außerordentlichen Botschaft emporschwang, die mich wissen ließ: Du bist gemeint! Er da, er ist gemeint, sie da, sie ist gemeint, selbst der Hund ist gemeint, vor allem aber: Du!

Ich weiß, das klingt saudumm. Ungefähr so, wie wenn ein total verlederter Tom Cruise als durchgedrehter Psychotrainer in einem der wenigen exzellenten Filme, in denen er spielte, mit Worten auf einen Haufen von Weicheiern mit Fönfrisürchen und Halbglatzen eindrischt und dabei mit dem Finger auf jeden einzelnen zeigt: You! You! And you!

Noch was Saudummes. Das Vorkommnis – jetzt will ich mal lieber nicht Wunder sagen –, es hob mit einem gewaltigen Furz an. Ganz in meiner Nähe. Die Höllenladung von einem Furz. Meine zarte Eva, die neben mir saß, kann's nicht gewesen sein. Wirsing? Folasco? War's einer von denen? Gut möglich. War ich der einzige, der das überhaupt mitbekommen hatte? Eva schien sich jedenfalls nicht darum zu kümmern, die hatte schon ganz anderes im Sinn. Wirsing war ebenfalls in einen anderen Zustand geraten und hatte seinen Stuhl umgestoßen. Nur ich hockte noch da, als wäre ich es selbst gewesen. Ich war's aber nicht!

Inzwischen denke ich, es war gar kein Furz. Daß nur ich so ein Geräusch gehört haben will, gibt mir überdeutlich zu verstehen, nicht in die himmlische Sphäre zu gehören, sondern nach unten, in die Kellerabteilung, wo gefurzt, geschissen, geflucht und geprügelt wird. Paul Celan hat mal allen Ernstes geschrieben: *Die Welt, Welt / in allen Fürzen gerecht.* Würde man nicht denken, daß der so was schreibt. Hat er aber. Gibt mir die Lizenz, Unflat von mir zu geben. Mir ist mal bei einem edlen Abendessen ein gewaltiger Furz entfahren, mit starker Stinkladung, und da blieb nur die Möglichkeit, mich erschrocken umzuschauen, als hätte jemand anderes den losgelassen, etwa der dickliche Manager einer Versicherung, der neben mir saß und daraufhin die Brauen hochzog.

So, jetzt langt's aber in Sachen Furz. Kommen wir wieder zur Sache. Eigentlich hätte es nun um Canto XXVIII gehen sollen, das war aber weniger der Fall als angenommen. Angelika Keller hat uns alle überrascht. Diese zurückhaltende Frau, die sich selten in Diskussionen einmischte, und wenn, dann nur, um eine kleine Ergänzung zum Vortrag eines Kollegen beizusteuern, zeigte sich plötzlich von einer ganz anderen Seite. Bitterli hatte mir erzählt, sie sei als sechstes von acht Kindern im Haus eines Basler Pfarrers aufgewachsen. Bisher hatten wir nicht vermutet, daß die Theologie ein wesentliches Gebiet für sie sei. Durch ihren Vortrag bekamen wir einen anderen Eindruck. Sie berief sich mehrmals auf den katholischen Theologen Romano Guardini.

Ansonsten waren ihre Äußerungen gespickt mit Spekulationen, keinen wilden, sondern präzisen und aufschlußreichen. Ihre Bewegungen beschleunigten sich und wurden ausgreifend, ihre Augen sprühten vor Lebhaftigkeit. Sie bekam sogar rote Bäckchen vor lauter Aufregung, verhaspelte sich einige Male, da sie schneller und schneller sprach. Im Sinne Guardinis begann sie mit der Frage, was aus der Commedia wohl hätte werden können, wenn ein Schwede, Finne oder ein Deutscher sie geschrieben hätte. Nicht die flammendurchzuckte Höllenfinsternis hätte dann im ersten Teil geherrscht; die ganze Commedia hätte immer wieder den Rückzug ins verschwiegene Dunkel der Andeutung und geheimnisvollen Spekulation genommen.

Die düstere Eingezogenheit, in der Funken der Gottesideen sprühen, blitzartig aufleuchtend oder nordlichthaft am Horizont schimmernd, das ist nicht die Szenerie, die Dante entwickelt hat. Bei ihm ist trotz der Dünste, trotz Flackerschein und Windgebraus oder der kalten Hauche des Eises, die in der Hölle vorherrschen, immer auch Klarheit im Spiel. Wäre Dante ein Schwede, Finne oder Deutscher gewesen, hätten seine Sünder kopfhängerisch in der Hölle herumgestanden, und kein neugieriger Jenseitsreisender hätte sie dazu überreden können, mehr über sich preiszugeben als zwei, drei karge Worte. Die Sündenerforschung der Nordländer findet in der Zurückgezogenheit des Verschwiegenen statt, gleichsam in einer Privataudienz mit Gott, der natürlich auch straft, aber eher im Sinne einer radikalen Verfinsterung des Gemüts. Es gibt die Schwärze der Seele, das böse lauernde Zwielicht des Verbrechers. Den Gegensatz dazu bildet das Dunkel als Geheimnisform des Gemüts und der Erkenntnis, die sich in die Dunkelheit hineinbohren, um über Umwege ans Licht zu gelangen.

Die Sünder bei Dante sind offen preisgegeben. Sie sind eher frech als zerknirscht, die allermeisten jedenfalls. Sie geben sich zu erkennen oder tragen die Chiffre der Verdammnis als loderndes Zeichen an ihrem Leib. Fast alles wird öffentlich – durch die sprechenden Qualen an den Körpern der Gepeinigten, die mit dickem Zeigefinger auf ihre Laster weisen, durch die Reden, die sie führen, durch unaufhörliche Kämpfe, in die einige von ihnen verbissen sind. Es wimmelt von

Selbstbezeugungen, auch sie sind keineswegs in ein anspielungsreiches Dunkel gehüllt, im Gegenteil, der Gestrafte bezichtigt sich selbst, und sei es voller Wut und bar jeder Einsicht in seine Sünde.

Nicht das Unaussprechliche, das sich in eine verschwommene Andeutung hüllt oder sich der spekulativen Zirkulation entkörperter Ideen hingibt, waltet hier vor, sondern das klare Auf-den-Kopf-, nein, nicht auf den Kopf, sondern *Auf-den-Leib-Zusagen.* Die Innerlichkeit des dunklen Gehäuses, das einst in den nördlichen Regionen Europas die religiöse Andacht und das theologische Denken bestimmte, sucht man in der Commedia vergebens. Das trifft zumindest auf vergangene Jahrhunderte zu. In der technikgetriebenen, reiseeifrigen, sonnenhungrigen und in theologischer Hinsicht eher unbedeutenden Moderne, der sich die Nordeuropäer längst verschrieben haben, natürlich nicht mehr.

Einer der wenigen, die in der Commedia nicht reden, ist Satan, der große Schweiger im Eismeer. Fast alle anderen geben sich durch ihre Reden und Gebärden zu erkennen und damit auch preis. Unsere Angelika hatte sich auch ein wenig preisgegeben. Aus einer vorsichtigen, die Worte sorgfältig wählenden Frau, deren Diskretion ans Schüchterne grenzte, wurde eine aufgekratzte, besser gesagt: inspirierte Person, die sich vermutlich nur in wenigen Grundzügen an ihren vorbereiteten Vortrag hielt. Der Canto der Zwietrachtstifter, dem sie sich eigentlich widmen sollte, kam in ihrer Rede jedenfalls kaum vor.

Wollte sie Alparslan Eroğlu nicht beleidigen, dessen Vortragsthema sie übernommen hatte, weil darin der gräßlich verunstaltete Mohammed denunziert wird, dessen Wunden aufreißen und wieder heilen, aufreißen und heilen? Der von sich selbst und seinem Genossen Ali sagt, sie hätten Ärgernis und Spaltung gesät? In der spannungsgeladenen Situation, in der sich die Muslime derzeit befinden, war ihr vermutlich nicht daran gelegen, diese Stelle eigens zu betonen.

XXII

Eines ist sicher: Dante wußte nichts Substantielles über Mohammed und den Koran. Er sah im Propheten den Antichrist, den Abtrünnigen, einen Mann der Zwietracht, und kannte nur Verleumdungen, wie sie die Propagandisten der Kreuzzüge in Umlauf gebracht hatten. Etwa, daß sein Leichnam von Schweinen angefressen worden sei. Stefan George hat den Gesang gar nicht erst in seine Übersetzung aufgenommen, Rudolf Borchardt stellt hier die leibintensivste Version zur Verfügung. Viele moderne Übersetzer schrecken vor der Drastik zurück, die auch im italienischen Original in der Mohammed-Passage regelrecht lodert:

> Noch nie kein segel, das man besser streicht,
> durchrissen sahe ich je in sturms getöse,
> wie einen dort von kinn bis wo man seicht:
> Beinzwischen schlingerten ihm die gekröse,
> das herzfleck bleckt er und den garstigen ranzen,
> der, was man schlingt, in seine scheisse löse.

Sich in solchen Leibgreueln zu suhlen paßte natürlich nicht zur vornehmen Angelika. Jedenfalls blieb sie diesbezüglich zurückhaltend, wiewohl man die sonstigen Passagen ihrer Rede als flammend bezeichnen könnte. Sie sprach voller Mitgefühl vom kriegsmatten Dante, der die schrecklichen Folgen der ständigen Kriege, der mythischen wie der wirklichen, geißelt, die eine Unzahl von Verstümmelten zurückgelassen hatten, angefangen beim Kampf gegen Troja bis zu den ewig langen Punischen Kriegen, den Feldzügen der erobernden Normannen unter Robert Guiscard, dann, näher an seiner eigenen Lebenszeit, die kurze Schlacht bei Benevent, in der König

Manfred besiegt wurde, den Dante verehrte. Und 1268, also wiederum etwas später, die Schlacht bei Tagliacozzo, in der Konradin, der letzte der Hohenstaufer, von Karl von Anjou besiegt und mit einer Riesenzahl seiner Anhänger hingerichtet wurde.

Mit dem Köpfen und Abstechen fackelte man nicht lange, auch nicht bei Kriegsgefangenen. Wahrscheinlich fühlten sich alle im Raum an die sogenannten IS-Kämpfer erinnert, die, wie soeben in Syrien geschehen, ihren Gefangenen den Kopf abschlagen. Nur gab es damals keine Filmaufnahmen. Aber viele Schaulustige dürften direkte Augenzeugen der damaligen Greuel gewesen sein. Und es gab derartige Taten in rauhen Mengen. Das war so gar kein friedliebendes Zeitalter, obwohl es noch nicht möglich war, ganze Städte durch Angriffe aus der Luft in Schutt und Asche zu legen.

Beim mitgeschleppten Kriegsgerät, den Panzern, Schwertern, Speeren, Schilden, Pferden, bei den Verletzungen, die die Körper im Getümmel erlitten, kannte sich unsere Referentin gut aus, obwohl sie in der Commedia nicht eigens im Zusammenhang mit den jeweiligen Kriegen erwähnt werden. Aufgeschlitzte Bäuche, abgeschlagene Köpfe und Gliedmaßen finden sich dabei zuhauf, und genau diese Art der Verwundung, die bei solchen Schlachten typisch ist, wird in Canto XXVIII vorgeführt.

Die Anstifter der Gemetzel, seien sie nun religiös oder politisch umgetrieben, sind hier dauerhaft mit Verletzungen gestraft, welche die als Schlachtvieh gemordeten Männer erleiden mußten. Unsere Schweizerin wies darauf hin, daß zu Dantes Zeit eine Geschichte in Umlauf war, der zufolge Mohammed ein Kardinal gewesen sein soll, der aus Enttäuschung darüber, daß ihm die Papstwürde entgangen war, die Abspaltung seiner eigenen – natürlich zurechtgezimmerten – Religion betrieben haben soll. Was blanker Unsinn ist, der aber immerhin geglaubt wurde von einem Gelehrten wie Brunetto Latini, dem Lehrer Dantes.

Wie an vielen anderen Stellen der Commedia kommt hier wieder der *Contrapasso* zum Tragen, er wird sogar in der letzten Zeile ausdrücklich erwähnt. Die Zwietrachtstifter ereilt eine Strafe, die ihr Verbrechen leiblich spiegelt. Sie sind aufgeschlitzt, gespalten, ihre Körper zerfallen in Teile. Der am Schluß des Canto auftretende Bertran de Born trägt seinen Kopf sogar wie eine Laterne vor sich her. Der Troubadour wird hier gestraft, weil er ein Propagandist der Kriege war, zudem Vater und Sohn, Heinrich II. von England und den Prinzen Heinrich, entzweit haben soll. Aber er zeigt sich reuevoll, indem er einräumt, die verhängte Strafe zu verdienen.

Sosehr Dante das unsinnige Blutvergießen verurteilte, darf man ihm dennoch nicht unterstellen, daß er zimperlich oder besonders empathisch gewesen sei. Dante war ein Mann des späten Mittelalters. Ein tiefergehendes Mitgefühl oder Erschrecken über das Maß an Leiden, das menschlichen Körpern durch Waffen, durch die Tortur oder das Feuer zugefügt wurde, findet man bei ihm sowenig wie bei seinen Zeitgenossen. Auf schaurige Weise gehörte es zum Leben einfach dazu.

Was trieb unsere aufgekratzte Angelika eigentlich um? Die Leibgreuel können es nicht gewesen sein. Vermutlich eher die Affekte, von denen Dante immer wieder überwältigt wird. Seine Jenseitsreise dient der Introspektion, was bedeutet, daß er als Schüler allmählich lernen muß, sich Zurückhaltung im Urteil aufzuerlegen, damit die Selbsterkenntnis wachsen kann. Angelika sprach wie eine Person, die vom Fieber der Erweckung ergriffen und durchglüht ist und sich zugleich ganz nach außen wendet, keineswegs um jemanden zu verurteilen, sondern um durch das Feuer der Rede vom Strudel der Eingebungen weiter und weiter fortgerissen zu werden – ins Offene.

Gestern nacht habe ich im Fernsehen eine Dokumentation über Lampedusa gesehen. Immer mehr Flüchtlinge werden von den Italienern aus dem Meer gefischt, etliche ertrinken, weil die überfüllten, auf hoher See untauglichen Boote kippen. Verzweifelte Menschen kommen aus Libyen, aus dem Sudan, inzwischen mehr und mehr aus dem bürgerkriegsverheerten Syrien. Die italienischen Küstenstädte im Süden sind damit längst überfordert. Die Regierung Letta wackelt. Berlusconi und seine Anhänger haben das Land politisch, moralisch und wirtschaftlich so gründlich zerrüttet, daß inzwischen alles in Frage steht, selbst die Bindung Italiens an die Europäische Union.

Und nun langen auch noch Flüchtlinge in großer Zahl in dem aufgeregten und zutiefst deprimierten Land an. Für sie gibt es keine Verwendung. Die Arbeitslosigkeit ist hoch, die Hilfsbereitschaft der Küstenbewohner wiederum erstaunlich. Weil von Polizei und Gemeinden der Andrang kaum mehr bewältigt werden kann, helfen viele Anwohner einfach von sich aus. Dabei sind Italiener die geborenen Realisten. Daß es nicht ewig so wird weitergehen können, ist jedem klar.

Wieder packt mich die Idee, einen Flüchtling bei mir aufzunehmen. Ich male sie mir allerdings eher aus, als daß ich den Impuls verspüren würde, die Idee in die Tat umzusetzen. Auch wenn ich mich wiederhole: die Wohnung ist groß, die Wände sind hauptsächlich mit schwer bepackten Bücherregalen gefüllt, an der Wand gegenüber dem Schreibtisch hängt das Ölbild eines großen Widders, der geheimnisvoll aus dem Dunkel herausschaut, sein gelocktes Vorderbein erhoben. Das abrahamitische Opfertier ist noch intakt. Es liegt auf der Erde, wartet, schläft aber nicht. Düstere Pflanzensolitäre umgeben den Widder. Wenn ich an diesem Tisch sitze (was ich derzeit nicht tue), schaut er wissend auf mich herab. Ich glaube gar, das schöne Viech mit dem imposant geschneckten Horn hat mein Denken beeinflußt. Nennen wir den Widder einen tiefgründigen, aber ein klein wenig gezierten Grübler. Zu normalen Zeiten wachte er über meine Gedanken und mein Schreiben. Winkelte hin und wieder das Vorderbein mit dem zarten Huf etwas stärker an. Ich bildete mir dann ein, daß ihm etwas nicht behage. Etliche Jahre blickte das wissende Tier auf mich herab. Noch vor dem Einsturz der Twin Towers ist es in meinen Besitz gelangt. Da schien die Welt noch einigermaßen in Ordnung, jedenfalls war ich optimistisch gestimmt und fühlte mich wohl in meiner abgeklärten professoralen Ruhe. Daß in so vielen Ländern das Chaos ausbrechen würde, mit abertausend Vertriebenen, Erschossenen, Verstümmelten, hatte ich vor dem Zusammenfallen der Türme nicht geglaubt. Der Zerfall Jugoslawiens, der über zahlreiche Menschen ein grausames Schicksal verhängt hat, nimmt sich daneben fast harmlos aus.

Meinen Flüchtling, der vielleicht aus Syrien kommt, würde ich natürlich nicht im Arbeitszimmer hausen lassen, sondern im Gästezimmer, das größer ist, als es Gästezimmer für gewöhnlich sind. Er hätte da einen schönen alten Schrank, den ich für ihn freiräumen könnte, ein bequemes Bett, Schreibtisch, Stuhl, Sessel, einen kleinen Balkon, angenehmes Licht. Fürs erste wäre ihm das Leben leichter gemacht. Badezimmer und Küche würde ich natürlich mit ihm teilen, da müßte ich allerdings auf gewisse Regeln hinweisen, die mir wichtig sind. Ich bin ja nicht immer der gräßliche Schlamper gewesen, der ich derzeit bin. Zöge ein Flüchtling bei mir ein, würde ich vorher aufräumen und gründlich putzen, damit der fremde

Mensch gar nicht erst auf die Idee käme, hier könne man getrost alles herumliegen lassen.

Wie bringt man jemandem bei, die Spülmaschine zu bedienen, falls er solche Geräte nicht kennt? Etwas Englisch, Französisch oder Italienisch müßte der Fremdling beherrschen, sonst wäre eine Verständigung ja äußerst kompliziert. Womöglich hätte ich vom ersten Tag an eine neue Aufgabe, müßte ihm Deutsch beibringen. Nun, diesbezüglich bin ich nicht gänzlich untalentiert, das würde wohl irgendwie gehen. Sagen wir: für eine Stunde täglich müßte ich mich dazu bereit finden.

Aber wieso eigentlich ein Mann? Eine Frau wäre doch viel besser. Frauen begreifen schnell, sie sind praktisch veranlagt, und in der Regel fällt es etwas leichter, sie zu integrieren. Es könnte auch eine Frau mit einem Kind sein, warum nicht. Ein weiteres Gästebett ließe sich auftreiben. Im Zimmer wäre dafür noch Platz genug. Ohne Familienvater zu sein, hätte ich dann eine Art Familie um mich geschart und würde durch die neuen Erfahrungen zu einem im Leben verankerten Menschen.

Schon denke ich mir die Frau aus, denke das Kind dazu, vielleicht einen Buben mit großen dunklen Augen, der mich zunächst ängstlich anstaunt und dann allmählich Zutrauen zu mir faßt, bis er mir zaghaft das Händchen hinstreckt. Und ich wäre gerührt. Würde mich ein bißchen um den Kleinen kümmern, obwohl ich darin unerfahren bin. Würde die Eisenbahn meiner Kindertage aus dem Keller holen und ihm zeigen, wie man die Schalter und Knöpfe bedient, damit die Lok richtig fährt. Zusammen hätten wir Spaß, der Kleine würde mich lieben, in mir womöglich einen neuen Vater sehen.

Ich stelle mir vor, wie er auf mich zuhüpft und auf meinen Schoß klettert. Onkel Elsheimer ist ein lieber Onkel, und er hat im vorgerückten Alter Geduld, die er früher nicht hatte. Onkel Elsheimer ist das Musterexemplar eines wohlwollenden Erziehers. Geduldig. Mitfühlend. Bestimmt. Die *Frankfurter Allgemeine* wird im Lokalteil über ihn berichten. Wie er das alles angepackt hat, obwohl er doch ein vielbeschäftigter Professor ist. Wie er es fertiggebracht hat, einem kleinen Jungen, der Schreckliches erlebt hat, wieder Zutrauen einzuflößen. Und sieh an – wie munter der Kleine schon auf deutsch daherplappert und auf dem Schoß seines Onkels herumzappelt, als hätte er schon immer darauf gesessen.

Blödsinn! Eine Frau wird man nicht einfach so in meine Obhut entlassen, eine Frau mit Kind erst recht nicht, da werden die Leute gleich mißtrauisch. Man wird mich für einen Kinderschänder halten. Ich hätte gute Lust, das Fenster aufzureißen und hinauszubrüllen: das bin ich nicht! Ihr könnt mir den Kleinen unbesorgt anvertrauen!

Bleibt also nur ein Mann. Den Mann will ich aber plötzlich nicht. Der hört leierige Musik aus dem Kofferradio oder pflanzt sich vor meinen Fernseher und will *Dschungelcamp* schauen. Oder er betet ständig auf der Matte im Bad. Beim Essen packt er die Ellenbogen auf den Tisch und stochert mit der Gabel in der Luft herum. Neinnein, wie ein störrisches Kind schüttle ich den Kopf, nein, will nicht, will keinen aufgeregten jungen Mann voller Testosteron um mich haben, will's ums Verrecken nicht.

Jessas, nei, ich muß verrückt sein. Einsamkeit macht offensichtlich verrückt oder zumindest schrullig, das wissen nicht nur die Psychiater, das gehört zur Volksweisheit. Komm wieder auf den Teppich oder zumindest auf den verdreckten Küchenboden, sage ich mir, was echauffierst du dich denn so, kein einziger junger Mann steht vor der Tür und will bei dir einziehen. Laß es ruhig angehen. Zunächst mal könntest du einer Flüchtlingsorganisation eine respektable Summe überweisen, die dein Gewissen entlastet. Dann sehen wir weiter.

Erinnert sei aber daran, daß Dante auch ein Flüchtling gewesen ist, auf das Wohlwollen von Gönnern angewiesen, die ihm Unterschlupf boten. Keine angenehme Situation, weiß Gott nicht. Dante litt darunter, zumal seine Gastgeber mit dem harten, kargen Mann, der alles andere als eine Stimmungskanone war, wenig anzufangen wußten. Ein geschmeidiger, Konversation treibender Höfling war er jedenfalls nicht. Zwar kann man seine Situation nicht mit der Lage heutiger Flüchtlinge vergleichen, aber ein hartes Schicksal war dies zu Dantes Zeit auf jeden Fall. Stünde es einem eingefleischten Danteaner nicht sehr wohl an, Mitgefühl für das Schicksal seiner Mitmenschen aufzubringen?

Ich muß weiterkommen. So beieinander bin ich wenigstens noch, daß es mir Unbehagen bereitet, Dinge halb erledigt liegenzulassen. Nach wie vor sind wir im Inferno, dieser einerseits konkret räumlichen, andererseits in ein phantastisches Grauen driftenden Anlage, die in alle Richtungen auswuchert.

Ossip Mandelstam hat behauptet, Dantes Hölle habe keinen Inhalt und keinen Umfang, wie eine Epidemie, eine Seuche oder Pest breite sie sich aus, ohne im eigentlichen Sinne räumlich zu sein. Das stimmt nicht ganz. Die Kreise und Unterabteilungen sind einerseits präzis beschrieben, auch die Gepeinigten, die darin herumgejagt werden oder herumliegen, haben ihre Eigenheiten, einige von ihnen sind sogar ausgeschnitzte Persönlichkeiten, andererseits lösen sich die räumlichen Begrenzungen im Kopf des Lesers auf, die einzeln aufgerufenen Sünder werden zu einem Heer von Sündern, deren Laster in einen großen Bottich fließen, auf dem das Wort *böse* steht.

Bei den Maltesern ging es also weiter, ziemlich hurtig sogar. Canto XXIX kam kaum zur Sprache. Im untersten Teil der Hölle, im zehnten Graben des vorletzten Kreises, sind die Falschmünzer, die Fälscher und Alchimisten von Räude befallen. Es stinkt wie in einem mittelalterlichen Siechenheim, in dem die Bewohner mit offenen Schwären durch die Gegend krauchen. Da wird gekeift und geprügelt, scharfzüngig miteinander abgerechnet. An der Stelle, an der sich die Wanderer dieser Abteilung der Malebolge nähern, hat Georg van Poppel mal wieder würzig gedichtet – ein aneinandergelehntes Männergespann gibt es hier zu bestaunen, das sich wie verrückt kratzt:

Wie jeder sich mit scharfen Nägeln scharrte
    Und kraute, weil das Jucken, rasend ruppig,
    Nicht auszuhalten, das sie quält' und narrte.
Die Nägel schrubbten ihre Krätze struppig,
    So wie ein Messer die beschuppten Bleien
    Und andre Fische, die noch größerschuppig.

Ich kann mich gut daran erinnern, wie ich während meiner Pubertät dem Fummelwahn verfallen war. Obwohl die Pikkelblüte etliche meiner Klassenkameraden verstörte, fühlte ich mich wie der einzige Aussätzige weit und breit. Niemals hätte ich mich in dem Zustand getraut, ein Mädchen anzusprechen. Gottlob dauerte die schreckliche Zeit nur zwei Jahre, dann war ich davon befreit, und mit den Mädchen ging's mit einem Mal recht flott. Wenn ich weiter so in meiner verdreckten Küche herumhocke, könnte es gut sein, daß die Pikkel zurückkehren. Unglückspickel bei einem Zweiundsechzigjährigen!

Auch die nächste Abteilung übergingen wir, in der generell die Betrüger, insbesondere die Fälscher bestraft werden. Was schade war, denn an Canto XXX hätte man munter über Hochsprache und Derbheit in der Commedia, über den Umfang von Dantes Wortreservoir diskutieren können. Da kocht der Haß hoch, Schimpfworte fliegen, man prügelt sich. Hauptfigur ist die Spottgestalt eines Wassersüchtigen, der außer den Armen nichts mehr bewegen kann. Maestro Adamos Bauch ist unmäßig vom Wasser aufgequollen. Sein Körper wird mit einer Laute verglichen. Sein Maul steht offen. Er verzehrt sich nach Wasser, Wasser, Wasser, einem Tropfen nur, einem Brunnen, einem Fluß, hat ständig seine wasserreiche Heimat am oberen Tal des Arno vor Augen. Ein Falschmünzer ist er. Heute wäre der unglückliche Wassermops, der nur noch die Ärmchen regen kann, eine lustige Figur für Kinder, bei Dante wird er schärfer angefaßt, nicht kindgerecht.

XXIII

Wobei anfassen das falsche Wort ist. Anfassen kann ein Lebender die Toten eigentlich nicht, ein Geschöpf, das hauptsächlich aus Wasser besteht, erst recht nicht. Adamo wässert und wabert aber nicht wie ein Gespenst umher. Das Wasser staut sich in seinem gewaltigen Bauch, auf den von einem anderen Toten eingeschlagen wird, ohne daß er platzt und Wasser aus ihm spritzt. Etliche Tote in der Hölle greifen einander an. Scheinleiber greifen Scheinleiber an und bringen sich wechselseitig Wunden bei, die aufreißen, heilen und wieder aufreißen, ein endloser Reigen. Es sei aber noch einmal ins Gedächtnis gerufen, daß der tote Vergil den lebendigen Dante sehr wohl angefaßt haben muß, wenn beide auf dem wilden Geryon reiten und Vergil den ängstlichen Dante dabei festhält.

Interessant an Canto XXX ist, daß darin eine Frau büßt. Frauen sind nicht so häufig in der Hölle anzutreffen. Potiphars Weib, das den jungen Schönling Joseph einst verführen wollte und ihn dann verleumdet hat, findet man hier. Sie hockt neben Sinon, einem Verräter aus dem Trojanischen Krieg, der die Trojaner beschwatzt hatte, das hölzerne Pferd in ihre Stadt zu holen. In dem Winkel, in dem die beiden halb liegen, halb hocken, stinkt's gewaltig.

Wieder einmal ist Dante fasziniert von den Schandmäulern und vom Straftheater, das vor seinen Augen aufgeführt wird. Er steht da wie ein versonnenes Kind. Ärgerlich fordert ihn sein Begleiter auf, endlich weiterzugehen. Aber Dante steckt fest wie in einem bösen Traum, aus dem er sich nicht lösen kann. Obwohl er selbst kein Falschmünzer oder Erzverräter ist, schimmert durch den Wachtraum die Selbsterkenntnis und läßt ihn für einen Moment nicht aus den Fängen.

Vergil und Dante bewegen sich inzwischen in einem sich weiter und weiter verkleinernden Grabenumlauf, denn nun schrauben sich die Wege immer enger in die Tiefe. Allzu eng sollte man sich das aber nicht vorstellen, der Höllentrichter ist riesengroß, er reicht bis zum Mittelpunkt des Erdinneren, es braucht darin Platz für Tausende, wenn nicht Millionen von Sündern.

In der Hölle befinde sich die *Küche der Gewalt*, schrieb der von mir so geschätzte Fariduddin Attar. Eine Großküche von planetarischen Ausmaßen. Da brodelt und gurgelt es, da flammt's und zischt's, und einen riesigen Eisschrank gibt es auch. Besser gesagt, einen lochartigen Eissee am Grund der Hölle, auf den sich die beiden Wanderer nun zubewegen.

Die Hölle ist mächtig und faszinierend. Nicht nur in der Commedia. In dem Maße, wie die Erde durch Film- und Fernsehbilder immer mehr zusammenschrumpft, wobei natürlich die Katastrophen dominieren und nicht das ungleich ruhigere Leben, das Millionen von Menschen zur selben Zeit führen, scheint sich die Höllenhaftigkeit unserer Welt zu verstärken; die vielen erschütterten Landstriche gleichen mehr und mehr einem düsteren Pfuhl. Und damit wäre uns der erste Teil der Commedia, wenn auch nicht auf den eigenen Leib, so doch bildlich nahegerückt. Am untersten Grund des Inferno ist nun das Maximum des Bösen versammelt, wie es sich in den Augen Dantes ausnimmt.

Canto XXXI schildert, wie der Dichter in verschwommener Ferne riesige Türme aus dem Höllengrund hochragen sieht, er denkt natürlich an eine zinnenbewehrte Burg oder Stadt, aber der Eindruck täuscht: Riesen stehen da herum, direkt aus der griechischen Mythologie sind einige von ihnen eingewandert und wurden ganz unten in der christlichen Hölle wie Statuen abgestellt. Es handelt sich um die Giganten, Söhne der Erdmutter Gaia, die einst den Aufstand gegen die olympischen Götter wagten und den Kampf verloren. Die optische Täuschung hat aber einen realen Hintergrund – Dante hatte dabei die Stadt Bologna vor Augen, mit ihren weit über hundert Geschlechtertürmen, die gen Himmel ragten. Und es geht bei dem Canto sehr wohl um Türme in menschlicher wie in baulicher Gestalt. Bei beiden ist das Übermaß gefährlich.

Die Riesen sind ungeschlacht und dumm, sehr dumm sogar, aber auch böse, der Erbauer des Turmbaus zu Babel, der einzige, der aus der jüdischen Bibel stammt und eher ein Herrscher aus dem Reich der vorderorientalischen Sage ist als ein mythischer Gigant aus dem griechischen Panoptikum, redet unverständliches Zeug – in einer unbekannten Sprache, in die sich Sprengsel aus dem Hebräischen mischen. In seinem Mund haben sich die Laute babylonisch verwirrt, er kann nur noch vor sich hin bramarbasieren, und kein Geschöpf versteht ihn, auch die anderen Riesen nicht.

Nimrod, so heißt er, gehört eigentlich nicht zu ihnen; in der Bibel ist er zwar ein despotischer Himmelsstürmer, er mag nach menschlichem Maß sehr groß gewesen und in der Phantasie zur Höhe des Turmes aufgeschossen sein, den er bauen ließ – das Urbild eines Riesen wie die ungestümen Söhne Gaias, die ein Gebirge zum Einsturz bringen könnten, ist er aber nicht. Trotzdem verbindet ihn mit den anderen Kerlen der Hang zur Gigantomanie. Nimrods Mutter ist ein Mensch, die Mutter der griechischen Riesen eine Göttin. Gemeinsam ist allen vieren das Laster des Hochmuts. Dante ist glücklich darüber, daß die Natur inzwischen keine solchen Wesen mehr hervorbringt, sondern sich darauf beschränkt, Elefanten und Wale zu erzeugen, die viel harmloser sind als diese Riesen am Grund des Höllenlochs.

Dem Auftreten des wirr daherredenden Nimrod hätten wir, im schönen Saal der Malteser sitzend, ebenfalls einen Hinweis entnehmen können. Nimrod ist die törichte Gegenfigur zu meinen Kollegen, in denen auch ein Sprachsalat rumorte, der wie berauscht über ihre Zungen kam – mit dem gewaltigen Unterschied, daß sie, wie ich, die uns zunächst fremden Laute verstanden, die aus verschiedenen Sprachen stammten und sich mehr und mehr ineinanderschoben, während Nimrod dazu verurteilt ist, vor sich hin zu schwadronieren, ohne daß ihm jemand zuhören würde und aus seinen aneinandergereihten Silben einen Sinn destillieren könnte. Nimrod ist ein einsamer Kerl, der sich nicht einmal wehren kann, wenn er verspottet wird, dazu verurteilt, daß seine Silbenfetzen ohne verständige Reaktion im Höllenschlund verhallen. Wiederauferstanden ist er in den zahlreichen Verrückten, die pausenlos vor sich hin schwätzen, gleichgültig, ob ihnen jemand zuhört oder nicht.

Dante stellt ihn zu den Giganten, die wie Türme aufragen und nabelabwärts im Eis feststecken. Hoch aufragend im Geiste ist dieser Nimrod aber nicht. Im Gegenteil, Vergil hält ihn für einen Idioten. Der Meister der poetischen Rede wird sogar frech und rät dem Riesen, er solle seinen unseligen Plapperatismus doch an seinem Hifthorn austoben.

Ephialtes, ein gefährlicherer Bursche als Nimrod, ist an den Armen gefesselt, einer ist ihm auf den Rücken gebunden, der andere vor die Brust. Ephialtes hat die Auflehnung gegen die olympischen Götter mit Macht betrieben. Er wollte den Olymp und andere Berge aufeinandertürmen, um den Himmel zu erreichen und dort mit Zeus und den anderen Göttern abzurechnen. Noch gefährlicher scheint Briareus zu sein. Auch er ein Himmelsstürmer. Vergil hält Dante von ihm fern, um die Reizbarkeit des Riesen nicht zu testen.

Ich sollte mich jetzt mal besser selbst fernhalten. Nichts als eine tumbe Nacherzählung habe ich betrieben, als müßte ich sechzehnjährigen Gymnasiasten beibringen, wovon in der Commedia die Rede ist. Riese eins, Riese zwei, Riese drei, Riese vier – hebt eure Fingerchen, Kinder, und zählt mit! Dann schwatz' ich euch womöglich noch von Sankt Peters Pinienzapfen die Hucke voll, der heute in den Gärten der Vatikanischen Museen zu besichtigen ist. Kinder, schaut's lieber mal selber nach, was es mit dem Zapfen auf sich hat.

Mir langt's. Dante hat für heute ausgedient. Bevor ich mich vollends im Bett vergrabe, sehe ich mir noch eine amerikanische Krimiserie an. *Criminal Minds.* Der Trupp der Aufklärer ist immer fleißig bei der Sache. Die haben einen ernsten Chef, der keine Miene in Richtung Lächeln oder gar Lachen verzieht, wenn doch, ist man als Zuschauer regelrecht ergriffen. Am Anfang jeder Folge sitzt der Trupp im Spezialflieger und berät über den Fall. Das Fliegen dient nur dem Transport in eine andere Stadt, in der es schrecklich zugerichtete Leichen gibt, die ich mir allerdings nicht gern allzugenau ansehe. In Dantes Poesie sind mir die Leibgreuel schon stark genug, sie mir im Film ansehen zu müssen geht über meine Kräfte.

Über dem Bild einer eleganten weißen Maschine, die beharrlich fliegt und fliegt, ist zum Schluß ein Denkspruch zu hören, etwa in der Art von: *Es gibt Fälle, die sind keine beliebigen Fälle, in ihnen drückt sich die Verunstaltung des Allgemeinen aus.* Na ja, der Spruch paßt vielleicht nicht haargenau, außerdem wäre das ein abgewandelter Heidegger, und ob die Amis damit etwas anfangen könnten, ist zweifelhaft. Aber zurück zum Spezialflieger. Ich würde mit meiner römischen Truppe jetzt auch gern in so einer Maschine sitzen, mit bequemen Sesseln und einem traumhaften Catering. Ein Nachtflug mit offenem Ende und Sternen, die sich an den Kabinenfenstern zeigen. Wir alle sind in die Sessel gefläzt und diskutieren in Grüppchen über die Commedia. Unsere Äthiopierin serviert in tadellosem Kostüm Getränke und einen Imbiß, an ihrem schmalen braunen Handgelenk blitzt ein Armband aus goldenen Gliedern, scheinbar schwerelos geht sie den Gang entlang, und ganz allmählich, ohne daß wir die Veränderung bemerkten, ohne daß ein plötzliches Geschehen uns aus dem amüsanten und intelligenten Geplauder risse, ginge der Flug in andere Sphären über, erhabener fühlte sich alles an, das Wort klebte nicht mehr an der Commedia, es verbündete sich mit einer ganz anderen Schau, die mit einem Fernsehfilmchen nichts mehr zu tun hat, bis –

Diesmal war der Schlaf gar nicht so schlecht. Bei laufendem Fernseher. Viele Alte schlafen vor dem Fernseher ein, weil es sie beruhigt, wenn unentwegt gesprochen wird. Sie gleiten dann weniger einsam in den Schlaf. Ich scheine jetzt auch zu dieser Gruppe zu gehören. Es ist noch früh, aber schon ziemlich hell, und die Vögel haben ihre Zwitschermaschinchen in Betrieb genommen. Immerhin habe ich mich rasiert und soeben gebadet, habe die Haare gewaschen, wie ein Kind Schauminseln hin- und hergeschoben und mit den Fingern fortgeschnippt. Jetzt rieche ich deutlich besser, sitze mit frischem Hemd und frischer Hose auf dem Balkon und genieße die Morgenkühle, aber es gibt fast nichts mehr zu essen. Muß mich mit einer Tasse Kaffee und etwas Zwieback begnügen. Zwei Spatzen hocken auf dem Geländer, ein dritter huscht im Geraniengestrüpp herum. Sie beobachten mich, die Köpfe hin- und herruckend, aus winzigen Knopfaugen, wohl in der Hoffnung, ich würde ihnen Brösel hinstreuen. Angst haben sie offenkundig nicht vor mir. Vielleicht waren sie schon öfter da und kennen mich. Spatzen sind schwer auseinanderzuhalten, nur die mit etwas dunklerem Gefieder fallen auf. Natürlich streue ich ihnen Krümel hin, die sie begierig aufpikken.

Iwan Schestow war, das habe ich vergessen zu erwähnen, der Herrscher über die Canti XXXI bis XXXIII. Wahrlich, der Mann hat Schwung, nach meiner Meinung einen etwas übertriebenen. Er deklamierte etliche Verse in polterndem Italienisch, einige auf russisch. Und er hatte eine abenteuerliche Marotte. Die Halbglatze wurde verdeckt von quer über den Kopf gelegten Haarsträhnen, ich vermute, schwarz gefärbten. In der Hitze des Gefechts fielen ihm ab und zu einige davon herunter, wodurch er auf der einen Seite eine komische Langhaarfrisur bekam. Aber Schestow, nicht faul, schaffte es jedesmal wieder, sein eigensinniges Haar korrekt an den Schädel zu kleben. Genau dasselbe fürsorgliche Haarankleben betrieb er, bevor er sich bekreuzigte und vom Fensterbrett aus in den Himmel emporstieg. Wenigstens ordentlich frisiert wollte er vor seinen Schöpfer treten.

Ein kurioser Vogel, um die fünfundsechzig. Schestow forderte uns von Anfang an auf, uns auch mitten in seiner Rede zu Wort zu melden, was einige brav taten, um es dann schnell wieder sein zu lassen, weil seine Antworten dermaßen ins Kraut schossen. Über unsere Köpfe hinweg warf der erregte Mann die herrscherlichen Blicke in die Ferne, nach dem entlegenen Rußland oder sonstwohin, und ließ seine Worte, die förmlich aus seinem Mund drängten, ihnen hinterherjagen.

Ich glaube, er sah sich als Nachfahre Ossip Mandelstams, obwohl von unserem Russen nicht bekannt ist, daß er auch dichtet. Aber Mandelstams Begeisterung für Dantes Commedia war auf ihn übergesprungen; Schestow hat ein feines Ohr für die dichterische Grandezza beider Meister. Er bekam einen roten Kopf, schnappte nach Luft, einige Worte stolperten überstürzt aus ihm heraus, er glühte, unterstrich das Deklamieren mit dem Gewoge seiner Hände. Wenn die Verse in ruhiges Fahrwasser gerieten, klebte er sich das Haar brav wieder an, wenn sie in ihrer Dramatik anzogen, ließ er die Augen rollen, fuchtelte herum und stach mit dem Zeigefinger Richtung Himmel.

Er war hingerissen von der Kraft der Dichtung, die seinen kompakten Körper bewegte, ja, regelrecht schüttelte, und darin übertraf er uns alle. Er hatte eine ähnliche Art zu sprechen wie Joseph Brodsky, dessen Vortragsmotor auch immer etwas stochernd in Gang kam, sich dann freilief und in glanzvolle Höhen emporschwang. Beim Stottern und Haspeln ist der Mensch noch ganz auf der Erde, wenn er sich von ihr löst, nehmen die poetischen Himmelsmanöver Fahrt auf. Als würden sie von unsichtbaren Fäden gezogen, hoben sich unsere Köpfe und folgten seinem ausgestreckten Finger, sobald Schestow mit leicht irrem Blick ins Hohe und Weite zielte.

Während er sich vorn zu schaffen machte, saß ich auf seinem Stuhl neben Bitterli, mit dem ich mich in der Pause unterhalten hatte, jetzt schräg gegenüber von Eva und Wirsing, zwischen denen ich bisher Platz genommen hatte. Jedesmal wenn Schestows Haare auf der einen Seite wieder herunterfielen, fing Bitterli an, vor sich hin zu glucksen. Er tat es dezent, aber ich merkte, wie er vor unterdrücktem Gelächter förmlich bebte. Tränen liefen ihm über die Wangen. Ich ließ mich alsbald anstecken. Es ist schier unmöglich, sich das Lachen zu verkneifen, wenn man neben jemandem sitzt, den's nur so schüttelt. In der Schule wären wir ein tolles Gespann gewesen, hätten jeden Lehrer zur Verzweiflung gebracht. Gott sei Dank bekam Schestow davon nichts mit. Vom Redefeuer gepackt, hatte er Höheres im Sinn und kam gar nicht auf die Idee, daß sich zwei seiner Kollegen kaum auf seinen Vortrag konzentrieren konnten. Aber Eva merkte es; sie blickte amüsiert zu uns herüber und drohte uns mit dem Fingerchen.

Von den roten Samtstühlen habe ich schon erzählt. (Definitiv zu schmal für den wuchtigen Wirsing, er hätte gut und gern zwei davon belegen können.) Reizvoll waren aber auch die Tische, an denen wir saßen, schmale Sekretäre mit grüner Lederauflage und niedrigem, in Schubfächer unterteiltem Aufsatz, um die wir uns teilweise zu dritt gruppierten. Kein einziger dieser modernen grauen Resopaltische stand im Raum. Statt dessen gab es noch zwei lange Holztische, die sonst für Bankette dienen mochten. An ihnen saßen mehrere Leute mit Blick auf die in Öl portraitierten Malteser. Diese lockere Anordnung, so gar nicht kongreßhaft, hatte von Anfang an zur entspannten Stimmung beigetragen.

Heute ist ein guter Tag. Die Sonne hat sich inzwischen erhoben, aber es soll weniger heiß werden als gestern. Die letzten Reste der Morgenröte am Himmel, auch ein paar schleierige Wolken, die bald einem strahlenden Blau weichen werden. Vielleicht wage ich mich gegen Abend mal wieder aus meiner Bude raus und gehe in einem anderen Stadtteil essen, wo mich keiner kennt. Das Frühstück war immerhin spartanisch. Vom Zwieback stand noch eine ungeöffnete Packung im Schrank. Eigentlich esse ich Zwieback nur, wenn ich krank bin, habe ihn aber immer vorrätig. Vielleicht hat's mit dem Kind zu tun, das auf der Packung aufgedruckt ist. Schon als ich kleiner war, gab es dieses blonde Zwiebackkind (vermutlich ist es jetzt ein anderes, das alte ist längst in Rente oder schon tot).

Meine Mutter behauptete immer, dieses Kind sei mein Freund. Ich weiß nicht, wie sie auf die verrückte Idee gekommen ist. Aber sie hat gewirkt. Das blonde Zwiebackkind war eine Zeitlang mein gleichaltriger Kumpan, mit dem ich mich abends im Bett besprach. Er hieß Dieter. Irgendwann war ich älter geworden als mein Freund auf der Packung, und da mußte ich ihn beschützen. Ein umfangreiches Waffenarsenal kam dabei zum Einsatz – Pistolen, Messer, Schwerter, nicht bloß die Fäuste. Weil meine Mutter mir verboten hatte, als Faschings-Cowboy eine Pistole zu tragen (was mich vor den anderen Kindern unsterblich lächerlich machte, die mit ihren Pistolen nur so durch die Gegend knallten), war ich bloß ein amputierter Cowboy. Der in seinen Tagträumen um sich schoß wie ein Wilder und damit auch sein Dieterle rettete. War es F. K. Waechter, der mal so flott auf einen Dieter reimte, er sei ein blöder Schieter?

XXIV

In der Commedia kommt selbstverständlich kein Dieter vor, auch nicht Dietrich von Bern, der im Nibelungenlied eine interessante Rolle spielt. Statt Recken gibt es dort eben Riesen. Vier an der Zahl, aufgepflanzt stehen sie da, als gälte es, die Himmelsrichtungen zu symbolisieren, obwohl man am tiefsten Punkt der Hölle den Himmel gar nicht ausmachen kann. Es ist nicht ohne Witz, wenn ausgerechnet die großgeratenen Himmelsstürmer da unten abgestellt sind. Und die spiralige Konstruktion der Hölle erlaubt es nicht, daß die ungeschlachten Kerle noch wüßten, wo sich der Norden, Süden, Westen, Osten überhaupt befindet. Bevor die Riesen jedoch genauer in Sicht kommen, ertönt als Ankündigung des Grauens, das hier unten auf die Wanderer wartet, ein schauerlicher Unglückston.

In Canto XXXI wird der Riese Antäus von Vergil beschwatzt, ihn und seinen Reisegesellen mit der Hand aufzunehmen, um sie beide ganz unten auf dem Boden der Caina wieder abzusetzen. Anders als Ephialtes ist Antäus nicht an den Armen gefesselt, und er kann sprechen. Er scheint der am wenigsten gefährliche unter den vier Riesen zu sein. An den Kämpfen gegen die Götter des Olymp war er nicht beteiligt. Sein Unterleib steckt natürlich trotzdem im Eis fest.

Vergil schmeichelt dem Kerl, er trägt etwas dick dabei auf, leistet sich eine Spur Ironie, säuselt ihm vor, wenn er, Antäus, sich am Aufstand gegen Jupiter hätte beteiligen können, hätte er seinen Brüdern zum Sieg verholfen. Schestow beschrieb diese Schmeichelei nun seinerseits mit einer theatralischen Schwindelsüße, einem öligen Ausdruck in Stimme und Gebaren, der bei Wirsing, den ich gut im Blick hatte, große Heiterkeit erregte.

Wirsing gluckste vor sich hin, sein Fett wackelte im Takt der fröhlichen Wellen, die ihn durchliefen. Gut möglich, daß er mitten in der Szene lebte und sich selbst als Vergil fühlte, der den Riesen beschwatzt. Indem er Kompliment an Kompliment reiht, etwa Antäus als Löwentöter rühmt (der Sage zufolge soll dieser Löwen in großer Zahl erlegt haben), macht sich Vergil mit den Worten Dantes über den etwas tumben Gesellen lustig.

Kurios ist natürlich die folgende Szene, in der sich Dante, an Vergil geklammert, in der Hand des Riesen befindet und von da aus einen Blick auf den gebückten Antäus wirft, dessen Kopf schief steht. In Bologna hat es einst solche schiefen Türme gegeben, die zum Vergleich herangezogen werden. Sobald Antäus die Reisenden am Tiefpunkt der Hölle, am eisbedeckten Grund des Kokytos genannten neunten Kreises, abgesetzt hat (und er tut dies recht sanft), richtet er sich wie der Mastbaum eines Schiffes zu seiner alten, turmhaften Höhe empor. Damit ist er wieder der überhebliche Riese, der umsonst aufbegehrt hat, aber voller Stolz seinen Platz behauptet.

Und so ist eine weitere Szene vorübergegangen, in der ein lebendiger Mensch von seinem toten Begleiter angefaßt, von diesem sogar umfangen und behütet wird. Der tote Vergil und der lebendige Dante wurden in der Handfläche eines toten Riesen sorgsam durch die Gegend transportiert und behutsam wieder abgesetzt. Fragen, wie es möglich sein soll, daß sich eine bluterfüllte Stofflichkeit des Lebens mit toter Scheinstofflichkeit verbindet, kamen gar nicht erst auf. Solche Kleinigkeiten kümmerten Schestow nicht. Flott ging er über alles hinweg, was ihm nicht in den Kram paßte, gebärdete sich dantefromm. Zugleich trieb des verehrten Meisters realistische Gabe der Beschreibung auch unseren Russen dazu, alle Körper als leibseelisch vorhanden zu begreifen. Kein Auswaschen der habhaften Eindrücke zugunsten einer Auflösung im Ungefähren, kein Sänftigen des Grauens mit Hilfe wissenschaftlicher Abstraktion.

Dantes Vision ist präzis. Sie mag zwar in der Erinnerung des Lesers wieder verschwimmen. Im Jenseits so präzis wie im Diesseits, selbst wenn es im Höllenschlund um zyklopisch gesteigerte Felsungetüme und um Riesen geht. Wie bei Dante war auch bei Schestow kein Zögern und kein Mutmaßen im Spiel. Wenn ein Redner zu großer Form aufläuft und wie ein Raubtier voller Energie auf und ab eilt, darf man ihn nicht stören. Ich hielt die Klappe, weil man allseits guter Stimmung war und mir mein schon auf der Zunge liegender Einwand zur Stofflichkeit pedantisch vorkam.

Wo sich die beiden Wanderer befinden, herrscht drangvolle Enge. Die Felsenklüfte schließen sich direkt um den eingefrorenen See, der nach der Mitte zu etwas abfällt, steil ragen sie in die Höhe. Dante wirft einen bangen Blick empor und einen bangen Blick hinab. Am Grund des Universums ist der Verrat zu Eis erstarrt. Den See bilden die Jenseitsflüsse Acheron, Styx und Phlegethon, die hier unten zusammentreffen, wobei ihre Wasser gefrieren. Darüber hin weht ein kalter Wind.

Aber auch aus den Tränen, die den Gestraften aus den Augen rinnen und dann Kristalle bilden, speist sich der See. Nichts kann sich hier erwärmen, nichts die Täter aus ihrer Starre lösen. Zusammengedrängt verharren sie in einer verengten Polarlandschaft, in der alles erstorben ist: das Gespräch unter Freunden, die ausgreifende Bewegung, der Überschwang des Herzens, vor allem jedoch die Freude. Trotz der Eisverhaftung lodert und schwelt im Inneren der Seelen der Haß und löst die Erstarrung. Allerdings nur temporär. Die Körper sind von einer Grundstarre befallen, eine enorme Zahl an Sündern steckt da kopfunter kopfüber im See fest. Ihre Gesichter sind verkrustet vom Eis. Das Eis wirkt als Zerrspiegel, das Böse selbst ist in ihm gefroren. Es ist, als hätten sich die Begierden, die für gewöhnlich hin und her fließen, ganz unten versammelt und wären dort erstarrt.

Noch weiter steigerte sich Schestow hinein, als er mit den Worten Dantes darüber klagte, daß ihm solche harschen, heiseren Laute, wie sie dem eiskalten Lochgrund der Hölle angemessen wären, nicht über die Lippen kämen. Er faßte sich dazu rechts und links an den Mund, als müsse er ihn lockern für die eisblockhaften Worte, die sich in seinem Inneren verkantet hatten.

Umsonst! Ganz im Duktus Dantes, der seine Dichtersprache für unzulänglich hielt, um das Grauen des Kokytos wiederzugeben, verwies Schestow darauf, daß auch in ihm die Worte gefroren seien, als er sich dem tiefsten Grund der Hölle genähert habe. Natürlich war das komplett gaga. Aber niemand schien sich daran zu stoßen, ja, es überhaupt nur zu bemerken. Und wie ein Getriebener redete unser Russe nach einer kleinen Verhaftungspause weiter, mit größerer Kraft, bewegten Haarsträhnen und schwunghafterem Elan als zuvor.

Wissenschaft ade! Die Dante-Mimesis stand nun auf dem Plan, von dem Schestow um keinen Millimeter abwich. Fremd und benommen wie Dante schien er sich auf dem Eisgrund zu befinden und dort lauter eingefrorene Gestalten zu sehen. Schwer wurde ihm wohl ums Herz, wie hier unten ausnahmslos alles zur Schwere tendiert, Schwere der Sünde, Fesselung durch die Sünde am tiefsten Punkt der Erde, auf dem *fondo dell' universo*, auf dem alles Böse lastet. Gustave Doré hat den Eissee mit den darin gefangenen Köpfen höchst wirkungsvoll in einem von Querstrichen durchzogenen Halbdunkel ins Bild gesetzt.

Einen extremen Gegensatz bringt Dante hier ins Spiel: er vergleicht die quakenden Frösche, die ihre Mäuler aus dem Wasser strecken, also ein Sommeridyll, mit den eisverhafteten Gestalten des Kokytos, einem strengen Winterbild. Dann folgt noch ein Tiervergleich: wie die Störche mit ihren Schnäbeln klappern, klappern die Eisgefangenen mit den Zähnen. Schestow, nicht faul, führte uns das Klappern vor. Er müsse es vorher geübt haben, flüsterte mir Bitterli zu, so effektvoll kriege man dergleichen sonst nicht hin. Ob er nun geübt hatte oder nicht, das Zähneklappern geriet ihm so echt, daß uns am sonnigen Nachmittag eines brutwarmen römischen Freitags regelrecht fröstelte.

Frost vereist sofort das Naß, das aus den Augen der Gefangenen rinnt. Karl Vossler spricht hier von einem *kristallenen Visier*. Und er schreibt treffend: *Das Leben erstarrt, die lyrische Wärme zieht sich zurück und mitten aus dem Eise sprudelt kochend und dunkelrot das menschliche Leiden und Hassen.*

Wohl wahr, der Gegensatz ist scharf. Starrmachend kalt ist der See, aber auch der kochende Haß ist nur scheinwarm, letztlich ein kaltes Aufschäumen der menschlichen Leidenschaft. Dante und Vergil treten beim Gang über den Eissee auf Köpfe, die teilweise ganz, teilweise halb darin feststecken. Einige der Gestraften ragen mit ihren Oberkörpern heraus.

Der äußere Bezirk des Kokytos heißt Caina, natürlich nach dem Brudermörder Kain, weiter Richtung Mitte befinden sich die beiden Wanderer in der Antenora. Sie bezieht ihren Namen von Antenor, der die Trojaner verraten haben soll. Kein Wunder, daß hier ein Gewimmel von politischen Verrätern gefangen ist. Ihre Gesichter sind von der Kälte blau angelaufen, in eines ist Dante hineingetreten und hat dabei einen richtigen Schurken erwischt. Wie man später erfährt, heißt er Bocca degli Abati. Der heult auf und flucht und fragt, wer da auf seiner Backe herumtrampele. Dante will erfahren, wie der Vereiste heißt, und versucht ihn mit dem Versprechen zu ködern, daß er den Namen in seinen Aufzeichnungen erwähnen werde.

Ein bißchen führt sich Dante zuweilen wie ein Polizist auf, bestrebt, die Personalien eines Straftäters aufzunehmen, geradeso, als wäre damit festgestellt, was derjenige verbrochen hat. Da ist er allerdings an den Falschen geraten. Bocca sträubt sich. Er gehört zu den Hartgesottenen, die nichts von sich preisgeben. Dantes Schmeichelei verfängt bei ihm nicht. Schon gar nicht in diesem Eisloch.

Da packt Dante den Kopf beim Nackenhaar und droht, er werde ihm vollends alle Haare ausreißen, wenn er ihm nicht seinen Namen nenne. Er greift richtig zu, reißt ihm ein Büschel aus – und wieder einmal zeigt sich das alte Problem: wie kann ein lebendiger Mensch an einem Ort, der den Toten vorbehalten ist, einem schurkischen, wiewohl rechtmäßigen Bewohner dieser Zone die Haare ausreißen? Nicht der von Dante malträtierte Bocca gibt schließlich seinen Namen preis, ein anderer Sünder im Eis verrät ihn.

Schestow hielt hier für einen Moment inne und wurde wieder zum etwas spröderen Typ des Gelehrten. Er kam auf eine unsinnige Äußerung des Schriftstellers Alberto Manguel zu sprechen, der die Handgreiflichkeit Dantes mit dem Foltergeschehen in Guantánamo und Abu Ghraib in Verbindung brachte. Einen idiotischeren Vergleich kann man kaum auffahren. Nur weil Schmerzen Schmerzen sind und ein Mensch sie einem anderen beibringt, darf man noch lange nicht querfeldein durch alle Zeiten hindurch sämtliche Arten der Gewaltanwendung in eins setzen und obendrein einen Autor, der vor rund siebenhundert Jahren gelebt hat, dafür verantwortlich machen. Es ist dieselbe Idiotie, die Friedrich Nietzsche kurzerhand zum Erznazi erklärt oder Karl Marx in Schuldhaft nimmt für die Greuel Stalins. Primo Levi stellte viel subtiler dar, weshalb er im Konzentrationslager aus dem Höllenteil der Commedia einige Passagen auswendig rezitieren konnte. Da bietet sich der Text als Folie stärker an, weil eine Riesenzahl zusammengepferchter Toter gequält wird, immerzu und für alle Zeit.

Die Übeltäter, die im Eisgrund der Hölle büßen, sind Männer, die Dante politisch verhaßt waren, lauter Verräter, die im Kampfgetümmel Oberitaliens zugunsten der Ghibellinen intrigierten. Verrat war für Dante offenkundig das schlimmste aller erdenklichen Laster, deren Vielzahl er uns bisher in allen Variationen Gesang für Gesang vorgeführt hat. Als ein Verbannter, als Opfer der politischen Ränke seiner Zeit war Dante in besonders rachsüchtiger Stimmung, wenn es um den politischen Verrat von Landsleuten ging. Nach seiner Vorstellung litten die Verräter an einer Vereisung ihrer Herzen, deshalb ist es nur logisch, daß sie im Eissee am Grund der Hölle feststecken. Gnade und Barmherzigkeit erwärmen das Herz und lenken den Blick nach oben. In schwärmerischem Braus hebt sich die Brust, und die Gedanken fliegen. Im Gegensatz dazu verhärtet der Verrat den Körper, treibt die Gedanken ins Enge. Das spitzfindig Böse, das geplante Böse, ist hier am Werk, nicht die Gewalttat aus dem Affekt heraus.

Das mag zwar auf etliche Formen des Verrats bis heute zutreffen. Dantes Sicht auf dieses spezielle Laster können wir aber so nicht mehr teilen. Gewiß, es gibt den Verrat aus niedrigen Beweggründen, aus Heimtücke, Geld- oder Machtgier, aber es gibt ihn auch aus ehrenhaften Gründen. Den einsamen Attentäter Georg Elser und die Verräter um den Grafen

Stauffenberg wird man weder der Heimtücke noch der Gier bezichtigen können. Sie handelten ehrenhaft, wenn auch manche von ihnen reichlich spät. Im Dritten Reich galten sie als Verräter, viele Deutsche haben diese Männer sicher auch noch etliche Jahre nach dem Zusammenbruch des Regimes dafür gehalten. Seit Jahrzehnten sind die einstigen Verräter jedoch glanzvoll rehabilitiert. Der Verrat kann ein Laster sein, aber man kennt ihn auch als ehrenhafte Nothandlung gegen einen blutrünstigen Tyrannen.

Als Aufklärer wider den Staat, der zu sehr in private Rechte eingreift, wird derzeit auch Edward Snowden gesehen, keineswegs als Verräter. Wie ein liebes, harmloses Kind sieht der schlanke junge Amerikaner aus, nicht wie ein böser Mensch, und ist in einen mächtigen Strudel des Verhängnisses geraten. Weder der Graf Stauffenberg noch Edward Snowden sind klassische Kandidaten für die Hölle. Kurzum, Dantes rigide Klassifizierung (die im nachhinein auf ihre Berechtigung zu damaliger Zeit ohnehin schwer zu überprüfen ist) nützt uns wenig, wenn wir heutzutage über den Verrat sprechen.

Wie sehr ich allerdings von der Manie ergriffen bin, die Commedia wörtlich zu verstehen, sieht man an diesen Beispielen. Offensichtlich ist das alte Langgedicht so intensiv in mich eingedrungen, daß ich darin immer noch verzweifelt nach einer Antwort suche, weshalb ich als einziger im Saal übriggeblieben bin. Dabei werden meine Bemühungen immer kindischer. Das geht schon so weit, daß ich die Buchstaben, aus denen die Namen der Höllenbewohner zusammengesetzt sind, umgestellt habe, um herauszufinden, ob mein eigener Name darin versteckt ist. Bisher ohne Ergebnis. Auf einem Zettel habe ich es versucht, allerdings nicht im Notizbuch, weil mir das Stochern im Buchstabensalat doch irgendwie lächerlich erscheint.

Namen, Namen und wieder Namen. Genüßlich, als gäbe es da etwas Hochbedeutsames zu zelebrieren, rief Schestow nun einen Übeltäter nach dem anderen auf, die da unten im eisigen Loch der Antenora stecken. Nach jedem Namen legte er eine vielsagende Pause ein, schloß kurz die Augen, öffnete sie wieder und warf dem soeben aufgerufenen Verräter einen durchdringenden Blick hinterher: *Buoso da Duera! … Tesauro di Beccherìa! … Gianni de' Soldanieri! … Tebaldello Zambrasi! …* Was diese Namen anlangt, regt sich heute bei den Italienern kaum mehr eine Erinnerung daran, wer die jeweiligen Personen gewesen sein könnten. Die Kommentatoren der Commedia listen sie natürlich säuberlich auf: Buoso, den bestechlichen Führer der Ghibellinen, Tesauro, den Abt von Vallombrosa, ebenfalls ein Verräter zugunsten der Ghibellinen, Gianni, einen Ghibellinen, der in Florenz für den Aufstand der Guelfen kämpfte, und Tebaldello, der Flüchtlinge aus Bologna einem feindlichen Guelfenclan auslieferte.

Selbst für einen Historiker der oberitalienischen Geschichte zwischen 1230 und 1330 sind diese Namen heute kaum mehr als Schall und Rauch. Um so bemerkenswerter war es, daß Schestow sie so eindringlich aufrief, als kenne er jeden persönlich, als stünden die Erzbösewichte direkt vor ihm. Wie ein Staatsanwalt beim Schlußplädoyer warf er einen vernichtenden Blick auf jeden einzelnen Sünder und stieß ihn persönlich in die Hölle zurück, aus der sein Name für wenige Augenblicke zu uns ans milde römische Nachmittagslicht befördert worden war.

Dann wurde er etwas maßvoller, indem er die verschiedenen Arten des Verrats skizzierte, die im neunten Kreis der Hölle verhandelt werden – in der Caina sind die Verräter an den Verwandten ins Eis gepackt, die politischen Verräter stecken in der Antenora fest, in der Ptolemäa (nach Ptolemäus, der als Gastgeber seine Freunde auslieferte) werden die Verräter an der Freundschaft gequält, die Giudecca (benannt nach Judas) ist der Strafort für die schlimmsten Verräter, die Verräter an ihren Wohltätern.

Dante-Forschern muß man so etwas natürlich nicht erklären, aber Schestow tat es mit eindringlicher Energie. Er sagte: *Caina*, und wir erschauerten, er sagte *Antenora* (eigentlich ein harmlos klingender Name), und uns fröstelte, er sagte *Ptolemäa* (das klingt zwar eher nach einer Schule der Philosophie, meint aber den Heerführer aus dem ersten Buch der Makkabäer), und wir wurden starr, er sagte *Giudecca*, und einige von uns fühlten ein klammes Unbehagen, versetzt mit Schrecken. Dantes Worte hatten plötzlich Leben gewonnen und wuselten in unseren Hirnen herum.

XXV

Alles, was Schestow sagte, führte auf das nächste Kapitel hin, auf den Grafen Ugolino, er ist ja die schaurige Hauptfigur von Canto XXXIII. U – go – li – no! Endlich war der Name heraus. Schestow schloß die Augen, als müsse er, was jetzt an Grausamkeit auf ihn zukomme, erst einmal überdenken. Er machte eine lange Pause, danach sprach er den Namen ein weiteres Mal aus, fast noch langgezogener als zuvor. Aber dann stob der Funkenflug wieder aus den italienischen Versen, die Schestow auf uns abfeuerte. Jesus! Einmal in Fahrt gekommen, war der Mann schier nicht mehr zu halten.

Wir wußten natürlich, wer Graf Ugolino war. Canto XXXIII ist so berühmt wie der Canto über Paolo und Francesca. Es ist ja ein außerordentlich grausames Geschick, das diesen Ugolino heimgesucht hat. Mit zwei Söhnen und zwei Enkeln wurde er in einem Pisaner Turm festgehalten, nach einigen Monaten vernagelte man die Tür und ließ die Gefangenen am Hunger verrecken. Die Überlieferung erzählt die grausame Geschichte, daß die Kinder dem Vater ihr eigenes Fleisch zum Verzehr angeboten hätten. Ob Ugolino von ihrem Fleisch abgebissen hat oder nicht, bleibt bei Dante zwar offen, aber indirekt läuft es darauf hinaus, weil Ugolino den Kopf seines Widersachers, den des Bischof Ruggieri, benagt.

Ruggieri hatte veranlaßt, ihn und die Kinder in den Turm zu werfen. Beide stecken im Eis, nur ihre Oberkörper ragen daraus hervor. Und so kommt es zu der wahnsinnigen Szene, daß Ugolino wie ein bösartig fressender Hut die Zähne von oben ins Kopffleisch seines Widersachers schlägt, dann den Mund von ihm löst und ihn an dessen Haaren abwischt.

Ein Kardinalproblem zeigt sich auch hier. Der einst mächtige Graf Ugolino mag ein Übeltäter gewesen sein, er galt als Verräter, der sich als Ghibelline eine Zeitlang mit den Guelfen verbündet hatte. Dann wurde der Verräter wiederum von einem Verräter verraten, deshalb stecken beide im selben Eisloch.

Aber als Gefangener, der mitsamt Kindern und Kindeskindern den Hungertod sterben muß, ist er in unseren Augen ein unglücklicher Mann, dem ein extrem grausames Schicksal zuteil wurde. Hat Ugolino es wirklich verdient, am Kältepol der Hölle im ewigen Fleischkampf mit seinem Widersacher festgesetzt zu sein? Als liebender und zugleich machtloser Vater wird er von Dante trotz der alles beherrschenden Greuel in Szene gesetzt. Wovon erzählt wird, ist entsetzlich. Im entscheidenden Moment versagt Ugolino die Sprache. Wenn er zum Schluß sagt, der Hunger habe den Schmerz überwunden, ahnt der Leser, daß wirklich geschah, wovon nur in Andeutung die Rede ist. Gerade die Ungewißheit läßt den Leser um so intensiver an Kannibalismus denken. Und Ugolino schlägt mit verdrehten Augen gleich wieder die Zähne in Ruggieros Schädel.

Schestow schien das Problem der Gerechtigkeit nicht zu kümmern. Er verhielt sich buchstabengetreu, als würde er jede Maßnahme, die Dante seinen persönlichen Gegnern und den anderen Sündern zuteil werden läßt, freudig begrüßen. Geradeso, als wäre ein Gegner Dantes nun auch Schestows Gegner. Niemand im Saal schien an dieser extremen Haltung Anstoß zu nehmen, man ging offenbar allgemein dazu über, alles, aber auch wirklich alles mit den Augen Dantes zu sehen, wie Dante zu denken, wie Dante zu urteilen. Mir hat das Ugolino-Kapitel allerdings immer Unbehagen bereitet, weil es gegen meinen Gerechtigkeitssinn verstößt und das schauerliche Fleischbenagen meinen Magen angreift.

Aber urplötzlich hielt Schestow inne und geriet in ein anderes Fahrwasser. Mit getragener Stimme, durchglüht von Verehrung, zitierte er eine Passage aus Ossip Mandelstams Schrift über Dante, in der sich der Dichter vorstellt, alle Säle der Eremitage würden plötzlich verrückt, alle Bilder sich von den Nägeln lösen und ineinander übergehen und die Zimmerluft sich mit futuristischem Gebrüll und tobender Erregung der Farben füllen. Nur mit einer solchen Szene könne man Dantes Commedia vergleichen. Das war insofern merkwürdig, weil das Zitat nicht zur grausamen Eislochszene paßt. Es ist dunkel da unten, es dräuen die Felswände in massigem Grau, hell gleißt nur das Eis, von Farben ist überhaupt nicht die Rede. Und Ugolino brüllt nicht, im Gegenteil, gemessen an der wilden Fleischbenagung und dem verschmierten Maul, spricht der Mann geordnet und verständig. Er benutzt keine Schimpfworte, hält keine Schandrede, ist trotz seines Hasses bei Sinnen. Goethe traf es genau, als er schrieb, Ugolinos Hungertod gehöre mit zum Höchsten, was die Dichtkunst hervorgebracht habe, denn ebendiese Enge, dieser Lakonismus, dieses Verstummen bringe uns den Turm, den Hunger, die starre Verzweiflung vor die Seele. Zwar schätze ich Goethes Klugheit und stimme seiner Einschätzung zu, an diesem schönen Vormittag mehr als in letzter Zeit, trotzdem zieht es mich von Ugolino weg. Bei ihm suche ich definitiv nicht nach Parallelen zu meiner eigenen Situation.

Vom Grausamkeitstheater habe ich so langsam genug. Auch von den Rachephantasien Dantes, der ganz Pisa, den Ort, an dem Ugolino gewirkt hat, absaufen lassen will. Statt dessen beschäftigen mich noch einmal die Größenverhältnisse, die im Kapitel der Riesen eine Rolle spielen. Was war, ist groß. Was ist, ist klein. Obwohl ich immer noch gleichbleibend einen Meter sechsundneunzig messe, steht vieles aus der

Vergangenheit in leuchtender Größe vor mir, während mir das fortlaufend sich blähende und dann gleich wieder zusammenschnurrende Zeitintervall der Gegenwart nicht nur klein, sondern völlig unbedeutend vorkommt.

Gutgut, ich mag ein akzeptabler Romanist gewesen sein, aber in bezug auf die schwindelerregenden Erkenntnisse, mit denen die Astrophysiker nur so um sich werfen, bin ich Winnie the Pooh, ein lieber Bär von geringem Verstand. Nicht so füllig und verfressen wie Pooh, der sich mit seinem stattlichen Bäuchlein in die Sonne legen kann, denn meine Hosen schlottern immer noch, und ich muß sie mit dem Gürtel festschnallen, damit sie mir nicht zu den Knien runterrutschen.

Ganz naiv nage ich an dem Problem herum: wenn das Weltall dereinst implodiert oder explodiert oder komplett in sich eingeschlungen wird (so oder so befindet sich das jenseits meiner Vorstellungskraft), würde der darin herumtaumelnde Gott wohl oder übel auch einverschlungen oder ausgespien. Wie auch immer, Ihm würde jedenfalls nichts Gutes blühen. Er wäre dann so ziemlich weg. Wo das Nichts herrscht oder ist (es kann allerdings weder herrschen noch sein, da keinerlei Substanz in ihm west), kann kein Gott etwas beschließen, ja, Er kann nicht mal faul herumlungern und einfach nichts tun oder sich im radikalen Sinne des Zimzum zurückziehen, damit im gottfreien Hohlraum die Welt entsteht (und wieder vergeht), denn irgendein Fleckchen dieses Nichts, und sei es dessen äußerer Rand, müßte Er dann trotzdem für sich okkupiert haben.

Aber im Nichts befindet sich nun mal nichts, weder Gott noch Sonnen, Monde oder Sterne, noch Wind, Kälte, Hitze, Mikroben, Gesteinsbröckchen, Bierbüchsen, Teebeutel, Florfliegen, erst recht nicht so etwas Absurdes wie Gottlieb Elsheimer im weißen Hemd auf einem Balkon, auf dem die Geranien zu gekrümmtem Trockenzeug verkommen sind, oder so etwas Unheimliches wie Gottes Gerichtshof mit dem Vorsitzenden Jesus Christus, den Engeln als Gerichtsdienern, die die ankommenden Seelen entweder in die Hölle hinabstoßen oder ihnen zu einer beseligenden Auffahrt verhelfen. Vielleicht ist aber selbst das Jüngste Gericht nur vorläufig, denn Gottes Macht ist zwar aus unseren winzig dimensionierten Zeitaugen betrachtet unendlich, aber aus Sicht des Universums, wenn es denn in die Zukunft blicken könnte, begrenzt. Wer weiß, bis sich das Universum selbst abschafft, sind Gott womöglich noch gewisse Späße erlaubt, die Er an uns Menschen ausprobieren darf. Wie ich's auch dreh' und wende, es bleibt ein ziemlicher Quatsch.

Diese absurden, in einem vagen Schwirrkreis herumtorkelnden Gedanken führen dazu, daß ich mir selbst immer fremder werde. Immanuel Kant vermochte noch geruhsam in einen recht gut aufgeräumten Himmel hineinzuspekulieren. Doch was wäre mit dem zähen Männlein geschehen, wenn es die Sogkraft des gestirnten Himmels zwar nicht am eigenen kinderkleinen Leib erfahren, aber mit eigenen Augen beobachtet hätte? Wäre Kant dann auf die Knie gefallen und hätte ein Gebet gestammelt, oder wäre der durch und durch vernünftige Philosoph, der sich nicht so leicht beirren ließ, verrückt geworden? Ich vermute, die Befragung seiner selbst, die Skepsis gegenüber dem Angeschauten, wäre unerbittlicher ausgefallen als bei mir. Ich gehörte nie zu den konsequenten Denkern, fühle mich eher zur Malerei und zur Literatur hingezogen, wo das allzu rigide analytische Vermögen suspendiert ist zugunsten der eigenen Anschauung und inneren Weltverfaßtheit.

Das hat vielleicht mit meinem Namen zu tun. Natürlich erinnert er an den berühmten Maler Adam Elsheimer, den ich sehr verehre. Sein unter schwärzestem Drohhimmel auf ein Feuerchen zeigender Paulus auf Malta, die Heilige Familie auf der Flucht und viele andere Gemälde, sie sind hinreißend, auf gefährlich unheimliche Weise aus dem Dunkel hervorleuchtend. Ein familiärer Zusammenhang mit ihm kann väterlicherseits aber leider nicht zurückverfolgt werden, den Namen Elsheimer gibt es öfter. Und meine Eltern hatten offenbar keine Ahnung davon, daß ein berühmter Maler gleichen Namens existierte, jedenfalls war nie von ihm die Rede. Sie hätten sonst vielleicht gewußt, daß dies kein behaglicher Name ist, sondern einer, hinter dem eine katastrophische religiöse Hingabe wetterleuchtet. Im übrigen läßt er sich zurückführen auf das Dorf Elsheim.

Auch sonst bin ich der bildenden Kunst sehr zugetan. Mein Liebling Joseph Cornell wurde ja schon erwähnt. Die anderen Lieblinge heißen Albrecht Altdorfer, Rogier van der Weyden, Roelant Savery, Joachim Patinir, Jan Vermeer, James Ensor und Balthus – Balthasar Klossowski de Rola mit korrektem Namen. Er verbrachte seine späten Jahre in einem Schweizer Landhaus, wobei Landhaus oder Chalet ziemlich bescheidene Wörter sind für ein riesiges altes Gebäude von erlesener Schönheit, den exquisiten ästhetischen Vorlieben des Malers angemessen. Balthus war übrigens auch in den sechziger und siebziger Jahren der Direktor der Villa Medici in Rom und hat in dem Gebäude für eine umsichtige und erlesene Renovierung gesorgt. Mich fasziniert an dem Maler, wie das Göttliche bei ihm im Demiurgischen wiederkehrt, mit Vorliebe in Gestalt von Katzen, die erotische Szenen beobachten.

Dann aber, nicht zu vergessen, gibt es die Verrückten, die mich bezaubert haben: Adolf Wölfli, Achilles Rizzoli und der nicht ganz so bekannte Carl Fredrik Hill, der Ende des neunzehnten Jahrhunderts eine solide Ausbildung als Maler in Paris erhielt und dann im heimischen Schweden mehr und mehr in den Wahn driftete. Seine frühen Landschaftsgemälde sind ausgezeichnet, wiewohl noch nicht von Sonderbarkeit geprägt. Doch später bekamen die Bilder einen Stich. Fortan malte er obskure Familien in gepflegten bürgerlichen Wohnzimmern, die von einer Art Säurefraß befallen sind. Leute hocken da herum, als wären sie scheintot. Hill endete damit, daß er zarte Bleistiftstrichlein gen Himmel lenkte und seinen Namen wie in die Höhe gezogen zwischen die Striche setzte: *Hill, Hill, Hill,* der damit körperlos, aber immerhin in Form von Buchstaben ins Universum driftete. Man könnte meinen, der Anblick dieser Zeichnungen sei ein Vorbote der römischen Himmelsmanöver gewesen, allerdings mit dem Unterschied, daß den davonsegelnden Körpern ihre Namen nicht in Schriftzügen hinterherwehten. Und meiner erst recht nicht, obwohl mir die Idee behagt, daß *Gottlieb Elsheimer* als zartes Schriftband in den Himmel hinaufgetragen wird.

Achilles Rizzoli wiederum fasziniert mich wegen seiner erfundenen Gebäude, lauter Wahnsinnsbauten mit Vaudeville-Charakter, bis ins letzte Farbstiftstrichelchen mit höchster Präzision zu Papier gebracht. Der Mann war Bauzeichner, deshalb konnte er obendrein die Grundrisse seiner Bauten zu Papier bringen. Aber damit nicht genug. Drum herum erfand er einen hochmögenden Club – natürlich fungierte er als Präsident – mitsamt Briefkopf, Tischkarten, einem goldenen Regelwerk, Aufnahmekriterien für Mitglieder. Er war so einsam, daß er unentwegt Briefe an sich selbst schrieb, in schmucker Schrift adressiert an den Clubpräsidenten Achilles Rizzoli. Höchst merkwürdig ist sein Euthanasieturm, von dem aus die Selbstmörder aber nicht herabstürzen, sondern auffliegen. Auch Rizzoli scheint davon überzeugt gewesen zu sein, daß es himmlische Auffahrten, also ein Hinauf für lebende Körper, gibt.

An dem Mann bezaubert mich alles. Das zutiefst einsame Leben, die kuriose Mutterfixiertheit (er schlief allen Ernstes am Fußende des mütterlichen Bettes und hatte diese Schlafposition auch weiter inne, als die Mutter längst gestorben war), vor allem sein hinreißendes Können, das in völliger Isoliertheit gedieh, ohne daß er je Kontakt zu einer Galerie gehabt hätte. Er wurde denn auch erst einige Jahre nach seinem Tod berühmt, da hatten allerdings Verwandte, die sich wohl für ihn schämten, die meisten seiner äußerst detaillierten, großformatigen Zeichnungen in den Müll geworfen. Eine verwunschene Märchenexistenz in einem Märchengehäus, denn das winzige Haus, in dem er lebte, war von der Erde bis zum Dach völlig überrankt von Kletterpflanzen, auch die Fenster, durch die kein Licht mehr drang, waren zugewuchert und gestatteten keinen Einblick, wenn der schlaflose Rizzoli nachts an seinem Tisch saß und zeichnete. Die Einsamkeit dieses Mannes kann ich jetzt viel stärker am eigenen Leib spüren als noch vor wenigen Tagen. Rizzoli, unermüdlich beschäftigt mit etwas Ungeheuerlichem, das er zu bewältigen sucht, steht mir nun nah, obwohl ich meine Not längst nicht so raffiniert in Zeichnungen umsetzen kann.

Adolf Wölfli ist bekannt. Er arbeitete unentwegt, kritzelte Noten, nach denen er mit einer Papiertröte auch zu musizieren versuchte, verfaßte ellenlange Reiseberichte, hauptsächlich über das gelobte Land Amerika, die, zieht man das allzu Wilde und Sonderbare ab, fast ein bißchen nach Franz Kafka klingen. Zumindest kann man sie wie ein verrücktes Echo zu Kafkas wunderlichen Amerika-Erkundungen lesen. Aber berühmt ist er für seine Buntstiftzeichnungen. Wölfli hatte das Glück, sehr bald auf einsichtige Psychiater zu treffen, die seine Zeichnungen schätzten und merkten, daß diese Tätigkeiten den Patienten beruhigten und ihm Abwechslung verschafften im monotonen Alltag der Anstalt. Der Mann war ja fast sein ganzes Erwachsenenleben lang darin untergebracht. Die Zeichnungen, die sich wie Schichten und Ringe um ein Geheimnis legen, beäugt von kleinen demiurgenhaften Gespenstfiguren mit Antennen, haben sehr häufig das für Wölfli offenbar hochgefährliche Rätsel der Geburt zum Thema. Deshalb muß es umzirkt, muß es in Buchten, Kreise und Ovale eingeschlossen werden. Nicht fleischlich, nicht konkret ist es präsent, sondern von einem farbenreichen Höhlenzauber umgeben, der die Gefahr bannt und zugleich auf sie verweist. Ich finde diese kleinformatigen Zeichnungen auf allen möglichen Papieren, die gerade zur Hand waren – oft ist es Packpapier –, einfach hinreißend. Sowohl in der Farbgebung als auch in der ornamentreichen Einhegung der Rätsel.

Der Blick auf das Leben des Mannes ist anrührend. Ein Armenhäuslerkind, das kaum zur Schule ging, bemüht sich mit Fleiß und Energie, in die zauberische Welt der Schrift einzudringen und dort seine Fahne zu hissen. Wunderbar! Er lebte in einer Zeit, in der man noch sehr auf Schönschrift hielt. Und die Zeichnungen des Künstlers, ebenso seine Schrift, sie sind präzis, niemals wuschig oder ins Konturlose ausgewildert. Auch Wölfli wurde von den großen Geheimnissen umgetrieben, die den Menschen von jeher begleiten – wo komme ich her, wo gehe ich hin. Beobachtet mich jemand von höherer Warte aus? Oder bin ich allein? Alles Fragen, die mich über eine Vielzahl von Jahren so gut wie nicht beschäftigt haben. Jetzt setzen sie mir zu.

Während der Pubertät war ich hellauf begeistert von Andy Warhol und seiner Factory-Entourage, überhaupt den bunteren Formen der zeitgenössischen Kunst. Ich bin sogar als

Halbwüchsiger von zu Hause ausgebüchst, um zur Documenta zu fahren, will heißen: zu trampen, um mir die Nagelobjekte und das silberne Lichtgefunkel der Gruppe Zero anzusehen. Auch die große Collage von Robert Rauschenberg mit John F. Kennedy interessierte mich, erst recht die Sado-Maso-Puppen von Hans Bellmer, die mir ungeheuer verrucht vorkamen. Für den Ausflug hatte ich mein Sparschwein geschlachtet. Nach zwei Tagen kehrte ich brav wieder nach Hause zurück, wo mich meine Mutter mit einer saftigen Ohrfeige empfing. Sie war in heller Aufregung, hatte inzwischen die Polizei benachrichtigt, weil sie natürlich denken mußte, ich sei umgekommen oder werde von einem Kinderschänder in einem Verlies festgehalten. Ihre Angst muß enorm gewesen sein.

Als ich von der Autobahnauffahrt Stuttgart-Degerloch lostrampte, erst in einem lustigen VW-Bus mit lauter Kiffern, dann in einem Mercedes mit einem Arzneimittelvertreter der Firma Bayer, war die Mutter aus meinem Gedächtnis entschwunden. Ich fieberte einer neuen Erfahrung entgegen, dachte an meine Klassenkameraden am Eberhard-Ludwigs-Gymnasium, denen ich mich plötzlich turmhoch überlegen fühlte, weil die sich nicht die Bohne für moderne Kunst interessierten.

XXVI

Nur wenige Male kam mir die Mutter wieder in den Sinn beziehungsweise die Strafe, die mich erwartete. Die fiel allerdings geringer aus als befürchtet. Erst kam die Ohrfeige, dann ging ein erregter Wortschwall auf mich nieder, dann nahm sie mich in ihre Arme und weinte. Damals gab es gottlob noch keine Mobiltelefone, ein Ausreißer war schwer zu verfolgen. Es wäre mir auch niemals eingefallen, meine Mutter von einem Telefonhäuschen aus anzurufen. Weg ist weg, dachte ich, Herrgottzack, weg bin ich, oder vielmehr: das Leben ist voller Überraschungen, es besteht nicht nur aus einer bescheidenen Dreizimmerwohnung in Stuttgart-Sillenbuch. Alle Welt sollte erfahren: die kleinmiefige Enge kann mich mal! Übernachtet habe ich im Park, der die Documenta umgibt, und bin dort meinen ersten Fixern begegnet, die mir allerdings unheimlich vorkamen, obendrein verblödet. Mit Spritzen herumzufummeln und verzückt die Augen zu verdrehen, um dann dummes Zeug zu brabbeln, war definitiv nicht meine Sache.

Bei meiner Rückkehr wurde ich von den Klassenkameraden gefeiert wie ein Held. Das hatte von denen noch keiner riskiert. Man bedenke: ich war damals dreizehn und besuchte eine Schule, auf der fast nur Söhne aus wohlhabenden bürgerlichen Familien anzutreffen waren, die zwar schon einige Erfahrung mit Haschisch hinter sich hatten, einer sogar mit LSD, aber ansonsten war ihre Risikoneigung eher begrenzt. Mein Interesse an der Gruppe Zero und der Documenta überhaupt legte sich hernach ziemlich rasch und ist nie wieder aufgeblüht. Statt dessen begann ich mich für James Ensor zu interessieren, dem in der Stuttgarter Staatsgalerie eine große

Ausstellung gewidmet war, die ich gut zwanzig Mal oder mehr besucht habe. Seine Bilder haben so stark auf mich gewirkt, daß ich später auf einer Auktion ein kleines Radierblättchen von ihm erwarb, auf dem ein irrwischhafter kleiner Mensch von einem hohen Turm herunterkotzt. Nicht unbedingt das bevorzugte Sujet meiner Wahl. Aber eben ein rotzfrecher Ensor. Das Blatt hat er anläßlich einer Essenseinladung, die an ihn ergangen war, gestaltet. Er muß die Gastgeber verachtet haben. Mit dem eigensinnigen Mann war vermutlich nicht gut Kirschen essen. Für ein Ölbild, das ich nur zu gern von ihm besitzen würde, langte mein Geld natürlich nicht. Was gäbe ich darum, eines seiner hinreißenden Maskenbilder zu besitzen, etwa *Die Verwunderung der Maske Wouse*, die einen Raum betritt, in dem lauter Kostüme und Masken schlaff auf dem Boden herumliegen. Ein schräg ins Bild gerecktes Blasinstrument ist auf dem Sammelsurium zu sehen. Aus der spitzen Nase von Madame Wouse fällt ein langgezogener Tropfen Schleim.

Das Bild kann ich detailgenau in der Erinnerung heraufbeschwören, inklusive des Wandbehangs mit exotischen Vögeln und der von einem komischen Deckel bekrönten Nachthaube von Wouse. Einen starken Eindruck hat das Gemälde hinterlassen. Vielleicht hat mich das Rätsel am Wickel, daß sich eine Maske selbst unendlich wundern kann und nicht nur Verwunderung beim Betrachter auslöst, was mich wiederum wundert, ohne daß ich je hinter das Geheimnis gekommen wäre. Warum trägt die Wouse, die übrigens winzige schwarzbehandschuhte Fingerchen hat, einen aufgespannten Damenschirm im Zimmer? Und, verdammt noch mal, warum wundert sich eine Maske über schlaffe, körperlose Kleiderhüllen und gerümpelhaft am Boden liegende Masken?

Im Saal der Malteser sind keine Schirme zurückgeblieben,

aber die umfängliche Anzugjacke von Wirsing hing fast bis auf den Boden schleifend über der Lehne seines Stuhls. Tassen, Löffel, Gläser, Mineralwasserflaschen, Teller mit Gebäck, ein Seidenschal, Aktentaschen, Laptops, Brillen, Brillenetuis, Kugelschreiber, Füller, Bleistifte, Vortragsmanuskripte, zwei, drei normale Zigarettenpäckchen, eine E-Zigarette und ein komischer Radiergummi in Form eines kleinen Nilpferdes waren noch da, mehr nicht. Die langnasige Wouse hätte in diesem Raum reichlich Gelegenheit gehabt, sich sehr, wirklich sehr zu wundern. Ich sehe schon, wie sie mit zugeklapptem Schirm an das blaue Nilpferdchen rührt, wobei ein Tropfen aus ihrer Nase fällt, worauf sie mit kratziger Stimme die Malteserherren an der Wand fragt, was denn hier los sei. Und einer von ihnen würde antworten, vielleicht der weißhaarige Herr in der Mitte mit dem imposant gefältelten Kragen.

Selbstverständlich spricht ein Großmeister der Malteser würdevoll, er verhaspelt sich nicht, schon gar nicht, wenn er von einem Gemälde aus spricht. Die Stimme erhebt sich dann allerdings nicht mit voller Kraft, eher leise schraubt sie sich in die Windungen eines auffangsamen Ohres hinein, vielleicht würden sich die Worte ein klein wenig ölig anhören.

Werte Dame Wouse, könnte der gebieterische Herr sagen, ohne daß sich seine Lippen bewegten, dann würde er eine Ruhepause einlegen und noch einmal von vorn anfangen: Wouse, Wouse, Wouse, davon verstehen Sie nichts. Ihr Kopf ist für das, was sich hier zugetragen hat, einfach nicht geschaffen. Hexerei und Maskeraden oder sonst ein Firlefanz waren nicht im Spiel. Das zurückgelassene Gerümpel bedeutet nichts. Wouse, sehen Sie zum Fenster hinaus, dann bekommen Sie vielleicht eine Ahnung davon, was sich hier zugetragen hat. Der Malteser müßte das natürlich auf französisch sagen, denn eine von

James Ensor durch den Pinsel ins Dasein gezogene Wouse verstünde bestimmt kein Italienisch. Aber über einen ins Bild gesperrten Mann, der von der Wand aus zu ihr spricht, würde die seltsam kostümierte Dame sich nicht im geringsten wundern.

Daß Leute, die in Bildnisse gebannt sind, urplötzlich sprechen oder gar herumwandeln, kommt mir inzwischen nicht seltsamer vor als das, was ich mit eigenen Augen gesehen habe. In manchen Filmen trägt sich so etwas ohnehin leichterdings zu. Wer weiß, vielleicht beginnt meine verdorrte Geranie auf dem Balkon auch irgendwann wieder zu grünen und zu blühen, und wenn sie besonders keck gelaunt ist, schimpft sie mit mir, weil ich sie so schlecht behandelt habe. Alles ist möglich, wenn's möglich ist, daß sich Leute aus Fleisch und Blut mir nichts, dir nichts in den Himmel erheben. Dann kann auch alles schwätzen, was Gestalt angenommen hat – Radiergummis, Blumen, Metallspinnen, mit denen man sich den Kopf kratzt, schwatzschwatz, das gesamte Universum schwatzt, *no problem* oder *null problemo* würden meine Studenten dazu sagen, wenn sie so schräg drauf wären wie ich.

Meine Eva kam mit ihrem Vortrag übrigens auch nicht mehr zum Zuge. Sie wollte uns etwas über die Werke von bildenden Künstlern erzählen, die sich mit der Commedia befaßt haben, und das sind eine ganze Menge. Eva ist dafür die richtige. Sie ist in einem kunstsinnigen Haus aufgewachsen. Ein Max Ernst hing im Wohnzimmer der Familie, und es gab eine hinreißende Sepiazeichnung von Carl Blechen, die Eva geerbt hat – eine italienische Landschaft im Sonnenglast mit einem Gebäude, das über einer Schlucht liegt.

Zwar kenne ich ihren Vortrag nicht, aber ich weiß, mit wem sie sich beschäftigt hat. Zuvörderst mit den berühmten Künstlern, die die Commedia in früher Zeit illustriert haben –

Botticelli natürlich, dessen gerundete Formen mir an einigen Stellen etwas lieblich vorkommen, besonders, wenn es um die Illustration der Hölle geht, wo geschröffhaft Spitzes vorherrscht. Mit Federico Zuccaris und Luigi Alamannis brauntintigen Zeichnungen, mit den etwas kindlichen Miniaturen auf Pergament von unbekannter Hand aus dem vierzehnten Jahrhundert und einem hinreißenden Florentiner Codex, ebenfalls aus diesem Jahrhundert, sind wir Wissenschaftler natürlich vertraut.

Es gibt Unmengen von Bildern, die sich der Commedia widmen. Teils anonym, teils mit berühmten Namen versehen – William Blake etwa, Eugène Delacroix, Johann Heinrich Füssli mit seinem Ugolino im Hungerturm, John Flaxman oder Renato Guttuso, den ich allerdings nicht schätze. Das bekannteste Bild stammt von Domenico di Michelino – ein übergroßer Dante steht vor der Stadt Florenz und weist die geöffnete Commedia vor, im Hintergrund sieht man den Läuterungsberg, gekrönt vom Paradies, in dem sich Adam und Eva einander zuwenden, während sich links unten eine Spalte aufgetan hat, worin die nackten Scharen der Sünder in den höllischen Abgrund getrieben werden.

Natürlich wollte sich Eva den berühmten Stichen von Gustave Doré widmen, der schon als neunjähriger Knabe einen Narren an der Commedia gefressen hatte. Sie hat mir außerdem den Katalog eines deutschen Kunstprofessors gezeigt, der erst vor wenigen Jahren gestorben ist – Adolf Buchleiter. Seine großformatigen Zeichnungen, besät mit Aberhunderten von winzigen gequälten Köpfen und Leibern, sind bemerkenswert. Mir imponieren auch die Radierungen des Österreichers Markus Vallazza, die ich mir mal in Wien angesehen habe. Robert Rauschenberg hat sich ebenfalls ausgiebig mit der Commedia befaßt; seine wischigen Zeichnungen wirken spukhaft, sie hüllen die Szenerie in ein vorbeidriftendes Ungefähr. Eva hatte uns überdies von dem nicht zu Ende geführten Großprojekt Peter Greenaways erzählen wollen. Der in den Neunzigern begonnene und nie fertiggestellte Film bediente sich der damals neuesten Techniken, die bereits wenige Jahre später veraltet waren. Veraltet oder nicht, der Film mit den eingeblendeten Kommentarköpfen und den dahinter hin und her huschenden nackten Höllenbewohnern langweilt auf die Dauer doch ein bißchen.

Apropos Dantephilie, deutscherseits. Die Dantephilie war hierzulande eine Italophilie, eine amüsante deutsche Krankheit mit absurden Exaltationen. Die Berühmtheit des Buches schlug bereits im neunzehnten Jahrhundert hohe Wellen, wurde gesteigert im Kreis um Stefan George und sorgte in den zwanziger Jahren für einen wahren Übersetzungsrausch. Was allerdings nicht bedeutet, daß die Commedia eifrig gelesen worden wäre. Im Gegenteil. Wahrscheinlich ist Dantes Großgedicht eines der berühmtesten und zugleich am wenigsten gelesenen Werke der Weltliteratur. Trotzdem kennt so gut wie jeder halbwegs Gebildete den Namen Dante, kennt sein scharfnasiges Portrait, und sei's auf einem Ölkanister von Olio Dante.

Eine alberne Verehrung des Meisters betrieben Oswald Spengler und der Österreicher Josef Nadler, der sich zu den Nationalsozialisten mehr als nur ein bißchen hingezogen fühlte. Bei beiden thront Dante auf einem von Weihe umwaberten Gipfel, als eine im Grunde durch und durch deutsche Natur, die lediglich aus Versehen in Florenz zur Welt kam. Das wahre Verständnis für sein monumentales Werk konnten nur die Deutschen entwickeln, den Schweizern wurde das nicht zugetraut, selbst die Österreicher standen im Verdacht, nur so lala und obenhin mit Dante vertraut zu sein. Eine absurde Form der Verständnisinnigkeit, die in Superlativen schwelgt, aber jede genaue Kenntnis der Vorkommnisse, die in der Commedia verhandelt werden, auch der Zeitumstände, unter denen das Werk entstand, entrüstet von sich weist.

Tempi passati. Von solchem Schmarrn haben die deutschsprachigen Dante-Forscher längst die Finger gelassen, wo auch immer sie aufgewachsen sein mögen. Wäre Manfred Hardt mein Freund gewesen, hätten wir über die deutsche Dantemacke herrlich spotten können, ich höre schon, wie er mit tiefer Bruststimme und rollendem R den Nadler nachahmt, den deutschen Führer an die Seite Dantes stellt und dazu mit seherischem Weitblick von der Schicksalsgemeinschaft faselt. Nicht weniger komisch ist diesbezüglich übrigens Rudolf Borchardt. Als Jude war ihm der Weg versperrt, Hitler inbrünstig zu verehren, er tat es dafür um so heftiger mit Mussolini. Vergessen seien aber nicht seine Drecksjamben auf Hitler und die Hitlerei, die zur stärksten Schleudermasse zählen, mit der ein Dichter je um sich geworfen hat:

> ... dies ist schlechterdings
> Dreck. Trockener, angemachter, aufgeweichter Dreck,
> Zerfallener Dreck, gepresster Dreck,
> Gedruckter, Scheissdreck, Dreckgesinnung, dreckige
> Visage, frech wie Straßendreck,
> Dreckseelen, Selbstverdreckung, Schund und darum
> Dreck,
> Halbecht, einen Dreck wert, nachgemacht,
> Gepatzt, gekitscht, gepfuscht, gestohlen, falschgemünzt,
> Mit Dreck zu Dreck und wieder Dreck.

Dagegen steht die irrwitzige Geschichte, wie der in Oberitalien lebende Borchardt nach Rom pilgert, um dem Duce seine Übersetzung der Commedia zu überreichen. Warten, ewiges Warten im unendlich langen Flur des Palazzo Venezia. Uniformträger eilen vorüber, in allerwichtigsten Dienstgeschäften versteht sich. Endlich wird Borchardt vorgelassen. Natürlich befindet sich der Duce hinter einem gewaltigen Schreibtisch, Borchardt überreicht ihm feierlich seine Dante-Übertragung, Mussolini legt die gewichtige Diktatorenhand auf das Buch – in diesem Moment weiß Borchardt, daß der Duce versteht. Alles versteht. Selbstverständlich auch eine Übersetzung, die nur wenige Deutsche lesen können. Aber der Duce kann's! Im Augenblick des Handauflegens durchströmen die deutschen Verse Hirn und Herz des italienischen Führers.

Einer ganz anderen, herzergreifend schönen Form der Dante-Verehrung widmete sich hingegen Philalethes, der König Johann von Sachsen. Mit ihm befinden wir uns jedoch wieder am Anfang und in der Mitte des neunzehnten Jahrhunderts, fernab von jedwedem Drecks- und Führerkult. Johann von Sachsen dürfte weltweit eines der wenigen gekrönten Häupter sein, die sich mit solcher Energie einer komplexen Übersetzung widmeten, einer so gelungenen obendrein. Auf einem Ölbild steht er neben einem lorbeerumwundenen Dante-Kopf an einem Tisch mit den Blättern eines Manuskripts, das seine Übersetzung der Commedia enthält. Wir sehen einen gutaussehenden, schlanken jüngeren Mann mit prominenter Nase, die linke Hand am Säbel. Die auf das Manuskript gesetzte Faust zeugt von Entschlossenheit.

An den tiefsten Punkt der Hölle gelangten wir mit Hilfe von Jean-Jacques Bertrand. Der Mann ist um die fünfzig, eher zurückhaltend, im Umgang sehr höflich, man weiß allerdings nie so recht, woran man mit ihm ist. Zumindest ich wußte es nicht. Seine fachliche Qualifikation steht außer Zweifel. Bertrand ist der Doyen der französischen Dante-Forschung. Wie ich es für die deutschen Übersetzungen der Commedia getan habe, hat er die französischen Übertragungen durchkämmt und exzellente Kommentare dazu verfaßt. Ich hatte eine gewisse Scheu, mich näher mit ihm ins Benehmen zu setzen, Bertrand wirkte auf mich wie der Angehörige einer höhergestellten, ungleich edleren Klasse, zu der mir der Zutritt verwehrt ist. Vielleicht ist das pure Einbildung, denn ich weiß schlicht nichts über sein Privatleben, auch nicht, ob er in einer reichen Familie aufgewachsen ist, was ich allerdings vermute. Er trug eine sehr teure Uhr am Handgelenk, und sein Anzug war gut geschnitten. Aber da kann man sich täuschen.

Auf jeden Fall war er das Idealbild eines gescheiten Franzosen, von mittlerer Statur und elegantem, fast glamourösem Äußeren, der noch alle Haare auf dem Kopf hat und sich seiner guten Figur bewußt ist. Er hatte eine entfernte Ähnlichkeit mit Sarkozy, hätte dessen jüngerer Bruder sein können. Mit Catherine war er offensichtlich befreundet, jedenfalls traf man die beiden des öfteren zusammen. Sie schienen sich gut zu amüsieren, wiewohl sie kein Paar waren, oder falls doch, wußten sie es jedenfalls gut zu verbergen.

Mir gegenüber wahrte Bertrand eine ziemlich distanzierte, wiewohl verbindliche Form. Daß sich unser kühlster Kopf mit der Eiseskälte des Inferno befaßte, mit dem erstarrten Totpunkt, kam mir logisch vor, aber das mag eine idiotische Zuschreibung sein, die mit dem wirklichen Charakter des Mannes wenig zu tun hat.

Auch Jean-Jacques Bertrand machte seine Sache gut. Nach dem überaus hitzigen Schestow war es sogar eine Wohltat, die Rede von einem weniger erregten Mann serviert zu bekommen, der nichts Überkandideltes an sich hatte, sondern mit scharfsinniger Nüchternheit zu Werk ging. Bertrand spricht ein ziemlich passables Italienisch, hin und wieder mit leicht französisierenden Verschleifungen, was angenehm klang und die Verständlichkeit seiner Rede nicht behinderte. Die Verwandlung, die später mit ihm vorging, war allerdings außerordentlich. Seine Kühle war wie weggeblasen, er schwitzte, bekam rote Wangen, fuhr sich wie ein Irrwisch immerzu durch die Haare, hüpfte herum, als müsse er seine turnerische Grandezza unter Beweis stellen. Und was ich am allerwenigsten von ihm erwartet hätte: er neigte urplötzlich zu heftigen Umarmungen, Tränen liefen ihm über die Wangen, er frohlockte, juchzte und gickste wie ein Kind, und niemand schien vor seinem körperlichen Ungestüm sicher zu sein. Mich umarmte er nicht, ich bot allerdings auch wenig Anlaß dazu, ölgötzenhaft, wie ich auf meinem Stuhl hockte.

XXVII

Kälter als kalt ist es am Tiefpunkt der Hölle. Alles ist erstarrt, so daß auch keine Worte mehr aus den Mündern der Festgefrorenen entfliehen. Selbst Luzifer, den man sich gemeinhin als verführerischen Schwätzer vorstellt, hält die Klappe und verzieht keine Miene. Trotz des Eises und der vernünftigen Rede von Bertrand waren wir alle inzwischen so in Fahrt, als wären wir höchstpersönlich zum Grund des amphitheaterhaften Trichters hinabgeklettert und würden uns am zottigen Fell Luzifers festhalten, um durch den Erdmittelpunkt zu kriechen.

Unser lustiger Ewaryst Roszkiewicz hatte sich ebenfalls den tiefsten Punkt der Hölle mit dem im Eis steckenden Satan und das darauf folgende Aufwärtsklettern in Richtung Purgatorium vorgenommen, aber nicht ohne vorher an Canto XXI zu erinnern, in dem eine niedere Teufelsschar, die Dienerbrut des Satans, Sünder mit Gabelzinken in den Pechsee stößt, in dem die Schurken herumschwimmen wie in einem Kochkessel. Wie schon erwähnt: er hielt den Vortrag frei, tat mitunter so, als läge sein Skript auf dem Pult und er müsste etwas nachschauen, griff sich dann an den Kopf und rief: Taxi! – was natürlich wieder Heiterkeit hervorrief.

Am tiefsten Punkt der Hölle gefriert alles, weiter oben herrscht Hitze. Canto XXI paßte auch viel besser zu Roszkiewicz als Canto XXII, denn da rollt eine komische Burleske ab, die man auf dem Jahrmarkt hätte aufführen können. Besonders witzig sind die Namen der mit langen Enterhaken bewehrten Teufel, ein Fest für jeden Übersetzer. Die Teufel furzen, was das Zeug hält (will heißen: blasen Trompete mit dem Hintern), und benehmen sich auch sonst so, wie man es sich von echten Teufeln erwartet, die noch nicht durch die verfeinerte literarische Reinigungsprozedur eines Goethe oder Thomas Mann gegangen sind – Tückeschwanz, Grauseschwanz, Hatzsporn, Schurkenkraller, Strubbelkopp, Sausefeck, Speikatz, Sauhauer, Irrenwesch, Fletschkoller heißen die Kerle, Übeltatz und Grimmetatz, Schnauzenköter, Hundekratz und Hundekraller, Firlefaz, Grusehund, Raffelspitz, Zagelschratt, Flatterpelz, Knickfittich, Krummenflaug, Bückeschnurbs, Sudelbart, Katzkraller, Drachenfratz und Drachentroller, Feuerfax, Fletschkoller, Trittenzott, Reckelschnauzer, Schweinehauer, Schweinsborst, Schreckschweif, Raufefankel, Sudelbart, Lustgockel, Karfunkelpolt, Streitpütz, Schwinghupf, Sausfleder, Sauborst, Brandelzorn, Ruppelbart, Scharlachmohr, Krausebart, Nebelstampfer, Drachennaser, Geilkocher, Hauerschnauze – unter diesen Namen stechen die Gesellen mit ihren Gabeln zu. Aber ein Gauner, den sie spießen wollen, verschwindet im Pechsee, zwei der Teufel geraten aneinander und fallen beide in den blasenwerfenden Sumpf. Pechverkleistert sind dann ihre Flügel, und mit dem Weiterfliegen ist es erst mal vorbei. Viele deutsche Übersetzer, besonders aus früherer Zeit, haben einen Narren an diesen Namen gefressen und überbieten sich in ihrer Erfindungslust. Auch wenn sie manchmal damit übertreiben, stört mich das nicht. Es paßt gut zur Burleske, ist amüsant, da darf ruhig auf die Pauke gehauen werden, denn die niederen Teufelshelfer sind zwar grausame Burschen, aber nicht die hellsten Spießgesellen. Und ein Sünder entkommt ihnen.

Ich habe noch ein Zettelchen in meiner Hosentasche, auf dem Ewaryst die wichtigsten Namen der Teufel auf polnisch für mich notiert hat. Auch in anderen Sprachen wird da bisweilen die große Orgel angeworfen – wir hörten japanische, chinesische, griechische und französische Teufelsnamen, manche klangen komisch, andere harmlos. Besonders in den asiatischen Sprachen, weil unsere Ohren für diese Laute nicht richtig geschärft sind. Ewaryst rief gleichfalls einige der Namen auf polnisch in die Runde – da hießen die Kerle denn *Chwost, Szpony, Kudłacz, Ździebełko*, was mir auch nicht sonderlich bedrohlich vorkam, aber uns wurde versichert, auf polnisch sei das teils skurril, teils scharf. Unser Improvisationskünstler Roszkiewicz war auf der Höhe seines schauspielerischen Talents – nannte er den Namen eines Teufels, ahmte er gestisch nach, womit der Spießgesell gerade befaßt war. Und mit einer imaginären Gabel schien er nach denen zu stechen, die weiter vorne im Raum saßen, nach unserem sonst so stillen Javier Hernández etwa, der sich scheinängstlich wegduckte.

Beim teufelsbefreiten Aufstieg aus der Hölle im schmalen Schacht, den die beiden Wanderer hochklettern, kam Erleichterung über Roszkiewicz. Hinauf, immerzu hinauf zum kleinen Lichtloch, das sich ganz oben zeigt, dahin schien er selbst hochzustreben und Zug um Zug in eine andere Art von Vergnügtsein zu geraten, die weniger kalauerhaft war und von einer inneren Verwandlung kündete. Wir verließen das mittelalterliche Rundtheater, dem Dantes Hölle nachgebildet ist. In den *Kindern des Olymp* funktioniert es andersherum: da heißen die oberen Ränge des Theaters, wo gestanden, gepfiffen und gebrüllt wird, *Paradies*. Damit wäre Dantes Aufbau der drei Reiche auf den Kopf gestellt.

33 + 1. Oder vielmehr: 1 + 33. 34 also. Ich bin mal wieder gemeint, Nummer 34, der Höllenwicht (im Vergleich zu Luzifer allerdings ein unerheblicher), der immer noch nicht herausgefunden hat, weshalb er aussortiert wurde. Nicht der Engelsflügler, sondern der Drachenflügler behauptet tief unten in Canto XXXIV seinen Platz. Einst war Luzifer der schönste

der Engel, ein Leuchtgeschöpf, dessen aufgespannte Flügel in vollendeter Eleganz dahinrauschten im Braus; jetzt ist er eine Karikatur seiner selbst, und die windmühlenhaften Bewegungen der Drachenflügel erzeugen kaltbösen Wind, der den Haß in alle Teile der Welt treibt. Auch diese Flügel sind eine Karikatur. Sie erinnern an die schauderhafte Ausspannung der Arme des Gekreuzigten, erzeugen aber das Gegenteil von Erlösung und Gnade. Obwohl die Flügel Wind machen, ist alles statisch. Bis zum Nabel ist die riesige Körpermasse Luzifers festgebannt im Eis und zur Bewegungslosigkeit verdammt. Mit den Flügeln kann er nicht wegfliegen. Er spricht nicht, bewegt die Arme nicht. Am untersten Kältepunkt ist alles erstarrt.

Luzifer steht da herum als verhäßlichte Kippfigur seiner einst schönen, frei durch die Lüfte rauschenden Gestalt. Anstelle eines herrlichen Kopfes hat er drei Köpfe in verschiedenen Farben – Rot, Gelb, Schwarz, die auch mit Krieg, Pest, Hunger in Verbindung gebracht werden. Alles ist verkehrt. Der letzte Gesang der Hölle beginnt mit der Verkehrung eines Karfreitagshymnus, der eigentlich dem kreuztragenden Christus gewidmet ist. Und obwohl die in unendlichen Strafexempeln gefangene Zeit in der Hölle statisch ist, sie keinen Blick auf Sonne und Mond, Tag und Nacht erlaubt und damit vergessen macht, welches Datum auf der Erde herrscht, weiß man, daß die beiden Wanderer am Karfreitag unterwegs sind. Hier herrscht die Starre des Todes und ein eisiger Wind, der die riesigen Flügel Luzifers unablässig zaust und knattern läßt, die ironische Negation des linden Wehens der Liebe, welche die Sonne und alle Sterne in Bewegung hält.

Unsere Stimmungskanone Roszkiewicz befaßte sich vergnügt mit Luzifers drei Köpfen, einer die Dreifaltigkeit pervertierenden Trias. In den Mäulern des Ungeheuers werden drei Verräter gequält: Cassius, Brutus und Judas. Cassius und Brutus hatten Cäsar verraten, von dem Dante als großem Einiger des Römischen Reichs träumte. Die beiden stecken mit den Leibern im Maul, während ihre Köpfe heraushängen. Bei Judas wiederum zappeln die Beine im Freien (winzige Strampelbeinchen, gemessen an der Größe Satans), was seine Stellung als besonderer Verräter betont. Sobald Ewaryst auf die Verschwörer gegen Cäsar zu sprechen kam, drehte er den Kopf hin und her, ähnlich einem Verrückten. Als er sich Judas vorknöpfte, wurde er für wenige Sekunden ernst und machte einen Schlenker: als Pole sei er natürlich katholischer als alle Katholiken zusammen, das hindere ihn jedoch nicht, an der Verräterschaft des Judas zu zweifeln und darin eine böswillige Verleumdung zu sehen, denn der Name Judas stehe im Lauf der Jahrhunderte mehr und mehr für alle Juden und habe die Haßfolie für viele Greuel gebildet, die die Christen den Juden angetan hätten. Aber der Ernstmoment dauerte nur kurz. Gleich wurde Ewaryst wieder zum Schelm. Cäsar war für Dante eine bedeutende Figur, der Großherrscher über ein zusammengefaßtes, weitgespanntes Reich, das über eine Vielzahl an Provinzen gebot. Deshalb hat es die Leiber seiner Mörder ins satanische Maul verschlagen.

Jetzt muß ich aber doch unterbrechen. Das Hungernagen von Ugolino und die Verräterspeise in Luzifers Großmaul haben in meinem Magen ein Knurren erzeugt. Diesmal geht's zu Fuß nach Sachsenhausen, da kennt mich keiner. Ich will ein neues Restaurant ausprobieren, am Schaumainkai.

Der längere Spaziergang bei Schönwetter am nicht mehr ganz so hitzigen Abend hat mir gutgetan. Ich bin besserer Stimmung und sitze im Garten, habe dort den letzten freien Tisch ergattert. Langsam kehrt Dunkelheit ein, die ersten Sterne blitzen noch etwas schüchtern im Halbdunkel, der

Mond hängt nur als halbe Portion am Himmel. Ich bin bei *Emma Metzler* gelandet, das Restaurant ist nach einer Mäzenin aus dem neunzehnten Jahrhundert benannt. Der Name klingt solide und nicht nach Chichi. Ein Kollege hatte mir von dem Lokal erzählt. Und da hocke ich jetzt. Was als Amuse-Gueule angeboten wird, ist gut, vor meiner Nase steht ein exzellenter Rotwein. Und gottlob, keiner der Gäste mustert mich. Hier kennt mich wohl tatsächlich niemand.

Das Notizbuch ist natürlich dabei, und fleißig wird hineingekritzelt. Hier im Garten fühle ich mich erfrischt und befreit, seit meinem römischen Abenteuer war ich nicht mehr in so guter Stimmung. Womöglich paßt meine neue gedankliche Frische auch zu dem, wovon ab nun die Rede ist, denn mit Ewaryst, beziehungsweise mit Dante und Vergil, kletterten wir am zottigen Fell Luzifers entlang und dann in die kleine Felsspalte hinein, die in einem engen Schacht zum anderen Ende der Erdkugel führt, an den Fuß des Läuterungsberges. Der Aufstieg ist beschwerlich, sich von der zähen und düsteren Haftungsenergie der Hölle zu befreien fordert alle Kraft. Peu à peu ging mit unserem polnischen Luftikus eine Verwandlung vor – Ewaryst war zwar immer noch amüsant, aber das lustige Getändel legte sich zugunsten einer etwas ernsteren Erwartungshaltung, die Besitz von ihm ergriffen hatte.

Mein Hunger ist so groß, daß ich gleich ziemlich viel Brot in mich hineinstopfe. Kein allegorischer Hunger, sondern ein Hunger im buchstäblichen Sinn, der befriedigt werden muß. Dante ging in seiner Commedia natürlich weit über den buchstäblichen Sinn hinaus. Hunger ist nicht gleich Hunger. Hunger nach Erlösung ist etwas anderes als Hunger auf ein *Bistecca fiorentina*. Dante wußte das. Beim Verfassen der Commedia leiteten ihn durchdachte Prinzipien, er sah in der Allegorie die Möglichkeit, in der Hülle des Märchenhaften das Wahre hervorblitzen zu lassen. In seinem *Convivio* führt er dazu das Beispiel des Orpheus an, von dem Ovid schrieb, er habe mit der Zither und seiner Stimme die wilden Tiere gezähmt und sogar Steine in Bewegung versetzt. Dante zufolge bedeutet das aber nichts anderes, als daß der weise Sänger die Gabe besaß, harte Herzen zu erweichen, sie zahm und demütig zu machen, ja selbst die versteinerten in eine andere, beweglichere Sphäre zu locken.

Wenn es um die Hölle geht, arbeitet der menschliche Verstand präzis, auch das Purgatorium ist noch von einer Ordnungshaftigkeit in puncto Strafreinigung ergriffen, die eine Einteilung leicht ermöglicht. In der reinen himmlischen Sphäre wird das schwieriger, wiewohl in die Commedia natürlich auch hier Ordnungsvorstellungen eingetragen sind. Aber Dante hat im *Convivio* selbst darauf hingewiesen, daß der Aufstieg in den Himmel über den menschlichen Verstand hinausgehe und er sich deshalb nicht erinnern könne, was außerhalb seiner direkten Erfahrung geschehen sei. Das Emporgehobenwerden in eine radikal andere Sphäre setzt nach der Rückkehr eine partielle Amnesie in Kraft, weil die Erfahrung so übermächtig ist, daß der Mensch damit überfordert ist, zumindest, wenn er sich auf dem schnöden Boden der Wirklichkeit wieder zurechtfinden muß. Gottlob ist mein Boden der Wirklichkeit gerade weniger schnöde. Das Essen ist ausgezeichnet, es hat durchaus den Effekt, mich auf behagliche Weise in der Wirklichkeit zu verankern und eine kindlich vergnügte Sternenschau betreiben zu lassen. Vor den zurechtgelegten Teilen eines exzellenten Schwarzfederhuhns fühle ich keine Neigung, eine gottlose Freßtravestie aufzuführen; ich esse manierlich mit korrektem Gebrauch des Bestecks, wie's zu Hause gelehrt wurde. Der Boden der Wirklichkeit ist allerdings nicht ganz dafür geeignet, sich in das Emporstreben hineinzuversetzen, das im Purgatorium vorwaltet, noch weniger in Dantes rasante Auffahrt gen Himmel.

Ein sanftes Löschen der Erinnerung herrscht bei denen vor, denen es vergönnt war, die himmlische Paradiesluft zu schnuppern, zumindest nach ihrer Rückkehr zur Erde. Vielleicht ist meinen nach oben strebenden Kollegen etwas von dieser Luft in die Nasen gekommen, und sie haben etwas gesehen oder, erhabener ausgedrückt: etwas *geschaut*, was ich nicht wahrgenommen habe. Der Vorschein des Paradieses ist mir allenfalls im Garten der Malteser vor die Augen gerückt worden, aber der Eindruck war nicht stark genug, um meinen Geist und meinen Körper so zu überwältigen, daß ich zu einer außerordentlichen Erhebung fähig gewesen wäre.

Mit der Ankunft am Läuterungsberg in der Morgenstimmung des Ostersonntags geht in Dante eine Verwandlung vor, die sich mehr und mehr vervollkommnet. Aus einem harten, unerbittlichen Beobachter, der etliche der Strafen genießt, die den Sündern zugefügt werden, wird Zug um Zug ein milder Mann, der mit den anderen läuterungsbereiten Seelen den frohgemuten Zustand der Hoffnung teilt. Allerdings ist diese erwartungsvolle Freude nicht frei von einer schmerzhaften Rückschau in die verderbten Momente des eigenen Lebens. Nur ganz unten, am Fuße des Läuterungsberges, im Vorpurgatorium, gibt es die Müden wie Belacqua, die sich noch nicht aufraffen können, den beschwerlichen Aufstieg zu beginnen.

Ewaryst befaßte sich mit der Symmetrie, in der Inferno und Purgatorio aufeinander verweisen. In der Hölle ein Trichter, der sich nach unten zu verengt, im Purgatorio ein Berg von gewaltigem Umfang, der bis zu seiner dünnen Spitze erklommen werden muß, und bei beiden herrscht die Zahl Neun vor – neun Kreise der Hölle, neun Simse des Purgatoriums. Der Zug in die Höhe ist von einer begeisterten Erwartung angetrieben, nichts ist mehr statisch wie in der Hölle, die Seelen reinigen sich beim Erklimmen des Berges, ihr Sündengepäck wird leichter, deshalb beschleunigt sich der Aufstieg. Und sie erledigen die ihnen auferlegten Prüfungen mit Eifer. Vom Zwang, unter dem sie stehen, entfernen sie sich mehr und mehr und werden vom Antrieb aus freien Stücken befeuert. Ewaryst malte mit dem ausgestreckten Zeigefinger die Umrisse eines Berges in die Luft und tat so, als würde er selbst an dessen Hängen herumklettern, allerdings waren seine Worte und seine Mimik dabei weniger schalkhaft, als es sonst bei ihm der Fall war. Eva flüsterte mir zu, er benehme sich, als wolle er gerade selbst einen Antrag stellen, um im Purgatorium zugelassen zu werden, deshalb sei unser Luftikus plötzlich so ernst. Auch Dante gerät in eine andere Gemütsverfassung. Er wird von den eigenen Sünden in Beschlag genommen. In der Hölle ist er teils ängstlich, teils nimmt er die Rolle des entrüstet aufbrausenden Anklägers ein. Im Purgatorium sind andere seelische Haltungen angemessen – die der Demut und des Duldens. Es kommt sogar Mitleid mit den anderen Sündern auf, was in der Hölle selten der Fall ist. Karl Vossler trifft es genau, wenn er schreibt, das mache nicht mehr den *Eindruck einer anstaltlichen und kirchlichen Badekur* (im Stile des neunzehnten Jahrhunderts, könnte man hinzufügen), sondern werde *tiefe christliche Dichtung*. Das Arsenal der Gebärden ist in der Hölle sehr viel reicher, viele der haßgetriebenen Handlungen sind natürlich drastischer als im Purgatorio, wo die Strafen zwar immer noch hart sind, aber die Seelen in keine Kämpfe mehr verbissen sind und nicht mit Schimpfworten um sich werfen. Hier betreiben die Sünder eine reinigende Innenschau. Trotz des Gescheuchtwerdens, das auf einigen Stufen vorherrscht, vermögen sie sich der Ausleuchtung der inneren Herzensdüsternis zu widmen. Und es geschieht alles am hellichten Tag, bei scharfer Beobachtung von höherer Warte aus. In der Nacht erholt man sich von der Mühsal der Reinigung und gleitet traumverhangen in andere Sphären, in die Gott keine allzu strengen Prüfblicke wirft. Mit einer solchen Introspektion schien auch unser polnischer Kollege befaßt. Nein, er warf sich in keine Mea-culpa-Pose, er mußte nicht vor versammelter Mannschaft seine Sünden offenbaren, aber mir kam es so vor, als würde er sich mit ihnen beschäftigen, denn einige Male neigte er den Kopf und verstummte, eine Haltung, die wir noch nie an ihm beobachtet hatten. Mit ernstem Ausdruck endete er und wanderte gebeugt zu seinem Platz. Wir bemerkten seine veränderte Stimmung und hielten uns mit dem Applaus zurück, nicht, weil sein Vortrag mißlungen gewesen wäre, es schien uns eher, bei der delikaten Innenschau, die ihn ergriffen hatte, dürften wir ihn nicht stören.

XXVIII

Ach, der Abend ist wirklich schön. Ich habe zwar schon einen Nachtisch und vier Gläser Wein intus, fühle mich aber nicht betrunken. Mein grüblerisches Jammertal habe ich fürs erste hinter mir gelassen, die Kellnerin scheint mich zu mögen, sie behandelt mich sehr aufmerksam. Und der Wein ist erstklassig, ein herrlicher Weißburgunder von Bürkle. Vielleicht bringt er mich auch schon in Purgatoriumslaune, hier unterm sternblitzenden Nachthimmel kann ich meine Sünden Sünden sein lassen und vergnügt Ausschau halten, ob da oben was herumfliegt, um mir ein Zeichen zu senden. Auch die Einsamkeit lastet nicht so schwer auf mir wie in den letzten Tagen. Vielleicht hat es doch einen geheimniskrämerischen Sinn, daß ich als einziger übriggeblieben bin, auch wenn ich keinen blassen Schimmer habe, wozu das alles gut sein soll. In meiner Deux-Chevaux-Jugend sagten wir in einem solchen Fall *tant pis!* und kümmerten uns nicht weiter um die Chose. Sei's drum, heute abend geht es mir gut. Und, wer weiß, vielleicht fliegt Eva zwischen den Sternen umher und lächelt und winkt mir aus der Ferne zu. Oder sie hockt auf einem Hexenbesen und huscht als schwarze Silhouette an der Mondsichel vorüber. Wahrscheinlich nicht. Mit Hexenflug hat Dante nichts zu tun, und mit der Commedia hat alles zu tun, was geschah.

Stephen Reardon hatte inzwischen übernommen. Seine morgendlichen Schlafzimmeraugen waren nun, am späten Freitag nachmittag, hellwach. Stephen ging zunächst auf das Problem ein, daß unten am Läuterungsberg der jüngere Cato eine Art Empfangskomitee bildet, bestehend nur aus seiner Person. Der ehrwürdige Greis, prinzipientreu, unnachgiebig, ein todernster Geselle, der keinen Spaß versteht, hatte sich ähnlich wie Yukio Mishima mit einem Schwertstreich gegen den eigenen Bauch aus der Welt geschafft (nur mußte bei Mishima noch der Kopf von einem Helfer abgehackt werden, was nicht so recht gelang), in Erwartung dessen, was auf ihn zukommen würde, denn er war bei Cäsar in Ungnade gefallen, der als Kriegsherr die Republik an sich riß. Cäsars Vergeltungsschlag kam er durch den Tod von eigener Hand zuvor.

Weshalb dieser Cato im Purgatorium eine annehmliche Weiterexistenz fristen darf, während Pier della Vigna in ein kratzendes Gestrüpp gebannt ist, dafür mag es in Dantes Augen zwar irgendwelche Gründe gegeben haben, uns leuchteten diese aber nicht ein. Auch Stephen konnte es nicht begreifen, wiewohl er sich mühte, die Position Dantes zu verstehen. Dann gab er auf. Dantes Ratschlüsse seien manchmal mindestens so unerforschlich wie Gottes Ratschlüsse – dazu faltete Stephen zum Spaß die Hände und warf einen verdrehten Postkartenblick nach oben, wie man ihn von den Kitschbildchen der Devotionalienhändler kennt, die man in Rom rund um den Petersplatz zu Dutzenden findet. Daß sich dieser Cato im Purgatorium aufhält, ist auch insofern erstaunlich, als Dante ein Anhänger Cäsars war und der jüngere Cato dessen erbitterter Gegner, der die republikanischen Errungenschaften gegen den kriegerischen Triumphator verteidigen wollte.

Noch etwas: warum befindet sich der Heide Cato nicht im Limbus der Hölle wie alle anderen ehrenhaften Figuren, die das Christentum noch nicht kannten, wobei der Limbus im übrigen auch der gewöhnliche Aufenthaltsort des hochverehrten Vergil ist? Leicht zu verstehen ist das nicht. Stephen gab zu bedenken, ein Dichter, der streng einer Logik folge, die noch Jahrhunderte später einsichtig erscheine, sei womöglich gar kein Dichter. Logik sei eine Sache der Philosophie, aber sie gelte – gottlob – nicht in gleichem Maße für die Dichtung. Dante verehrte den jüngeren Cato, der als ehrenhaft galt. Eine stoische Figur, zutiefst verbunden mit der Justiz, als Heide, Selbstmörder und Gegner Cäsars verblüffenderweise im Purgatorium mit dem Amt eines Wächters betraut – dabei ließen wir es bewenden.

Es bleibt wohl der göttlichen Macht vorbehalten, nicht begründen zu müssen, weshalb das ansonsten logischen Prinzipien unterworfene Recht im Jenseits für einen einzelnen Menschen aufgehoben ist. Wir erklären jetzt aber besser nicht mit Hilfe von Carl Schmitt Gottes unangefochtenes Recht auf den Ausnahmezustand in Permanenz, sondern sammeln unsere Siebensachen ein. Zeit für die Rückkehr. Ohne göttlichen Ratschluß. Die Kellnerin ist eine echte Saaltochter, wie die Bayern sagen, obwohl sie keinen stolzen bayerischen Dirndlbusen hat. Sie ist die schlanke, flachbrüstige Ausgabe einer modernen Frankfurterin, sehr sympathisch, ihr anmutiges Lächeln schwebt noch an der Luft, nachdem sie sich schon umgedreht hat. Vielleicht sollte ich öfter hierherkommen.

Jetzt sitze ich auf dem Balkon, bin nicht betrunken, aber angenehm erheitert und ermuntert vom Alkohol. Es sind mehr Leute auf der Straße als sonst um diese Zeit, sie sind vergnügt wegen des angenehmen Wetters und benehmen sich geradeso wie wir als Nachtschwärmer vor einigen Tagen in Rom. Unser zweiter Abendausgang war ebenfalls geglückt, das Restaurant nicht ganz so gut, aber die Stimmung bestens. Eva war natürlich mit von der Partie, ebenso Angelika, diesmal hatten sich auch Millie und Catherine angeschlossen – ich saß umringt von Damen, was mir sehr gefiel. Bitterli war ebenfalls wieder dabei, hinzu kamen Stephen Reardon und Daniel Ginsberg. Unser Wirsingmops mußte früh zu Bett, weil ihm der Tag zugesetzt hatte, an seiner Stelle nahmen wir

Alois mit, der für seine fortgeschrittenen Jahre auch nächtens ziemlich rüstig war, kein Kind von Traurigkeit oder Altersverbohrtheit. Alois war ein klein bissel schusselig, wir achteten darauf, daß er seine Börse und die Zimmerkarte gut verwahrte.

Bitterli hatte den Tisch reserviert. Mit zwei Taxen fuhren wir von der Piazza dei Cavalieri di Malta nach Trastevere. Das Lokal war gut, erstaunlich viele Römer aßen dort, Touristen waren deutlich in der Minderzahl. Wir plapperten wie die Papageien auf einer Pinie Italienisch, Deutsch, Französisch, Englisch durcheinander, gaben beim Kellner als erstes eine gemischte Vorspeise für alle in Auftrag. Auch der öde Bestellzinnober, der bei so vielen Essern fast unvermeidlich ist, weil normalerweise immer jemand dabei ist, der den Finger hebt und alles ganz genau wissen will, ging rasch über die Bühne.

Alois bat Eva, etwas Gutes für ihn auszusuchen, er vertraue sich gern weiblicher Hilfe an. Was sie daraufhin bestellte, schmeckte ihm so, daß er die Augen verdrehte, ihren Arm tätschelte und sie seinen gastronomischen Schutzengel nannte. Wir waren uns alle einig, daß wir noch nie einen so tollen Kongreß erlebt hatten, der gern noch zwei, drei weitere Tage hätte dauern dürfen. Bitterli behauptete, wir seien in Purgatoriumslaune, enthusiasmiert und pneumatisch verfaßt, der Dante habe ganze Arbeit geleistet. Als Schweizer sagte er immer *der Dante*, auch schon während seines Vortrags. Angelika und Catherine waren alsbald beschwipst und kicherten wie Mädels auf dem Schulhof. Ich übernahm hernach die Rechnung für die gesamte Truppe, weil ich extrem gut gelaunt war und es nicht leiden kann, wenn jeder für sich in seiner Geldbörse herumkramt.

Zu Fuß ging's wieder zurück ins Hotel, diesmal nicht mit

Blechbüchsengekicke. Angelika und Eva hatten sich bei Alois untergehakt, sie blieben ein Stück hinter uns, weil Alois immer wieder stehenblieb und ihnen etwas am Himmel zeigte. Millie und Daniel waren ebenfalls in ein Gespräch vertieft, während Bitterli, Catherine, Stephen und ich vorangingen und schon mal in der Hotellobby einige Sessel in Beschlag nahmen, wo wir die anderen erwarteten und bei einigen Gläsern Wein und paar schärferen Getränken bis in die Nacht herumalberten.

Nur Millie ging gleich zu Bett. Alois hingegen war putzmunter. Im tiefsten Wiener Kellerdialekt kalauerte er über den dritten Teil der Commedia, was ungefähr klang wie: *warasd ned auffigstign, warasd ned owagfolln reschpektive klassischa Foll von Schweakroft.* Stephen, der ein exzellentes Deutsch spricht und sogar das Wienerische einigermaßen kapiert, weil er zwei Jahre dort studiert hat, amüsierte sich königlich. *We laughed our heads off,* erzählte er am nächsten Morgen Millie beim Frühstück. Unsere Schweizer Pfarrerstochter begnügte sich mit einem Glas Pfefferminztee, sie hatte für ihre Verhältnisse schon eine ziemliche Ladung Wein intus, hatte ein rotes Köpfchen bekommen und plapperte mit Catherine um die Wette. Daniel hielt sich mit dem Alkohol auch etwas zurück, war jedoch bestens gelaunt und schäkerte mit Catherine, die ihm offensichtlich mehr als nur gut gefiel. Mir war sauwohl zumute, ich sank gegen halb drei ins Bett und schlief wie ein Bär, wälzte beim Einschlafen aber noch paar Gedanken um und um: wie schleunig es beim Verlassen des Tiefpunkts der Hölle zugeht, wie wenig sich die beiden Wanderer um den ziemlich gefährlichen Luzifer kümmern, der nur als starres Mahnzeichen dort aufgestellt ist. Hätte Dante auf *suspense* gesetzt, hätte es hier für ihn erheblich mehr zu tun gegeben.

Auch jetzt: ab ins Bett! Vom Kopfkissen aus schaue ich mir aber noch eine Folge von *The Big Bang Theory* an, über die ich mich schlapp lachen könnte. Die Amis verstehen was von Serien. Eigentlich meide ich Filme, in denen ausschließlich junges Gemüse vorkommt, Leute im Alter meiner Studenten. Aber dieses Zeugs ist umwerfend komisch. Auf die eingespielten Publikumslacher könnte ich allerdings verzichten, wenn, dann möchte ich bitte für mich lachen.

Diese kurios verdrehte, dabei ziemlich intelligente Bubenbande hat was. Lauter junge Forscher, die nichts zustande bringen und ihre Nasen all furzlang in Comics stecken oder in kindliche Videospiele vernarrt sind. Die lange Latte, ihr Anführer, der mit einem kleinen Stöpsel zusammenwohnt, ist der Verrückteste des Quartetts. Zu Höchstform läuft die Serie auf, wenn die Mütter der beiden Kerle zu Besuch kommen, eine Bigotte und eine strenge Gaga-Psychologin. Meine Mutter hätte ebenfalls ganz gut dazu gepaßt. Man hätte ihren Charakter nur fernsehtauglich anspitzen müssen. Irrsinnig komisch ist aber auch die Freundin der langen Latte, eine todernste Brillenschlange, die das Verhalten von Viechern erforscht. Der unendlich aufgeschobene Sex, der Nicht-Sex zwischen den beiden, Paar oder Als-ob-Paar, ist hier das Thema, und es ist schon erstaunlich, wie lange man so was auswalzen kann, ohne daß es fad wird. Auf Ami-Serien war ich immer abonniert. Früher auf *Seinfeld*, dann auf die *Sopranos*, jetzt auf die durchgedrehten jungen Astrophysiker von *Big Bang*. Das Leben im profanen Frankfurt mit Verbindung zum fernen Amerika hält doch einige Vergnügungen bereit. Ich fürchte, meine entflogenen Kollegen kriegen im Universum so was Lustiges nicht zu sehen. Also hat es vielleicht doch Vorteile, daß ich hiergeblieben bin. Heilandzack, was bin ich heute vergnügt!

Jetzt ist es vier Uhr in der Früh. Ich bin putzmunter und

immer noch gut gelaunt. Vorher habe ich mir einen Ruck gegeben und Millies Mann in Amerika angerufen. Er war sofort am Apparat. So gut es ging, habe ich versucht, dem verstörten Mike zu erklären, was geschehen ist. Es wurde ziemlich still am anderen Ende der Leitung. Mike wußte offenbar nicht, was er dazu sagen sollte, ich kann es ihm nicht verdenken. Aber er hörte mir aufmerksam zu. Ich glaube eigentlich nicht, daß er mich bisher für einen Verrückten gehalten hat, zumal Millie und ich uns immer mochten und sie bestimmt nichts Negatives über mich erzählt hat. *They flew, they really flew away just like that?* fragte er mehrmals; das Staunen, die Verstörung waren seiner Stimme anzumerken.

Wir vereinbarten, daß er bald nach Frankfurt fliegen würde, damit wir alles direkt bereden könnten. Wütend war Mike nicht. Er traute mir nicht zu, für das Verschwinden seiner Frau verantwortlich zu sein, aber wahrscheinlich fragte er sich doch, ob in meinem Kopf noch alles richtig funktionierte. Auch wenn er mir nicht glauben kann, bin ich doch erleichtert, daß ich es gewagt habe, ihn anzurufen, selbst auf die Gefahr hin, daß er etwas unternimmt, was mir schaden könnte. Sobald wir uns gegenübersitzen, hoffe ich aber, ihn davon überzeugen zu können, daß ich noch bei Sinnen bin. Ich sehe schon, wie er seinen schweren Kopf hin- und herwiegt, dann zu mir aufsieht und mich scharf mustert.

Die Wohnung muß natürlich sauber sein, vermutlich wird Mike erst kommen, nachdem meine Putzfrau hier ganze Arbeit geleistet hat. Sonst muß ich selbst ran an Staubsauger und Wischmop.

Einigen wenigen Angehörigen, die sofort nach Rom kamen, als das Rätsel um den Verbleib der Forscher bekanntgeworden war, mußte ich natürlich Auskunft geben: der völlig durchgedrehten Mutter von Jeannie Falkner, die mich für einen Abend in Beschlag nahm und mir sogar Kinderbilder von ihrer Tochter zeigte, auf denen man ein bezopftes kleines Mädchen sieht, das keck in die Kamera schaut. Ebenfalls sprechen mußte ich mit einem vornehmen Bruder von Ryunosuke Tanizaki, der in Wien als Diplomat lebt, und der jungen und sehr verzweifelten Ehefrau von Stephen Reardon, die gerade ein Kind erwartet. Ich spielte den Ahnungslosen, redete mich heraus – was hätte ich auch sonst tun sollen. Sie glaubten mir vielleicht nicht, aber daß ich für das Verschwinden ihrer Lieben verantwortlich sei, unterstellte mir keiner von ihnen. Ich bin froh, daß Evas Eltern schon eine Weile tot sind, auch Geschwister hat sie nicht. Die Melzers hätten mir womöglich bohrender und herrischer zugesetzt und wären nicht so leicht abzuschütteln gewesen.

Jetzt sitze ich wieder auf dem Balkon und genieße die Morgendämmerung. Das einzige, was fehlt, ist eine gescheite Tasse Tee. Heute muß ich unbedingt ein paar Dinge einkaufen, so geht das nicht weiter. Aber der frühe Morgen eines schönen Tages ist herrlich. In der Straße ist alles ruhig, noch schlafen die meisten Menschen. Wenn ich's recht überlege, bin ich ganz im Sinne des Purgatoriums gestimmt. Heiter, freundlich, mit ersten Überlegungen, wie ich mein Leben wieder in den Griff kriegen könnte.

Daniel Ginsberg war unser erster Referent am Samstag morgen. Ihn faszinierte das Verhältnis von Diesseits und Jenseits, besonders die Durchlässigkeit des Purgatoriums, das zu weiten Teilen voller Dynamik ist, einem seelischen Zug in die Höhe, einem Gescheuchtwerden aus eigenem und fremdem Antrieb. In jedem Fall geht es um eine anstrengende geistige Reise mit zunehmendem Enthusiasmus, der die Schritte beschleunigt. So mögen sich Bergsteiger fühlen, wenn sie dem Gipfel allmählich näher kommen.

Er begann witzig. Ein Mann der Berge sei er nicht, das Kraxeln ihm fremd, man möge ihm verzeihen. Als Seele würde er solche Hürden, wie sie im Purgatorium für das Heer der Sünder aufgestellt sind, leichter nehmen, aber im Diesseits sei er noch nie auf die Idee gekommen, seine Füße in Bergschuhe zu zwängen, um stracks nach oben zu klettern. Es geht im Purgatorium ja nicht in mählichen Schleifen, auf einem gemütlichen Wanderpfad rund um den Berg, nach oben, immer wieder gilt es steile, in den Fels eingekerbte Treppen zu überwinden, um auf das nächste Gesims zu kommen. Daniel bemitleidete Dante, der auf jeder Etappe von Sündern belagert wird, die ihm Aufträge erteilen, um ihren noch am Leben befindlichen Angehörigen Botschaften zu übermitteln. Auch unser Referent sympathisierte mit dem einfach nur dahockenden Belacqua, aber da Wirsing schon ausgiebig von Canto IV gehandelt hatte, überging er die entsprechende Passage schnell.

Daniel fing sehr gut die Stimmung ein, die bei der Ankunft am Läuterungsberg herrscht. Die Morgendämmerung zieht über dem glitzernden Meer herauf, dessen Wellen sich sanft am Strand verkräuseln, schüchtern zeichnet sich die blasse Verkündigung von etwas Schönem ab, das noch nicht erfaßt werden kann, aber in den erwachenden Herzen die Hoffnung erregt.

Anders als in der Hölle wird jetzt befreit geatmet, und zu dieser Befreiung paßt, daß Dante sein rußgeschwärztes Gesicht mit Binsen reinigen soll, einer wunderlichen Art von Binsen, die sofort wieder nachwächst, wenn man sie ausrupft. Wir hatten die römische Morgendämmerung zwar schon hinter uns, hatten uns auch nicht mit Binsen gereinigt, sondern in etwas engen Duschkabinen das Wasser an uns hinunterrauschen lassen, aber es paßte alles zu unserer erfrischten Gemütslage.

Doch die elegische Stimmung waltet nicht lange vor – die anlandenden Seelen, erfüllt von frohem und frommem Gesang, werden alsbald vom strengen Cato gescheucht, sich den Prüfungen zu unterziehen, die auf sie warten. Und dabei fällt wieder einer der zauberhaften Tiervergleiche, an denen die Commedia so reich ist: wie Tauben, die Körner aufpicken und in aller Ruhe herumstolzieren, die aber, wenn sie gestört werden, sofort das Futter liegenlassen und auffliegen, so benehmen sich auch die von Cato ermahnten Seelen, hören auf zu singen und stürzen von dannen.

XXIX

Daniel drohte uns dabei mit dem Zeigefinger: auch bei uns wird nicht gesungen, hier wird gearbeitet! Aber Stephen ging dazwischen und zitierte den Anfang eines Verses auf englisch: *O sacred Muses, here let dead Poetry rise again*, worauf Millie erstaunlich laut herauskrähte: *In exitu Israel de Aegypto, coming over the water, over some Red Sea*, was wiederum Daniel quittierte mit der Mahnung, auch unserer Läuterung stehe noch einiges im Wege, deshalb sollten wir mit dem Singen zunächst vorsichtig sein. Natürlich lachten wir, nur Schestow blieb starr, vielleicht hatte er sich gedanklich wieder einmal in die eigenen Sünden verwickelt. Daniel gebärdete sich als wahrer Cato, der uns zwar nicht aus Dantes Zeilen, aber aus unserer deklamationsbetörten Verzückung scheuchte.

Die sechs Anrufungen der Musen, die in der Commedia vorkommen, verglich Daniel miteinander. Nummer eins ist vor die Hölle gestellt und klingt zaghaft, bei Nummer zwei in Canto XXXII des Inferno, am Eingang des letzten Höllenkreises, steht der Dichter vor einer schweren Aufgabe, der er kaum gewachsen ist, und erfleht deshalb den Beistand der Musen. Mit Nummer drei, mit der Anrufung zu Beginn des Purgatorio, an Kalliope gerichtet, die den Sang des Dichters begleiten soll, ändert sich die Lage, und später dann, zum Ende des Purgatorio, wirkt der Musenanruf im irdischen Paradies feierlich gesteigert und geradezu beschwingt. Im dritten Teil, im Paradiso, werden die Musen schließlich nur noch kursorisch erwähnt, weil sie dort nichts mehr zu bestellen haben. In der Hölle haftet dem zweifachen Ruf etwas Ängstliches an, als müsse aller Mut zusammengenommen werden, um die Reise durchzustehen, jetzt, im Purgatorium, nachdem das wildböse Leidensmeer durchschifft ist, klingt es nach Aufatmen, nach der Bitte um lockeren Begleitschutz vor einer hoffnungserfüllten Durchreise. Und die Dichtung, dieses musengeförderte Wesen, das der Wahrhaftigkeit verpflichtet ist, wird sie besingen. Unser Redner tätschelte mit einer Hand die eigene Brust und behauptete, auch er könne den Beistand der Musen gut gebrauchen, wolle sich auf deren Hilfe jedoch nicht verlassen, schließlich sei er kein Dichter, und daß die Musen sich auch um Italianisten kümmerten, sei nicht bekannt.

Daniel war bester Stimmung. Zwar ist er ein glänzender Kenner der Materie, aber er spielte das Unschuldslamm, als sei er auf die Hilfe unserer Runde angewiesen. Bei seiner Rede waren Zwischenfragen erwünscht, und wir machten reichlich davon Gebrauch, wobei sich das Ganze zu einem Vortrag entwickelte, der sich aus Diskussionsbeiträgen und Antworten des Referenten zusammensetzte.

An diesem Samstag vormittag ging die versammelte Mannschaft allmählich dazu über, den Stoff der Commedia gemeinsam durchzuarbeiten, und wer vorn stand, fungierte mehr und mehr als Dirigent, der die Beiträge in eine von ihm gewünschte Richtung lenkte. (Mit Ausnahme des späteren Vortrags von meinem Freund Luigi, über den ich ja bereits gesprochen habe. Da blieb unsere Runde stumm, und kaum einer bewegte sich.) Wobei – was bei Kongressen selten vorkommt – sich niemand als Wortführer aufspielte und versuchte, das Ganze mit ellenlangen Beiträgen an sich zu reißen, auch der sonst so beredte Schestow nicht, der konzentriert zuhörte und sich erstaunlicherweise mit knappen Einwürfen begnügte. In einem Schwung behandelte Daniel die ersten sieben Canti, ihn schien dieselbe Eile anzutreiben, die die Wanderer ergriffen hat, denn das Purgatorium ist nicht der Ort des lahmen Verweilens. Allenfalls in der Nacht sind den Sündern Ruhepausen vergönnt. Das ging hopplahopp vom In-Erscheinung-Treten Catos zum Anblick der vier Sterne der südlichen Hemisphäre, die die Kardinaltugenden verkörpern. Und weiter zum Aufgang der Sonne, da das Meer, im hellen Licht überglänzt von flimmernden Schaumkronen, vor die Augen der Wanderer tritt und sich die Schönheit des Gnadenwunders in der Natur zeigt, und von da aus wieder weiter zu den erwartungsfrohen Seelenzuständen, von denen die Pilger angetrieben werden.

Man hat es eilig im Purgatorium, die meisten Seelen sind bestrebt, von der Last ihrer Sünden freizukommen. Wie die Schar der mit dem Boot des Engels Eintreffenden an Land stürzt und dann, noch etwas verwirrt, nach dem rechten Weg sucht, so benehmen sich auch Dante und Vergil. Kurz nachdem sie von einem Jugendfreund Dantes aufgehalten wurden, der ein Lied von der Liebe singt, dessen Verse aus Dantes *Convivio* stammen, ist die Verschnaufpause zu Ende, der unerbittliche Cato treibt die Schar den Berg hinauf, und Dante und Vergil eilen hinterher.

Natürlich beschäftigte uns auch das Fegefeuer an sich, ein purifizierendes kaustisches Feuer, das zwar ordentlich zubeißt und schmerzlich gefühlt wird, aber Leib und Seele nicht zu einem Asche- und Knochenhaufen verbrennt. Nur das Verderbte wird weggebrannt. Dies gilt im übertragenen Sinn, denn in Dantes Purgatorio waltet nicht allein das reinigende Feuer vor, es gibt andere Strafen, mit denen sich die Seelen zu ihrer Läuterung abplagen. Thomas von Aquin hat die Vorstellung vom Fegefeuer theologisch befestigt, die vorher schon im Volksglauben herumwucherte. Hartmut Köhler, der leider starb, bevor wir ihn zu unserer Tagung hatten einladen können, spricht in diesem Zusammenhang treffend vom *Memorialwesen*, denn das Fegefeuer knüpft durch die Möglichkeit der Fürbitte ein Band zwischen Lebenden und Toten. Wer für einen Toten intensiv bittet, kann dessen Leiden im Fegefeuer verkürzen. Ein schöner Gedanke, der mir immer eingeleuchtet hat, auch wenn ich nicht so recht wüßte, für wen ich nun selbst fürbittend tätig werden sollte, geschweige denn, daß ich darauf bauen könnte, jemand übernähme es nach meinem Tod für mich. In der Möglichkeit der Fürbitte west auch ein Quentchen irdischer Gerechtigkeit, denn wer im diesseitigen Leben einem anderen Menschen Gutes erwiesen hat, kann eher darauf hoffen, nach dem Tod einen Fürsprecher zu finden.

Und wer käme als Fürsprecher für mich in Frage? Rolfi vielleicht? Aber der ist ja schon selbst tot. Meine Eva? Die mein Sündenregister am besten kennt? Lebt sie noch? Lebt sie in anderer Form? Welche Form auch immer sie inzwischen angenommen haben mag, wahrscheinlich hat sie mich längst vergessen.

Aufwärts heißt die Devise. Aber wie genau der Pfad verläuft, das weiß nicht einmal Vergil. Je näher die Wanderer dem Himmel kommen, um so schwächer wird Vergils Wissen um den rechten Weg und das wahre Wesen der Gnade. Daniel sprach eindringlich von der Wehmut Vergils im dritten Gesang, der die eigene Unzulänglichkeit kennt und darüber Kummer empfindet. Vergil hat nichts von der stolzen Gestalt des Odysseus, der sogar in der Hölle, vom Flammengewand umzuckt, seine Selbstsicherheit behält.

Am Fuß des Berges befinden sich einige Seelen noch im Wartestand des Vorpurgatoriums, es kann dauern, bis sie sich an den Aufstieg machen dürfen. Aber sie gleichen nicht dem faulen Belacqua, sondern sind bestrebt, möglichst rasch den Berg zu erklimmen. Einer davon ist der unglückliche Manfred, ein Sohn des Stauferkaisers Friedrich II., über den Papst

Gregor IX. den Kirchenbann verhängt hatte. 1266 war Manfred von den Franzosen erschlagen worden. Damit nicht genug. Sein Körper wurde zerteilt und zerstreut. Ein ordentliches Grab blieb ihm verwehrt. Obwohl Dante ein Gegner der Ghibellinen ist, sympathisiert er mit Manfred. Seinem Manfred haftet nichts Niedriges mehr an. Fast vergnügt will er einem vorkommen, jedenfalls hadert er nicht mit seinem Schicksal, das zugleich den blutigen Untergang der Hohenstaufer bedeutete. Vom Leichenfrevel, den der guelfische Erzbischof von Cosenza an seinem Körper begangen hat, erzählt er nüchtern, ohne Groll. Manfred ist bereits ein waschechter Purgatoriumskandidat, schon ein wenig in die göttliche Barmherzigkeit gehüllt, allerdings noch im Wartestand befindlich.

Auch Daniel schien auf seiner Seite zu sein, er zeichnete das Bild eines schönen, blonden jungen Mannes, dessen Körper auf grausame Weise verstümmelt worden ist. Dann wandte er sich direkt an Manfred Hardt im Saal – der sei gottlob schon über das Alter des getöteten Ghibellinen hinaus, ein ähnliches Schicksal werde er wohl kaum erleiden müssen. Natürlich lachte unser Manfred vergnügt, es dient ja der Lockerung, wenn Menschen von hier und heute per Vergleich in einen antiken Stoff hineingezogen werden, um zackzack als Unvergleichliche wieder daraus hervorzutreten.

Wie gesagt, den Faulpelz Belacqua überging Daniel, da bereits ausgiebig von ihm gehandelt worden war, aber er gab uns zu verstehen, daß er nichts lieber täte, als an einem warmen römischen Sonnentag auf einer Bank zu hocken, ohne an das schwierige Geschäft der seelischen Reinigung zu denken, am liebsten hier im Garten unter einem Baum, der Schatten spendet. Wir redeten ihm gut zu, erst nach seiner Rede dürfe er unten im Garten ein Nickerchen machen, Manfred bot ihm sogar an, als Wiederauferstandener seinen Schlaf zu beschützen und die Moskitos zu verscheuchen.

Und flott ging's weiter zu den Canti V und VI. Wobei der Gang der beiden Wanderer etwas ins Stocken gerät, weil allzu viele Seelen sich um Dante scharen, nachdem sie erkannt haben, daß er noch am Leben ist. Ihre Familien soll er benachrichtigen, soll erzählen, was mit ihren unauffindbaren Leibern geschah. Kurios ist die Geschichte des Grafen Buonconte da Montefeltro, über dessen am Boden liegenden, noch nicht ganz entseelten Körper ein Kampf zwischen Teufel und Engel entbrennt, während ein Stoßgebet an die Jungfrau Maria dem gräflichen Mund entflieht.

Daniel unternahm hier einen Ausflug zu Goethes *Faust II*, um dessen Protagonisten sich am Ende Engel und Teufel ebenfalls streiten. Allerdings ist Faust da schon tot, und Mephistopheles wird vom Anblick der hübschen Engelsracker abgelenkt. Auch gibt es bei Goethe keinen Platzregen, der den toten Faust in einen Fluß schwemmen könnte. Für Buonconte ist das Schicksal seines eigenen Leichnams allerdings noch sehr präsent. Er starrt gleichsam auf den malträtierten Körper, hat genau im Blick, wie dieser von Regenfluten und Flußgewässern fortgerissen, überspült und herumgewirbelt wird, bis der Schlamm des Arno ihn begräbt. Die Loslösung vom irdischen Schicksal ist bei ihm weniger gelungen als bei Manfred, der zwar seine tödliche Bauchverletzung zeigt, sich um seinen geschundenen Körper ansonsten nicht sonderlich kümmert. Wichtig und unwichtig ist hier alles zugleich. Eigentlich ist der gewesene Körper eines Toten unwichtig, zumindest für die Existenz im Himmel oder in der Hölle, trotzdem interessieren sich viele Tote dafür, wo ihr Leichnam begraben liegt beziehungsweise ob er überhaupt ein würdiges Grab gefunden hat.

Wo will ich eigentlich begraben sein? In Frankfurt oder in Stuttgart? Nichts zieht mich zum Waldfriedhof nach Stuttgart neben das Grab meiner Mutter, obwohl das ein sehr schöner Friedhof ist. Sie liegt dort unter einer großen Linde. Sicher ist nur, zu einem Haufen Asche soll mein Körper nicht werden, das weckt ungute Erinnerungen an Millionen von Menschen, die vor nicht sehr langer Zeit von uns Deutschen verbrannt wurden. Und nach meinem Tod soll nicht so verfahren werden, als wäre ich selbst ein Opfer gewesen. Ich bin keines. Meine Leiden sind im Vergleich dazu nicht der Rede wert, auch wenn ich hier pausenlos mein Schicksal beklage. Mich peinigt niemand und steckt mich in eine Kammer, in der ich ersticke.

Irgendwie verstehe ich die Besorgnis einiger Figuren bei Dante, die sich grämen, weil ihr toter Körper keine rechte Bestattung gefunden hat. Daß mein alter Freund Rolfi vor einigen Jahren würdig beerdigt wurde, konnte zwar meinen akuten Schmerz nicht lindern, aber in der Erinnerung hat es etwas Versöhnliches, wozu natürlich die Rede des Pfarrers beitrug, der Rolfi auf eine Weise wieder ins Leben zog, als hätte er mehr von ihm begriffen als ich. Was einem kleinen Wunder gleichkam, weil der Pfarrer meinen Freund kaum gekannt hatte.

Als Daniel auf das Todesschicksal der jungen Gräfin Pia zu sprechen kam, die am Ende des fünften Gesangs einen winzigen Geisterauftritt hat – kaum gekommen, schon verschwunden, von sich selber sagt sie: *Siena mi fè, disfecemi Maremma* –, ging Stephen noch einmal dazwischen und rezitierte einen Versstummel aus T. S. Eliots *The Waste Land*: *Highbury bore me, Richmond and Kew / Undid me* (was als Parallelkonstruktion allerdings weniger elegant klingt als bei Dante). Daniel konterte, wenn wir alle literarischen Beispiele aufzählen wollten, in denen diese Passage ihre Auferstehung feiere, säßen wir am nächsten Morgen noch da. Und wieder krähte jemand dazwischen, ich glaube, es war Harriet Cox: *O yes, yes, let's do it till tomorrow morning,* worauf ein Riesengelächter anhob, der dicke Wirsing noch eins drauflegte mit *Hildesheim made me, Rome undid me* und Daniel ein Taschentuch hervorkramte, weil er so lachen mußte, daß ihm die Tränen aus den Augen schossen.

Beim Nacherzählen klingt das nur mäßig komisch, aber unser Hang, Witze zu reißen und Unruhe zu stiften, wurde im Laufe des Samstags immer stärker, geradezu unbändig stark, ich erinnere mich nicht, bei einer größeren Zusammenkunft jemals so heitere Tumulte erlebt zu haben, nicht einmal in der Schule, als wir jede Gelegenheit nutzten, uns gegen die Lehrer zusammenzurotten und herumzualbern.

Zeit vergeht merklich oder unmerklich, Zeit dehnt sich oder wird knapp, Zeit wird rückwirkend als bedrohlich oder beglückend erinnert, vielleicht waren wir vorübergehend auf eine überzeitliche Insel geraten, die uns aller Sorgen, Ängste, des Verhaftetseins in einem reguliert dahinschleichenden Alltag enthob und Gedanken freisetzte, die unser bisheriges Dasein allenfalls spielerisch umkurvten und zugleich der Bedeutungslosigkeit überantworteten, geradeso, wie es die Seelen im Purgatorium, je höher sie den Berg erklimmen, zunehmend empfinden, um dann beim himmlischen Auftrieb der verhaftenden Lebensschlacken ledig zu sein.

Zeit ist nicht gleich Zeit. Es gibt die sich fortwährend um sich selbst drehende Zeit im himmlischen Gefild und im Gegensatz dazu die bemessene, ereignisstrukturierte Zeit zwischen Entstehen und Verlöschen. In der Hölle herrscht das drehwurmhafte Hinab der Zeit, das auch den Ortssinn durcheinanderbringt, denn es läßt einen vergessen, wo genau man sich innerhalb der Erdkugel befindet. Nur Vergil scheint sich noch im klaren darüber zu sein, welche Tageszeit draußen herrscht, wobei darin ebenfalls eine Unschärfe enthalten ist, denn beim Emporsteigen aus der Hölle müßte auf der anderen Seite des Erdballs eigentlich eine Zeitverrückung stattfinden. Zeitwirrnis, wohin man blickt. Die ersten Uhren gab es bereits in Dantes Umfeld, in der Commedia wird auf sie zumindest metaphorisch Bezug genommen. Jetzt erst fällt mir ein, daß bei unserem Treffen am Pfingstsamstag niemand auf die Uhr sah, nicht einmal verstohlen. Wer einen Blick dafür hat, kennt die Tricks, wie Leute unauffällig die Arme ein wenig einwärtsdrehen und auf ihre Uhren niederschauen, wenn sie das Geschehen langweilt. Wir befanden uns bereits in einer schleunigen Bewegung Richtung Vorposten nahe der Zeitferne. Wer sich in Gottes Nähe wagt, nähert sich Ihm im Geschwindigkeitsrausch, und wer sich darin zu halten vermag, stürzt aus der Zeit in die Dauer.

Die auf dem Aventin herrschende Zeit erfuhr eine Zerstükkelung in Spannen, die als kurzweilig empfunden wurden. Kein zähes Dahintropfen der Minuten mehr, eher ein Segeln durch die Intervalle der Zeit, weil wir darauf zusteuerten, die Wand zur Jenseitigkeit zu durchstoßen, um in eine neue, uns unbekannte Zeitschwingung zu geraten. Und wieder einmal heißt es bedauern, daß ich die poetische Kraft Dantes nicht besitze, um das jubilierende Schwirren in der Zeit, die funkenstiebenden Gedanken in einen kreiselnden Flug zu überführen, um als leichtgewordener Körper mich in einem *poema sacro* … ja was? Nachträglich selbst emporzulüpfen auf den Flügeln der Poesie?

Nonsens. Geht nicht. Ich bin und bleibe der erdverhaftete Frankfurter Sack mit den langen Beinen. Bin kein Pilger, der unruhigen Herzens das gelobte Land im Jenseits sucht, bis sein Herz endlich in Ihm geborgen ist. Ich komme von mir nicht los, bin dem Hier und Jetzt verfallen. Bißchen Tagebuchgeschwätz, bißchen Romanistengerede, mehr ist nicht drin. Und hie und da ein Filmchen, das mir mal imponiert hat, zum Beispiel ein österreichischer Dokumentarfilm über das Kino *Bellaria*, in dem die immergleiche Schar an Leuten zusammenkommt, um sich alte Filme anzusehen. Eine der Damen wurde mit der Kamera in ihre Wohnung begleitet, und siehe da: sie lebt in einer Fünfzimmerwohnung, vollgepackt mit Standuhren, alle penibel in Schuß gehalten und aufgezogen. Zu jeder Stunde lassen sie ihr Tin-Tin und Bim-Bim, ihr Gerassel und Geklöpfel und Geglöckel hören; ineinander verschwankt, steigern sich die Töne zu einem schlägelnden Crescendo und ebben dann wieder ab. Währenddessen sitzt die kleine adrette Dame ganz still auf ihrem Sofa. Eine horchende Maus.

XXX

Karlheinz Stierle spricht davon, der Anblick der Verdammten in ihrer Höllenpein sei so etwas wie eine Charade ihrer Zeitverfallenheit. Man könnte auch sagen, sie litten unter Erinnerungsverhaftung, seien einer immerwährenden Zeitlichkeit ausgeliefert; bestimmte Erlebnisse und Handlungen, aufgrund deren sie in die Hölle verfrachtet wurden, sind ihren Hirnen wie eingebrannt, da ist kein Raum für das freie Schweben der Gedanken, die sich läutern und die Rückstände des Kummers, des Hasses, der Selbstbezogen- und Verworfenheit allmählich abstreifen. Im Purgatorium wird das Gepäck der Erinnerung luftiger, der Möglichkeitssinn, der eine außerordentlich beglückende Freiheit ahnen läßt, verleiht den Seelen die Energie für den Auftrieb und zerlöst die gedankliche und leibhaftige Schwere, die ihre Körper einst im Griff hatte – zugunsten eines Leichtwerdens, welches ihnen ermöglicht, sich in die himmlischen Regionen aufzuschwingen.

Noch etwas. In der Hölle sprechen die Verdammten meist nur für sich (mit Ausnahme von Francesca, die auch für ihren geliebten Paolo das Wort ergreift), oder sie erwähnen ihre Todfeinde, womit ihre Selbstbezüglichkeit zementiert wird. Wer sich in seinen Haß verbeißt, verliert die Freiheit des Handelns. In den knappen Dialogsequenzen des Inferno wird nur der wunde Punkt des Hasses, der Punkt der Pein und der Verwerfung angesprochen. Da ist so gut wie kein Raum für frohe Erinnerungen an Schönheit, Güte, Großherzigkeit und inneren Seelenfrieden, die zur Befreiung beitragen könnten. Über das Purgatorium hingegen läßt sich mit Bestimmtheit sagen: durch die reinigenden Schmerzen wird Zug um Zug Raum für eine hold lächelnde Freiheit geschaffen.

Auf herzerhebende Weise entstand eine außerordentliche Leichtigkeit während unseres Pfingstsamstags. In Anspielungen, Zitaten, in Stimme und Gebärden waren wir alle noch in höchst persönlicher Abgrenzung vorhanden, aber die eigenen Schicksale, das eigene Können, die eigenen Gedanken woben sich ineinander zu einem Geflecht teilnehmender Begeisterung, die weit über das hinausging, was Menschen in größerer Zahl für gewöhnlich miteinander erleben.

In Canto VI wird Dante von Bittstellern umdrängt, die alle wollen, daß er nach seiner Rückkehr Leute ausfindig macht, die für die Seelen im Purgatorium beten sollen. Eine Schattenseele befindet sich abseits dieser Gruppe in stolzer, gefaßter Haltung, geradeso wie ein Löwe, der ruht. Zu Anfang, da er Vergil noch nicht als den gefeierten Dichter erkennt, sondern als einen Mann aus seiner Heimatstadt, springt er auf, und die Männer liegen sich in den Armen. Es ist der Dichter Sordello, ein Troubadour aus Mantua, der seine Verse auf provenzalisch schrieb, allerdings kein Zeitgenosse Vergils, da er gegen Ende des zwölften Jahrhunderts geboren wurde. Sordello litt an den chaotischen Zuständen in Italien ebenso wie Dante. Italien ist für ihn ein einziges Bordell. Deshalb ist das Lied, das er von den verderbten Zuständen singt, eine klagende Rüge. Eine Zentralmacht, die die widerstrebenden Kräfte bändigen könnte, fehlt. Der Klerus mischt sich viel zu sehr in die verwilderten politischen Kämpfe ein. Der Philosoph Kurt Flasch, der in jüngster Zeit eine neue Prosa-Übersetzung der Commedia vorgelegt hat, weist auf zwei Ziele hin, die Dante am Herzen lagen – der Kaiser solle das irdische Dasein nach den Lehren der Philosophie leiten, die vom geglückten Leben handeln, dem Papst sei hingegen die rein geistliche Führung des Menschen aufgetragen. Der Kaiser verdanke demnach sein Amt nicht dem Papst, sondern Gott.

In diesem Canto ist Dante weniger in Purgatoriumslaune, das aktuelle Zeitgeschehen ist Gesprächsthema, das nicht enden wollende Streitfieber, das allerorten von neuem ausbricht. Sordello sagt, was Dante denkt. Ein Monarch, der das Land einigen könnte und die Macht hätte, den Klerus auf seine eigentliche Rolle zu beschränken, ist nicht in Sicht. Im Moment, da Sordello erkennt, daß er den berühmten Vergil vor sich hat, fängt er an zu stammeln, schlägt ehrerbietig die Augen nieder und begrüßt ihn aufs neue, etwas dezenter umschlingt er dessen Beine, wie man früher mit einem höherstehenden Menschen verfuhr, den man nicht unbändig umhalst. Es wird bald dunkel, und Sordello bietet sich an, die beiden Wanderer durch eine Spalte im Fels an einen ruhigen Ort zu führen.

Von Dante ist bei dieser Begegnung überhaupt nicht die Rede. Daß er sich hier nicht in den Vordergrund spielt, zeigt, daß er an der Läuterung bereits teilhat und sich in Bescheidenheit übt. In der Senke, wo das Trüppchen verweilen wird, erstreckt sich eine liebliche Blumenwiese. Den paradiesischen Vorgeschmack, den sie bietet, bringt Philalethes schön zur Geltung:

Gold, feines Silber, Scharlach selbst und Bleiweiß,
Und leuchtend Holz, und Indig, und der heitre
Smaragd, wenn er soeben frisch gebrochen,
Sie würden allzumal besiegt an Farbe
Vom Gras und von den Blumen dieses Tals sein,
Gleichwie vom Mehr besieget wird das Minder.

Die hochfliegende Beschreibung dieses Gartens führte Daniel dazu, an die träumerischen Vorstellungen vom himmlischen Jerusalem zu erinnern, die zu Dantes Zeit in vielfachen Varianten in Umlauf waren. Da glänzen die Stadtmauern von

Chalzedon, Topasen, Smaragden und Rubinen, die Zinnen sind goldbekrönt, alles funkelt und blitzt, doch die heilige, im Himmel thronende Stadt wirkt zugleich wie ein wehrhafter Ort, an dem die niederen menschlichen Gelüste und Machenschaften abprallen. Geradeso, als wäre sie durch ihre überirdische Schönheit und ihre zwölf mächtigen Tore geschützt. Umspielt und gespeist wird sie von den Paradiesflüssen, in einem Zaubergarten gedeihen heilsame Pflanzen von einer Pracht, wie die Erde sie nicht kennt. Daniel lebt in Jerusalem, man merkte ihm an, daß ihm dieses Thema am Herzen lag, wiewohl er keine Bemerkung darüber fallenließ, wie es derzeit in seiner geliebten Stadt zuging.

Zum Schluß erlaubte er sich nur eine kleine Anmerkung: manche Christen hätten geglaubt, das ersehnte Jerusalem befände sich in den himmlischen Regionen direkt über Rom. Da habe er denn doch gewisse Zweifel. Worauf Schestow, der sonst nicht zu Scherzen neigte, mit Stentorstimme einfiel: was für ein Unsinn, es befinde sich direkt über Sankt Petersburg! Wie ein russischer Bariton führte er dazu die Hand mit ausladender Geste von seiner Brust weg und rollte die Augen. Schallendes Gelächter. Dann kamen die Leute erst richtig in Fahrt – über Peking, über Athen, über Buenos Aires, Kyoto, Warschau, Paris, Edinburgh, Stockholm oder sonstwo solle es sich befinden, wobei Wirsing das letzte Wort hatte, indem er mit Nachdruck behauptete: *sopra Hildesheim!* Ich konnte es mir gerade noch verkneifen, mit *no, no, no, sopra Stuttgart-Sillenbuch!* herauszuplatzen, was aber weniger an meiner Bescheidenheit lag als an dem Umstand, daß ich mich in Stuttgart-Sillenbuch nie so besonders wohl gefühlt habe.

Die paradiesisch anmutende Senke wartet obendrein mit erlesenen Düften auf, nicht mit stichigem Parfüm, das mehr an verkitschte Höllen und dumpfe Wohnzimmer erinnert als an glückselige Zustände. In den herrlichen Düften wandeln gekrönte Häupter einher – Rudolf I. von Habsburg, Ottokar II. von Böhmen und dessen Sohn Wenzeslaus, Philipp der Kühne und Heinrich I. von Navarra, auch Philipp der Schöne, der zwar tatsächlich, wie auf Bildnissen überliefert, gut aussah, aber als extrem grausam galt, und noch dazu einige andere hochgestellte Herren und nur wenige Damen. Es sind nachlässige Herrscher, die den großen Auftrag, zu dem sie ausersehen waren, nicht richtig erfüllt haben, wiewohl ihre Schlechtigkeit nicht so dominant war, daß ihr Platz in der Hölle gewesen wäre.

In der Senke, über die allmählich die Nacht hereinbricht, verweilten wir noch ein wenig. Inzwischen hatte Fiammetta Bartoli übernommen. Unsere energische Mitorganisatorin hat eine tiefe, volltönende Stimme. Sie unterrichtet an der Universität La Sapienza in Rom. Auch mit ihr hatten wir einen guten Griff getan. Sie gehörte zu unseren jüngeren Dante-Kandidaten, ist nur um wenige Jährchen älter als Alparslan Eroğlu. Auf sehr hohen Absätzen schritt sie flott einher, der enge Rock spannte sich um ihre schmalen Oberschenkel. Kraft ging von ihr aus.

Sie fackelte nicht lange, sondern kam sofort zur Sache. Mit Bestimmtheit. Sie sprach über die *sacra rappresentazione*, die im Tal der Fürsten zur Aufführung kommt, beim Anbeginn der Nacht. Nacht, das war zu Zeiten vor der elektrischen Beleuchtung ein geheimnis- und gefahrvolles Dunkel, durch das Verbrecher schlichen. Angst suchte die Menschen heim. Herzensfinsternis, Verbrecherdunkel, heimliches Liebesgeflüster führt die Nacht im Gepäck. Das Graudunkel der Hölle, erhellt vom flackernden Widerschein so mancher Feuerchen, birgt Böses, die Dunkelheit, die über den Ruheort im Purgatorium hereinbricht, ist von anderer Gefahr umwittert. Hartmut Köhler kommentiert hier anschaulich, gegen die Nacht habe man das Glockenläuten, das Gebet und die Gesänge aufgeboten. Daß sich kleine Kinder im Nachtdunkel ihres Zimmerchens fürchten, ist ein Rest der Urangst, die in früheren Zeiten auch die Erwachsenen heimgesucht hat. Mit Klingklong und frommem Gemurmel suchte man sich des Unheimlichen zu erwehren. Im Paradies hingegen braucht es den bannenden Zauber nicht. Hier herrscht das reine Licht, je näher am göttlichen Fixpunkt, um so intensiver leuchtet es.

In Canto VIII wird ein geistliches Schauspiel aufgeboten, um die Furcht zu zerstreuen. Es herrscht Abendfrieden, aus der Schar der Fürsten erhebt sich eine sanfte Stimme und singt eine christliche Hymne: *Te lucis ante terminum*. Fiammetta zitierte den Wortlaut der Hymne auf latein, doch kaum hatte sie damit begonnen, fielen andere Stimmen ein und brachten sie in ihren Sprachen zu Gehör. Das hörte sich ungefähr so an – *Te lucis ante terminum – Vor dem Verlöschen des Lichts – To thee before the close of day – Antes de que termine la luz del día* … alles gleichzeitig und durcheinander, wobei das Gemurmel fast wie bei einem Kanon ineinandergriff. Besonders kräftig rezitierte Javier Hernández die Hymne, ausgerechnet unser Argentinier, der sonst immer schwieg. Fast als müsse sie einen Chor dirigieren und sei damit nicht ganz vertraut, bewegte Fiammetta dazu die Hände und setzte einen Schlußpunkt, indem sie einen Moment innehielt und die Hände auf dem Pult ruhen ließ.

Vom Verlöschen des Lichts konnte allerdings noch keine Rede sein, es war heller Vormittag bei strahlend blauem Himmel. Aber das Gemurmel hatte einen Stimmungswandel vom Aufgekratzten ins Elegische herbeigeführt. Bei Dante blickt die versammelte Schar erwartungsvoll in den sich eindunkelnden Himmel, wo aus der Höhe zwei Engel mit Schwertern herabgeflogen kommen, an deren Spitzen Flammen züngeln. Sie sind in hoffnungsfrohe grüne Gewänder gehüllt, in die Farbe zart sprießender Blättchen. Die himmlischen Gesandten stellen sich an zwei Seiten des Tales auf, nehmen die zusammengedrängte Schar der Seelen zwischen sich. Aus der Ferne kann Dante die Sendboten noch betrachten, in der Nähe schwindet das Sehvermögen, der Glanz der Engel ist zu übermächtig für das menschliche Auge, solange es noch nicht als erlöstes Organ direkt ins göttliche Licht zu schauen vermag.

Auf der Blumenwiese schlängelt was heran. Es ist das altböse Schillerviech mit dem Verführerstimmchen, das schon Eva umlispelt und umzüngelt hat.

Und wo das Tal von keinem Hang geborgen,
Da kroch's heran, das Tier, das bittre Speise
Der Ältermutter bot am Erdenmorgen!
Durch Gras und Blumen zog's die argen Gleise
Und bog sich rechts und links – des Leibes Ringe
Bleckend kam's – nach eitler Katzen Weise. –

So übersetzt August Vezin das Nahen der Schlange. Doch nur für wenige Momente kann die alte Betrügerin durchs Gras gleiten. Die Engel stoßen von ihren Wachposten herab, und sie nimmt Reißaus. Wie Folasco und Schestow besitzt auch Fiammetta eine dramatische Kraft, allerdings eine etwas ruhiger temperierte. Ihre tiefe Stimme ließ sie ein wenig grollen, als sie auf das Nahen der Schlange zu sprechen kam, und wieder sanft wurden die Töne, als die Gefahr vorüber war, die Schlange von den Engeln verscheucht ist. Endlich kann Nachtruhe einkehren, und auch Dante, der beim Eintritt in das Tal der Fürsten in eine brodelnde Stimmung gerät, weil er schmerzlich an das politische Unglück seines Landes erinnert wird, findet eine ihn sänftigende Ruhe.

Nach Fiammetta widmete sich Bengt Liljedahl, unser erotisch aufgezwickter Schwede, den beiden folgenden Gesängen, mit denen das eigentliche Purgatorio beginnt. Innere Leibeswirren waren ihm an diesem Vormittag nicht anzumerken. Klar und ruhig verhandelte er den morgendlichen Traum Dantes. Dies ist der erste Schlaf im Purgatorio, in den Dante fällt. Zwei weitere werden folgen. Ihm träumt, er werde von einem Adler himmelhoch entrückt.

Beim Aufruf der frühen Morgenstunde erinnert Dante in einer knappen Andeutung an eine der Metamorphosen des Ovid, an ein Schwälbchen, das von seinem Leid singt. Auf die schreckliche Geschichte von Tereus wird hier angespielt, der mit Prokne verheiratet war und sich in deren Schwester Philomele verliebt und sie vergewaltigt hatte, ihr jedoch die Zunge abschnitt, damit sie darüber Schweigen bewahren mußte. Was ihr angetan worden war, webte Philomele in ein Tuch. Daraufhin rächte sich Prokne an ihrem Ehemann und setzte ihm den eigenen Sohn als Speise vor. Tereus verfolgte die beiden mit einer Axt, die Schwestern verwandelten sich in eine Nachtigall und eine Schwalbe, Tereus in einen Wiedehopf.

Bengt überging diese Geschichte, was bei Eva Heiterkeit erregte. Sie flüsterte mir zu: unser Wiedehopf fange auch schon an, alles wörtlich zu nehmen, gerade betrüge er seine Frau mit Harriet, und da bereite ihm die Rachestory Unbehagen. Die Frau sei gottlob keine Schwester von Harriet, auch habe er keinen Sohn, den man verhackstücken und kochen könne, sondern zwei Töchter, aber man wisse ja nie, wozu sich Frauen verbündeten. Sie zwickte mich in den Arm und raunte, mir sei hoffentlich klar, wovon sie spreche.

Heiß wird dem träumenden Dante, der sich in den Fängen eines Adlers in den Feuerhimmel hochgerissen wähnt. Natürlich ist der Vogel ein Symbol der Herrschaft, er ziert ja auch das Parlament unserer Bundesrepublik. Im antiken Rom trugen Adler die Seelen der Kaiser ins Gefild der Unsterblichkeit, während des Mittelalters wurde der Imponiervogel umgedeutet zum Symbol Christi, und nun ist es seine Aufgabe, über die Demokratie zu wachen. Leider kommen in meinen Träumen Adler nicht vor, was natürlich bedeutet, daß ich bloß ein kriechender Erdenwicht bin, zu Höherem nicht berufen. Nicht mal eine Adlerfeder hat es je geschafft, in einem meiner Träume aufzutauchen. Vom Geschehen in Rom träumte ich erst recht nicht. Wozu träumen, wenn die Wirklichkeit jeden Flugtraum lässig überbietet? Jetzt möchte ich aber lieber nicht Sigmund Freud konsultieren, der die diversen nächtlichen Flugmanöver ausführlich interpretiert hat. Womöglich hätte der kluge Mann eine Deutung in petto, die für mich wenig schmeichelhaft wäre, und zwar in Richtung Hemmung, Angst, Symptom.

Eine flughaft anmutende Entführung hat auch Dante erfahren, aber nicht in den Fängen eines Adlers, sondern einen Steilhang hoch, getragen von den sanften Händen der heiligen Lucia. Über die prophetische Macht der Träume zitiert Hartmut Köhler eine Stelle aus Jean Pauls Aufsatz *Über das Träumen*, der mir nicht bekannt war, obwohl ich Jean Paul liebe und viel von ihm gelesen habe – da heißt es, gegen Morgen treibe *das brachgelegene und vom Nerventau erfrischte Gehirn die Frühlingsblumen heraus, die Morgenträume, die sich mit dem äußern Morgen erhellen und die vielleicht darum den Griechen prophetisch waren.*

Am Morgen des Pfingstsamstags hatte ich ebenfalls einen kuriosen Traum. Man könnte sagen, einen Umkehrtraum, nicht nach oben, sondern nach unten zielend. Ich fiel durch ein Gitter, wie man sie vor manchem tiefgelegenen Kellerfenster findet. Schmutzig war's da, Essensabfälle und zerknüllte

Papiere lagen herum. Erstaunlicherweise fühlte ich mich dort aber sehr wohl. Sauwohl sogar. Vielleicht ist das wieder mal als Hinweis darauf gemeint, daß ich doch in die Hölle gehöre und nicht ins Purgatorium.

XXXI

Weiter, immer weiter segelten wir durch die Commedia, direkt ins eigentliche Purgatorium hinein, dessen Vorstufen wir nun hinter uns gelassen hatten. In einem Felsspalt geht's bergauf.

Dante und Vergil gelangen vor ein Tor, zu dessen Hüter ein Engel als Wächter bestellt ist. Wie bei Türhütern üblich, ist ihm aufgetragen, niemanden unbesehen hereinzulassen. Denkt man an eine Figur, die vor einem Tor Posto faßt, kommt einem sofort die großartige Türhüterparabel Franz Kafkas in den Sinn, eine der rätselhaftesten Geschichten, die je geschrieben wurden, allerdings wohl kaum in Anlehnung an die Commedia. In der jiddischen Erzähltradition gibt es etliche Tore, vor die jeweils ein strenger Hüter gesetzt ist. Jedwedes Durchschreiten eines Tores und Überschreiten einer Schwelle ist eine heikle Angelegenheit, davon wissen sogar noch die modernen Hochzeitsbräuche etwas. Wer darf hinein? Wer nicht? Dürfen alle oder nur einer?

Zum Tor führen drei Stufen. Das Antlitz des Hüters, der mit blankgezogenem Schwert in der Hand auf der obersten Stufe sitzt, ist für Dante, der bezüglich der Engel zwar schon einige Erfahrungen hat sammeln können, noch zu stark in seiner blendenden Leuchtkraft. Er muß die Augen abwenden. Die drei Stufen wiederum sind besondere Stufen: die erste aus glattem weißen Marmor, die zweite aus einem dunklen rissigen Stein, die dritte aus blutrotem Porphyr. Auf der Schwelle, die aus Diamant zu sein scheint, sitzt der machtvolle Engel. Symbolhaft ist hier alles. Die Weiße des Marmors zeigt die ursprüngliche Schuldlosigkeit des Menschen an, der zerklüftete dunkle Stein die sündhafte Zerrissenheit, der rote

Porphyr weist auf die Erlösung durch das von Christus vergossene Blut.

Dante fällt zu Füßen des Engels, der ihm sachte, sachte mit der Spitze seines Schwertes siebenmal den Buchstaben *P* in die Stirn ritzt – *peccavi*, ich habe gesündigt. Diese Siebenzahl steht für die Sünden *superbia* (Hochmut, Stolz), *invidia* (Neid), *ira* (Jähzorn), *acedia* (Trägheit), *avaritia* (Geiz), *gula* (Genußsucht) und *luxuria* (Wollust, Begehren), wobei insbesondere der Hochmut als sehr schwere Sünde gilt. Der Engel, ein echter Torhüter, trägt zwei Schlüsselchen am Bund, einen goldenen und einen silbernen. Der silberne Schlüssel steht für die Möglichkeit der Vergebung im allgemeinen, der wichtigere goldene leistet spezielle Dienste. Mit seiner Hilfe wird der Sünder als Einzelfall untersucht, werden seine Sünden genauer unter die Lupe genommen. Der berühmteste himmlische Pfortenbewahrer ist natürlich Petrus, der Dante zufolge einst die beiden Schlüssel an den Engel übergab.

Die Dichter haben Glück, das Tor öffnet sich für beide Wanderer. Doch zum Schluß wird Dante ermahnt, sich nicht umzudrehen. Orpheus hat sich umgedreht, als er seine geliebte Eurydike fast schon aus der Unterwelt herausgeführt hatte. Die Folge ist bekannt. Lots Frau, die mit ihrem Gatten aus Sodom flieht, hat sich ebenfalls umgedreht und ist zur Salzsäule erstarrt. Natürlich kam Bengt auf die berühmten Vorbilder zu sprechen – wie man zur Salzsäule erstarren könne, sei ihm allerdings nicht leicht vorstellbar, wahrscheinlich stamme diese Vorstellung von Gesteinsbrocken, die, in Menschengröße aufragend, unheimlich wirken, geradeso, als sei ein menschliches Wesen darin gefangen.

Am ersten Sims des eigentlichen Purgatoriums werden die allzu Stolzen erzogen. Hier bekommen Dante und Vergil es mit exquisiten Reliefbildern zu tun. Sie sind von so überragender Qualität, daß sie nicht von der Hand eines Menschen stammen können. In Frage kommt allein Gott. Wände und Boden des Umlaufs sind damit geziert. Ein klein wenig habe ich bedauert, daß es nicht Eva war, die diesen Vortrag hielt. Sie kann schwärmerisch und zugleich präzise von Kunstwerken erzählen. Allerdings machte Bengt seine Sache nicht schlecht, und Eva mischte sich später in die Diskussion ein. Aus einem der härtesten Werkstoffe, dem Marmor, sind weich und biegsam anmutende Formen gestaltet, Parabeln des biblischen Geschehens von einer Lebendigkeit, als würden die Figuren aus dem Stein hervortreten und sich bewegen. Bengt gab zu bedenken, man könne sich Gott schwerlich als den Meißel ansetzenden und Hammer schwingenden Bildhauer vorstellen, das Material müsse sich von selbst dem göttlichen Ingenium gefügt haben. Denn in Canto X wird klar gesagt: die Werke stammen von Gott. Er, der die Natur und den Menschen geschaffen hat, übertrifft sich hier noch einmal selbst. Weil Bengt von Hammer und Meißel gesprochen hatte, befiel mich ein unsinniger Konkretismus: ich mußte an mit Werkzeugen bewehrte Gotteshände denken, die Schwerstarbeit verrichten, dann wieder materialisierten sich die plastischen Formen direkt aus Gottes Gedanken heraus.

In einem Brief an Carl Streckfuß, einen der ersten Übersetzer der Commedia ins Deutsche, hatte Goethe geschrieben, wie sehr Dante von Giotto, überhaupt der bildnerischen Kraft seiner Zeit beeindruckt gewesen sei. Daß Gott im Verlauf von Canto X in den Figuren, die Er selbst geschaffen hat, auftritt, hat natürlich mit der Wertschätzung zu tun, die Dante den Künstlern entgegenbrachte, was einen wenig wundernimmt, denn er lebte trotz aller kriegerischen Greuel in einer beflügelten Zeit des Aufbruchs, in welcher nicht nur der von ihm verehrte Giotto als Meister hervortrat.

In ihrer unübertroffenen Könnerschaft halten sich Gottes Kunstwerke durch alle Zeit hindurch. Und insgeheim ist Dante wohl auch der Überzeugung, daß seiner Commedia ein ähnliches Durchhalten vergönnt sei. Ansonsten sind die Künstler dazu verdammt, mitzuverfolgen – falls sie nach ihrem Ableben auf die Erde schauen können –, wie sich ein Nachfolger an ihre Fersen heftet, der sie an Bedeutung übertrifft und ihre Werke dem Vergessen überantwortet. Manchmal geht's schnell. Jede Wette, daß die lächerlichen Blasebalgobjekte von Jeff Koons schon bald auf die Mülldeponien wandern, während sich die goldrauschende Verkündigung von Fra Angelico noch etliche hundert Jahre wird halten können.

Bengt versuchte mit aller Kraft, die wie lebend wirkenden Bilder uns eindringlich vor Augen zu führen, als sollten sie mit ebensolcher Macht in uns einströmen wie in das auffangsame Gemüt Dantes, allesamt Bilder der Demut – die Verkündigung der Geburt Jesu, die Maria mit niedergeschlagenen Augen aufnimmt, der Tanz des David vor der Bundeslade, der sich dabei zu einem fröhlichen, ausgelassenen Narren macht und dafür von seiner Frau getadelt wird, Kaiser Trajan, der für eine Witwe, die ihn anfleht, den Mord an ihrem Sohn zu rächen, sein Pferd anhält und sich weniger als Kaiser gibt denn als mitfühlender Mensch.

Aber alles Weitere bekam ich nicht mehr richtig mit. Auf meinem Stühlchen war ich zusammengerutscht, saß in Kindergröße nur noch mit halbem Hintern auf dem Polster, das Grauen der Hölle hielt mich gefangen, Dantes Hölle und die Hölle heutzutage flossen ineinander, Tränen rannen mir über die Wangen, ich weiß nicht, warum, Canto X des Purgatorio hatte keinen Grund dafür geliefert, Bilder des Elends überfluteten mich, ich sah entsetzlich abgemagerte Kinder, stumm vor Hunger, sah zerfetzte Leichen, Körperteile, die herumlagen, sah das Zittern von Erwachsenen kurz vor ihrer Enthauptung, sah, wie Wilderer einem Elefanten die Stoßzähne absägten, sah einen riesigen Teppich aus Plastikmüll im Ozean treiben, sah Leute auf Müllbergen herumklettern und nach etwas Brauchbarem herumstochern, sah Scheintote mit Schläuchen an grünlich flimmernde Apparate geschlossen, sah, wie eine Bande junger Männer auf einen am Boden einprügelte, sah eine verwirrte Alte am Straßenrand stehen, sah finstere Kellerlöcher, in denen Gefangene vegetierten, ein Sturzbach von Bildern kam über mich, die mit dem Marmorrelief nicht das geringste zu tun hatten, wobei nur Eva meine Verstörung bemerkte, sacht legte sie mir ihre Hand in den Nacken und fragte leise, was los sei, ich konnte nicht antworten, nur ein unterdrücktes Schluchzen füllte meine Kehle, ich sah mit verschwimmenden Augen, wie die Malteser mich von ihrer Wand aus ins Visier nahmen, glaubte ihre Stimmen zu hören, was in aller Welt ich mir da zusammendächte, schon immer sei es auf dieser Erde schrecklich zugegangen, auch ihre Gotteszuversicht sei mehr als fragwürdig gewesen, nur in wenigen Augenblicken ihres Lebens hätten sie an Ihn geglaubt, und keineswegs seien sie in Schönheit gestorben, aufgeschlitzt, taub, blind, von schrecklichen Krankheiten heimgesucht seien sie verreckt, keineswegs immer in Würde mit einem gottseligen Spruch auf den Lippen ins Jenseits marschiert, in ihrer Not seien die schönen Orden an ihrer Brust nicht mehr gewesen als minderwertiger Blechkram, und ihre gefältelten Hemden hätten als durchgeschwitztes Zeug an ihren malträtierten Leibern geklebt, was willst du elender Wicht, schienen sie im Chor zu sagen, erst wenn du zu Staub zerfallen bist, erlangst du Gewißheit über alles, über all das, was kommt oder auch nicht kommt, du kriegst es vorher nicht raus, da kannst du die Commedia vorwärts und rückwärts, hin und her, her und wieder hin durchfingern, solange du willst, erst wenn du – nun fuhr etwas ganz anderes dazwischen, ich erinnerte mich an einen Gesprächsfetzen, den ich einmal in der Linie 5 der Stuttgarter Straßenbahn aufgeschnappt hatte, als eine alte Frau das Knie ihres Mannes tätschelte – *du kommsch doch ins gleiche Sarkophägle* –, da mußte ich lachen, unterdrückte es, während die Tränen nur so an meinem Gesicht herunterliefen, danach brach der Strom der Gedanken ab, ich griff nach Evas Hand und richtete mich in meinem Stuhl auf, war aber immer noch so durcheinander, daß ich dem Vortrag des Referenten kaum folgen konnte.

In der Mittagspause faßte ich mich. Unser Essen war von einem Catering-Service gebracht worden, wir mußten es uns an einem Buffet abholen, das vor dem Saal aufgebaut worden war. Eva ließ mich nicht aus den Augen, offenkundig sorgte sie sich um meinen Zustand. Aber ich benahm mich wieder halbwegs normal, obwohl ich Millie nicht recht folgen konnte, während sie auf mich einredete.

Den Teller trug ich in den Garten und setzte mich auf eine Bank, die im Schatten stand. Auf den Pinien zeterte eine Schar Papageien um die Wette, irgend etwas schien sie erregt zu haben, meine Person konnte es nicht gewesen sein, denn ich saß ganz still da, stocherte bloß auf meinem Teller herum. Im Garten beruhigte ich mich vollends, trotz des Gezeters.

Dann setzte sich Leopold Krumbholz zu mir, mit dem ich bisher nur wenige Sätze gewechselt hatte. Ein sportlicher Typ, braungebrannt, ein Steirer, vermutlich ein passionierter Skifahrer. Die, die ihn besser kannten, nannten ihn Poldi, ich konnte mir das nicht erlauben, obwohl mir auf der Zunge lag, ihn zu fragen: *na, Poldl, hast deinen Vortrag schon fix und fertig im Sack?* Leopold war ausnehmend höflich. Er bedankte sich sehr förmlich bei mir, daß wir ihn eingeladen hätten, unser

Treffen genieße er außerordentlich, einen so munteren Kongreß habe er noch nie erlebt, so was Tolles sollten wir jedes Jahr veranstalten, möglichst immer hier. *Bis uns der Dante nicht mehr echauffieren würd*, sagte er, *aber dieses wird wohl weder heuer noch sonstwann so bald passieren*. Er lachte wegen der Papageien, die solch einen Tumult veranstalteten, seufzte ergeben und fügte hinzu: *Ja, hier haben wir Rom. Wie es leiben und leben möcht und Krawall macht. Sogar die Vögel alterieren sich mit.*

Eva beobachtete mich aus einer kleinen Runde, in der schon alle gegessen hatten. Die Leute standen mit ihren Gläsern auf dem Kiesweg herum und rauchten. Auch Kenny, der eine Weile herumgeflitzt war und vielleicht die Papageien zu ihrem empörten Gezeter angeregt hatte, verfolgte uns. Er wälzte sich vergnügt im Gras, gab Laute von sich zwischen Knurren und Fiepsen, legte sich dann auf den Bauch und schaute von einer Böschung aus aufmerksam zu uns herüber. Ich bildete mir ein, er habe mich genau im Blick, aber vielleicht war das nur ein Hirngespinst.

Als wir alle gemeinsam in den Saal zurückkehrten, umkreiste uns Kenny, als habe er die höchst wichtige Aufgabe, eine Schafherde zusammenzutreiben. Die Treppe zum Saal sprang er vor uns hoch und sah dann herab, um zu überprüfen, ob wir wirklich alle beieinander wären. Und noch etwas Merkwürdiges: Schestow betrat als letzter den Saal, Kenny umrundete ihn, lief dann vor ihm her und geleitete ihn zu seinem Stuhl.

Kaum saß ich, merkte ich, wie hundemüde ich war, fast wäre ich eingeschlafen, was nicht am Vortrag von Javier Hernández lag, sondern an meiner Verfassung. Dagegen halfen auch die zwei Tassen Kaffee nicht. Die Müdigkeit war nicht das übliche Abflauen der Konzentration nach dem Mittagessen; eine innere Anstrengung hielt mich besetzt, der ich mich durch Schlaf entziehen wollte. Deshalb habe ich mir so gut wie nichts von dem merken können, wovon Javier sprach. Ich weiß nur noch, daß die Diskussion auch bei ihm recht lebhaft wurde, was mir aber nicht weiterhalf. Wie das Sündenabwischen im Purgatorio funktionierte, war sein Thema, denn die sieben P, die Zeichen der Sünde auf Dantes Stirn, werden Zug um Zug gelöscht, dabei wird der Aufstieg des Dichters von Stufe zu Stufe weniger beschwerlich. Mir kam es fast so vor, als würde das Leichterwerden Dantes mit meinem Schwererwerden kontrastieren. Wobei diese Schwere nicht mit einem vertieften Denken zu tun hatte, sondern mit einer Geistesöde, in der ich nach und nach versank. Noch schlimmer wurde es beim Vortrag von Krumbholz, da kann ich mich nicht mal mehr an das Thema erinnern. Er hätte über die Schneeschmelze in den Alpen sprechen können, und ich hätt's nicht gemerkt.

Als unser Alois nach vorn schritt, war ich wieder einigermaßen beisammen. Der Hausmeister fummelte erst am Mikrophon herum, weil es pfiff, bis Alois das Ding mit Entschiedenheit weglegte und vor unseren Tischen hin- und herzuspazieren begann. Kenny lief schnurstracks hinter ihm her, vor und zurück, her und wieder hin, was größte Heiterkeit erregte. George rief ihn nicht zu sich, weil Alois selbst Spaß daran hatte und dabei zwischen dem Italienischen und dem Wienerischen hin- und herjonglierte: einen so aufmerksamen Zuhörer habe er noch nie gehabt, wäre er noch Ordinarius ex cathedra und stanta pede im Amte (er sagte *stanta* und nicht *stante*, das habe ich noch im Ohr), wäre Kenny sein Lieblingsstudent – dabei beugte er sich zu ihm hinunter, streichelte ihn zwischen den Ohren und fiel ins Wienerische: *aber Herrschaftszeiten bittschön, so was kann heuer ins falsche Inter-*

pretationskammerl bugstiert werden. Immerhin gibt das Hunderl eine schöne Exemplifizierung einer Gedankenpromenad.

Dann legte Alois den Finger an die Nase, als müsse er überlegen. Das dauerte eine ganze Weile. Danach gab er uns in klarem Italienisch zu verstehen, Kenny sei vielleicht ein Abkömmling des Jagdhundes, der im ersten Gesang der Hölle von Vergil angekündigt wird als einer, der kommt, um die Bestien der Finsternis zu verjagen, die Dante den Weg versperren. Kenny schüttelte sich kurz, als wäre das eine Schnapsidee, und wir hielten uns die Bäuche vor Lachen, selbst der sonst so ernste Schestow kicherte vor sich hin, als kitzelte man ihn am ganzen Leibe.

Alois war in Bestform, keine Frage. Auf muntere Weise, nicht hektisch, seine dünne Stimme klang bemerkenswert feurig; er gebärdete sich fast wie Schestow, als lebe er mitten in seiner Rede. Sie befaßte sich mit dem Triumphwagen, der am Ende des Purgatorio in Erscheinung tritt. Während er sonst vorsichtig vor sich hin täppelte, bekamen seine Schritte Schwung, fast wie ein junger Spund lief er vor unseren Tischen auf und ab. Ich hatte dabei das Bild vor Augen, wie Alois zuoberst auf dem üppig geschmückten Wagen hockt, die Zügel fest in der Hand, um den Greifen zu lenken, der ihn zieht. Natürlich war das Nonsens pur, was sonst. Der Greif symbolisiert Christus, und den vermag kein Sterblicher am Zügel zu führen.

Die Szene rund um den Triumphwagen kann man in ihrem Bedeutungsgewoge als überstopft bezeichnen. Auch Alois kam ein wenig ins Schleudern, als er sie uns ins Gedächtnis rief. Gar zu viele symbolhafte Fingerzeige weisen hier auf die Figuren. Obwohl ich die betreffenden Gesänge schon x-mal durchkämmt habe, vergesse ich immer wieder, wer, was da wie vor den staunenden Augen Dantes auf der anderen Seite des Flusses Lethe vorüberzieht. Lampen werden vorausgetragen, sieben an der Zahl, die Dante zunächst für Baumstämme hält. Von ihnen ausgehend, fluten Lichtströme über die Prozession, die Siebenzahl erinnert an die siebenarmigen Leuchter des Judentums und an die wissensorientierten Gaben des Heiligen Geistes, die sich hauptsächlich um Weisheit, Verstand und nicht zuletzt um die Gottesfurcht ranken.

XXXII

Dantes Augen sind von dem Spektakel so fasziniert, daß er alles Weitere zunächst nicht erkennen kann, zumal die Lichter, ausgehend von den brennenden Quellen, als leuchtende Regenbogenfahnen in langen Schweifen über die Köpfe der Prozessionisten hinziehen, geradeso, als wären die Farben mit dem Pinsel ausgezogen. Alois hatte hier ebenfalls der mimetische Furor gepackt, mit einem erhobenen Arm wanderte er vor uns auf und ab, als hielte er eine Fackel in der rechten Hand. Niemand lachte. Wir fanden die Vorstellung grandios, obwohl sie ein klein wenig an die Reiseführer erinnerte, die in Rom mit hochgerecktem Schirm oder Fähnchen vor einem Trupp Touristen herlaufen. Alois benahm sich so, als müsse er Kinder unterrichten, was aber gut ankam, denn mit dieser Prozession haben die meisten Dante-Forscher ihre liebe Not.

Dante gewöhnt sich allmählich an den Anblick und vermag den Aufzug im einzelnen zu erfassen. Alois beschirmte seine Augen und drehte den Kopf hin und her, als habe er selbst Mühe, über uns hinweg durch die Fensterfronten des Saals die langgezogene Erscheinung in den Blick zu bekommen. Einen Moment lang schien er verwirrt, mußte innehalten, um sich zu konzentrieren. Dann nahm er einen neuen Anlauf und befaßte sich mit den Etappen der Prozession, die so geordnet ist, als durchschreite sie die gesamte Heilige Schrift in kostümierter Figurenfolge. Zuerst sind die Bücher des Alten Testaments dran (nach Aufteilung der christlichen, nicht der jüdischen Bibel), von weißgekleideten Männern dargestellt, die in die Farbe des Glaubens gehüllt sind, vierundzwanzig an der Zahl, immer zwei und zwei, brav gereiht wie eine Kindergartenschar, die einen behüteten Ausflug unternimmt. Aber sie symbolisieren beileibe nichts Kindhaftes, sondern die vierundzwanzig Bücher des Alten Testaments. Und es sind keine Kinder, sondern ehrwürdige, mit Lilien bekränzte Greise, die als Inkarnation der älteren Schriften der Bibel einherwandeln. Danach folgen vier jeweils sechsfach geflügelte Tiere, auf denen sich Augen abzeichnen, die direkt aus der Offenbarung des Johannes in die Commedia gewandert sind. Doch die Zeit drängt. Dante will auf die Tiere nicht näher eingehen. In ihrer Mitte befindet sich ein Mischwesen, halb Löwe, halb Adler, es ist ein Greif, der für Christus steht. Er zieht einen zweirädrigen Wagen, einen Thron- oder Triumphwagen, wie ihn Ezechiel als Jahwe zugehörig beschrieben hat. Aber auch die Römer sind bekannt dafür, daß ihre Feldherren nach Siegeszügen auf prächtigen Wagen einherzogen, vor denen die kriegsgefangenen Sklaven durch die Straßen geführt wurden.

In Canto XXIX stellt der Wagen die Kirche dar, neben seinen riesenhaften Rädern tanzen sieben Jungfrauen; natürlich führen sie keine ausgelassenen Veitstänze auf, sie symbolisieren ja die drei theologischen und die vier moralischen Tugenden, als da sind: Glaube, Liebe, Hoffnung, sodann Gerechtigkeit, Weisheit, Tapferkeit und Mäßigung. Es folgt eine dritte Gruppe, die dem Neuen Testament gewidmet ist, die feierlich einherschreitenden Greise sind ebenfalls in weiße Gewänder gehüllt, bekrönt mit der Farbe der Nächstenliebe, einem Kranz roter Blumen. Auf ein Donnersignal hin kommt der gesamte Zug zum Stehen. Dante verweilt auf seinem Beobachtungsposten jenseits des Flüßchens. Alois hielt an der Stelle ebenfalls inne. Er erstarrte in einer komischen Pose mit ausgestreckten Armen und geöffneten Händen, aber nur für zwei, drei Sekunden, dann wanderte er wieder vor uns auf und ab.

Erst wenn die gesamte Prozession überblickt werden kann, und das dauert eine ganze Weile, ist das heilige Geschehen in der Zeitfolge zu erfassen, gespickt mit Symbolen, die auch in die Zukunft weisen. Alois trat dazu einige Schritte zurück, Kenny hockte sich erwartungsvoll neben ihn, dann breitete unser Referent die Arme aus, als säßen wir alle prozessionsgereiht vor ihm und müßten nacheinander streng ins Auge gefaßt werden, wobei Kenny seinem Blick zu folgen schien. Alois hob den Finger und sagte, mit Bonaventuras Philosophie im Hinterkopf sei hier die Zeit in höchsteigener Person am Werk, *im Zeitgwandl, weißt,* fügte er für Kenny hinzu. Er hielt nochmals inne, als müsse er einige Sekunden an seinen Fingern abzählen, und setzte dann wieder ein: vorausweisend sei allerdings, daß der Triumphwagen zunächst leer bleibe, *vuoto nient' altro che vuoto.*

Wir waren in einer einbildsamen Stimmung, benahmen uns wie kleine Kinder, die einem mit dramatischem Geschick begabten Märchenerzähler großäugig folgen. Prächtig ist dieser Triumphwagen, prächtiger als alle Wagen, die je durch Rom gezogen wurden, und trotzdem leer. Es handelt sich um eine erwartungsfrohe Leere. Sobald das Gefährt in Sicht kommt, wirkt die Szene wie eingefroren. Damit wird suggeriert, das Ende der Zeit sei gekommen, die Augen aller ruhen auf dem Zentrum, auf der anbrechenden Christuszeit. Zugleich geht im Osten die Sonne auf, die ebenfalls ein Symbol für den herannahenden Christus ist. Aber nun ist es Beatrice, die konkret als Vorbotin und Vertreterin Christi erscheint. Und sie ist gekommen, um über Dante zu richten. Natürlich ist es hart an der Grenze zur Häresie, daß eine Frau, und sei sie noch so tugendhaft, vorübergehend den Platz einnimmt, der eigentlich Christus vorbehalten sein sollte. Man versteht sehr wohl, daß Dantes Commedia der katholischen Kirche mehr als nur ein bißchen Unbehagen bereitete, zumal Beatrice gar keine Heilige ist, nur Dantes poetische Fiktion hat sie dazu gemacht. Auch daß er so viele Päpste in der Hölle hat schmoren lassen, kann dem Klerus nicht gefallen haben, gleichgültig, wie dessen innere Zwiste verlaufen sein mögen.

Das Ganze ist von einer Überladenheit der Bedeutung, daß einem schwindlig werden könnte. Alois schien manchmal selbst ein wenig durcheinanderzugeraten, was nicht an seinem Alter lag, sondern an der Vielzahl an Erscheinungen, die in dem Tableau zutage treten. Dann, urplötzlich, war Alois ergriffen, er sprach vom Königsmantel der Divina Commedia, der sich über das gesamte Universum spreite, und wir alle seien darin geborgen. Mit der Linken faßte er sich ans Herz und schloß kurz die Augen. Kenny sprang auf und stellte sich schwanzwedelnd direkt vor ihm auf. Normalerweise wäre in der Runde Gelächter aufgekommen, aber diesmal blieb es still. Gleich darauf hatte sich Alois gefaßt, Kenny setzte sich wieder hin und beobachtete ihn aufmerksam.

Unser Redner hüpfte nun zu Canto XXVII, an die Schwelle zum irdischen Paradies, wo Dante symbolhaft erhöht wird, indem ihm die päpstliche Tiara und die kaiserliche Reichskrone aufs Haupt gesetzt werden, eine Doppelkrönung, die leicht mißdeutet werden kann. Auf den ersten Blick sieht das nach einer schwindelerregenden Selbsterhöhung des Dichters aus. Aber das stimmt nicht ganz. Dante, der Jenseitsreisende, wird hier zu einer stellvertretenden Figur. Wo die lichtdurchflutete Gerechtigkeit heilsüberkrönt herrscht, ist die regsame Lebenspraxis endlich mit der Kontemplation vereint. Und dies wird mit dem Schmuck auf Dantes Stirn symbolisch gefeiert.

Jetzt erlaube ich mir eine letzte sprunghafte Rückkehr zur Hölle, zu Canto XXVII des Inferno, den wir nur kursorisch behandelt hatten, obwohl dieser Canto ebenfalls mit der Verkehrung des pfingstlichen Flammenzüngelns zu tun hat. Hier wird ein Adliger gestraft, der einen berühmten Namen trägt, Guido da Montefeltro. Ein Täuscher, ein schlauer Fuchs, der wie Odysseus in ein funkensprühendes Flammengewand gehüllt ist, weil er auf Wunsch seines Auftraggebers, Papst Bonifaz VIII., einer Adelsfamilie einen verräterischen Rat gegeben hat. *Vom Großpfaff sei er hinabgestoßen worden in das alte Laster*, so ungefähr übersetzt van Poppel die entsprechende Stelle. Die Intrige führte zum Untergang der Familie der Colonna. Wenn Guido spricht, belebt sich die Flamme über seinem Kopf, ähnlich wie bei Odysseus. Eigentlich war Guido schon entschlossen, sich die Mönchskutte überzustreifen und seine vorangegangenen Sünden zu bereuen. Doch der heimtückische Papst hatte ihn davon überzeugt, daß er die Absolution bekommen werde, wenn er ihm zu Diensten sei. Das Versprechen ist jedoch wirkungslos. Die höhere Macht schlägt zu. Zwar setzt sich der heilige Franziskus für Guidos Seele ein, doch diesmal gewinnt der Teufel und zerrt Guido hinab in die Hölle, wo er nun als falscher Pfingstler sein flammenumzüngeltes Dasein fristet.

Wer ist ein falscher Pfingstler, wer ein echter, das ist hier die Frage, die natürlich auch mich umtreibt. Waren meine Mitstreiter echte Pfingstler, bin ich der einzige falsche? Wirken im Hintergrund knifflige Rechtsfragen, die ich nicht ganz durchschaue? Justin Steinberg sieht bei der Geschichte von Guido da Montefeltro ein wichtiges Rechtsgut verschleudert: der Papst habe die *plenitudo potestatis* in makabrer Weise für sich in Anspruch genommen und mit dem verräterischen Manöver die Bindekraft des Rechts auf empörende Weise verletzt. Intrikate Verhältnisse spielen hierbei eine Rolle. Der weltliche und der religiöse Herrscher sind zwar darin frei, das Recht zu gestalten, aber zugleich sind sie an das Recht gebunden, dürfen es nicht willkürlich eigensüchtigen Zwecken dienlich machen.

In diesem Zusammenhang wird Wert darauf gelegt, daß Christus, der König der Könige, der eigentlich keinem Gesetz verpflichtet ist, sich freiwillig unter das Joch des Rechts gebeugt hat. Und genau dies wird sowohl vom weltlichen als auch vom religiösen Herrscher verlangt. *God keeps his word*, schreibt Steinberg, Bonifaz hätte es auch tun müssen. Der Papst muß sicherstellen, daß das von Menschen geschriebene Recht die Billigung höhererseits findet. Hohes Recht und Menschenrecht sind im Handlungsauftrag des Papstes kurzgeschlossen.

Wobei es hier um eine andere Rechtsauffassung geht als im Fall des modernen Menschenrechts: sowohl die Himmels- als auch die Erdbewohner sind in der Commedia an ein Recht gebunden, das nicht zuvörderst ein allgemeines Menschenrecht im Blick hält, welches der einzelne für sich reklamieren kann. Es ist anspruchsvoller. Es lenkt den Blick darauf, was ein Mensch *seinem Nächsten schuldet.* Hier erstreckt sich das Gebot der Nächstenliebe auf die Garantie der Unversehrtheit *des Anderen.*

Die französischen Philosophen Simone Weil und Emmanuel Lévinas haben den Bedeutungsunterschied äußerst klug unter die Lupe genommen. Dabei ist wichtig, daß hier reziprok die Nächstenliebe hochgehalten wird, nicht das Pochen aufs eigene Recht. Ein Gedanke, der besser zu Dante paßt und mit dem ich mich durchaus anfreunden kann, weil hier eine Auffassung vorliegt, die sich der nur allzuoft vom Eigendünkel getragenen Rechthaberei widersetzt. Allerdings könnte ein solches Rechtsdenken in einer modernen Demokratie wohl schwerlich in bindende Formulierungen gefaßt werden, die bestrebt sind, das Recht des einzelnen vor Gewalttaten zu schützen. Die dem Nächsten geschuldete Verpflichtung, ihn liebenswürdig zu behandeln, steht unter der scharfen Beobachtung Gottes, das menschengemachte Zivilrecht kann einer solchen Forderung zwar nahekommen, im strikten Sinne umsetzen kann es sie nicht. Sonst wären die Gefängnisse voll von Nachbarn, Arbeitskollegen und Eheleuten, die einander nicht grün sind und sich das Leben zur Hölle machen, auch wenn sie nicht mit den Fäusten aufeinander losgehen, zur Axt, zum Messer oder zum Revolver greifen.

Welcher Auffassung man hier auch zuneigen mag, der Fall des Guido ist eindeutig. Es geht um einen eklatanten Rechtsbruch. Sowohl der verräterische Adlige als auch der verräterische Papst sind deshalb Kandidaten für die Hölle. Der eigensüchtige Papst hatte eine Drohung in seine Überredungskünste gemengt, indem er an seine Macht erinnerte, die Absolution zu erteilen, also den Himmel für Guido offenzuhalten oder ihn zu schließen. Ein klarer Fall von Machtmißbrauch. Dabei gibt es einen scharfen Kontrast zwischen den beiden sehr verschiedenen Flammenwandlern Guido und Odysseus. Guido spricht lax, wie ein verkommener Betrüger, Odysseus bleibt sprachlich immer noch eine hohe Gestalt. Er besitzt rhetorische Grandezza, die ihm auch in der Hölle nicht genommen werden kann. Dante redet mit dem niederen Betrüger Guido, aber Vergil behält sich das alleinige Recht vor, mit dem von ihm verehrten Odysseus auf hohem Niveau zu sprechen.

Zwar bin ich kein Ränkeschmied vom Format eines Guido, der den Mord an einer ganzen Familie auf dem Gewissen hat, aber meine Intrigen bezüglich der Stellenbesetzungen an der Universität waren auch nicht ohne. Die Kunst, unerwünschte Kandidaten auf scheinhöfliche Weise schlechtzumachen, ohne daß Zeugen den eigensüchtigen Motiven allzuleicht auf die Schliche kämen, die beherrsche ich durchaus. Und deshalb bin ich wohl dazu verdammt, mich auf eine nicht enden wollende Suche zu begeben, in etwa wie Fariduddin Attar es formuliert hat:

> Wenn du das Tal des Suchens erst betrittst,
> erscheinen immer neue Müdigkeiten;
> in jedem Hauch sind hundert neue Qualen;
> der Himmelspapagei wird dort zur Fliege.
> Du mußt dich mühen, Jahre über Jahre –

Wie ein Fliegenschiß kam ich mir tatsächlich vor, als ich ganz allein im Saal der Malteser zurückgeblieben war. Schweigen hüllte mich ein. Ich hatte kaum die Kraft, aufzustehen, deswegen dauerte es, bis ich endlich auf einen der Balkone hinaustreten konnte, aber da hatten sich die meisten der Kollegen bereits meinen Blicken entzogen. Ich weiß nicht genau, wen ich noch als Gestalt erkennen konnte, Ulf Wirsing etwa, vielleicht auch Catherine, Bengt und Harriet, aber da war ich mir bereits nicht mehr so sicher. Eva blieb jedenfalls verschwunden. Die Leute hatten sich so weit entfernt, daß sie als hochstrebende Punkte am Abendhimmel dahinflogen, die sich rasch verloren, und nur noch der Mond und die ersten Sterne waren sichtbar. Weshalb die Schar nicht von einem der Balkone aufbrach, sondern erst mühsam (viele von ihnen auch leicht) die Fensterbänke erkletterte, weiß ich nicht. Es mochte daran gelegen haben, daß die Balkontüren zunächst verschlossen schienen. Als ich später nach draußen wollte, ließ sich eine von ihnen erst öffnen, indem ich mit Gewalt an ihr riß.

Immer neue Müdigkeiten haben mich seither überkommen, auch wenn der beginnende Sommer taghelle Zeiten und ein verkürztes Dunkel über Frankfurt bringt, fühle ich mich, als müßte ich mit stummeligen Spatzenflügeln durch die rabenschwarze Nacht flattern, ohne je ein Ziel zu erreichen. Selbst Kenny ist jetzt anderswo geborgen, sein Kadaver liegt nicht staubverkrustet an irgendeinem Straßenrand, wer weiß, in welcher Form er als munterer Himmelsflitzer durch die Finsternis des Universums eilt, einem neuen Licht entgegen, ob noch immer auf dem Arm von George oder auf eigene Rechnung in einer anderen, wandlungsfähigen Gestalt.

Womöglich muß Kenny nicht auf den Jüngsten Tag warten, um einen neuen Körper zu erhalten. Es wäre natürlich interessant zu wissen, wie das bei einem Hund funktioniert. Die Unschuld haftet seinem Wesen ja schon im bisherigen Erdenleben an; selbst wenn Kenny den einen oder anderen Hund geärgert haben mag, kann das wohl kaum als Sünde gelten. Aber wie wird sich seine Unschuld vollends ausprägen, wenn ihm der Flug durch die himmlischen Sphären eine neue Körperlichkeit verleiht?

Dante zufolge schweben die erlösten Seelen als leuchtende Wesenheiten durch den Raum, die sichtbar werden, sobald Licht auf sie fällt. Tiere sind bei ihm natürlich so hoch oben nicht darunter, Hunde erst recht nicht. Eigentlich sind sie auch weder in der Hölle noch im Purgatorium habhaft vorhanden, aber in den Vergleichen, in denen sie vorkommen, treten sie so plastisch auf, daß man sie bei der Lektüre vor Augen hat. Allerdings ist es keinem dieser Scheintiere vergönnt zu sprechen. Nur die mythologischen Mischwesen, in die animalische Anteile inkorporiert sind, wobei Gebaren und Verstand menschenähnlich bleiben, reden in der Hölle. Engel sprechen natürlich auch. Sie treten in einer vergrößerten, glanzumsponnenen menschlichen Gestalt auf, lediglich ihre Flügel sind animalische Zutat, aber diese Flügel schillern und rauschen wiederum in überirdischer Schönheit und lassen den Betrachter vergessen, daß es sich um nichts anderes handelt als ins Gloriose gesteigerte Vogelschwingen.

Wenn gilt, was Dante vom Paradies sagt, so kommunizieren die zur Vollendung gereiften Seelen dort in reiner Wahrhaftigkeit. Verstellung, Tricks und Kniffe werden nicht mehr benötigt. Wer die rhetorischen Volten mitsamt ihren Höhenflügen und Abgründen liebt, dem mag das ziemlich fad vorkommen. Mir zum Beispiel. Aber ich zirkuliere ja auch nicht in einem göttlichen Reigen, erfüllt von einer neuen Glückssubstanz, die das mir Eigene bis auf einen kleinen Rest zerlöst hätte. Meine Läuterung hat nicht stattgefunden. Der richtende Gott hat den Widerstand aus meiner Seele, aus den Zellen meines Körpers nicht ausgebrannt. Ein purifizierendes Gedankenfeuer hatte alle anderen ergriffen. An mir ist es vorbeigezüngelt.

XXXIII

In die feurige Erzählung unseres Alois mischte sich plötzlich eine Verzagtheit, als er darauf zu sprechen kam, daß Vergil in Canto XXX des Purgatorio zurückmuß in den verhangenen Limbus, wo alle menschlichen Seelenregungen eine öde Dämpfung erfahren. Dantes Trauer um den Verlust seines Gefährten ist groß, und sie hatte im Herzen unseres Redners Wurzeln geschlagen. Das Paradies bleibt Vergil verschlossen. Dante wird den Himmelsflug nun in Begleitung Beatrices unternehmen. Natürlich ist das ungerecht. Dante bittet Beatrice um eine Auskunft, weshalb das so sein müsse, aber sie weist ihn scharf zurecht und gibt eigentlich keine erhellende Antwort, wieso dieser hochmögende Heide, der von Christus noch nichts wissen konnte, zurückgestoßen wird an einen Ort zwar nicht der Pein, aber auch nicht des lebendigen Glücks. Daß Alois an dieser Zurückstoßung geradeso wie Dante litt, gehört mit zu der sonderbaren Verwandlung, die uns alle ergriffen hatte. Die Gefühlsregungen, die aus einem großartigen Buch emanieren, hatten uns auf eine Weise gepackt, als lebten wir mit Haut und Haar und Herz mittendrin. Über Alois' Wangen liefen sogar die Tränen, und niemand fand das komisch oder peinlich.

Trotzdem faßte er sich wieder und ging mit uns die letzten Gesänge des Purgatorio durch, in denen Beatrice die Führung übernimmt und Dante sich von seinen Sünden durch das Bad im Fluß Lethe reinwaschen muß. Der große Dante wird vor der mächtigen Beatrice ganz klein, wird zu einem Kind, das weint und als Antwort auf ihre Vorhaltungen nur ein schüchternes *sí* hervorbringt, während es, wohl wissend, daß es etwas Böses angestellt hat, zu Boden starrt. Von einem aufwallenden beidseitigen Schwelgen im Entzücken kann bei der Wiederbegegnung mit der Geliebten nicht die Rede sein. Beatrice benimmt sich vielmehr wie eine harte Mutter, die in der Seele ihres Kindes herumbohrt und auf einem Entschuldigungsgestammel besteht. Alois verwandelte sich auch hier. Er richtete sich auf, seine Stimme wurde klar und streng, als würde er nun selbst Beatrices Geschäft in die Hand nehmen, dem Sünder Dante die Leviten zu lesen.

Und dann? Wie schon erwähnt, übernahm mein Freund Luigi danach den Vorsitz unserer Runde. Er spazierte allerdings nicht zwischen unseren Tischen herum, sondern sprach vom Pult aus, konzentriert. Niemand erlaubte sich bei dem finsteren Thema, den Zusammenhängen zwischen der Commedia und den nationalsozialistischen Konzentrationslagern, eine Zwischenbemerkung, der gestrenge Luigi war auch nicht auf eine Diskussion aus. Als die ersten Freudenrufe ertönten, verstaute Luigi die Blätter ganz ruhig in seiner Aktentasche, ließ diese dann aber auf dem Pult liegen und mischte sich unter die anderen, von denen einige inzwischen aufgesprungen waren. Währenddessen stellte sich der kleine Byung-Chul (dessen Namen ich leider immer noch nicht korrekt wiedergeben kann) vor uns auf, er konnte noch zehn, zwölf Sätze in geordneter Form zu uns sagen, Sekunden später warf er die Arme empor und begann durch die Gegend zu hüpfen. Er hatte gerade noch ankündigen können, über das Aufflammen des Heiligen Geistes im Paradiso sprechen zu wollen, schon brach er in Jubel aus, und seine Stimme wurde schrill. Voller Enthusiasmus klatschte er in die Hände und versuchte sich als Animateur, der die Leute, die bisher noch sitzen geblieben waren, zum Aufspringen und Herumtanzen verlocken wollte. Das gelang ihm besonders gut bei Wirsing, der im Aufstehen seinen Stuhl umwarf, den kleinen Koreaner bei der Hand faßte und plötzlich wie dessen groß geratener Kinderkamerad aussah. Meines Wissens hatten die beiden zuvor noch kein Wort miteinander gewechselt. Überhaupt war Byung-Chul Hee (endlich fällt mir der korrekte Name wieder ein) für die meisten von uns eher ein Unbekannter geblieben, der abends seiner Wege ging. Die einzigen, die sich länger mit ihm unterhalten hatten, waren Angelika Keller, der Chinese Yong-ling Zhou und Fiammetta Bartoli. Ich glaube, Fiammetta hatte ihn unter ihre Fittiche genommen, weil er sich in Rom wohl nicht allzugut auskannte. Mir blieb der kleine Mann fremd, wiewohl er in keiner Weise unsympathisch wirkte. Im Gegenteil. Er machte auf mich einen freundlichen Eindruck. Auch sein Vortrag hätte mich interessiert. Es ist ja spannend, wie Italianisten, die aus entlegenen Ländern kommen und in einer ganz anderen Sprachregion aufgewachsen sind, die Commedia auffassen.

Schnee von gestern. In rasender Geschwindigkeit geriet nun alles, wirklich alles durcheinander. Alois und Walter saßen noch auf ihren Stühlen und fingen an zu dirigieren, ein jeder nach seiner eigenen inneren Melodie. Erstaunlich agierte mein alter Freund Luigi. Eben noch mit einem knochenharten Vortrag befaßt, bei dem er streng und karg vorgegangen war, schien er all die Grausamkeiten auf einen Schlag vergessen zu haben, in tänzerischer Leichtigkeit schwirrte er durch den Raum, sprang von hinten auf mich zu und rief: *e dai vecchio mio, alzati, è ora di muoversi!* – während er mir den Kopf tätschelte, was für ihn eine ungewöhnliche Geste war, denn Luigi hat sich mir gegenüber zwar immer sehr herzlich verhalten, aber er neigte keineswegs zu körperlichem Ungestüm. Dann gab es einen weiteren Höhepunkt: die Äthiopierin war unversehens eingetreten, alle, die der Taumel bereits ergriffen hatte, hielten inne und wandten sich ihr zu. *Aytiehassilley* …

Mibilah em-qedma tedă nafsu em-ségähn – so ungefähr klang, was sie mit ihrer hellen Stimme in den Raum rief, dabei breitete sie die nackten Arme aus. *Aytiehassilley*, immer wieder betonte sie das Wort, wobei mir Eva zuflüsterte, sie spreche von einer Seele, die aus dem Körper gegangen sei, vielleicht von ihrer eigenen. Das war erstaunlich, denn Eva verstand mit Sicherheit kein Äthiopisch. Sie gab sich auch noch als Kennerin der Materie aus, soviel sie wisse, gebe es Äthiopisch gar nicht, es gebe dort verschiedene Sprachen, und einer davon entstamme dieses *Aytiehassilley*, was wiederum bedeute, daß sie um Entschuldigung bitte – wofür eigentlich, das wußte Eva allerdings sowenig wie ich. Nur eines wurde uns allen klar: ein Pfingstwunder, ein nagelneues Pfingstwunder war über uns hereingebrochen, in Rom, 2013, nicht in Jerusalem anno 31, 32. Und das, obwohl wir gewiß keine Apostel waren. Das Zungenreden hatte uns trotzdem ergriffen. Byung-Chul Hee hatte sich inzwischen von Wirsing gelöst, hüpfte wieder allein durch die Gegend und antwortete der Äthiopierin: *Oh nui dongsaenga, neka han maleun nae kuieseo eolmana areumdabke ullineunchi!* Er begrüßte die Frau in tänzerischem Überschwang, was sich anhörte, als würde er fröhliche Beschwörungen murmeln. Jedenfalls nannte er sie seine geliebte Schwester, deren Worte wohl in seinen Ohren klängen, die Bedeutung habe ich nicht mehr haarscharf im Gedächtnis. In den Momenten, da alles auf mich einstürzte, kam ich nicht dazu, mich zu wundern, weshalb ich eine wildfremde Sprache zu verstehen schien.

Rudern wir noch einmal zurück. Die *Pax Universalis* hatte jeden Zoll unserer Körper durchdrungen. Sie beherbergte eine geistige Liebe, fein, sublim, der Wahrheit, dem Frieden und der Gerechtigkeit verpflichtet und nicht zuletzt der Schönheit, eine in die Höhe, in die Leichtigkeit strebende Himmelsvision, aus der ein Freudenquell zu sprudeln begann, wobei sich die bereits spürbare jenseitige Seligkeit in den gotterkennenden Intellekt und in ein berauschendes Sprachvermögen verlegt hatte. Ein von Liebe entflammter Wille verbündete sich mit dem Geist und hob zu irrsinnigen Volten an, in der Stadt des Felsenmannes Petrus, aber oberhalb der Kirche Petri, dem Himmel schon etwas näher.

Vom Vergleichen des Unvergleichlichen kann ich einfach nicht lassen, mea culpa! Zucken in der Hölle die Füße der Geistlichen qualvoll, weil auf ihren Sohlen Feuer brennen, dann weist das voraus auf Canto XIX des Paradiso, wenn sich die Feuermale des Heiligen Geistes zum beglückenden Zeichen schlingen, wenn der Adler auftaucht und das Wort ergreift, wenn vom Storchennest die Rede ist, über dem die Störchin kreist, während die Jungen, die sie gerade gefüttert hat, ihr nachschauen, und wenn nun darüber wiederum sich eine singende Stimme erhebt, dann ist bereits alles auf unsichtbaren Tastwegen miteinander verbunden. Ein Bild gebiert das andere, vom nächsten übertroffen und weiter, immer weiter vom übernächsten in die Höhe geworfen. Wie sagt doch der Johann von Sachsen: *drauf wurden still die hellen Fackelbrände / des heil'gen Geistes wiederum im Zeichen / durch das ehrwürdig Rom der Welt geworden.* Erhab'nes *Fluggefieder* ist da im Bild, wie der Freiherr von Falkenhausen schreibt, ein Gefieder, aus dem es rauscht und singt, und ja und nochmals ja, es schien zu stimmen, was Millie sagte, als sie aufsprang und mit ihrer zerfledderten Ausgabe der Commedia auf den Tisch haute: *the Divine Comedy is God's way of writing!* Nun ergoß sich eine wahre Sprachflut in den Raum, die ich unmöglich wiedergeben kann. Reihum begannen die Leute in Zungen zu reden, wobei ein munteres Respondieren anhob, in einem gemischten Idiom, in dem sich afrikanische

Klick- und Schnalzlaute ebenso fanden wie dahinrollende Rrrrr, Zungenbrecher aus werweißwelchen Sprachen, langgezogene Vokale, tirilierende I-Laute, Labiale und Frikative, gemütliche M und N, im Rachen gebildete und auf Verschluß gebrachte K, undsoweiter undsofort. Im Schwinden begriffene Phoneme der verschiedenen europäischen Sprachen kamen wieder zum Vorschein, paradierten in den Wortfolgen erhobenen Hauptes. Kindliche Menschenlaute, längst vergessene, wurden reproduziert und zu kunstvollen Wörtern verzwirbelt, Zischlaute sonderten ein wenig Dampf ab wie bei einem Sicomat, der das in ihm Köchelnde als gar anzeigt. Hauchlaute, fein und zart, wie von Engeln beatmet und entlassen, schwebten im Raum, darunter auch kräftige, als hätte ein Riese mit vollen Backen sie herausgeblasen. Überhaupt, die Hauche! Ihr seelenaufschließendes Vermögen, ihr inspirierendes Vorauswehen vor den Vokalen – in der pfingstlichen Rede sind sie die glückverheißenden Botenwinde. Das herrliche H kam hier erst voll zur Geltung, als wieder zu neuem Leben erweckter Pfingstbote des Geistes. Aber auch Töne, die den Tieren abgehorcht sind, auf den ersten Ohreneindruck hin vielleicht minder schöne, Krächzen, Quarren, Schnarren, Grunzen, Belfern, Fiepen, Sumsen, mischten sich in Silbenfolgen, die dem menschlichen Repertoire entsprechen, knüpften ein Band um alles, was lebt und west und über eine Stimme verfügt. Und Kenny mischte natürlich kräftig mit. Er flitzte zwischen uns herum, winselnd und japsend. Wirsing hatte sich inzwischen hinter dem Pult verschanzt und brüllte: *Kreuz und Adler! Hoch das Kreuz und höher noch der Adler! Idealkirche und Idealreich, ihr seid endlich vereint, und wir* – hier schnappte er nach Luft – *wir sind's schlußendlich auch!* Dann grummelte er etwas von Augenlust und Fleischeslust und Hoffart des Lebens, aber das bekam ich nicht mehr richtig mit. Zugleich schwirrten Klänge durch den Raum, die normalerweise eher Dinge von sich geben – verkipptes, eingeschnürtes Quietschen, ein Säuseln in Intervallen, berstende Platzlaute, zart diffundierende Schattenimpulse aus dem Nirgendwo, eine komische Art von Dröhnen mit pfeifendem Rand, ein gehauchtes Schmatzen, flirrend überblasene Ausbruchsattacken, Perforationsgestichel, verflatterte Echolaute mit metallischem Nachhall, Knarren, Quetschen, Scheppern, glasfeines Sirren, rauh verpreßtes Stanzen, Gequetsch von unsichtbaren Bälgen, zischiges Ausdampfen, verstolperte Portamenti, eine Knitterflächenwanderung, kaum hörbare Nahtgesänge, als wollten auch die Kleider um Ausdruck ringen, ein flüchtiges Schwebgemisch, dann wieder Rasseln und Knarren, Sägen und Schnarren, Klöpfeln und Pochen, Schleifen, Fitzeln, Wispern, Säuseln, Schwabbern, all das gab sich zu hören, aber in feiner Dosierung, nicht polterlaut. Die Geräuschwellen hinderten die Leute jedoch keinesfalls, ihre eigene Stimme zu erheben.

Mein Freund Bitterli schien sich selbst einen Vortrag zu halten, auf seinen langen Beinen schritt er als Solitär durch den Saal, her und wieder hin, als müsse er sich konzentrieren, und sprach dabei zunächst wie ein Schweizer Professor, der sich ums Hochdeutsche müht. Das klang ernst, in etwa so: *wir wissen ja, daß es sich um Scheinkörper handelt, um eine Art Hülle, die übrigbleibt, wobei das komplette Sensorium noch intakt ist. Dieser Schein- oder Schattenkörper ist mit genau den Sinnen ausgestattet, die der Mensch in seinem fleischlichen Leben besaß, odr?* Er fragte sich das selbst, als müsse er überprüfen, ob sein wissenschaftlicher Verstand noch intakt sei, doch hopplahopp ging's weiter: *aber die Stellen, wo von Flammen oder Flämmchen oder überhaupt von Feuer die Rede ist, sollten wir uns noch mal ganz genau anschauen, da sind wir sozusagen im inner cercle der Anspielungen und Bezüglichkeiten, da geht es heiß her, und wir sollten uns das anschauen, gerade auch im Hinblick auf die christlich stilmischende Tradition im Gegensatz zur antik stiltrennenden* ... Das wollte überhaupt nicht mehr enden. Bitterli wanderte im Auge des Sprachsturms als einziger mit abgemessenen Schritten hin und her. Wir waren enthemmt, entflammt. Natürlich von Dante. Ahmten alles nach, wozu seine Verse Anlaß boten, wollten wie Schauspieler darstellen, was uns dazu gerade durch den Kopf schoß. Entzückt ließen wir Zitate aus der Commedia durch den Raum schwirren, aber gleichzeitig waren wir mit Herzen und Köpfen auch woanders. Schwer zu beschreiben, wo genau. Kenny fing an zu heulen wie ein Wolf, der das Heulen erst noch lernen muß. Einige von uns legten ihr Ohr auf die Tische oder auf die Sitzflächen der gepolsterten Stühle, als wären sie auf der Suche nach dem Grundton von C-Dur oder a-Moll. Es folgten die ersten lautlichen und gestischen Nachahmungen der berühmten Tierszenen – klagend dahinziehende Kraniche, hin und her getriebene Stare, dazu Flatterbewegungen mit den Armen, dann das Zischen, Piepsen, Blöken von verschiedenen Tieren. Catherine hatte sich aufs Zirpen verlegt; mit schräg geneigtem Oberkörper lief Schestow herum, als wolle er das Fliegen schon mal am Boden trainieren; Giancarlo Malcovati schien mit der Imitation des Rauschens im Paradiso befaßt, wenn die Vögel auf- und niederfliegen, um zu picken. Und der quicke Ewaryst Roszkiewicz wandte den Kopf hin und her wie ein Falke, dem man Haube und Glöckchen abgenommen hat, der sich putzt und voller Jagdlust ist. Ryunosuke wiederum erprobte sein Talent wie gehabt mit quecksilbrigen Fingerübungen an den Fröschen, die in Scharen übers Wasser davonschnellen und sich im Erdschlamm bergen, sobald sich eine Schlange zeigt, wobei er Xu dazu anregte, für seine fliehenden Frösche die Schlange zu spielen.

Lustig und wirr war's. Würzig, derb und zugleich zart. Da wurde alles mögliche zum besten gegeben, als müßten wir stärker noch als Dante in die verschiedenen Volkssprachen abtauchen, das niedere Sprechen mit dem hohen verbinden. Ein metaphorisches Schwirren hob an, ein vitales Strömen von Wohllauten, dann wieder das abrupte kakophonische Zerhakken einzelner Wörter, wobei viele körperliche Sensationen lautlich nachgeahmt wurden, das Fressen, das Saufen, das Ersticken, all die saftigen barbarischen Einsprengsel, die Dante so flott von der Feder gingen. Allerdings war es uns nicht vergönnt, riesige Stoffmassen zu Terzinen zu fügen. Den Durchstich durch verschiedene Zeiten, wie Dante ihn gewagt hatte, machten wir ebenfalls nicht mit, dafür schmiegte sich lautlich alles an- und ineinander, was lebt und eine Stimme hat; alles, wirklich alles schien beteiligt, und dann – das Wichtigste hätte ich fast vergessen: die Glocken vom Petersdom läuteten zu uns herüber, sie läuteten das Kommen des Heiligen Geistes ein, und dieses Geläut schien den geheimen Takt vorzugeben, nach dem sich der tumultuarische Sprachsalat richtete. Bengt Liljedahl, der sonst so ruhige Bengt, hatte einen roten Kopf bekommen, und wie der Redner auf einer Kiste im Hyde Park erhob er die Arme: *som om hela världen reste sig – och kom vad som komma skall, drömt om i ängslig förväntan.* Meine Eva flüsterte mir zu: *als würde sich die ganze Welt erheben, und kommen, was da kommen soll.* Sie war schneller darin als ich, die fremden Sprachen zu verstehen, bei mir stellte sich dieses Vermögen erst nach und nach ein. Die aufgeregte Harriet ließ sich nicht lumpen und vervollständigte die Rezitation ihres Geliebten: *the issue now is clear: it is between light and darkness and everyone must choose his side. Come, come, come along with me and speak as you have never spoken before!* Eva stieß mich in die Seite und sagte: *Jesusmariaundjosef! Was macht der Russe da!* Allen Ernstes, Schestow war auf einen Tisch geklettert und fing an zu deklamieren, als müsse er seine Stimme den fernen Landsleuten in Moskau oder Sankt Petersburg zu Gehör bringen: *Tot ŝvug, tak nov* … Dann kam er ins Schwanken und fing noch mal von vorn an: *Tot ŝvug, tak nov, / äto more svjeta silna rasŝchjog / majo ŝchlanje, kak nikagda ja / etsche tak razdirjajutsche / nje-aschuschau.* Diesmal verstand ich, was er sagte – *der Ton, so neu, dies Lichtmeer allerwegen / facht heftig mein Verlangen an, / wie's nie so drängend mir im Sinn gelegen.* Ist doch schön, nicht? Ich meine, was unser Russe da zum besten gab. Auch meine Ohren wurden allmählich geöffnet, oder *aufgetan*, wie es in erhabenen Momenten heißt. Auch konnte ich jetzt Wort für Wort Eleni Athanassaki folgen, obwohl mein Neugriechisch beklagenswert ist. Wenn ich durch Griechenland gereist bin, war es für mich immer anstrengend, etwas mitzubekommen. Eleni hatte eine Hand auf die Schulter des vor ihr sitzenden Alois gelegt und hob an: Σαν ενωθούμε σε στεφάνι / Κ' οι λέξεις γύρω μας αμέτρητες πετούν / Θε να πετάξω κι ο σταυρός θε να γενεί λιμάνι / Και για πνοή οι λέξεις οι άγιες θα μου δοθούν, und jetzt hätte ich wie in einer Kabine für Simultanübersetzer alles nachsprechen können: *Wenn wir zum Kranz uns schmiegen, und Worte fliegen sonder Zahl, will ich zum Kreuze hin mich wiegen, beseeligt ob der Worte Wahl.*

XXXIV

Das Jauchzen, Tirilieren, Deklamieren, das Tränenglück wollte kein Ende nehmen. Aber was noch passierte, ist eigentlich nicht zu beschreiben. Kein Mensch hat je vernommen, was sich jetzt zu hören gab. Die Stimmen beruhigten sich. Aus einem atmenden Raum der Stille wuchs etwas empor. Weil es so unwahrscheinlich ist, nehme ich den Konjunktiv zu Hilfe. Was, wenn das unaussprechliche *Aleph*, dieser sagenhafte Buchstabe, in dem sich Gottes versammelte Schöpferkraft birgt, aus seinem uranfänglichen Schweigen sich löste und endlich zu Gehör gebracht würde? Was, wenn *der Platzhalter des Vergessens am Anfang jeden Alphabets,* wie der Philosoph und Komparatist Daniel Heller-Roazen so schön schrieb, in seiner klanglichen Pracht erstünde? Natürlich bekäme er pfingstlicherseits eine Lautform. Aber was für eine? Etwa ein sanftes, leises Schnarren? Eines, das sich durchdringend zu hören gibt? Oder einen winzigen Glucksklicks, als habe sich eine Taube verschluckt? Der Ton war so sonderbar tief, mit pulsierendem Rand, daß wir verstummten. Nur wenige Sekunden, dann ergriff Daniel das Wort und sagte: *Ze Aleph*. Es wurde still, der Ton war verschwunden.

Bis wir zur Besinnung kamen, dauerte es. Ich blieb skeptisch. Mich beschäftigte die heikle Frage, wie statthaft es ist, mit langen Fingern in die jüdische Bibel zu greifen, um das neutestamentliche Vorkommnis des Pfingstlichen mit dem Gütesiegel des biblischen Anfangs zu versehen, und ich überlegte, ob jemand das *Aleph* nachgeahmt haben könnte, wie es vielleicht im Mund eines Menschen klänge, wenn das Ich nicht das göttliche Ich vorstellt, von dem alles ausgeht, sondern ein ungleich schwächeres Wesen sich unter den Deckmantel des *Aleph* begibt, womöglich in einer neuen Seinsverfassung nach Selbstfindung ringend in einem aus tiefer Brusthöhle emanierenden, sich rasch an sich selbst verschluckenden Laut.

Langsam fingen wir uns wieder, und nun begann ein Feinhören in den Saal hinein. Angelika und Catherine standen vor den Portraits der Malteser wie zwei, die mit den Herren ins Gespräch kommen wollten. Walter Cejpek untersuchte den Stuhl, auf dem er gesessen hatte. Pierangelo Folasco durchblätterte seine Ausgabe der Commedia, als würden aus den Buchseiten Laute hervorströmen. Wirsing kam hinter dem Pult hervor und wandte sich zu Byung-Chul Hee, der ihm brav die Hand reichte, und nun untersuchten sie gemeinsam die Hosentaschen des Koreaners nach Tönen, die sich vielleicht darin versteckt hielten. Fiammetta und ich, wir waren fast die einzigen, die noch an ihren Tischen saßen. Fiammetta sah sich das Spektakel an. Ihre gefaßte Haltung, die Arme vor der Brust gekreuzt, der skeptische Blick verrieten, daß sie dem Ganzen nicht traute. Sie schüttelte die schwarzen Lokken, als müsse sie sich selbst widersprechen. Dabei hatte sie Schestow im Auge, der mit erhobenem Zeigefinger und ergriffener Miene immer wieder zur Decke zeigte, als käme alles von dort oben. Inzwischen war er vom Tisch wieder herabgeklettert. Wirsing rief etwas mit lauter Stimme in den Saal, wobei er das kinderzarte Ärmchen seines koreanischen Kameraden hin- und herschwenkte: *Dem Vogel gleich, im trauten Grün der Äste, nem setschko polybdan süpreste* … Eva flüsterte mir zu, jetzt habe es auch den erwischt, er zwitschere uns was vom Vöglein Seelenruh in seinem Neste, dann stand sie auf und schaute mich an, ihre schimmernden Augen verrieten, daß sie bereits ebenfalls in einen entrückten Zustand geraten war, sie rief mir noch zu, es zwicke sie in den Beinen, höchste Zeit, daß ich endlich auch vom Stuhl loskäme, sie packte mich sogar am Arm, aber ich blieb hocken wie ein Stein, saß da und versuchte, zu verstehen. Natürlich war etwas Ähnliches wie das Zungenreden der Apostel zu Pfingsten über uns gekommen. Nur waren wir nicht dazu ausersehen, die frohe Botschaft in verschiedenen Sprachen zu verkünden.

Ein neues Pfingstwunder brach über uns herein, ein völlig anders geartetes als das ursprüngliche. Wir waren gehoben, beglückt, außer uns, als würde auf einen Schlag alles Gute, Wahre und Schöne entfaltet, das in uns schlummerte, und zwar ohne jede Trübung oder Hemmung. Jeder von uns redete in Zungen, aber ohne Auftrag. Nicht wie ein Apostel, dem exakt die eine ihm bisher unbekannte Sprache zufliegt, in deren Gebiet er entsandt wird, um das Evangelium zu predigen.

Nach und nach ergriff das Wunder jeden von uns, mich zuletzt. Zunächst sprachen die Leute in ihrer eigenen Sprache und wurden von den anderen verstanden, die diese Fremdsprache nie gelernt hatten, aber dann tauchten darin Laute, Silben, manchmal ganze Wörter aus anderen Sprachen auf, und sie gaben den Sätzen einen erweiterten Sinn, allerdings ohne den ursprünglichen gänzlich zu verlieren – was nach einem ziemlichen Kauderwelsch klingt. Wenn ich's jetzt zu hören bekäme, würde ich es vielleicht scheußlich finden. Zumindest unverständlich. Natürlich hatte ich bisher auch gedacht, die Sprachen hätten eine innere Logik, die man nicht ungestraft verletzen dürfe. Das Verrückte aber war, daß es sich in unseren ergriffenen Ohren schön anhörte, sehr schön sogar. Als würde jede Sprache ein Repertoire hinzugewinnen, das in ihr geschlummert hatte und plötzlich zur Entfaltung gebracht wurde.

Eva ließ übrigens nicht locker, sie kehrte noch einmal zu

mir zurück, nun bereits selbst vom Sprachrausch ergriffen, *komm mit,* rief sie, *so komm doch mit, mein ängstlich' Hase, erherze dich dies eine Mal, tam naom henne sotteral* ... Dann fing sie an, die Worte Borchardts zu zitieren: *Die form allinsgemein des selben knotten / etwan ersah ich, weil ich breiterbrüstig, / dieweil ichs sprich, mich jauchz hinein in ein vergotten.* Ich wurde vom Schwindel des Absurden gepackt, versuchte krampfhaft, Ordnung in das Ganze zu bringen, wäre ich aufgestanden, wäre ich wahrscheinlich zu Boden gegangen, so drehwurmhaft ging's in mir zu. Dann schlug die Stunde für unseren stillen Javier, der plötzlich lauthals zu rezitieren begann: *Como tal me afectaba a mí la novedosa visión: / quería unir imagen y círculo, hacerlos uno, / y comprender la esencia de la fusión.* Und er fuhr fort: *Pero para esto no bastaron las propias alas, / hasta que un fulgor de rayos me penetró el espíritu / y no obstante se me concedió satisfacer mis ansias.* Spätestens da begriff ich, daß er die letzten Zeilen des Paradiso in den Raum rief: *Aquí menguó la elevada fantasía; los instintos / del deseo y la voluntad sin embargo se remontaron con gusto / como una rueda que gira constante hacia el amor* – bis zur ergreifenden, für sich allein stehenden Schlußzeile: *que allí mueve al sol y a todas las estrellas.* Das Neue der Erscheinung traf Javier ebenso wie Dante, er bezog den Text Wort für Wort auf sich selbst, wie Dante wollte er das Wesen der Vereinigung verstehen, doch dazu reichten noch nicht hin seine *eigenen Schwingen, aber durch den Geist fuhr ihm ein Blitzgestiebe, und es schwand auch ihm die hohe Phantasie, die Triebe nun von Wunsch und Wille schwangen gerne wie ein stetes Schwungrad nach der Liebe, die da die Sonne rollt und alle Sterne.*

Danach ging's erst richtig los. Der Hausmeister, der gleich nach der Äthiopierin hereingekommen war, hatte die Fensterflügel auf der Seite geöffnet, von der aus der Petersdom zu sehen war. Eines klemmte, er wollte das unbedingt auch aufkriegen, wobei ihm Bitterli zu Hilfe kam. Und so entspann sich ein kurioser Dialog, den der himmlische Enthusiasmus allerdings weniger beflügelte. Giuseppe Tommasino fluchte vor sich hin: *Io ti apro, sai! Ti apro! Tu brutta … brutta malnata che sei, guarda che ti apro! Sono vent'anni che mi fai dannare, ma adesso basta, adesso basta proprio, hai chiuso!* Bitterli kappte Giuseppes Schimpfrede im tiefsten Schwyzerdütsch: *Chum, Brüeder, ich hilf dr. Z'zweit sött's doch gaa!* Dann rüttelten sie am Fenster: *Mica è così facile. Questa stupida si incastra da vent'anni. Sono vent'anni che mi fa dannare, questa canaglia! Come se non avessi altro da fare.* Daraufhin wieder Bitterli: *Jaja, so chönt's gaa. Du ziesch und ich nim min Sackhegel. Gseesch jetz, für was so es Schwyzermässer ales guet isch?* Harriet Cox sprang herzu und umarmte die beiden: *O boys, what are you doing here? May I help you? It would be ridiculous if we couldn't open this window, wouldn't it?* Worauf Giuseppe im Zorn fortfuhr: *Si incastra già da vent'anni! Mi fa dannare da vent'anni!* Und Bitterli wieder: *Mer händ jetz kai Zyt zum ärgere! – Gseesch! Es gaat doch! Ich has ja gsait!*

Ein tiefer Seufzer der Erleichterung entfuhr Giuseppe: *E finalmente, Santa Madonna, era ora!* Harriet klatschte in die Hände: *You did it! Congratulations!* Und dann rief sie Alois zu, der sich neugierig genähert hatte: *Come here, Alois, come along with us.* Bitterli sagte: *Chömed Sie, Härr Kollega, ich hilfe n'ine uf de Sims!* Und Alois kletterte aufs Fensterbrett, unterstützt von Giuseppe und Meinrad Bitterli. Er stand da, ohne zu schwanken, und hob an, eine Rede an den abendlichen Himmel zu halten: *Fia de Zeid von dera Feia ind himmlischn Kranzln, fia de Zeid wiad, ols wiara leichtend Liachtgewandl, die Faiasbrunsd von unsriga Liab uns umschwanzln.* Harriet ging dazwischen und rief: *O what a wonderful sound. Come,*

Alois, you shall make the first move. Alois atmete tief durch und war nun startbereit: *Und wauns Zeid warad, najalich dos Üwagwandl si ummaghängt, üwa die unsrige söllige Haud, daun is, wals zum Ollabestn brochd, dos unsrige Lebnsdosein zum hechern Sanctus auffidrängt.* Und weg war er. *Per tutti i diavoli! Va proprio a meraviglia!* rief Giuseppe ihm hinterher. Fast gleichzeitig waren die Äthiopierin und Alparslan Eroğlu auf die Fensterbänke geklettert, bevor Alparslan losflog, rief er mit volltönender Stimme in den Himmel hinauf: *Kutsal meleklerin sözleri ile şöhretin etrafını – etrafını sarmiş kutsal ışık – halesi arasından geçerek – aralıksız yağan – yağmurları gördüm* —, wobei es um die herabregnende Glorie ging, getragen von heiligen Wortgesandten, die im Auf und Ab den Segen durchfliegen. Die Äthiopierin stand ganz aufrecht da, wie eine schöne Vestalin mit halb erhobenen Armen, die Handflächen geöffnet, als wolle sie sich dem Himmel als Geschenk darbieten, und in einem Wusch war sie auf und davon.

Es war ungeheuerlich. Einer nach dem anderen kletterten sie auf die Fensterbretter. Eleni hatte erst Angst, sie hielt ihre steife schwarze Tasche umklammert, ich dachte, die traut sich nie und nimmer, aber dann flog sie ganz frei, gar nicht mal schlecht. Byung-Chul Hee machte noch ein paar Atemübungen vorher, die Asiaten gehen ja alles mit entsprechender Vorbereitung an, aber dann flog er wie 'ne Eins, sehr elegant. Und Schestow erst! Für den war das alles ganz selbstverständlich. Stellte sich aufs Fensterbrett, deklamierte noch ein bißchen, daß es weithin schallte – *Kak tcelovek, kotoryi vidit son / I posle cna hranit ego volnenje, / a ostalnogo samyi sled smetjon, / Takov i ja, vo mne moe videnje / tcutj teplitsja, no nega vsjo ziva / I serdsu istocaet naslatschdenje*, was ungefähr bedeutet: *Wenn im Traum Gesichte aufgestiegen, / auch nach dem Schlaf geblie-*

ben die Erregung, / indes die Einzelheiten rasch verfliegen, / so geht es mir. Fast schwindet bei Zerlegung / die ganze Schau: die Süße, draus gewonnen, / die aber träuft noch in des Herzens Hegung. Ich sehe noch, wie sich seine Brust hob und senkte, hob und senkte – und weg war er, als wär's ein Kinderspiel, einfach so davonzufliegen. Wirsing tat sich zwar schwer damit, hochzukommen, aber Giuseppe half ihm, und dann, auch bei ihm – ab ging die Post! Natürlich können Menschen ohne technische Hilfsmittel nicht fliegen. Ein Grundsatz der Physik. Anziehungskraft der Erde. Körper fallen. Sie steigen nicht von allein. Von einem leichten Federchen mal abgesehen. Das dachte ich auch. Ich denke es sogar jetzt wieder. Aber ich schwöre bei allem, was mir teuer ist: sie sind geflogen! S tracks nach oben, immer stracks nach oben. Niemand ist runtergefallen. Keiner von den oft so selbstverliebten Professoren.

Mühsal koste es, die Hagestolzenseele noch einmal jung zu kriegen, in dieses vertrocknete Gehirn das Alphabeth der göttlichen Sprache einzuhämmern, gar die ganze Grammatik und ihre Syntax, gar die Eleganz des Stils. Das hat Hans Urs von Balthasar vor etlichen Jahren beschwörend ausgerufen. Genauso trug's sich zu, allerdings mühelos. Unsere hagestolzen Seelen waren jung und auffangsam geworden, bereit für alle Sprachen, um einen Höhenflug ins Reich des Göttlichen zu unternehmen.

Jia Ling Xu und Yong-ling Zhou vereinigten sich zu einem kleinen Duett, bevor sie starteten – *shì suí jï yìng biàn lìng shén guāng suŏ xiàng pï mí, / tā wéi suŏ yù wéi de chuān tóu yû zhòu, / wú rén néng dĭ, wú rén néng kàng* – so hört sich das an, wenn das Gotteslicht auf chinesisch ungehindert durchs Weltall dringt und nichts ihm mehr entgegensteht, und hopphopp ging's weiter mit: *hái méi lái de jí xì kàn /*

zhěng gè tiān táng yĭ yìng rù wŏ de yăn lián, / lián tóng tā de quán bù mèi lì – das Allbild stand vor meinem Angesichte / des Paradieses schon in ganzer Pracht / eh ich den Blick auf dies und jenes richte. Vor meinem inneren Auge zog kurioserweise eine kleine Parade von chinesischen Zeichen vorüber, wohl die schönste Schrift, die es auf der Welt gibt (überflüssig zu erwähnen, daß ich normalerweise kein Chinesisch kann und mich erst recht nicht auf die komplizierten Zeichen verstehe) – 还没来得及细看，整个天堂已映入我的眼帘，连同他的全部魅力. Ich hatte sie schon in Rom auf ein Stück Papier gekritzelt und die Notiz in meiner Brusttasche verwahrt, womöglich mit Fehlern bei den vielen Strichelchen behaftet, das kann ich jetzt nicht nachprüfen.

Beim Hinauf gesellten sich übrigens auch die Dohlen hinzu, die von den nahe gelegenen Dächern aufflogen, sie bildeten eine Art Randsaum um die Entfleuchenden, und wenn ich mich nicht täusche, fingen auch die Dohlen an zu sprechen, jedenfalls unterschied sich das, was ich glaubte zu hören, von dem Gezeter und Gekrächz, das man sonst von ihnen kennt. Mit einem Riesensatz sprang Kenny George in die Arme, bevor sie beide starteten. Ewaryst bekreuzigte sich. Er rief die entfesselten Seelen an, sie sollten sich emporschwingen, die Zeit der Gnade sei gekommen – *Dusze nieposkromione, podnieście się, nadszedł czas łaski*. Gleich nach ihm wagte Ryunosuke Tanizaki den Aufflug und stieß seine Sätze in den Himmel: *Kotoba no yowasa ha totemo shisaku niwa oyobazu – o tokoshie ni kagayaku hikari yo / ikanaru mono mo hanenoke / tsuranuki tosu ai no kosho! – Wie schwach das Wort! Wie käm's dem Denken nahe? / O ewig Licht, das in sich selber ruht, / nur selber sich durchdringt und, so durchdrungen / und sich durchdringend, lacht in Liebesglut!* Dann folgten Javier und die französische Zweiergruppe, die sich auf dem Fensterbrett an den Händen faßte, um zu starten. Catherine und Jean-Jacques ergaben ein schönes Bild, denn beide waren schlank und ungefähr gleich groß. Was sie sagten, griff wie eine Wechselrede ineinander – *Tel un essaim d'abeilles tantôt s'enfonçant – Dans les fleurs, tantôt s'en retournant – au site où son ouvrage prend saveur – Ainsi plongent-ils dans la gran fleur – de tant de feuilles ornée, puis remontent – au site où leur amour tient séjour à jamais.* Da ging's um Bienen, die sich an den Blumen gütlich tun, während die immerwährende Liebe besungen wurde. Womöglich sahen sich die beiden schon als Flieger, die alsbald eine Wolke des Segens durchkreuzen würden. Auch Daniel und Millie flogen zusammen, wobei Daniel noch rief: *HaBat l: maala, tamid l: maala / HaRajon iahol shel litfos kashe / ein mila al ma she: mofia sham* – eine Aufforderung, hinaufzuschauen, immer nur hinauf, die Vorstellung könne es nicht fassen, was sich da oben zeige. Manfred half Helene und Angelika aufs Fensterbrett. Er stellte sich selbst in den Rahmen und blieb eine Weile ganz stumm und konzentriert dort stehen. Dann war er weg.

Vom Wortsalat, der beim Losfliegen ineinandergriff, als sich viele schon in der Luft befanden, habe ich nur noch Bruchstücke in Erinnerung, etwa: *tot ŝvug, tak nov … und seht ihr nicht, daß wir da sind wie maden, / draus sich erbilde ein engelischer falter / der flieget in sein erbteil unbeladen? … aytiehassilley … wänns eus jetz gwaltig zum Himel ufe ziet, dänn zien i mit, denn flüg i mit, dänn gump i chopfvoraa is Glück … soft hour! which wakes the wish and melts the heart … så fritt som aldrig drar det oss mot himlen, bryt upp, bryt upp kära vänner, släpp er fria … d'r schneller isch d'r gschwinder, d'r gschwinder isch d'r schneller … o ewig Licht, das in sich selber ruht / nur selber sich durchdringt und so, durchdrungen, / und sich durchdringend, lacht in Liebesglut … farewell! if ever fond-*

est prayer / for other's weal availed on high, / mine will not all be lost in air / but waft thy name beyond the sky …

Jetzt weiß ich wirklich nicht mehr, ob ich mir das eingebildet habe, mir schien, als ertöne ein Choral, der sich mehr und mehr entfernte, anfänglich noch durchsetzt von den rauhen Stimmen der Dohlen, angeführt von der schwindenden Stimme Harriets: *To Thee before the close of day, Creator of the world, we pray* – es war der Choral – *Te lucis ante terminum, rerum Creator, poscimus, ut pro tua clementia sis praesul et custodia … Visita, quaesumus, Domine, habitationem istam et omnes insidias inimici ab ea longe repelle. Angeli tui sancti habitent in ea, qui nos in pace custodiant, et benedictio tua sit super nos semper …*

Einer nach dem anderen flogen sie davon. Eva ganz leicht, ohne zu zögern. Bitterli und Krumbholz faßten sich gegenseitig an die Schultern, wie um sich Mut zu machen. Folasco leerte seine Taschen, bevor er das Manöver sehr konzentriert anging. Pia Maria Cardone stand eine Weile still am Fenster und bekreuzigte sich. Dann ging's zackzack. Luigi, Stephen, Jeannie Falkner, Giancarlo Malcovati und Gerhard Mayr starteten von verschiedenen Fenstern aus. Bengt und Harriet faßten sich an den Händen. Giuseppe stellte sich in Siegerpose aufs Fensterbrett, bevor er sich stramm auf den Weg nach oben machte. Fiammetta und Giorgio, unser treuer Helfer, waren die letzten. Sie zögerten beide, flogen auch nicht zusammen, aber dann löste sich Giorgio vom Fenster, und Fiammetta folgte ihm. Wie lange ich danach noch sitzen blieb, weiß ich nicht. Eine Ewigkeit, kommt mir vor, und wie ein Ohrwurm drehten sich in meinem Kopf die Silben: *étsēr püs nåd bylôp okh cštes: ålrettôs ennëh môan mãt!*

Eines war seltsam: als ich später in der Questura verhört wurde, saß eine alte Dame auf der Bank und wartete. Ich achtete kaum auf sie, erst im nachhinein glaube ich zu verstehen, was sie leise vor sich hin flüsterte: *Ma l'ho già detto! Quante volte lo devo ripetere! Sono volati via, non si sono buttati. Tanti tanti tanti. Non si son buttati giù, son volati via come uccellini. Proprio come gli uccellini. Sempre più in alto, finchè non si vedevano più, come gli uccellini.*

Danksagung

Mein Aufenthalt in der Villa Massimo 2013 in Rom erwies sich als günstig für den Roman. Der Direktor Joachim Blüher vermittelte mir und María Cecilia Barbetta eine Lesung im großen Saal der Malteser auf dem Aventin. Damit war der Schauplatz der Handlung gefunden.

Die Monate, die ich 2014/2015 im Wissenschaftskolleg zu Berlin verbringen durfte, waren ebenfalls wunderbar für meine Dante-Zwecke. Der fabelhafte Bibliotheksservice, der dort geboten wird, war hoch willkommen, die geistreiche Atmosphäre beflügelnd.

Karlheinz Stierle danke ich für die Überprüfung des Skripts auf Fehler der darin versammelten Gedanken zur Divina Commedia. Meine Lektorin Julia Ketterer hat sich – wie schon so oft – wohlwollend und scharfäugig über den Roman gebeugt.

Wofern Übersetzungen der Commedia zitiert werden, sind die Namen der Verfasser direkt im Text aufgeführt. Ohne die Hilfe vieler kluger Dante-Kommentatoren, die in verschiedenen Ländern der Welt zu Hause sind, hätte das Buch nicht geschrieben werden können. Auf mich allein gestellt, wäre ich durch das Dickicht der Commedia eher gestolpert denn guten Mutes darin herumspaziert. Hilfreich waren die Bücher und Aufsätze von: Erich Auerbach, Hans Urs von Balthasar, Bruno Binggeli, Edoardo Costadura, Benedetto Croce, Karl Philipp Ellerbrock, Kurt Flasch, Hermann Gmelin, Romano Guardini, Manfred Hardt, Robert L. John, Hartmut Köhler, Olof Lagercrantz, Sebastian Neumeister, Vittorio Russo, Charles Southward Singleton, Justin Steinberg, Karlheinz Stierle, Thomas Taterka, Jürgen Trabant und Karl Vossler.

Jürgen Trinkewitz verdanke ich den Hinweis auf das Heiliggeistloch. Isabella Kolar war meine Vogelberaterin.

Die Übersetzung von Textpassagen haben besorgt: Silvana Abbrescia-Rath (italienisch), María Cecilia Barbetta (spanisch), Richard Bourke (englisch), Genia Diner (russisch), Aris Fioretos (schwedisch und griechisch), Gennaro Ghirardelli (schwyzerdütsch), Onur Güntürkün (türkisch), Kaling Hanke (chinesisch), Gabriele Hartmann (polnisch), William Marx (französisch), Hiroko Mizuno (japanisch), Klaus Zeyringer (wienerisch und steirisch).